Die Lady und das Biest

Para-Histo-Romance
von
Inka Loreen Minden

AF140827

Edition Sinneslust

Bibliografische Information der Deutschen Nationalbibliothek
Die Deutsche Nationalbibliothek verzeichnet diese Publikation in der
Deutschen Nationalbibliografie; detaillierte bibliografische Daten sind im
Internet über
http://dnb.d-nb.de abrufbar.

Die Lady und das Biest

- Paranormal Romance -

Originalausgabe Juni 2014

©opyright Inka Loreen Minden
www.inka-loreen-minden.de

ISBN-13: 978-3-7357-3696-3

Layout: Monika Hanke
Lektorat: Alexandra Balzer

Lady: © konradbak – Fotolia.com
Schiff: © plrang – Fotolia.com
Rückseite: © James Steidl – Fotolia.com
Autorenfoto: © Guido Karp 2011 – p41d.com

Herstellung und Verlag: BoD – Books on Demand, Norderstedt

Dieser Roman hätte im normalen Taschenbuchformat 360 Seiten.

Kapitel 1 – Erweckung

Ende des 18. Jahrhunderts, mehrere Seemeilen vom englischen Festland entfernt

»Aye, was haben wir denn hier für ein Bürschchen?« Die raue Stimme an Patricias Ohr riss sie aus einem unruhigen Schlummer. Blinzelnd schaute sie in ein faltiges Gesicht mit nur einem Auge, das … Oh Gott, es glühte wie Kohle in der Dunkelheit!

Nein, das konnte nicht sein, sie war bestimmt noch in ihrem Traum gefangen. Schlaftrunken zwinkerte sie mehrmals und blickte erneut hin. Das Licht einer Öllampe offenbarte die erschreckend hässliche Visage eines Mannes mit Augenklappe, doch er sah nun normal aus.

Im ersten Moment wusste Patricia nicht, wo sie war, bis sie sich ihrer Rückenschmerzen und des leichten Schaukelns des Bodens bewusst wurde. Sie befand sich im Laderaum eines Schiffes, und zwar auf Captain Gardeners Fregatte. Sie hatte es tatsächlich geschafft!

Der Alte funkelte sie böse an, wobei er sie auf die Beine zerrte. »Das wird dem Captain aber gar nicht gefallen.«

Noch ehe sie sich versah, hatte er sie aus dem Laderaum geschleift.

Ihr Herz klopfte wild. Langsam rieselte in ihr Bewusstsein, dass hier irgendetwas ganz und gar nicht nach Plan lief. Als sie sich diesen alten Mann genauer betrachtete, beschlich sie das ungute Gefühl, auf dem falschen Schiff gelandet zu sein, denn dieser Matrose trug keine Marineuniform. Nicht nur die Augenklappe ließ ihn wie einen Piraten erscheinen, sondern vor allem die krumme Nase und der Mund, der schiefe Zähne entblößte.

»Captain!«, brüllte der furchterregende Seemann, während er Patricia hinter sich her durch das schwankende Schiff zog. »Ich habe die Ratte gefunden!«

Ratte? Sie war gewiss kein Nagetier, auch wenn sie am liebsten an ihren Fingernägeln gekaut hätte. Aber sie widersprach nicht. Vorerst hielt sie es für klüger den Mund zu halten und abzuwarten, wie sich die Dinge entwickelten. Mit diesem übelgelaunten Seebären wollte sie sich auf keinen Fall anlegen.

Am Ende des Ganges hämmerte der Alte mit der schwieligen Faust gegen eine Holztür: »Captain, ich habe vielleicht einen Saboteur gefunden. Morgan! Bist du schon wach?«

Morgan? Himmel, sie befand sich wirklich nicht auf Gardeners Schiff! Ihr Magengrummeln nahm zu. Wo hatte sie sich mit ihren verrückten Ideen diesmal hineinbugsiert?

Wehmütig dachte sie daran zurück, wie sie noch vor wenigen Stunden selbstsicher zu den Docks marschiert und felsenfest davon überzeugt gewesen war, dass ihr Plan aufgehen würde …

»Miss Patricia Salesbury, du bist ein Wildfang! Du bist schon als solcher auf die

Welt gekommen und wirst wohl noch mit sechzig ein unbezähmbares Wesen sein!«, hörte sie die Worte ihres Kindermädchens im Kopf nachhallen. Auch jetzt, mit ihren zweiundzwanzig Jahren, mochte sie sich nicht in die langweilige und versnobte Gesellschaft Englands einfügen, sondern tat stets das, wonach ihr der Kopf stand. Deswegen hatten ihre Eltern beschlossen, sie mit dem alten und schwerreichen Lord Fitzwilliam zu verheiraten, weil sie bereits als unvermittelbare Jungfer galt.

»Unter seinem Regime werden dir die Flausen und deine Leichtlebigkeit schon vergehen«, hatte ihr Vater gesagt. Doch Patricia besaß ihren eigenen Dickschädel. Niemals würde sie die Frau eines uralten, langweiligen Mannes werden. Sie wollte endlich etwas Aufregendes erleben, die Welt kennenlernen, sich auf ein Abenteuer einlassen. Und wenn sie ihren Wissensdurst gestillt hatte, wollte sie Kinder bekommen. Die würde ihr so ein Tattergreis niemals schenken können.

Deshalb hatte sie heute Nacht spontan ihrem Elternhaus den Rücken gekehrt, um sich im Schutze des Nebels zum nahe gelegenen Hafen von Brixham zu schleichen. Sie wusste, dass sich in aller Frühe Captain Gardeners Schiff auf die mehrwöchige Reise nach Boston machte. In Amerika würde sie endlich frei sein, das Leben nach ihren eigenen Vorstellungen und Wünschen gestalten, als ungebundene Frau ohne Konventionen. Eine entfernte Verwandte ihrer Mutter lebte dort, vielleicht könnte sie bei ihr unterkommen.

Niemand schenkte ihr besondere Aufmerksamkeit, als sie in den Kleidungsstücken ihres älteren Bruders durch die dunklen Gassen zum Hafen ging. Ein Gürtel hinderte die viel zu große Hose daran, ihr bis auf die Knöchel hinunterzurutschen, und ihre widerspenstige schwarze Mähne hatte sie unter einen Filzhut gestopft. Das weite Leinenhemd kaschierte perfekt ihre weiblichen Formen, und mit dem geschulterten Jutesack sah sie wie ein junger Matrose auf Landgang aus. Sie hatte sich den besten Mantel ihres Bruders übergeworfen, da im März die Nächte eiskalt waren. Er würde ihn sicher vermissen, doch er konnte sich einen neuen kaufen. Aber Patricia wollte unbedingt etwas von ihm mitnehmen, weil sie ihn über alles liebte. Leider hatte auch er ihr nicht helfen wollen, der Ehe zu entfliehen. Als zukünftiger Erbe des Salesbury-Imperiums war ihr Bruder genauso darauf bedacht, sie anständig zu verheiraten, bevor sie mit ihrer unbefangenen Art einen Skandal heraufbeschwor. Er war zwar von der Wahl ebenfalls nicht begeistert gewesen, aber noch war Vater das Oberhaupt und hatte das Sagen.

Voller Übermut und Vorfreude pfiff sie eine flotte, undamenhafte Melodie, woraufhin ihr sogar die Mädchen zuzwinkerten, die vor den Spelunken bibbernd auf Männerfang waren.

Nie hatte sich Patricia besser gefühlt als in dieser Nacht, obwohl sie sich eigentlich fürchten sollte. Der Nebel kroch aus allen Löchern, befeuchtete ihr Gesicht und dämpfte die Geräusche der Umgebung. Zudem hörte es sich an, als würde sie verfolgt werden, doch es waren nur ihre eigenen Schritte, die von den

Wänden der schmalen Gassen hallten. Sie wollte sich auf Captain Gardeners Schiff schleichen und so lange an Bord verstecken, bis sie weit genug auf See waren, damit er nicht auf die Idee kam kehrt zu machen, um sie wieder zu Hause abzusetzen. Dann würde sie ihm ihre Situation erklären. Er würde sie verstehen, sie beschützen … Ach, er war ihr Held!

Patricia hatte Captain James Gardener auf einen der unzähligen Bälle kennengelernt, die sie gezwungenermaßen ständig besuchen musste, um nach Ehekandidaten Ausschau zu halten. Zwar hatte sie zahlreiche Angebote von wirklich gut aussehenden Männern erhalten und sie hatte sich geschmeichelt gefühlt, aber das waren alles Langweiler gewesen, die es gerne gesehen hätten, wenn ihre Frau sich lediglich um die Kinder kümmerte, Teller bemalte, Kissen bestickte und ein Instrument spielte.

Diese Gentlemen hatten ihren Sinn für Abenteuer kein bisschen geschätzt, ganz anders der Captain. Patricia hatte sich prächtig mit ihm verstanden, fasziniert seinen aufregenden Erzählungen gelauscht und sich ein klein wenig in ihn verliebt. Das glaubte sie jedenfalls. Noch nie hatte sie sich zu einem Mann hingezogen gefühlt oder war von einem geküsst worden – den Stallburschen ausgenommen, aber da war sie erst zwölf Jahre alt gewesen. Doch von James, der in seiner Uniform ein äußerst gutes Bild abgab, hätte sie sich verführen lassen. Allerdings hatte sie sich dieses Gefühl gleich aus dem Kopf geschlagen, denn sie wollte sich nicht verlieben.

»Liebe macht abhängig«, murmelte sie und sie wollte fürs Erste frei sein. Frei, um Abenteuer zu erleben. Die Sache mit der Liebe und allem was dazugehörte, würde sie in Amerika nachholen – als moderne Frau, die sich nahm, was sie wollte.

Nachdem sie den Hafen erreicht hatte, in dem ebenfalls dicker Nebel waberte, läutete eine Glocke in der Ferne zwei Uhr morgens. Trotzdem herrschte hier reger Betrieb. Seeleute luden die letzten Kisten und Fässer auf Gardeners Fregatte, die groß und mächtig am Kai lag und nur schwach von wenigen Öllampen erhellt wurde. Wie ein Kätzchen auf Samtpfoten huschte Pat in einem günstigen Moment über die Gangway auf das riesige Segelschiff. Dort versteckte sie sich in einem der Laderäume hinter gestapelten Holzkisten, die, der Beschriftung nach, schottischen Whiskey enthielten.

Patricia atmete auf. Geschafft! Zum Glück hatte sie daran gedacht, sich eine Kerze mitzunehmen, da es im Bauch eines Schiffes dunkler als die schwärzeste Nacht war. Das wusste sie ebenfalls von James, dessen Reden sie stets Aufmerksamkeit geschenkt hatte. Deshalb wunderte es sie auch nicht, als sie auf einige Bahnen Segeltuch stieß, auf denen sie es sich gemütlich machte. Wie James mehrmals erwähnt hatte, war es wichtig, auf langen Reisen genügend Ersatzsegel mitzuführen. Falls ein Sturm die großen Rahsegel zerfetzte, konnte der Dreimaster innerhalb kürzester Zeit wieder Fahrt aufnehmen. Patricia fand es allerdings merkwürdig, als die Fregatte schon kurze Zeit später ablegte, James musste die Abfahrt vorgezogen haben. Egal – sie hatte es geschafft und ihr

Herz machte einen Freudensprung. Sie war auf dem Weg nach Amerika! Überglücklich hatte sie sich in das Segeltuch gekuschelt, die Kerze ausgeblasen und war schon bald eingeschlafen ...

Doch als sie gerade dieser erschreckend hässliche Mann aus ihren Träumen gerissen hatte, waren sie wie Seifenblasen geplatzt. Jetzt wusste Patricia, dass sie auf dem falschen Schiff gelandet war. Denn dieser verbrauchte und vom Leben gezeichnete Matrose konnte unmöglich einer von James Gardeners Leuten sein.

Ihr Magen zog sich zusammen, ihre Knie wurden butterweich. Oh Gott, das war ihr Ende ...

»Morgan!« Der Alte klopfte weiterhin gegen die Tür.

Morgan ... Woher kam ihr dieser Namen bekannt vor? Hatte ihn James nicht erst kürzlich erwähnt, als er eine seiner Abenteuergeschichten von Piraten, Monstern und seltsamen Kreaturen zum Besten gegeben hatte? Egal – gleich würde sie diesem Captain vorgestellt werden und konnte ihm in aller Ruhe erklären, dass hier ein Missverständnis vorlag. Schließlich war sie weder eine Ratte noch ein Saboteur. Am ehesten ein Deserteur, überlegte sie lächelnd.

»Dir wird dein dummes Grinsen gleich vergehen, Junge. Wenn unser Captain dich in die Finger bekommt, wirst du für sehr lange Zeit keinen Grund mehr zum Lachen haben. Aye, das schwöre ich dir!« Wieder hämmerte er gegen die Tür. »Morgan, verdammt!«

Oh Gott, die Männer auf dem Schiff schienen keinen Spaß zu verstehen. Sie machte sich auf das Schlimmste gefasst.

Patricia vernahm ein Knurren hinter dem dicken Holz und zuckte zusammen. Dem Captain behagte es offenbar nicht, so früh geweckt zu werden.

Als plötzlich die Tür aufgerissen wurde, blieb ihr beinahe das Herz stehen, doch der Schock währte nur kurz. Vor ihr stand das bestaussehendste Exemplar Mann, das ihr je begegnet war! Was vielleicht auch daran lag, dass der Captain nichts weiter auf der Haut trug als Kniehosen, und so ein Anblick bot sich einer jungen Lady nicht alle Tage.

Sie schluckte. Der Kerl war richtig groß, mit breiten Schultern, schmalen Hüften und ... Um Gottes willen, seine Pupillen waren riesig und schwarz wie die Nacht! Er hatte wohl zu tief ins Glas geschaut. Auch sonst befand er sich in einer wilden Verfassung, denn die schulterlangen braunen Haare fielen ihm wirr über Wangen und Stirn.

Da er sie unverwandt anstarrte, nahm sie sich die Freiheit, dasselbe bei ihm zu tun. Er hatte ein interessantes Gesicht, ebenmäßig und männlich, mit einer geraden Nase und einem markanten Kinn. Eine feine Narbe zog sich durch die rechte Augenbraue. Das erinnerte Patricia wieder an ihr Gespräch mit James. Vor ihr stand Morgan Black, der gefürchtetste Pirat und Frauenverführer der Sieben Weltmeere! Sie war nicht etwa auf Captain Gardeners Schiff, der *Endeavor*, gelandet, sondern auf der berüchtigten *Neptuns Revenge*. Da gab es keine Zweifel, denn genau so hatte James den Piraten beschrieben. Er hatte zwar etwas von einem Monster erwähnt ... aber auch wenn Morgan sie übellaunig anfunkelte, erkannte sie gleich, dass hier ein normaler Mann vor ihr stand. Oh, wenn sie jetzt nur mit James sprechen könnte, sie hätte so viel zu berichten!

Zu ihrer Furcht gesellte sich Aufregung, doch beim Anblick des muskulösen Oberkörpers kribbelte es von ihren Zehenspitzen bis in die Haarwurzeln. Morgan sah sogar noch viel besser aus als James. Zu gerne hätte sie jetzt die Hand ausgestreckt, um über seinen flachen Bauch zu fahren.

Himmel, was war denn los mit ihr? Ihr war schwindlig. Als ob der verführerisch-maskuline Duft, den er verströmte, sie zu einer anderen Frau machte. Zu einer Dirne!

Oder träumte sie noch?

Sie hatte bereits nackte Männer gesehen, weil sie das Dienstpersonal ihrer Eltern bei gewissen Eskapaden beobachtet hatte, aber so ein gut ausgestatteter Kerl war nie dabei gewesen. Hämmerte ihr Herz deshalb so ungestüm?

Sie sollte sich lieber überlegen, wie sie aus dieser Situation heil herauskommen konnte, anstatt einen Seeräuber anzuhimmeln. Allein als Frau unter Piraten – schlagartig war die Angst wieder da.

Der Alte drückte Patricia unsanft am Arm und schubste sie noch näher zum Captain. »Hab ihn im Laderaum gefunden. Bei meinem morgendlichen Rundgang. Hat sich in den Ersatzsegeln versteckt, die kleine Ratte.«

Erneut stieg ihr Morgans balsamischer Duft mit der warmen Note in die Nase, woraufhin ihr Herz noch schneller schlug, wenn das überhaupt möglich war. Dieser Mann roch unwiderstehlich gut, während der Alte an ihrer Seite wie ein Putzlappen stank.

Pat blieb wie angewurzelt vor der Kabine des Captains stehen. Obwohl ihr der große Mann mit seiner animalischen Ausstrahlung gehörig Angst einjagte, lugte sie an ihm vorbei und bewunderte seinen Ordnungssinn. Der große Raum, der über die ganze Breite des Achterdecks reichte, war sauber und aufgeräumt, besaß allerdings eindeutig maskuline Attribute. Es gab keinen Firlefanz, keine bunten Farben. Eine Frau schien hier nicht zu leben. An den niedrigen Deckenbalken hingen drei Laternen, rechts erblickte Patricia zwei große Truhen, die vor einem geräumigen Schrank standen, und einen Schreibtisch aus Eichenholz, auf dem eine Seekarte ausgebreitet war. Daneben lagen noch ein Logbuch und ein Sextant.

Vor ihr, am Heck des Segelschiffs, gaben eine Reihe großer Fenster den Blick auf das Meer und die aufgehende Sonne preis, und auf der linken Seite befand sich ein breites Bett. Ein ungewöhnlich breites Bett für einen Mann, der auf seinen Reisen monatelang ohne weibliche Gesellschaft auskommen musste. Wie viele Frauen er wohl schon darin verführt hatte? Und wie viele Hafendirnen seine Lust befriedigt hatten?

Die zerknitterten Laken riefen Patricia ins Bewusstsein, dass dieser verführerische Kerl gerade noch darin gelegen hatte, worauf ihr Herz sich beinahe überschlug.

Morgan unterdrückte den Instinkt, seine Krallen auszufahren. Sollte der Bengel wirklich einer von Murrays Leuten sein? Kaum zu glauben, dass sein Bruder jetzt schon halbe Kinder für seine Vorhaben einsetzte. Wütend packte er das Milchgesicht am Hemdkragen. »Sag, Junge, hat mein Bruder dich geschickt?«

Der Bursche blickte ihn aus großen Augen an und schüttelte den Kopf. Es waren die blausten Augen, die er je gesehen hatte. Sie besaßen die Farbe der Karibischen See.

Als ihm plötzlich das Blut in die Lenden schoss, stutzte er. Schockiert über die unerwartete Reaktion seines Körpers, ließ er den Jungen sofort los. Verdammt, seit wann löste ein Grünschnabel solche Gefühle in ihm aus? Morgan konnte nicht den Blick von dem attraktiven Gesicht nehmen. Was war der Kleine nur für ein hübscher Bengel. Seine makellose Haut war zwar für Morgans Geschmack zu bleich, doch die zierliche Nase, die schmalen Augenbrauen, das spitze Kinn und dieser sündhafte Mund faszinierten ihn. Welcher Mann hatte solch sinnliche Lippen?

Eine schwarze Locke lugte unter dem Schlapphut hervor, und er war versucht, sie um seine Finger zu wickeln. Der Kleine besaß sicher seidenweiches Haar.

Morgans Hoden zogen sich zusammen und ein Prickeln strömte in seinen Unterleib. Das Jucken in seinen Kieferknochen kündigte das Ausfahren der Fangzähne an und seine Muskeln nahmen an Volumen zu. Verdammt, nicht jetzt! Eisern hielt er sich zurück, nicht wie ein Tier an dem jungen Mann zu schnüffeln, und sog möglichst unauffällig seinen Duft auf, der ihn an einen Rosenbusch erinnerte. Aber darunter lag ein dunkleres Aroma: Der Kleine hatte Angst ...

Es schockierte Morgan, wie er auf den Burschen reagierte. Sein Geschlecht schwoll an, er konnte sich kaum zurückhalten, die Zähne in den zarten Hals zu rammen, um den Kleinen zu markieren. Er hatte gehört, was diese körperlichen Reaktionen hervorrief, aber das konnte unmöglich sein, nie im Leben war dieser Junge sein Seelengefährte! Vielleicht gaukelte ihm sein Verstand etwas vor, weil die Ratte wie ein Mädchen roch?

So nah bei dem Jungen konnte er auch dessen Herz schlagen hören. Es raste förmlich, als wollte es vor ihm weglaufen, doch der Bursche hielt sich tapfer. Er war taff und hübsch dazu.

Teufel noch mal, was war los mit ihm? Nur unter Aufbietung seines ganzen Willens konnte er sich von dem Kleinen lösen und sich seinem Ersten Offizier zuwenden, der den Bengel immer noch am Arm festhielt. »Ianto, schnapp dir ein paar Männer und inspiziere jeden Winkel. Seht nach, was diese Kröte für Schaden angerichtet hat.«

»Aye, aye, Captain. Und was machen wir solange mit ihm?« Ianto warf dem jungen Mann einen vernichtenden Blick zu, wobei er sich geräuschvoll am stoppelbärtigen Kinn kratzte.

»Um den kümmere ich mich«, knurrte er, zog den Jungen in die Kajüte und

8

verriegelte die Tür. »Was hat mein Bruder dir aufgetragen?« Morgan musste sich bemühen, den Kleinen nicht anzuschreien und darauf achten, dass sein Temperament nicht mit ihm durchging. Das könnte eine Katastrophe heraufbeschwören. Niemand außer seiner Crew durfte wissen, wer er wirklich war. »Solltest du die Handelswaren zerstören? Das Trinkwasser vergiften? Oder unser Ersatzsegel zerschneiden?«

Der Bengel wusste wohl nicht, was er darauf erwidern sollte, sondern fixierte nur seine Brust, deren Muskeln sich ständig anspannten. Sein Blick schien Morgan die Haut zu verbrennen, was ihn mehr als verwirrte. Er hatte schon genug damit zu tun, die Verwandlung zu unterdrücken, und der Kleine machte es nicht einfacher, indem er ihn so anstarrte! Es fehlte ihnen gerade noch, dass ein Zivilist herausfand, was sich auf diesem Schiff abspielte.

»Sprich endlich, oder muss ich dich erst Kiel holen lassen?« Die Stimme des Captains war kaum mehr als ein Flüstern, wirkte aber so bedrohlich, als hätte er Patricia angeschrien.

Furcht schnürte ihre Kehle zu. Langsam wich sie mehrere Schritte vor dem Piraten zurück, bis sie mit dem Rücken an eines der Fenster stieß. Was sollte sie tun? Wenn sie ihm ihre Situation erklärte, würde er an ihrer Stimme merken, dass sie eine Frau war. Und aus James Gardeners abenteuerlichen Erzählungen wusste sie, wie Piraten mit Frauen an Bord umgingen. Sie mussten der gesamten Mannschaft zu Diensten sein, ob sie wollten oder nicht.

Morgan wäre sie keinesfalls abgeneigt, im Gegenteil, sie brannte förmlich darauf, ihn einmal berühren zu dürfen. Himmel, wieso nur? Hatte der Mann einen Zauber auf sie gelegt?

Wie gerne hätte sie jetzt diese bronzefarbene Haut gestreichelt, um herauszufinden, ob sie so weich war, wie sie aussah, aber Morgan verwirrte sie. In einem Moment zog er sie unwiderstehlich an und kurze Zeit später machte er ihr wieder Angst. So etwas Verrücktes hatte sie noch nie erlebt.

Wenn sie jedoch an den alten Ianto dachte, mit den fauligen Zähnen und dem übel riechenden Atem ... Sie schüttelte sich. Da hätte sie ja gleich Lord Fitzwilliam heiraten können! Andererseits – sollte sie weiterhin schweigen, würde sich der Captain in seiner Vermutung bestätigt fühlen und vor Folter nicht zurückschrecken ...

Ohne Vorwarnung riss er ihr den Mantel von den Schultern, packte sie hinten am Hosengurt und hob ihren Oberkörper aus einem geöffneten Fenster, als ob Patricia so leicht wie eine Feder wäre. Mühsam unterdrückte sie einen Schrei. Dieser Pirat wollte sie den Haien zum Fraß vorwerfen! Er war wirklich barbarischer, als er aussah. Gleich würde ihr der kalte Wind den Hut vom Kopf reißen und sie enttarnen!

Mit wild rasendem Herzen starrte sie nach unten in die aufschäumende Gischt, die am Heck des fahrenden Schiffes hervorzischte und im Licht der aufsteigenden Sonne beinahe leuchtete. Kalter Schweiß strömte ihr aus jeder Pore.

Unter anderen Umständen hätte sie die reizende Aussicht ja genießen können, aber nicht, wenn ihr Leben nur an einem dünnen Stück Leder hing!

»Bitte nicht«, presste sie zwischen zusammengebissenen Zähnen hervor, während Morgan ihren Körper Zentimeter um Zentimeter über den Fenstersims hob. Der Holzrahmen presste sich in ihren Bauch und nahm ihr zusätzlich die Luft.

»Hast du was gesagt, Kleiner?«, rief er.

Pat war wie gelähmt. Hektisch ruderte sie mit Armen und Beinen in der Luft, während sie sich fragte, wie es sich anfühlte, in den dunkelgrünen Fluten zu ertrinken.

»Sprich endlich, Junge, und dir wird nichts geschehen. Darauf gebe ich dir mein Wort als Ehrenmann!« Seine Stimme drang schwach durch das Rauschen des Windes an ihre Ohren.

»Als ob Piraten Ehrenmänner wären!«

Plötzlich wurde das Schiff von einer Böe erfasst, woraufhin sie tatsächlich beinahe aus dem Fenster gefallen wäre, hätte sich nicht blitzschnell Morgans Hand um ihren Oberkörper gelegt und sie in die Kabine zurückgerissen.

Erst eine halbe Ewigkeit später, nachdem sich ihr erster Schrecken gelegt hatte, bemerkte Pat, dass die Finger des Captains auf ihrer Brust ruhten.

»Heiliges Kanonenrohr«, zischte er an ihrem Ohr. »Mit mir ist also doch alles in Ordnung. Du bist gar kein Junge!«

Pat wagte kaum zu atmen. Ihr Herz hämmerte, während er begann, vorsichtig ihre Brust zu massieren. Sofort reckte sich ihre Knospe seinen Fingern entgegen. Der Captain hielt sie so fest an sich gepresst, dass sie durch den dünnen Stoff ihres Hemdes seine angespannten Brustmuskeln auf ihrem Rücken spüren konnte, während sich etwas Hartes gegen ihre Pobacken drückte.

Pat war nicht dumm. Sie wusste, was das zu bedeuten hatte. Schließlich hatte ihr Rosalind, die Köchin ihrer Eltern, alles über die körperliche Liebe zwischen Mann und Frau erzählt. Na ja, eigentlich hatte Patricia sie erst erpressen müssen, damit sie jedes Detail herausrückte. Da war es Pat sehr gelegen gekommen, dass sie Rosalind in wilder Umarmung mit Bernard, dem Hausdiener, auf dem Küchentisch vorgefunden hatte. Danach hatte Patricia keine Gelegenheit mehr ausgelassen, das Personal heimlich zu beobachten. Wenn ihre Eltern wüssten, was nachts im Dienstbotentrakt vor sich ging!

Plötzlich drängte Morgan mit der Stirn ihren Kopf ein Stück zur Seite, um die Nase an ihren Hals zu pressen. Er schnüffelte, und sie spürte seinen Atem keuchend entweichen. Als seine Zungenspitze ihre Haut kitzelte, entkam ihr ein quiekender Laut. Was erlaubte sich dieser Mann?! Und warum setzte sie sich gegen die aufdringlichen Berührungen nicht zur Wehr? Weil sie starr vor Angst war oder weil es sich verteufelt gut anfühlte, was er machte?

Wie oft sie sich bei ihren nächtlichen Beobachtungen immer gewünscht hatte, sie wäre kein Mädchen aus gutem Hause, sondern eine einfache Küchenmagd, um einmal in den Genuss körperlicher Liebe zu kommen. Sollte sie die

Gelegenheit nutzen? Seufzend schloss sie die Augen und ließ sich nach hinten gegen Morgans nackten Oberkörper sinken. Mittlerweile drückte und streichelte er ihre andere Brust ebenso zärtlich und wechselte sich ab, beide ausreichend zu verwöhnen. Hitze stieg wie ein Großfeuer in ihr auf und ein angenehmes Pochen machte sich zwischen ihren Schenkeln breit. Diese Berührungen waren wunderbar, besser als in ihren Vorstellungen. Sie wollte mehr davon, wollte wissen, wie sich eine nackte Männerbrust in *ihren* Händen anfühlte.

Also drehte sie sich in den Armen des Piraten um und schaute geradewegs in die wundervollsten smaragdgrünen Augen, die sie je gesehen hatte. Ihr Atem stockte abermals. Die glühende Schwärze, die zuvor seine Pupillen beherrscht hatte, war verschwunden. Stattdessen traf sie Morgans verlangender Blick direkt ins Herz. Himmel, sah dieser Kerl gut aus, wenn er nicht so finster guckte!

Patricia befeuchtete mit der Zungenspitze die Lippen, legte den Kopf in den Nacken und wartete darauf, von diesem verwegenen Draufgänger geküsst zu werden. Davon träumte sie schon ewig. Solch sündhafte Gedanken hatte sie immer, wenn sie nach ihren nächtlichen Streifzügen im Bett lag. Dann musste sie sich streicheln – die Bilder nackter, in sich verschlungener Leiber vor Augen –, bis die ersehnte Erlösung sie fand. Dabei kümmerte es sie nicht, dass es eine Sünde sein sollte, sich dort zu berühren, denn wieso sollte etwas derart Wunderbares verboten sein?

Gerade, als sich seine Lippen näherten – so gefährlich nah, dass sie bereits den warmen Atem auf ihrem Mund fühlte –, klopfte es an der Tür.

»Captain?« Pat erkannte Iantos raue Stimme.

Sofort ließ Morgan von ihr ab, eilte zur Tür, zog den Holzriegel zur Seite und öffnete dem alten Mann.

»Pete hat einen Sack voller Weiberkram gefunden«, sagte Ianto. »Wir …«

Morgan trat zur Seite.

»Ah, wie ich sehe, hast du es selbst herausgefunden.« Mit seinem einen Auge lugte er unverhohlen in die Kabine. Dabei flutschte es in der Höhle hin und her, als führte es ein eigenständiges Dasein. Richtig unheimlich. Kichernd warf Ianto ihnen den schweren Beutel zu, der scheppernd vor Pats Füßen liegen blieb, und schloss die Tür wieder hinter sich. Sie waren abermals allein.

Morgan wandte sich von ihr ab, wobei er sich mit beiden Händen durchs Haar fuhr, und auch Patricia wusste nichts Besseres mit ihren Fingern anzufangen, als sie in den Hosentaschen zu vergraben, was wenig damenhaft aussah. Nach endlos schweigsamen Augenblicken fand sie jedoch zuerst die Sprache wieder. Mit erhobenem Kinn und einem ausgestreckten Arm trat sie auf den Captain zu: »Mein Name ist Patricia Salesbury, und es tut mir außerordentlich leid, dass ich hier offensichtlich für Verwirrung gesorgt habe.«

Er schien tatsächlich verwirrt, als er ihre Hand ergriff, um einen Kuss auf die Finger zu hauchen. »Captain Morgan Ryall«, sagte er mit rauer Stimme. »Zu Ihren Diensten, Miss Salesbury.«

»Ja, das habe ich bereits bemerkt«, erwiderte sie, als sie ihm die Hand entzog.

»Sie sind also Captain *Ryall*.« Den Nachnamen des Seeräubers betonte sie besonders deutlich. »Aber warum so förmlich? Nachdem wir uns schon näher kennengelernt haben, dürfen Sie mich ruhig Patricia nennen.«

Für einen verwegenen Piraten hielt sich dieser Morgan auf einmal sehr an die Etikette. Hatte er nicht vor wenigen Minuten noch die Hände auf ihren Brüsten gehabt? Der Gedanke daran ließ Pat erzittern. Und warum war sie so forsch? Sie war ein Mädchen aus feinem Hause und keine plappernde Küchenmagd, doch dieser Mann verwirrte sie.

Als er keine Anstalten machte, das Gespräch weiterzuführen, nahm sie das Ruder in die Hand. »Sie möchten sicher wissen, was ich auf Ihrem Schiff zu suchen habe, Morgan. Ich darf doch Morgan zu Ihnen sagen, nicht wahr, Captain? Schließlich haben Sie mich zuvor schon geduzt.«

Er nickte nur.

»Wollen Sie meine Geschichte hören?«

Morgan gab ein undefinierbares Brummen von sich. Anscheinend war er viel zu beschäftigt, ihr Profil in sich aufzunehmen. Obwohl sie in unvorteilhaften Kleidern steckte, wirkte sie auf ihn wohl wie die Versuchung selbst. Die Beule in seiner Hose war nicht zu übersehen.

Liebe Güte, sie sollte darüber erschrocken sein! Stattdessen wurde jede Zelle ihres Körpers von dem Piraten angezogen. Sie wollte aber keinen Piraten attraktiv finden!

Patricia hielt sich bei ihrer Erzählung korrekt an die Wahrheit, wobei sie versuchte, nicht auf den Körper des Captains zu starren, der mit verschränkten Armen vor ihr stand. Dadurch kamen seine Brustmuskeln besonders gut zur Geltung.

Als sie ihre Geschichte beendet hatte, blinzelte er sie an.

Pat seufzte. Er war nicht gerade redselig.

»Glauben Sie mir oder halten Sie mich immer noch für den Saboteur, den Ihnen angeblich Ihr Bruder auf den Hals gehetzt haben soll?«

»Ich glaube Ihnen, Patricia. Sie arbeiten nie im Leben für Murray. Der hätte Ihnen längst Ihre lose Zunge rausgeschnitten«, meinte er trocken und starrte sie finster an, wodurch er wieder bedrohlicher wirkte.

Pat schluckte. Sein Bruder gehörte anscheinend auch zu einer Piratenbande. Hervorragend. Wo war sie da nur hineingeraten? Jetzt hatte sie mehr Abenteuer, als ihr lieb waren. Trotzdem wollte sie sich ihre Unsicherheit nicht anmerken lassen. »Und wohin fährt Ihr Schiff?«

»Nach Bombay.«

»Das liegt in Indien!« Was wollte sie denn dort? »Herrschen da nicht gerade Unruhen?«

»Irgendwer kämpft immer gegen uns, Lady. Das hält mich aber nicht davon ab, Geld zu verdienen. Außerdem sollte Krieg das geringere Übel sein, denn auf See drohen andere Gefahren: Unwetter, Wasserknappheit oder Feuer an Bord. Und Piraten. Vor denen müssen wir auf der Hut sein.«

Natürlich, weil er kein Pirat war!

»Viel wichtiger ist die Frage, was ich mit Ihnen anstelle, Miss Salesbury.«
Morgan trat einen Schritt auf sie zu und sie spürte erneut seine Körperwärme.

»Was meinen Sie damit?« Ihr Herzschlag flatterte.

Verschmitzt lächelnd erwiderte er: »Sie könnten sich nützlich machen. Uns
gewisse Annehmlichkeiten erweisen und sich somit Ihre Überfahrt verdienen.«

Sie riss die Augen auf. »Was? Das ist nicht Ihr Ernst! Wofür halten Sie mich?
Für eine Dirne?« Plötzlich klang ihre Stimme eine Oktave höher.

Er hob eine Braue, ohne die Miene zu verziehen. »Sie haben mich falsch verstanden, Lady. Ich dachte an Segel flicken, die Wäsche waschen, meinem Koch
helfen ...«

Schlagartig schoss ihr Hitze ins Gesicht, was ihm ein Schmunzeln entlockte.
Zum ersten Mal fehlten ihr die Worte. Dieser Mann war ein Flegel!

»Da gibt es noch ein ganz anderes Problem. Frauen auf dem Schiff bringen
Unglück, so heißt es. Sie werden meine Männer verunsichern. Alle werden Sie
schnellstmöglich von Bord haben wollen.«

Jetzt verschränkte sie ebenfalls die Arme vor der Brust und wich so weit vor
ihm zurück, bis sie mit den Kniekehlen an sein Bett stieß. »Aber das ist doch ein
alter Aberglaube.«

Er schlich näher, bis er so dicht vor ihr stand, dass er mit dem Kinn beinahe
ihre Stirn berührte. »Meine Männer werden die nächsten Monate fast ausschließlich auf See verbringen. Eine Frau an Bord wird für sie auf jeden Fall
eine unwiderstehliche Versuchung darstellen.« Er grinste sie teuflisch an, seine
Zähne blitzten.

»Und was gedenken Sie dagegen zu unternehmen, Captain?« Ihre Stimme war
kaum mehr als ein Flüstern. Sie befand sich in einer ausweglosen Situation. Nun
bereute sie es, von Zuhause weggelaufen zu sein.

Eine weitere Böe erfasste das Schiff. Vor Schreck klammerte sie sich an ihn
und riss ihn mit sich nach hinten. Prompt landete sie mit ihm im Bett. Mit rauer
Stimme erklärte er: »Sie werden in meiner Kabine schlafen. Diese lässt sich als
Einzige absperren. Damit sind Sie wenigstens nachts vor Übergriffen geschützt.
Tagsüber werde ich ein Auge auf Sie haben. Oder besser zwei.«

Er machte keine Anstalten, von ihr herunterzugehen. Sein schwerer, warmer
Körper fühlte sich angenehm an. Außerdem hatte dieser Schurke einen Geruch
an sich, den sie am liebsten tief in sich aufgenommen hätte, wenn es ihr möglich gewesen wäre, denn Morgan drückte sämtliche Luft aus ihren Lungen.

»Sie werden sofort den nächsten Hafen ansteuern und mich dort absetzen«,
presste sie heraus. Obwohl sie kaum atmen konnte, genoss sie seine Nähe. Der
Pirat machte ihr Angst, dennoch zog es sie so stark zu ihm hin, dass sie alle An-
standsregeln vergaß. Aber da sich weder ihre Eltern noch ihre Zofe oder sonst
ein Mitglied der feinen englischen Gesellschaft an Bord befanden, war ihr das
ziemlich egal.

»Lady ... ich habe eine feste Route, die ich einhalten muss. Auch wenn Sie noch so entzückend sind, werde ich für Sie keine Ausnahme machen.« Er grinste, und seine grünen Augen funkelten. Die schulterlangen Haare fielen ihm ins Gesicht und kitzelten ihr Kinn. Wie gerne hätte sie jetzt ihre Hände darin vergraben, um es noch mehr durcheinanderzubringen.

Sie wollte empört sein, tatsächlich war sie dankbar und erleichtert über sein großzügiges Angebot, sie in seiner Kabine schlafen zu lassen. Das war sehr anständig für einen Seeräuber. Sie hatte fast ein schlechtes Gewissen, weil sie ihn aus seinem Reich vertrieb. »Und wo werden Sie nächtigen?«, fragte sie vorsichtig und kämpfte gegen die Versuchung an, ihn auf diese wundervoll geschwungenen Lippen zu küssen, von denen sie einfach nicht die Augen abwenden konnte.

Wieder spürte sie, wie sehr er sie begehrte. Der Beweis drückte sich an ihren Oberschenkel.

»Ich werde natürlich in meinem Bett schlafen«, sagte er. Seinen Körper fest auf ihren gepresst, genoss Morgan mehr als offensichtlich ihre Kurven.

Vehement schubste sie ihn von sich herunter, sodass er seitlich auf die Matratze rollte, und sprang auf. »Sie werden doch nicht ernsthaft glauben, dass ich mit Ihnen zusammen in einem Bett schlafe!«

»Wer hat denn gesagt, Sie schlafen in meinem *Bett*? Davon war niemals die Rede.« Geschmeidig kam er auf die Beine und stellte sich dicht vor sie.

»Aber Sie sagten gerade …«

»… dass Sie in meiner *Kabine* schlafen werden.« Er wies auf die gegenüberliegende Ecke im Raum. »Dort werde ich für Sie eine Hängematte aufspannen lassen. Und jetzt entschuldigen Sie mich. Die Pflicht ruft.« Bevor er die Kajüte verließ, schnappte er sich Hemd und Mantel, die über der Lehne eines Stuhls hingen, und drehte sich noch einmal zu ihr um. »Es wäre besser, wenn Sie auch tagsüber in meiner Kabine bleiben. Verriegeln Sie die Tür hinter mir, dann wird Sie niemand belästigen.«

»Niemand außer Ihnen!«, rief sie ihm hinterher, doch da hatte er die Tür schon geschlossen.

Oh, sie kochte! Die nächste Stunde brachte sie damit zu, fluchend durch den kleinen Raum zu tigern. Sie schimpfte über ihre dumme Idee nach Amerika auszuwandern und die Dreistigkeit des Captains. »Morgan Ryall! Pah! Dass ich nicht lache. Morgan Black ist er! Der gefürchtete Piratenkapitän! Aber ich habe keine Angst vor dir, Black. Ich habe bemerkt, wie du auf mich reagierst. Du hast keine Chance gegen mich und meine weiblichen Reize. In ein paar Tagen wirst du mir aus der Hand fressen!«

Sie ging hinüber zu seinem Schreibtisch, um die Seekarte zu studieren, auf der er die angebliche Route nach Indien eingezeichnet hatte. Wahrscheinlich war das alles nur Fassade, falls sein Schiff in einem Hafen kontrolliert wurde. Mit ihrem Finger fuhr sie die feine Linie entlang und murmelte: »Brixham … Santa Cruz … Kapstadt … Victoria … Bombay.«

»Santa Cruz …« Patricia überlegte laut. »Ist das nicht die Hafenstadt auf Tenerife, durch die die Amerika-Handelsroute geht? Da wird mich Morgan absetzen und ich nehme das nächste Schiff nach Boston.« Ihr Blick fiel auf den Jutesack, der noch immer mitten im Raum lag. »Und jetzt ist es an der Zeit, mit Plan A zu beginnen. Plan A besagt: Nicht mit weiblichen Reizen geizen, wenn Frau ihren Kopf durchsetzen möchte.« Denn sie war sich nicht sicher, ob Morgan wirklich Santa Cruz ansteuerte. Falls nicht, würde sie ihn schon dazu bringen.

Kapitel 2 – Seelengefährtin

Breitbeinig stand Morgan an Deck und ließ sich die salzige Brise um die Nase wehen. Das Schiff machte volle Fahrt, das Wetter spielte mit und die Ware sowie der Rumpf schienen unbeschädigt. Sein Bruder – oder besser gesagt, sein Halbbruder – hatte es diesmal nicht geschafft, ihm Steine in den Weg zu legen. Murray hatte es ihrem Vater nie verziehen, dass er Morgan, obwohl er von einer Bestie abstammte, mit genauso viel Stolz, Liebe und Zuwendung bedachte wie seinen Erstgeborenen, weshalb in Murray schon seit frühester Kindheit ein abgrundtiefer Hass auf Morgan brannte. Darum hatte es Morgan, der fünf Jahre jünger war als sein Bruder, als Junge nicht leicht gehabt.

In jedem unbeobachteten Moment wurde er von Murray gepiesackt, aber er hatte sich zu wehren gewusst. Als er heranwuchs, hatte eine Veränderung mit ihm stattgefunden. Er war nicht nur zum Mann geworden, sondern auch zu einer Bestie, die immer dann zum Vorschein kam, wenn man ihn reizte oder er erregt war. Und auch in Vollmondnächten konnte er das Biest in sich nur schwer im Zaum halten. Er war wie seine Mutter, zumindest fast, denn er konnte sich nicht ganz in einen Wolf verwandeln.

Murray hatte bald bemerkt, dass er bei Morgan an seine Grenzen stieß, aber nun besaß er subtilere Methoden, um ihm zu schaden: Er versuchte, sein Schiff zu sabotieren oder die Waren zu zerstören. Und das alles wegen Vater! Er hatte versprochen, dem erfolgreicheren Sohn die Reederei zu überlassen.

Morgan hatte keine Ahnung, was für ein Dämon von seinem alten Herrn Besitz ergriffen hatte. Der begründete sein Vorhaben damit, dass sich keiner bevorzugt vorkommen sollte, denn hier würde nur Leistung zählen. Dabei hatte Morgan doch das Unternehmen zusammen mit seinem Bruder weiterführen können. Aber seit dem Tod von Morgans Mutter, hatte sich sein Vater Jeffrey total verändert. Er war in sich gekehrt und verhielt sich oft seltsam. Früher soll er ganz anders gewesen sein, haben die Nachbarn erzählt.

Doch Murray und seine Mannen waren jetzt nicht da. Alles hätte endlich einmal wunderbar sein können, wäre nicht plötzlich Patricia Salesbury in sein Leben geplatzt.

»Diese verwöhnte Ziege, die glaubt, alle tanzen nach ihrer Nase, ist eindeutig Schuld daran, dass ich diesen perfekten Tag nicht genießen kann«, murmelte er in die kühle Brise. »Aber ich werde sie von ihrem hohen Ross schmeißen, diese Madame!«

Spätestens wenn sie sah, was auf diesem Schiff wirklich vor sich ging, würde ihr das Lachen vergehen. Denn nicht nur Morgan stellte eine Gefahr für sie dar, auch der Rest seiner Mannschaft bestand aus Geschöpfen, denen man lieber nicht begegnete, egal zu welcher Tageszeit. Er musste Patricia loswerden!

Leider konnte er nicht vergessen, wie sich seine Hand auf ihrer Brust angefühlt hatte. Nachdem er herausgefunden hatte, dass er sich weiterhin für Frauen interessierte, hatte sich seine anfängliche Erleichterung in ungezügelte Lust verwandelt. Diese Szene ging ihm nicht aus dem Kopf!

Morgan krallte die Finger um die Reling und schloss die Augen. Patricia hatte keine Einwände erhoben, und er streichelte sie weiterhin. Seine Finger rieben durch den Stoff des Hemdes an der harten Brustspitze, während er ihr mit der anderen Hand den lächerlichen Hut vom Kopf zog. Sofort ergoss sich eine Flut pechschwarzer Haare über ihre Schultern, in die er unweigerlich sein Gesicht versenkte. Als er ihren berauschenden, blumigen Duft inhalierte, hatten seine Finger mit den seidigen Locken gespielt.

Er hatte sich beherrschen müssen, diese Frau nicht zu markieren und sie zu seiner Beute zu machen. Er war ein Gentleman und kein Tier, verdammt noch mal! Hoffentlich würden sein Speichel an ihrem Hals und die Tatsache, dass er hier der Anführer war, ausreichen, dass sich ihr niemand sonst näherte.

Der Druck in seinen Lenden stieg bei diesen frischen Erinnerungen an. Seine Sinne schärften sich und die Haut spannte, als seine Muskeln weiter wuchsen. Wenn dieses Mädchen sah, was er wirklich war … Nein, das musste er mit aller Macht verhindern. Er musste sich beherrschen! Angestrengt dachte er an etwas Widerwärtiges, woraufhin er sich leicht entspannte, aber Patricia ging ihm dennoch nicht aus dem Kopf. Diese Frau unterschied sich von allen Ladys, denen er bis jetzt begegnet war. Und das waren in den letzten einunddreißig Jahren einige gewesen. Als Captain kam er schließlich viel herum. Aber noch keine dieser Frauen hatte ihn so in ihren Bann gezogen wie diese verwöhnte Göre. Am meisten machten ihm seine körperlichen Reaktionen Angst, denn in ihrer Nähe hatte er immer den Wunsch, sie zu der Seinen zu machen, seine Fänge in ihren Hals zu schlagen, sodass sich sein Speichel mit ihrem Blut vermengte, und sie zu nehmen.

Nein, diese Göre war unmöglich die Gefährtin, nach der er so lange gesucht hatte! Er wollte kein verzogenes Biest zur Frau. Das Biest war er schon selbst.

Außerdem schaffte sie es, ihn wie einen Hornochsen aussehen zu lassen. Sie bot ihm Paroli, wann immer sie die Gelegenheit dazu bekam, besaß ein freches Mundwerk und schien keine Angst vor ihm zu haben. All ihren Mut würde sie noch brauchen, wenn die nächste Vollmondnacht hereinbrach und seine Männer, einschließlich ihm, ihre wahre Gestalt zeigten. Hoffentlich hörte sie auf ihn und blieb in seiner Kabine.

Verflixt, er hatte ihr an die Brust gefasst. Was sie jetzt von ihm dachte? Auch wenn er manchmal ein Monster war, durfte er sich nicht gehen lassen.

Wie lange hatte er schon keine Frau mehr unter sich gespürt? Es musste Monate her sein, was es umso schwerer machte, ihr zu widerstehen. Vielleicht dachte er auch deshalb, sie wäre die Seine? Doch er durfte sie nicht anfassen. Ihr Ruf wäre unweigerlich zerstört. *Das ist er sowieso schon*, flüsterte ihm ein Stimmchen in seinem Kopf zu.

Es hatte ihn seine volle Selbstkontrolle gekostet, nicht ihre lächerlichen Hosen herunterzureißen, um seinen Schwanz in sie zu rammen. Verflucht! Warum war ausgerechnet sie das vollkommenste Wesen, das er jemals erblickt hatte, zumindest, was ihr Äußeres anging? Sie weckte das schlafende Tier in ihm, die Bestie, die er schon sein Leben lang zu bändigen versuchte.

Einen Makel hatte die Kleine jedoch: Sie redete zu viel. Außerdem kam ihm ihr hübsches Gesicht von irgendwoher bekannt vor.

Salesbury ... Ja natürlich, wie hatte er sie bloß vergessen können? Dieser verhätschelte Blaustrumpf aus reichem Hause musste die Tochter der Familie Salesbury sein. Der Vater war ein vermögender Earl! Die kleine Besserwisserin hatte sich sehr angeregt mit Captain Gardener unterhalten, diesem aufgeblasenen Kapitän, der früher für die Royal Navy gesegelt war und sich allein deshalb als etwas Besseres vorkam. Patricia war ihm sprichwörtlich an den Lippen gehangen, so angestrengt hatte sie seinen Erzählungen gelauscht.

Vor einem Jahr musste Morgan einen dieser lächerlichen Bälle besuchen, weil sich dort ein Geschäftsmann mit ihm treffen wollte. Dabei war ihm sofort die hübsche Frau aufgefallen, um die sich die Männer in Massen geschart hatten. Doch sie hatte sie alle abblitzen lassen, weil sie nur Augen für diesen blasierten Dummkopf gehabt hatte.

Morgan hatte sie aus größerer Entfernung gemustert und sie nicht riechen können, da er sich in verdünntem Essig getränkte Baumwollfasern in die Nasenlöcher gesteckt hatte. Menschenmassen und all ihre Gerüche machten es ihm schwer, sich zu beherrschen, und Gardener gehörte zu seinem größten Feind. Wenn er herausfand, wer Morgan war und welche Geschöpfe auf diesem Schiff arbeiteten ... nicht auszudenken! Aber Patricia passte bestens zu diesem Stutzer. Aye, dieser verwöhnten Göre würde Morgan nur zu gern eins auswischen, egal, wie sehr er sich zu ihr hingezogen fühlte. Oder gerade deshalb? Warum bloß war sie hier aufgetaucht? Und warum hatte sie ihm verschwiegen, dass sie eine echte Lady war?

Als hätte er sie mit seinen Gedanken herbeigerufen, stand sie plötzlich an Deck, in einem reizenden hellblauen Kleid, das dieselbe Farbe hatte wie ihre Augen. Trotz der zerknitterten Seide raubte ihm der Anblick den Atem. Die schwarzen Locken wehten verführerisch um ihr herzförmiges Gesicht und ihren schlanken Nacken; der Wind presste den dünnen Stoff an ihre Beine und offenbarte, wie lang und wohlgeformt diese waren. Zudem flatterte ihr betörender Duft wie ein lavendelfarbenes Band zu ihm her. Morgan nahm einen tiefen Zug, dann stapfte er zu ihr hinüber.

Zum Glück hatte er seine Leute vorgewarnt, welch hübschen Gast sie an Bord hatten, doch seine Mannschaft schien genauso gebannt auf Lady Patricia zu starren wie er. Seine anfängliche Verzückung wich rasender Wut. Hatte er ihr vorhin nicht ausführlich geschildert, wie gefährlich es für eine Frau war, sich unter einer Meute liebeshungriger Seemänner aufzuhalten?

»Sie benehmen sich wie das begehrteste Häppchen am gesamten Buffet«, zischte er, als er sie am Arm packte, um sie wieder unter Deck zu zerren. Manche seiner Männer gelüstete es nicht nur nach ihrem Körper, sondern vor allem nach ihrem Blut. »Was haben Sie sich dabei gedacht?« Nicht viel, wahrscheinlich.

Durch die Kälte an Deck hatten sich Patricias Brustspitzen unter dem dünnen Stoff aufgerichtet. Sie würde sich eine Lungenentzündung holen!

Patricia versuchte sich vergeblich aus seinem festen Griff zu winden. »Es wird mir doch erlaubt sein, frische Luft zu schnappen. Sie können unmöglich von mir erwarten, dass ich mich die nächsten Wochen ausschließlich in Ihrer Kabine aufhalte!«

»Sie haben recht, das kann ich nicht. Aber ich werde dafür sorgen, dass Sie sich an Bord der Mariah entsprechend kleiden.«

»Mariah!?« Sie hob die Brauen und sah ihn überrascht an – einen Moment später stand sie wieder in seiner Kabine. Vorsichtshalber verriegelte er sie, damit sein widerspenstiger Gast nicht entwischen konnte.

»So, und was gedenken Sie jetzt zu unternehmen?« Trotzig stemmte sie die Hände in die Hüften.

»Ausziehen«, befahl er.

»Was?« Sie tat so, als hätte sie sich verhört.

Mit vor der Brust verschränkten Armen baute er sich vor ihr auf und musterte sie eindringlich. »Sie haben mich schon verstanden. Sie werden wieder in die Hosen steigen.«

»Aber das geht nicht!« Erneut wich sie vor ihm zurück.

Sein zorniges Gesicht spiegelte sich in ihren Pupillen, aber noch sahen seine Augen normal aus. Das würde nicht mehr lange der Fall sein, wenn Patricia ihn weiterhin reizte!

»Warum sind Sie bloß so wütend auf mich, Morgan? Liegt das an dem Piratenanteil in Ihrem Blut?«

Piratenanteil? »Jetzt lenken Sie nicht vom Thema ab, Miss Salesbury.« Dieses Weib machte ihn rasend. Zuhause mochte sie ja tun und lassen, was sie wollte, aber hier war er der Führer!

»Aber ich kann mich nicht ausziehen.«

Er machte einen Schritt auf sie zu. »Natürlich nicht, dafür haben Sie ja Ihre Zofen, nicht war, Mylady? Aber ich zeige Ihnen, wie einfach das geht.« Schon wollte er sich an den Knöpfen ihres Kleides zu schaffen machen, doch sie schubste ihn energisch von sich.

Mit aufgerissenen Augen blickte sie ihn an. »Aber Sie verstehen nicht. Ich habe die Sachen aus dem Fenster geworfen!«

Morgan erstarrte. »Was?«

»Ich sagte«, wiederholte sie laut und deutlich, als würde sie mit einem Kleinkind sprechen, »ich habe die Sachen aus dem Fenster geworfen.«

»Verdammt!« Seine Hand sauste auf den massiven Holztisch, und obwohl der fest mit dem Boden verschraubt war, hüpften die nautischen Instrumente ein Stück nach oben. Patricia machte ihn wütend. Sie machte ihn sogar extrem wütend und hitzköpfig. Frauen gegenüber zeigte er sich sonst immer von seiner besten Seite, nur bei Patricia wollte ihm das nicht gelingen. Sie hatte ihn verhext. Diese kleine Sirene musste einen Fluch über ihn gelegt haben, denn anders konnte er sich sein Verhalten nicht erklären. Er war nicht mehr er selbst, und er verlor sonst nie die Kontrolle über sich! Schon früh hatte er lernen müssen, sich zu beherrschen, damit ihm nicht der Prozess gemacht wurde. Zwar waren Werwolfverfolgungen aus der Mode gekommen und die Zeiten für Morgan und seine Artgenossen nicht mehr ganz so hart, aber es bestand dennoch das Risiko, hingerichtet zu werden oder in einer Kuriositäten-Show zu landen. Deshalb kam es ihm gelegen, das Meer zu bereisen, dort war er die meiste Zeit unter sich und seinesgleichen.

»Na ja, jetzt, wo alle wissen, dass ich eine Frau bin, brauche ich keine Hosen mehr zu tragen.« Patricia schenkte ihm ein unsicheres Lächeln. »Obwohl so eine Hose durchaus ihre Vorzüge hat, vor allem gegen den kalten Wind an Deck.«

Morgan ballte die Hände zu Fäusten. Wenn sie keine Frau wäre, würde er ihr einen Kinnhaken verpassen, damit sie wieder zu Verstand kam. Er stemmte die Hände in die Hüften, wo er sie besser unter Kontrolle hatte.

»Gesetz Nummer eins«, sagte er eisig. »In Zukunft werden keine Sachen mehr über Bord geworfen, es sei denn, ich ordne das ausdrücklich an!«

»Na schön, wie Sie meinen«, erwiderte sie überheblich.

»Gesetz Nummer zwei: An Bord meines Schiffes hat die gesamte Mannschaft Hosen zu tragen!«

»Da gibt es jetzt ein Problem.« Patricia hob ihren Zeigefinger, wurde jedoch sofort eines Besseren belehrt.

»Aber ganz und gar nicht, meine Liebe.« Er marschierte zu einer der Seekisten, wühlte darin herum und brachte von weit unten eine dunkelgraue Hose und ein zerknittertes beigefarbenes Hemd zum Vorschein.

Patricia schnappte nach Luft. »Sie können doch nicht verlangen …«

»Gesetz Nummer drei«, unterbrach er sie. »Keiner an Bord widerspricht den Befehlen des Captains!«

»Aber …«

Morgan schenkte ihr einen dunklen Blick, der sie endlich verstummen ließ. Ihn juckte es schon wieder in den Fingern, aber nicht nur, weil er seiner Wut Luft machen wollte, sondern dieses verräterische Kribbeln kündigte auch die Verwandlung seiner Fingernägel in Krallen an. Und mit diesen Krallen hätte er sie jetzt mit Vorliebe aus dem Kleid geschält. »Ich bin Ihnen gerne behilflich.«

»Ja, das kann ich mir gut vorstellen, Captain!« Plötzlich änderte sich ihr Gesichtsausdruck. Zuckersüß meinte sie: »Aber das schaffe ich gerade noch so allein.«

Bedächtig begann sie, ihr Kleid über dem Busen aufzuknöpfen. Morgan starrte wie paralysiert in das Tal zwischen ihren Brüsten, das mit dem Öffnen eines jeden Knopfes tiefer wurde. Der Rosenduft nahm an Intensität zu und drang durch seine Nase bis in die letzten Windungen seines Gehirns. Anhand ihres Geruchs erkannte er ihre wahren Absichten: Sie war paarungsbereit! Und sie war wie für ihn gemacht. Ihre Körper würden miteinander verschmelzen, sie würde die Mutter seiner Kinder sein. Er wusste es einfach, genau wie er wusste, dass morgen Donnerstag war.

Wenn es einen Gott gab, warum tat er ihm das an? Oder mochte Gott keine Geschöpfe wie ihn und wollte ihn auf diese Weise foltern? Waren er und seine Crew Geschöpfe des Teufels? Das hatte er sich schon oft gefragt.

Morgan stöhnte leise und lauschte ihrem Herzschlag. Sie war aufgeregt, erregt, spielte mit ihm.

»Wollen Sie sich nicht umdrehen?«, fragte sie verführerisch, ohne in ihren Bemühungen nachzulassen. Sie musste sich ja ziemlich verrucht vorkommen. Zudem schien es ihr außerordentlich Spaß zu machen, wie er auf ihre weiblichen Reize reagierte. Speichel sammelte sich in seinem Mund, zwischen seinen Leisten zog es. Zum Glück trug er ein weites Hemd unter seinem Mantel, denn sein Brustkorb vergrößerte sich und sämtliche Muskeln schwollen an. Gleich würde das Tier hervorbrechen!

Mittlerweile war Patricia der Stoff über die Schultern gerutscht und gab den Blick auf ein weißes Spitzenhemdchen frei. Morgan holte scharf Luft, die Augen auf ihre wundervollen Konturen geheftet, die durch die hauchfeine Seide schimmerten.

»Morgan, Sie Lüstling, starren Sie etwa auf meine Brüste?« Ihr Kleid rutschte bis zu den schlanken Fesseln.

Morgan hörte ihr kaum zu. Patricia war eine Frau ganz nach seinem Geschmack. Sie war keiner dieser mageren Knochen, auch wenn ihre Schenkel lang und schlank waren, aber ihr Gesäß und ihre Brüste besaßen die herrlichsten Rundungen. Und jetzt wusste er auch, woher dieser berauschende Duft kam: von ihrer Leibesmitte. Dort, wo sich ihre hübschen Beine trafen …

Plötzlich traf ihn ihre flache Hand im Gesicht.

Sofort wurde er etwas klarer im Kopf. Er zwinkerte, und Patricia starrte ihn böse an. »Drehen Sie sich um, Sie Lüstling!«

»Was? Sie wollten mich doch gerade …« Verführen?

Verdammt, er hatte sich nur eingebildet, dass ihr das Hemd bis zu den Knöcheln gerutscht war. Er war nicht mehr er selbst!

Sie streckte ihm die Hand hin, während sie das halb geöffnete Kleid vor ihren Brüsten zusammenhielt. »Sie können mir jetzt die Hose geben oder sieht Gesetz Nummer vier vor, dass ich nichts unter der Kleidung tragen darf als nackte Haut?«

Morgan schluckte, um ein Stöhnen zu unterdrücken. Dieses teuflische Weib verlockte ihn wie die Schlange den armen Adam, und da er sich nicht mehr lange zurückhalten konnte, musste er aus dieser Kabine raus, und zwar schnell! Seine Eckzähne verlängerten sich bereits und die Krallen schoben sich aus seinen Fingern. Auch die Pupillen verengten sich zu raubtierhaften Schlitzen, sein Blick schärfte sich, weshalb er Patricia auf keinen Fall mehr ins Gesicht sehen durfte.

»Gesetz Nummer vier besagt, dass *ich* hier die Regeln aufstelle.« Sein Befehl war kaum mehr als ein Flüstern. Seine Stimme klang belegt und seine Lenden schmerzten unerträglich.

»Gibt es noch weitere Regeln, Captain, oder darf ich mich jetzt anziehen?« Ihre Stimme zitterte leicht. Anscheinend war Patricia doch nicht so taff wie sie ihm weismachen wollte. Dummes Weib, jeder andere Mann wäre längst über sie hergefallen!

Er reichte ihr wortlos die Kleidung, wobei er darauf achtete, dass seine Finger unter dem Stoff verdeckt blieben. Dann zog er sie schnell zurück, ohne ihr in die Augen zu sehen.

»Drehen Sie sich bitte um?«

Widerwillig gehorchte er, denn all seine Sinne schrien danach, ihr beim Ausziehen zuzuschauen.

Er hörte ein Rascheln hinter sich und warf einen kurzen Blick über die Schulter. Patricia hatte ihm ebenfalls den Rücken zugekehrt und streifte sich das Kleid von den Schultern. Als sich ihre langen Haare über ihren nackten Rücken ergossen und die schmale Taille zum Vorschein kam, wandte er rasch den Kopf ab und presste die Hand auf seine Erektion. Sie pochte schmerzhaft in seiner Hose.

Stöhnend schloss er die Lider und grub die Hände in die großen Taschen seines Mantels, wo er sie immer wieder zu Fäusten ballte und sich dadurch die Krallen in das weiche Fleisch seiner Handflächen bohrten. Der Schmerz würde hoffentlich helfen, wieder zu Verstand zu kommen.

»Da gibt es aber noch etwas, das ich von Ihnen will«, sagte sie hinter ihm.

»Wenn Sie meinen, dass ich Ihretwegen die Küste ansteure, muss ich Sie enttäuschen.« Er redete möglichst leise, damit sie das Knurren in seiner Stimme nicht hörte.

Als sie nichts erwiderte, drehte er sich um. Zum Glück war sie angezogen.

Langsam fasste er sich wieder, weil ihre Beine in den wenig attraktiven Hosen steckten und das weite Hemd ihre weiblichen Rundungen verhüllte. Da sein Blick nicht mehr ganz so scharf war, wusste er, dass seine Pupillen ihr normales Aussehen angenommen hatten; die Krallen zogen sich ebenfalls zurück.

Da sie ihn lediglich mit aufgerissenen Augen anstarrte, hatte er wohl ins Schwarze getroffen.

»Mein nächstes Ziel ist Santa Cruz. Sie müssen noch mindestens eine Woche mit mir auskommen.« … und er mit ihr.

»Das ist eine lange Zeit, aber ich denke, die werde ich überleben«, erwiderte sie zu seiner Überraschung. »Ich möchte lediglich, dass Sie mir in Santa Cruz eine Passage auf einem Schiff buchen, das nach Boston segelt. Dann haben Sie mich los und ich denke, damit ist uns beiden geholfen.«

»Wie wollen Sie die Überfahrt denn bezahlen? Und wovon wollen Sie in Amerika leben?« Diese Lady stellte sich das Leben und Überleben in einem fernen Land sehr einfach vor.

Lächelnd zog sie einen Löffel aus ihrem großen Sack. »Echtes Silber. Ich habe das Besteck meiner Eltern mitgenommen. Wenn ich es versetze, kann ich eine Zeit lang davon leben. Und ich habe das Nadelgeld meiner Mutter stibitzt.«

Morgan konnte nur den Kopf schütteln. Der erstbeste Dieb würde sich ihre Tasche schnappen und sie wäre völlig mittellos.

»Was ist?« Patricia starrte ihn verwirrt an. »Ich werde meinen Eltern das Geld zurückzahlen. Irgendwann.«

Wie sollte er einem verwöhnten Frauenzimmer aus reichem Hause erklären, dass das wirkliche Leben kein Zuckerschlecken war? Morgan hatte seit seiner Kindheit hart gearbeitet, während sie wahrscheinlich nie über Kissen besticken und Klavierspielen hinausgekommen war. Doch als sie ihn jetzt so unschuldig und durcheinander anblickte … Auch wenn er sich nicht für einen Edelmann hielt, konnte er diese Frau schlecht in ihr Verderben schicken, zumal er den Drang verspürte, sie vor allem Unheil zu schützen. Aber wie sollte er ihr das beibringen? Obwohl er sie erst einen halben Tag kannte, wusste er zu gut, wie widerspenstig und eigenwillig sie sein konnte. Plötzlich war seine Wut verraucht und sein Beschützerinstinkt geweckt.

Patricia stand regungslos vor ihm, die Finger an den Knöpfen des Hemdes, und wartete auf eine Antwort.

»Es ist sehr gefährlich, als Frau so eine weite Strecke alleine zu reisen. Hinter jeder Ecke lauern Gefahren und Menschen – vor allem Männer –, die es nicht ehrlich mit Ihnen meinen werden.« Behutsam legte er ihr die Hände auf die schmalen Schultern. Die Wärme ihrer Haut machte ihn schwindlig, aber er hatte sich so weit unter Kontrolle, dass ihr nicht mehr auffallen würde, wovor er soeben gestanden hatte.

»Und Sie meinen es ehrlich mit mir, Sie wilder Pirat? Sie nehmen mir mein Silber nicht weg?«

Hatte sie deshalb verschwiegen, dass sie vom Adel abstammte, weil sie ihn für einen Piraten hielt? Für einen Seeräuber wäre sie auf alle Fälle ein Glücksfall, man könnte viel Lösegeld für sie verlangen.

Auf einmal trat sie einen Schritt auf ihn zu und küsste ihn flüchtig. Dann riss sie die Augen auf und presste sich die Hand auf den Mund, wich aber nicht vor ihm zurück. Morgan hörte ihr Herz aufgeregt klopfen.

Was denkt Sie sich bloß dabei?, ging ihm durch den Kopf, als er sie an sich zog und ihre Lippen in seinen Besitz nahm. Fordernd drang seine Zunge in ihren Mund, und sie ließ es einfach geschehen. Sie erwiderte sogar seine stürmischen Zärtlichkeiten, umfasste ihn bei der Taille, drückte ihren Körper fester an seinen und ließ ihre Zunge kreisen.

Es überraschte ihn, wie innig sie den Kuss erwiderte. Voller Leidenschaft und

Energie. Er spürte das Zittern, das durch ihren Körper lief, ihre Erregung, wie ihr Herz wild an seiner Brust pochte und ihren heißen Atem in seinem Mund. Würde er sie jetzt nehmen, würde sie sich wohl nicht wehren. Rissen ihre jugendliche Neugier und Unerfahrenheit sie zu dieser törichten Handlung hin? Oder erging es ihr wie ihm? Spürte sie, dass sie auf magische Weise zusammengehörten?

Doch Morgan würde nichts Unehrenhaftes tun. Die einzige Frau, der er eines Tages die Unschuld raubte, wäre seine Ehefrau. Bis jetzt hatte er seine Männlichkeit wenige Male bei Witwen unter Beweis gestellt, und so sollte es auch in Zukunft bleiben. Es ärgerte ihn, dass er sich dabei immer beherrschen musste, um sich nicht zu verwandeln. Dadurch konnte er das Liebesspiel nicht richtig genießen. Aus diesem Grund hatte er sich auch nie eine Hafendirne gesucht, denn sollten sie sein wahres Ich zu sehen bekommen … Unter den Dirnen verbreiteten sich Geschichten rasend schnell.

Vielleicht wäre es besser, sich mit einem Wesen aus der Mythenwelt zusammenzutun, doch eine weibliche Vertreterin seiner Spezies hatte er bisher nicht gefunden. Er wollte auch kein Vampir- oder Dämonenweibchen, er wollte eine ganz normale Frau, die ihn so akzeptierte, wie er war, und sich nicht vor ihm fürchtete. Würde ihn Patricia wollen? Doch wer wollte schon ein Biest wie ihn?

Seit Jahren bereiste Morgan die See, nicht nur, um Geld zu verdienen, sondern auch auf der Suche nach Frauen seiner Art – bloß sollten diese gänzlich ausgerottet worden sein. Er wollte etwas über seine Wurzeln erfahren und woher seine Mutter gekommen war. Er hatte nie verstanden, warum ihm sein Vater kaum etwas über sie erzählen wollte. Weil er vielleicht selbst nicht mehr über sie wusste?

Aber bevor er überhaupt ans Heiraten dachte, wollte er seine finanzielle Zukunft absichern. Zumindest schob er das als Grund vor. Schließlich musste er seiner Familie ein sicheres Leben bieten können. Sollte auf dieser Reise alles planmäßig verlaufen und er mit einem vollen Laderaum nach England zurückkehren, wäre er ein gemachter Mann. Doch bis dahin lagen viele Monate und noch mehr Gefahren vor ihm. Die größte Gefahr ging allerdings von dieser Lady aus. Sie brachte ihn bereits wieder dazu, seine Kontrolle zu verlieren. Er musste weg, bevor es zu spät war – für sie beide.

Fast schon panisch löste er sich von ihr, lief auf die Tür zu, schaffte es erst beim zweiten Anlauf, den schweren Riegel auf die Seite zu schieben, und rannte in die Kombüse als wäre Neptun persönlich mit seinem Dreizack hinter ihm her.

Stöhnend ließ er sich in der kleinen Bordküche auf einen Stuhl fallen und presste eine Hand auf den Schritt. Er musste sich von diesem Druck befreien – das würde vielleicht sein Verlangen nach Patricia abmildern.

Als er merkte, dass er nicht allein war, zuckte er zusammen.

»Na, mein Junge, jetzt sind wir noch keinen Tag unterwegs und dir brennt schon die Büx.« Sein Schiffskoch grinste ihn schadenfroh an.

»Henry, ich brauche einen Rum!« Morgan behagte es nicht, dass ihn der ältere Mann in dieser Verfassung sah.

»Die wilde Lady hat dich ja ziemlich verhext, so schmerzverzerrt, wie du gerade geguckt hast, was?« Henry entblößte ein lückenhaftes Gebiss und kicherte wie ein altes Weib. Er trat dicht an Morgan heran, um ihn mit seinen wässrigen Augen von oben bis unten zu mustern. »Aye, das hat sie. Hat unseren unerschütterlichen Captain in eine Miesmuschel verwandelt.«

»Halt die Klappe und bring mir meinen Drink«, rief er, wobei sein Smutje lachend zurückwich.

»Aye, aye, Captain!«, erwiderte der mit einem spielerischen Militärgruß und humpelte zu einem kleinen Fass, das gut festgezurrt in einer Ecke der Kombüse stand. Dort tauchte er einen Schöpflöffel in die bernsteinfarbene Flüssigkeit und goss Morgan ein Glas voll ein.

Er kannte Henry Miles schon sein ganzes Leben, weshalb er ihm den lockeren Umgang verzieh. Früher hatte Henry für seinen Vater auf dem Grundstück gearbeitet und sich um das Haus gekümmert. Er war ein Überbleibsel aus demselben Rudel, dem auch seine Mutter abstammte. Nachdem ihm wegen einer entzündeten Wunde am Unterschenkel das halbe Bein abgenommen werden musste und Morgan kurze Zeit später die Reederei seines Vaters verlassen hatte, um auf See sein Geld zu verdienen, hatte er sich Morgans Crew angeschlossen. Mit der hölzernen Beinprothese war er allerdings zu nichts Besserem zu gebrauchen gewesen als zum Kochen – was sich als wahrer Glücksfall herausgestellt hatte. Denn Henry konnte sogar aus altem Schiffszwieback, Griebenschmalz und Pökelfleisch ein schmackhaftes Menü zaubern. Die Küche war sein Revier, hier hatte er das Sagen. Ansonsten stand Henry von der Rangordnung unter Morgan. Er war nicht nur der Captain, sondern der Rudelführer. Er war der Alpha, der Stärkste von ihnen.

War Morgan überhaupt ein richtiger Wolf? Er hatte sich nie den Wölfen angehörig gefühlt. Zwar hatte er versucht, mit ihnen Kontakt aufzunehmen, um auch mehr über sich und seine Ursprünge zu erfahren, aber sie waren nicht auffindbar, als hätten sie ihn auf magische Weise von ihrer Gemeinschaft ausgeschlossen. Henry erging es ebenso, weil er sich den Menschen angeschlossen hatte, genau wie Morgans Mutter. Sämtliche verstoßene Geschöpfe der Mythenwelt oder Einzelgänger hatten hier auf seinem Schiff ein neues Zuhause gefunden.

Auch wenn sich normalerweise nicht alle Arten friedlich gesonnen waren, mussten sie auf engstem Raum miteinander auskommen, um gemeinsam zu überleben. Wer sich nicht anpasste, flog aus der Mannschaft. Bisher rissen sich aber alle am Riemen.

»Du solltest sie dir nehmen, dann ersparst du uns wenigstens deine schlechte Laune«, sagte Henry schmunzelnd, doch Morgan fand das nicht witzig. Er bedachte Henry mit einem bösen Blick, woraufhin sich dieser grinsend in einen silbergrauen Wolf verwandelte. Das Holzbein landete polternd unter dem

Stumpf der Pfote auf dem Boden, bevor der Wolf unter der Kleidung hervor-schlüpfte und sich humpelnd aus der Küche trollte.

Manchmal beneidete er Henry darum, sich komplett in ein Tier verwandeln zu können. Offenbar konnte er das nicht, weil sein Vater ein Mensch war. Wenn sich Morgan in einen Wolf verwandeln könnte, hätte er sich vielleicht komplett von den Menschen zurückgezogen, um ein Leben im Wald zu führen. Ja, manchmal wollte er von allem davonlaufen, nur durfte das niemand wissen. Das würde seiner Stellung als Anführer schaden.

Er leerte das Glas in einem Zug und machte sich Gedanken, an welchem Ort er in den nächsten Minuten ungestört seinen privaten Fantasien nachhängen konnte, um sich endlich etwas Erleichterung zu verschaffen.

Kapitel 3 – Provokationen

Patricia wollte den Nachmittag damit verbringen, den Piraten auf Deck bei der Arbeit zuzusehen. Doch schon kurze Zeit später zog sie sich in die Kajüte zu-rück, da der Wind kalt durch ihre Glieder fuhr, obwohl sie den Mantel ihres Bruders – der wohlweislich kein Opfer der Fluten geworden war – fest um den Körper geschlungen hatte.

In der Kabine des Captains war es auch nicht viel wärmer. Sehnsüchtig fiel ihr Blick auf die ordentlich zusammengelegten blauweißen Decken auf seinem Bett. Sie hatte von James gehört, dass manche Kapitäne ihren persönlichen Ste-ward hatten, der ihnen das Leben auf See angenehm machte. Sie wuschen die Wäsche, räumten die Kabine auf und waren immer zur Stelle, wenn sie etwas erledigen sollten. Dieser Steward hatte ihre kurze Abwesenheit offenbar ge-nutzt, um hier für Ordnung zu sorgen.

Patricia zitterte auch vor Müdigkeit. Die Nacht war sehr kurz gewesen. Es kam ihr wie eine Ewigkeit vor, seit der alte Ianto sie entdeckt hatte. Jetzt war sie froh darüber. Sie sah sich immer noch in dem kalten, ungemütlichen Laderaum liegen und schüttelte sich erneut.

»Ach, was soll's. Er wird es vielleicht gar nicht bemerken«, murmelte sie, ver-riegelte vorsorglich die Tür, zog sich die Stiefel von den klammen Füßen und mümmelte sich in Morgans Bett ein.

Die Decken und Bettlaken waren mit dem unwiderstehlichem Duft dieses at-traktiven Mannes getränkt, und Patricia erfasste ein Schwindelgefühl, das gewiss nicht vom Schlingern des Schiffes herrührte. Sie erinnerte sich noch einmal an den Plan, den Captain zu verführen. Sie hatte jetzt mehrmals bemerkt, wie sie auf ihn wirkte. Als einzige Frau an Bord war das wohl nicht verwunderlich. Fand er sie tatsächlich begehrenswert oder nur, weil sonst kein anderes weibli-ches Wesen in der Nähe war? Und wollte sie überhaupt, dass ein Pirat sie wahr-haftig begehrte? Was, wenn er ihr Gewalt antat? Sie hatte immer noch ein klein wenig Angst vor ihm, auch wenn sie sich das niemals anmerken lassen wollte.

Doch vielleicht schaffte sie es, ihren weiblichen Charme einzusetzen, um ihn zu manipulieren. Er schien tatsächlich ein Ehrenmann zu sein, sonst hätte er sich längst an ihr vergreifen können. Diesen Piraten sollte sie zu ihrem persönlichen Schoßhündchen umerziehen. Dann würde er ihr jeden Wunsch von den Lippen ablesen.

Ihr Herz trommelte hart gegen ihre Brust. Sie wusste, auf was für ein riskantes Spiel sie sich einließ, und es war naiv von ihr gewesen, diesen gefährlichen Mann herauszufordern, aber ... sie hatte sich in seiner Nähe kaum unter Kontrolle. Und schließlich war es nur zu einem Kuss gekommen. Wenn sie Morgan den Kopf verdrehte, würde er sie vielleicht vor den anderen beschützen, allein darauf kam es ihr an.

Ach, mach dir doch nichts vor, du findest ihn sehr anziehend, sagte ihr Gewissen. *Am liebsten würdest du dich von ihm in die Geheimnisse der körperlichen Liebe einführen lassen.*

Da sie zu erschöpft war, um weitere Gedanken an diesen attraktiven Kapitän zu verschwenden, glitt sie innerhalb kürzester Zeit in das Land der Träume. Doch auch dort wurde sie von Morgan geküsst. Immer und immer wieder. Seine Lippen waren weich und fest zugleich, brachten ihren Körper zum Prickeln und ließen sie dahinschmelzen. Pat erinnerte sich an den Geschmack seines Kusses, als ihre Zunge zum ersten Mal im Leben einen richtigen Mann gekostet hatte – der Stallbursche, mit dem sie herumexperimentiert hatte, zählte nicht. Da war sie schließlich ein halbes Kind gewesen, und der Junge war nichts im Vergleich zu diesem waschechten Mannsbild. Und dieser Pirat schmeckte fantastisch. Nach Meeressalz, Abenteuer und Leidenschaft ...

Ein Klopfen an der Tür ließ sie auffahren, und eine junge Stimme drang durch das Holz. »Miss Salesbury?«

Verwirrt tapste sie zur Tür, um sie einen Spaltbreit zu öffnen. Davor stand ein rothaariger Bengel von vielleicht siebzehn Jahren, der genauso groß war wie sie und seine durchdringend grünen Augen auf sie heftete. Die Iriden schienen zu schimmern und sich zu drehen, aber das musste eine Täuschung sein. Leicht benommen zwinkerte Pat.

Morgan hat auch so wundervolle grüne Augen, dachte sie, als der Schiffsjunge sagte: »Ich soll Ihnen von Mr Miles, unserem Smutje, ausrichten, dass es in einer halben Stunde Abendessen gibt, falls Sie etwas essen möchten.«

Ihr Magen knurrte daraufhin bedrohlich laut, schließlich hatte sie seit gestern nichts mehr zu sich genommen. »Sagen Sie Mr Miles bitte, dass ich sein Angebot dankend annehme, Mr ... wie war Ihr Name?«

Es verblüffte den Jungen offenbar, dass Patricia ihn nicht duzte, sondern wie einen Erwachsenen behandelte. Stotternd brachte er hervor: »Hed ... dsch ... äh, Hedgecomp, Madam. Bill Hedgecomp. Aber alle an Bord nennen mich Billy. Wenn Sie etwas brauchen, müssen Sie es mir nur sagen.« Er warf einen flüchtigen Blick in den Raum, und Pat entging nicht, dass er die zerknitterten Laken bemerkte.

»Dann sind Sie wohl für die Kabine des Captains zuständig?«

»Ja, Madam. Außerdem helfe ich in der Kombüse aus.« Wieder fiel sein Blick auf das Bett.

Patricia räusperte sich, beugte sich zu Billy vor, sodass sie jede einzelne seiner unzähligen Sommersprossen bewundern konnte, und flüsterte verschwörerisch: »Der Captain braucht ja nicht zu erfahren, dass ich mich einen kurzen Moment in seinem Bett ausgeruht habe. Tatsächlich wollte er für mich eine Hängematte anbringen lassen, aber das hat er wohl vergessen.«

»Ich werde mich sofort darum kümmern, Miss Salesbury«, erwiderte Billy in gedämpften Tonfall, doch die Empörung in seiner Stimme war nicht zu überhören. »Eine Lady gehört niemals in eine Hängematte. Vielleicht kann ich unseren Zimmermann überreden, Ihnen eine provisorische Koje zu bauen.«

Unschuldig spielte Pat an einer dunklen Locke. Das hatte sie sich von anderen Frauen abgeschaut, die auf den Bällen kokettierten, und ihr Verhalten studiert, mit welchen subtilen Methoden sie Männer manipulierten. »Das wäre wirklich sehr zuvorkommend von Ihnen, Mr Hedgecomb. Sie sind ein wahrer Gentleman, das habe ich sofort bemerkt.«

Er senkte den Blick. Seine Wangen und Ohren nahmen dieselbe Farbe an wie sein Haar.

Da ihn dieses Kompliment anscheinend aus der Fassung brachte, meinte Patricia schnell: »Ich würde mich sehr geehrt fühlen, wenn Sie mich zum Dinner geleiten würden, Mr Hedgecomb, da ich keine Ahnung habe, wo sich auf diesem Schiff der Speiseraum befindet.«

Billys Wangen glühten daraufhin intensiver und in seinen Augen lag plötzlich ein seltsames Funkeln, von dem Patricia schwindelig wurde. Sie fragte sich langsam, ob etwas mit *ihren* Augen nicht stimmte, da sie, seit ihrer Ankunft auf dem Schiff, immer wieder seltsame Dinge sah. Vermutlich lag das am Schwanken des Schiffes, an das sich ihr Körper erst gewöhnen musste.

Grinsend strahlte Billy sie an. »Es wäre mir ein Vergnügen, Miss Salesbury. Ich hole Sie in einer halben Stunde ab! Und nennen Sie mich doch bitte Billy.«

»Ach, und Billy?«, fragte sie, denn etwas interessierte sie brennend. »Wie heißt denn dieses Schiff eigentlich?«

»Mariah.« Er machte auf dem Absatz kehrt und eilte davon.

Mariah … genau wie Morgan gesagt hatte. Dann befand sie sich gar nicht auf der Neptuns Revenge und Morgan war vielleicht wirklich kein Pirat? Aber er konnte sein Schiff umgetauft haben, das sollten Seeräuber öfter machen.

»Ein netter Junge, dieser Billy«, murmelte Pat, während sie die Tür schloss. Sie konnte sich jetzt nicht über Piraten den Kopf zerbrechen, denn ihr blieben noch genau neunundzwanzig Minuten Zeit, um sich herzurichten.

Sie eilte zurück zum Bett, bei dem ein kleiner Tisch stand, auf dem Morgan neben einer Waschschüssel sein Rasiermesser, ein Stück Seife und einen kleinen Spiegel liegen hatte. Skeptisch warf sie einen Blick auf ihr verstrubbeltes Haar und ihre blassen Wangen. Sie sah abscheulich aus! Zudem steckte sie in viel zu großen, ausgewaschenen Kleidungsstücken, die ihre Figur unvorteilhaft erscheinen ließen.

Einer plötzlichen Eingebung folgend, drehte sie sich um und eilte zu den Truhen. »Morgan hat nur gesagt, dass ich Hosen tragen muss. *Was* das für Hosen sein sollen, hat er nicht erwähnt.«

Also öffnete sie die erste Kiste und nahm ein Kleidungsstück nach dem anderen heraus, das sie neben sich auf den Boden legte. Da gab es eine Vielzahl zu großer Hemden, eine englische Marineuniform, Hosen aller Längen und Farben, verschiedene Socken … und einen interessanten dunkelblauen Wollpullover, der wohl bei einem Waschgang geschrumpft war. Sofort schlüpfte Patricia aus dem alten Hemd und zog sich den Pullover über. Dieser schmiegte sich wie eine zweite Haut an ihren Oberkörper. Außerdem wärmte er sie um einiges besser als das luftige Hemd.

Zufrieden betrachtete sie sich im Spiegel und widmete sich der nächsten Truhe. Daraus lachten sie blendend weiße Hosen an, die ihr leider viel zu groß waren. Sonst gab es außer frischen Laken, Decken und verschiedenen Flaggen keine weiteren Kleidungsstücke, die ihr gepasst hätten, doch dieses Problem würde Billy lösen.

Nachdem sie alles wieder ordnungsgemäß verstaut hatte, kramte sie aus ihrem Jutesack eine vergoldete Haarbürste, Haarnadeln und bunte Bänder hervor, zähmte damit ihre wirren Locken und steckte sie zu einer kunstvollen Frisur auf. Hier und da ließ sie eine schwarze Strähne auf ihre Schultern fallen, kniff sich in die Wangen, bis sie rosig strahlten, und betrachtete sich zufrieden in Morgans Handspiegel. »Außerordentlich annehmbar«, murmelte sie, als es auch schon an der Tür klopfte.

»Miss Salesbury, wären Sie so weit?«, drang Billys jungenhafte Stimme durch das Holz.

»Ich hätte noch eine Bitte an Sie«, sagte Pat, als sie ihm öffnete.

»Alles, was Sie wollen, Miss Salesbury.« Er strahlte regelrecht, sichtlich glücklich, einer richtigen Lady helfen zu können.

»Die Situation ist etwas prekär und erfordert äußerste Diskretion. Kann ich mich Ihrer Verschwiegenheit versichern?«

Eifrig nickte er. »Natürlich, Madam. Sie können sich voll und ganz auf mich verlassen.«

Jetzt hatte sie ihn an der Angel. »Nun ja … dürfte ich mir eine Ihrer Hosen ausleihen?«

***

Als Billy, stolz wie ein Pfau, mit Patricia am Arm die Offiziersmesse betrat, erhoben sich sofort Morgans Männer, die um den festgeschraubten Esstisch saßen. Sie hatten sich bei einem Glas Rum angeregt unterhalten – bis zu dem Moment, als sie Miss Salesbury erblickten. Plötzlich herrschte Totenstille. Alle starrten sie gebannt an.

Morgan, der am Kopf der Tafel stand, musterte sie mit zusammengekniffenen Augen von oben bis unten. Patricia sah umwerfend aus, was auch den anderen vier Männern am Tisch nicht verborgen blieb. Durch den engen Pullover und die fest anliegenden Hosen, die an der Seite geschnürt waren, erkannte Morgan jede ihrer weiblichen Rundungen. Nur mit Mühe konnte er den Blick von ihren Brüsten und dem wohlgeformten Schenkeln abwenden.

Verflixtes Weibsstück! Ständig provozierte sie ihn. Er hielt sie für überaus gerissen. Und sehr naiv … War sie wirklich eine Adlige? Sie führte sich zuweilen auf wie eine Dirne.

Ohne seine Befehle zu missachten, hatte sie es erneut geschafft, ihn auf die Palme zu bringen.

Er atmete einmal tief durch. Seine Männer, aber vor allem Patricia, sollten nicht bemerken, dass sie ihn aus dem Gleichgewicht brachte. Deshalb presste er, nachdem er den ersten Schock überwunden hatte, ein »Guten Abend, Miss Salesbury« heraus. Seine Männer begrüßten sie ebenfalls, wobei es ihm überhaupt nicht gefiel, wie Bingley sie anstarrte.

Billy führte Patricia zu einem leeren Stuhl, der neben dem alten Ianto stand, und als sie sich darauf niederließ – was gar nicht einfach war, weil auf diesem Schiff alles festgenagelt war –, setzten sich auch die Männer wieder.

Morgan räusperte sich, um ihr seine wichtigsten Leute vorzustellen. »Darf ich Sie mit meinem Ersten Offizier, Mr Cadwell, bekanntmachen, Miss Salesbury.« Er deutete auf den Mann zu seiner Rechten, der wie ein verwittertes Stück Treibholz aussah.

Ianto nickte ihr daraufhin freundlich zu, woraufhin Patricia seinen Gruß erwiderte. »Ich denke, wir haben uns schon kennengelernt, Captain.« Sie sprach ihn in der Öffentlichkeit ebenso wenig beim Vornamen an wie er sie. Erleichtert bemerkte er, dass sie einmal einer Meinung waren. Seine Leute sollten nicht merken, wie nahe sie sich bereits gekommen waren.

Patricia lächelte. »Mr Cadwell hielt mich für eine Ratte.«

Ianto brach in schallendes Gelächter aus und sein einziges Auge rollte wild in seiner Höhle. »Das Mädel gefällt mir. Ist ehrlich und direkt, aye, das ist sie!« Zu Patricia gewandt fügte er lächelnd hinzu: »Ich hoffe, Sie können mir das jemals verzeihen, Miss Salesbury.«

Patricia schmunzelte verschwörerisch. »Mal sehen, Mr Cadwell. Doch ich denke, ich komme eines Tages darüber hinweg.«

Morgan räusperte sich abermals, wobei Patricia und Ianto sofort zu ihm blickten. »Zu meiner Linken sitzt Mr Pitkern, mein Zweiter Offizier.«

»Freut mich, Ihre Bekanntschaft zu machen, Miss Salesbury«, erwiderte Mr Pitkern, der sich kurz aus dem Stuhl erhob und eine leichte Verbeugung andeutete. Mr Pitkern oder Pitty, wie ihn alle nannten, war mit seinen beinahe vierzig Jahren und der untersetzten Statur nicht der schnellste, aber sein bester Wachoffizier und ein sehr fähiger Mann, wenn es darum ging, eine Reise zu planen. Außerdem kümmerte er sich um alle nautischen Angelegenheiten, wie die Seekarten und die Wartung der wichtigen Instrumente. Ein dichter schwarzer

Bart, in dem sich einige Silberstreifen zeigten, bedeckte sein rundes Gesicht, während auf seinem Kopf die Haare nur noch spärlich wuchsen. Sein Bauch war so rund, dass er an die Tischkante stieß. Was aber Pitty fast schon zu etwas Besonderem machte: Er war neben Patricia der einzig richtige Mensch an Bord, und er wusste über sie alle Bescheid.

»In seiner wenigen Freizeit schreibt Mr Pitkern Bücher«, setzte Morgan hinzu.

Patricias Augen wurden groß. »Oh, wie interessant!«

Sie sollte nur nie erfahren, welche Themen Pitty bevorzugte.

»Zu Mr Pitkerns Linken …« Bevor Morgan den Satz beenden konnte, hatte sich Bingley, der Patricia gegenübersaß, schon erhoben, und streckte die Hand über den Tisch.

Sie reichte ihm ihre, woraufhin der blondhaarige, blasse Hüne einen Kuss auf ihre Finger hauchte. »Dr. Andrew Bingley, zu Ihren Diensten, Madam.« Ein verschmitztes Lächeln umspielte seine Lippen und eine Reihe perfekter Zähne blitzte im matten Licht der Öllampen auf, die über ihren Köpfen hingen. Mit seinen dunkelblauen Augen zwinkerte er Patricia zu.

Morgan knurrte leise, in der Hoffnung, sein Arzt würde die Warnung vernehmen. Es war immer dasselbe mit dem Kerl. Ständig brachte Bingley seine körperlichen Vorzüge zum Einsatz. Äußerlich sah er jünger aus als Morgan und war ein wirklich hübscher Kerl – jung, groß, schlank. Das verbesserte Morgans Laune jedoch nicht, im Gegenteil. Falls Bingley Patricia weiterhin solche schmachtenden Blicke zuwarf oder es sogar wagte, auch nur einen Schluck von ihr zu nehmen, würde er ihm eigenhändig einen Pflock durchs Herz rammen, und zwar einen ungespitzten!

»Sehr erfreut, Dr. Bingley«, erwiderte sie lächelnd und errötete leicht.

»Sie logieren im Salon des Captains, wie ich hörte«, fuhr Bingley fort, als er sich setzte. »Ich hoffe, er benimmt sich Ihnen gegenüber anständig.«

Morgan entging der flüchtige Blick nicht, den Patricia ihm zuwarf. Am liebsten hätte er Bingley die Rumflasche über den blondgelockten Schädel gezogen, auch wenn das bei ihm nicht wirklich etwas gebracht hätte, um ihn außer Gefecht zu setzen. Morgans Gesichtsmuskeln spannten sich an und seine Kiefer mahlten gefährlich.

Patricia räusperte sich. »Captain Ryall ist ein äußerst ehrenwerter Mann, Doktor. So viel kann ich Ihnen versichern.« Ihre Wangen nahmen die Farbe reifer Tomaten an. Ob sie auch gerade an den leidenschaftlichen Kuss von heute Vormittag dachte?

Bingley, dem der wütende Ausdruck in Morgans Augen anscheinend nicht entgangen war, wechselte schnell das Thema, als Billy eintrat und verschiedene gefüllte Schüsseln und Platten auf den Tisch stellte. »Da hat sich unser Smutje mal wieder selbst übertroffen!«

Billys Gesicht leuchtete regelrecht, als er sagte: »Greifen Sie feste zu, Miss Salesbury. In ein paar Tagen sind die frischen Lebensmittel verbraucht und dann gibt es nur noch Wasser und Brot.«

Himmel Herrgott noch mal, wie sie Patricia alle in den Allerwertesten krochen!

Zu allem Überfluss rief Henry aus dem hinteren Teil, in dem die Kombüse lag: »Solange ich hier der Smutje bin und wir so eine nette Lady an Bord haben, wird mir immer etwas einfallen, um allen ein annehmbares Mahl zuzubereiten!« Kurze Augenblicke später humpelte er heraus, wobei er hart mit seinem Holzbein aufstampfte.

»Darf ich Sie mit Henry Miles, unserem Schiffskoch, bekanntmachen, Miss Salesbury?« Bingley nahm sich die Frechheit heraus, ihren Smutje vorzustellen, während der ihm einen Teller mit einem sehr blutigen Stück Fleisch hinstellte.

Morgan versuchte möglichst ruhig zu bleiben. Der Doc begleitete ihn jetzt schon auf seiner zweiten Reise, und nur seiner außergewöhnlichen Kompetenz als Arzt hatte er es zu verdanken, dass Morgan ihm seine Respektlosigkeit durchgehen ließ. Dennoch würde er ein ernstes Wörtchen mit ihm reden müssen. Auch mit den anderen Männern. Sie alle benahmen sich wie verliebte Gockel!

Patricia nickte ihm höflich zu. »Sehr erfreut, Mr Miles. Mr Hedgecomb hat mir schon einiges von Ihnen erzählt, als er mich zum Dinner geleitete.«

»Mr Wer?« Henry kratzte sich über seine grauen Bartstoppeln und runzelte die faltige Stirn, aber danach lächelte er. »Ach, Sie meinen Billy? Ein sehr lieber Junge, was? Dann hat der Schlingel Ihnen wohl die Hosen verpasst, aye?«

Billy, der einen Korb mit geschnittenem Brot auf den Tisch stellte, errötete noch mehr.

»Ja, Billy ist tatsächlich ein sehr lieber Junge.« Bingley zwinkerte und lächelte den Kleinen an, woraufhin der sich unverzüglich in die Küche verzog. Morgan kannte nicht Billys genaues Alter, aber er war bestimmt doppelt so alt, wie es den Eindruck machte, auch wenn er sich oft wie ein echter Siebzehnjähriger benahm.

Henry nickte Patricia noch einmal freudestrahlend zu, bevor er ebenfalls verschwand.

Der Doc riss das Gespräch wieder an sich, so als wären er und ihr blinder Passagier die einzigen Menschen in der Offiziersmesse. »Sie sehen bezaubernd aus, Miss Salesbury. Diese Hosen stehen Ihnen wirklich gut. Wo haben Sie Ihr hübsches Kleid gelassen, in dem ich Sie heute an Deck bewundern durfte?« Bingley blickte kurz zu Morgan, der ihm seinen hoffentlich finstersten Blick zurückschickte. Er wusste genau, dass sein Doc die Lady niemals an Deck gesehen haben konnte, weil er nie vor Sonnenuntergang nach oben kam. Aber natürlich hatten sich die Nachrichten wie ein Lauffeuer auf der Fregatte verbreitet. Nur wann kapierte der Quacksalber endlich, dass er die Finger von ihr lassen sollte? Musste er noch deutlicher werden? Er hatte Bingley die Erlaubnis erteilt, ihm als einzige Person auf der Mariah »zur Ader« zu lassen, weil Morgan hoffte, dass sein Blut dadurch von allem Übel geheilt wurde. Dieses Recht konnte er Bingley ganz schnell entziehen, und dann sollte er sehen, wie er auf diesem

Schiff überlebte! Die anderen Wesen würden ihm bestimmt nicht freiwillig ihr Blut spenden.

Leider machte ihm Patricia einen Strich durch die Rechnung. »Aber Dr. Bingley, Sie wissen doch – Gesetz Nummer zwei.«

Der Doc sah sie mit hochgezogenen Brauen an. »Gesetz Nummer zwei?«

Patricia warf einen flüchtigen Blick auf Morgan. Bemerkte sie nicht, dass ihm gleich der Kragen platzte? »Sie wissen schon – es schreibt vor, dass alle an Bord Hosen zu tragen haben.«

Ianto stieß ein kurzes Keuchen aus, doch als sie ihn ansah, starrte er in sein Rumglas. Von ihm würde sich Morgan wohl noch einiges anhören dürfen. Hatten sich denn alle gegen ihn verschworen? Er war hier der Captain, verdammt, aber seine Männer ließen sich von diesem Biest so um den Finger wickeln, dass sie sämtlichen Respekt verloren.

»So ein Gesetz kenne ich nicht.« Bingley runzelte erst die Stirn, dann lächelte er. »Sie wollen mich auf den Arm nehmen.«

»Ganz und gar nicht, mein Lieber.« Sie lächelte zuckersüß. »Der Captain hat mich persönlich davon unterrichtet.«

Diese Hexe! Augenblicklich verschluckte sich Morgan an seinem Stück Fleisch und hustete heftig. Obwohl er glaubte, gleich zu ersticken, war er so zornig, dass es reichte, um ihr einen bitterbösen Blick zu schicken.

»Natürlich, wie konnte ich Gesetz Nummer zwei vergessen!«, rief Bingley und grinste sarkastisch in seine Richtung. »Alles in Ordnung mit Ihnen, Captain? Brauchen Sie Hilfe? Pitty, klopf ihm mal kräftig auf den Rücken. Er ist ja schon ganz rot im Gesicht.« Danach widmete er sich wieder Patricia, so als ob es ihn nicht im Geringsten störte, dass sein Vorgesetzter gleich vom Stuhl kippte. »Entschuldigen Sie, Miss Salesbury. Wo waren wir stehen geblieben?«

»Bei den Hosen«, erwiderte sie, wobei sie Morgan seltsam ansah. Die Fröhlichkeit wich gänzlich aus ihrem Gesicht. Vielleicht besaß sie ja doch ein Quäntchen Mitgefühl.

Als ihm Mr Pitkern ein paar Schläge auf den Rücken verpasste, konnte er wenigstens wieder durchatmen. Ianto unterdessen beobachtete das Geschehen am Tisch mit unverhohlenem Interesse. Grinsend schaufelte er sich Kartoffeln in den Mund, während er von einem zum anderen blickte. Pitkern spielte an seinem münzgroßen Silberanhänger, den er immer um den Hals trug, und verkniff sich ein Lächeln.

»Genau, den Hosen«, fuhr Bingley fort. »Das Gesetz ist mir tatsächlich entfallen, wahrscheinlich, weil ich niemals in Verlegenheit kommen werde, einen Rock zu tragen.«

»Es sei denn, Sie wären Schotte, Dr. Bingley«, konterte Patricia und nippte an ihrem Weinglas.

»Gott bewahre!« Er lachte. »Welch zugige Angelegenheit. Haben Sie gewusst, dass ein Schotte unter seinem Kilt nackt ist? Stellen Sie sich nur vor, wenn mir an Deck eine starke Brise den Rock hochhebt.« Der Doc zwinkerte fröhlich in

Patricias Richtung.

Sogleich errötete sie und unterdrückte hinter vorgehaltener Hand ein Kichern. Offenbar stellte sie sich wirklich vor, wie sein Schiffsarzt unter den Hosen aussah.

Endlich hatte Morgan seine Stimme wiedergefunden und knurrte: »Dr. Bingley, darf ich Sie daran erinnern, dass an diesem Tisch eine Dame sitzt.«

Der Doc hob die Brauen. »Entschuldigen Sie, Miss Salesbury, der Captain hat recht. Wir sollten uns in Anwesenheit einer Lady wirklich sittsamer verhalten.« Er versuchte ein ernstes Gesicht zu machen, was ihm aber nicht gelang.

»Wir?«, rief Morgan über die Tafel. Langsam schlug ihm die Unterhaltung auf den Magen. Es missfiel ihm, dass sich Patricia so prächtig mit Bingley verstand.

»Würden Sie so freundlich sein und mir die Erbsen reichen, Mr Pitkern?«, warf sie schnell ein, als Morgan überlegte, wie er Bingley am qualvollsten foltern könne. Er sollte diesen Mistkerl im Laderaum anketten und ihm einen Monat seine Nahrung verweigern ... oder noch besser: an den Hauptmast binden und ihn einen wunderschönen Sonnenaufgang erleben lassen!

»Das Gemüse und das gebratene Fleisch duften wirklich köstlich!« Offensichtlich wollte sie das Gespräch in eine andere Richtung lenken. Ganz so gemein war sie ja doch nicht.

Der Doc schien endlich verstanden zu haben, dass er zu weit gegangen war, denn er hielt sich von nun an mit weiteren provozierenden Kommentaren zurück und verspeiste sein blutiges Steak.

Morgan wollte eben aufatmen, als Patricia einen Schrei ausstieß und ihre Beine anzog. »D-da ist ein Hund!«

Er ließ sein Besteck fallen und eilte an ihre Seite. »Henry!« Morgan bedachte den Wolf neben Patricias Stuhl mit einem bösen Blick. »Keine Sorge, Miss Salesbury, der tut keiner Fliege was zuleide.«

Das Tier legte den Kopf schief, woraufhin sie die Beine wieder ausstreckte und Henry ihre Hand hinhielt, die neugierig beschnüffelt wurde. Am liebsten hätte Morgan seinen Smutje angeknurrt. Was erlaubte er sich!

»Henry?«, fragte Patricia und schielte zu Morgan. »Der Hund heißt wie Ihr Koch?«

Zum Glück hielt sie Henry für ein Haustier und keine wilde Bestie. »Ja, äh, weil ihm auch ein Stück vom Bein fehlt, genau wie unserem Smutje.«

Henry hob kläglich jaulend seine verstümmelte Pfote.

»Du Armer, du«, sagte sie liebevoll und kraulte Henry hinter den Ohren, was ihm sichtlich gefiel. Genüsslich schloss er die Augen und schmiegte sein pelziges Gesicht in ihre Hand.

Dieser alte Wüstling! Die Kleine gehörte ihm, er hatte sie markiert. Sie war für ihn bestimmt, ihm allein!

Hör auf, Morgan, sie ist nicht deine Seelengefährtin, niemals, das konnte nicht sein. Patricia war keine Wölfin. Das hätte er gewiss gerochen. Alle Wölfe sendeten einen leicht scharf-würzigen Duft aus und sie roch wie ein Blumenbeet.

Lächelnd hob sie den Kopf. »Wie kommt ein Hund an Bord Ihres Schiffes?«

Morgan bemühte sich, seine Stimme normal klingen zu lassen. »Wir kennen uns schon ewig. Er ist bereits mein halbes Leben bei mir. Eines Tages tauchte er einfach auf und wich nicht mehr von meiner Seite.« Diese Version hatte er bereits vielen anderen erzählt, zum Beispiel wenn er auf Landgang war und Henry ihn in seiner Wolfsgestalt begleitete. Mit drei Beinen war er eben besser unterwegs als mit einem – wie er stets zu sagen pflegte.

Morgan schickte ihn mit einem harsch gesprochenen »Du weißt, wo dein Platz ist!« zurück in die Bordküche, um seine Stellung klarzumachen.

Anstatt zu winseln und sich mit eingezogenem Schwanz davonzutrollen, bellte Henry ein Mal und spazierte wedelnd in die Kombüse.

Der weitere Abend verlief mit belanglosen Gesprächen, nichtsdestotrotz wechselte Patricia kaum ein Wort mit ihm und würdigte ihn nur selten eines Blickes. Leider wurde sie dadurch für Morgan nicht unsichtbar, denn ihr blumiger Geruch überdeckte alles und übertünchte sogar den üblen Gestank des in den Schiffsrumpf eingedrungenen Bilgenwassers, das seine empfindliche Nase bis hierherauf wahrnahm.

»Wenn mich die Herren nun entschuldigen würden …« Als sie sich vom Tisch erhob und leicht schwankte, sprang Bingley noch vor allen anderen Männern auf und eilte an ihre Seite.

Sie kicherte. »Ich habe wohl zu viel Wein erwischt.«

Auch Morgan hatte ihr anbieten wollen, sie den kurzen Weg bis zu seiner Kabine zu begleiten. Am liebsten wollte er seine Faust in Bingleys Grinsen rammen.

Patricia bedankte sich bei ihm. »Das ist sehr nett von Ihnen, Doktor, doch ich finde den Weg allein.«

»Bitte, nennen Sie mich Andrew, meine liebe Miss Salesbury. Und es würde mir sehr große Freude bereiten, Sie jedes noch so kleine Stück zu begleiten.«

Natürlich würde es das, dachte Morgan. Bei der nächstbesten Gelegenheit würde Bingley von ihr kosten und sie dann alles vergessen lassen. Patricia schmeckte sicher so süß wie sie duftete.

Einen Moment zögerte sie, als ob sie spüren würde, dass sie bei Bingley nicht sicher war, aber schließlich legte sie eine Hand auf seinen angewinkelten Arm. Morgan konnte kaum mit ansehen, wie sie seinen Schiffsarzt berührte.

Der grinste breit. »Falls Sie etwas benötigen, scheuen Sie sich nicht, mich zu fragen oder mich in meiner Kabine aufzusuchen, Miss Salesbury. Ich habe da zum Beispiel ein wunderbares Mittel gegen Seekrankheit.«

Oh ja, wahrscheinlich würde er Patricia in Trance versetzen, um dann alles mit ihr anstellen zu können. Morgan war weitgehend immun gegen die psychischen Tricks des Arztes, doch jeder normale Mensch würde ihm hoffnungslos verfallen.

»Danke, Andrew, aber es geht mir ausgezeichnet. Ich bin lediglich müde. Sollte ich einmal unpässlich sein, werde ich gerne auf Ihr Angebot zurückkommen.« Als sie an seiner Seite durch die Offiziersmesse schritt, wünschte sie allen eine gute Nacht.

Er schaffte es gerade noch, ihren Gute-Nacht-Wunsch zu erwidern, danach presste er die Zähne so fest zusammen, dass er befürchtete, sie zu pulverisieren. Der Doc machte ihn rasend, derweil war er Patricia genauso wenig versprochen wie sie ihm. Sie war eine unverheiratete Frau, zudem hübsch, klug und gewitzt – jeder Mann auf dieser Welt wäre ein Narr, wenn er sie nicht bewundern würde.

Allerdings wurde er aus dieser Frau nicht schlau. Warum verhielt sie sich so merkwürdig? Wenn sie allein waren, fraß sie ihn mit ihren Blicken fast auf, doch sobald sie sich in Gesellschaft befanden, behandelte sie ihn wie Luft. Er würde froh und erleichtert sein, wenn er diese verführerische Nixe in Santa Cruz endlich von Bord hatte, denn sie manipulierte auf merkwürdige Weise seinen Verstand. Und nicht nur den. Das Tier in ihm ließ sich immer schwerer zügeln.

Als er aufschaute und in die Runde blickte, wusste er, dass seine Augen glühten. Dennoch würde er den beiden folgen, um sicherzugehen, dass Bingley sie nicht anrührte …

Kapitel 4 – Liebesspiele

Eine Stunde später betrat Morgan seine Kabine. Es brannte kein Licht, Patricia schien zu schlafen. Da er sich blind zurechtfand und im Finstern gut sah, brauchte er keine Öllampe zu entzünden. Also legte er sein Halstuch ab, zog sich das Hemd über den Kopf und hielt für einen Moment die Luft an, um in die Dunkelheit zu lauschen.

Er hörte das Knarren und Knacken der Balken, das Pfeifen des Windes, das Plätschern der Wellen gegen den Schiffsrumpf und … aus der rechten Zimmerecke Patricias gleichmäßigen Atemzüge. Genau aus dieser Richtung drang auch der blumige Geruch in seine Nase, den er als lavendelfarbenes Band wahrnahm. Es wand sich durch die ganze Kajüte. Er konnte sehen, wo sich Patricia überall aufgehalten hatte.

Bewegungslos starrte er in die düstere Ecke, wobei seine scharfen Augen die Finsternis zerschnitten. Der Halbmond warf einen schwachen Schein durch die Fenster. Deutlich zeichnete sich Patricias Gestalt in der Hängematte ab. Durch den Seegang schwankte sie leicht hin und her.

Er rang mit seinem Gewissen. Ein Gentleman hätte ihr sein Bett überlassen, aber diese Lady schaffte es, dass er in ihrer Anwesenheit alle guten Manieren über Bord warf. Morgen Früh würden ihr sämtliche Glieder wehtun und sie würde ihren Unmut darüber sicher wieder an ihm auslassen.

Sollte er sie wecken und ihr sein Bett anbieten? Oder sie einfach hinübertragen?

Auf keinen Fall! Diese Hexe hatte ihn schon genug verzaubert. Außerdem hatte sie ihn vor seinen Männern provoziert, sollten ihr morgen Früh ruhig alle

Knochen wehtun. Wenn er ihre Körperwärme zu spüren bekäme, würde ihn das ohnehin die ganze Nacht quälen. Auch jetzt verlangte es ihn danach, einfach zu ihr zu gehen und sie zu berühren, doch er musste stark sein. Da nahm er lieber ihre schlechte Laune in Kauf, die würde ihn wenigstens vor ihren Reizen beschützen.

Morgan wandte den Blick von ihr ab, legte die Finger an den Bund seiner Hose und zögerte. Normalerweise schlief er nackt, aber jetzt, da eine Lady mit ihm in seiner Kajüte wohnte …

Ach, was stellte er sich so an? Sie sah ihn ja nicht. Und noch bevor sie morgen Früh aufwachte, war er schon an Deck. Dennoch legte er die Hose sicherheitshalber an das Fußende des Bettes.

Danach ging er zum Waschtisch. Möglichst geräuschlos goss er sich das kühle Nass in die Schüssel und tauchte sein Gesicht darin ein. Er benetzte die Brust und wusch sich unter den Armen, dabei wunderte er sich über einen intensiven Veilchenduft. Diese Madame hatte doch nicht … Er schnüffelte in den Krug hinein und sein Magen zog sich zusammen. Diese Göre hatte tatsächlich ein Duftwässerchen in das Wasser gekippt! Jetzt klebte dieser Geruch überall an ihm.

Mit dem Handtuch wollte er sich das Parfüm von der Haut rubbeln, doch selbst der Stoff war durchtränkt damit. Tief durchatmend versuchte er sich zu beruhigen, wobei er sich ausmalte, dieses Luder in der Hängematte einzuwickeln wie eine Spinne ihre Beute. Aye, dann käme sie nicht mehr auf so dumme Gedanken.

Sie wusste ja nicht, dass er außerordentlich gut riechen konnte und ihn das Parfüm in der Nase kitzelte, aber das war trotzdem keine Ausrede für ihr unverzeihliches Verhalten. Das hier war seine Kabine und sein Waschwasser, davon hatte sie gefälligst die Finger zu lassen!

Nachdem er das parfümierte Wasser aus dem Fenster gekippt hatte, schlüpfte er unter die Bettlaken, konnte aber nicht einschlafen. Immer, wenn er die Augen schloss, sah er Patricia, wie sie sich vor ihm umgezogen hatte.

Unruhig wälzte er sich auf den Bauch, doch das hatte nur zur Folge, dass sein bestes Stück angenehm in die Matratze gedrückt wurde. Schnell drehte er sich auf die Seite. Das Letzte, was er gebrauchen konnte, war eine Erektion. Morgan versuchte sich mit allem Möglichen abzulenken, führte komplizierte Berechnungen durch, ging die Route im Geiste nach, betete für günstigen Wind – doch am Schluss landete er mit seinen Gedanken immer wieder bei ihr.

Patricia war unmöglich eine Dame der feinen Gesellschaft. Dazu war sie viel zu … offen. Wie sie seinen Kuss erwidert hatte, so voller Inbrunst und Leidenschaft – auf solche Weise küssten keine unschuldigen Mädchen.

Allein der Gedanke, wie viele Männer sich schon mit ihr vergnügt haben mochten, machte ihn wütend. War er etwa eifersüchtig? Unmöglich! Das würde ja bedeuten, dass er mehr für diese Frau empfand als körperliches Verlangen. Was kaum sein konnte, schließlich kannte er sie erst einen Tag.

36

Was, wenn sie wirklich seine Seelenverbundene war und sie füreinander bestimmt waren? In seiner Welt gab es Geschöpfe, die vom ersten Moment an wussten, wenn sie den Partner fürs Leben gefunden hatten. Aber dass es gerade sein blinder Passagier sein sollte, erschien ihm eher unwahrscheinlich.

Seine Gefühle und Instinkte kämpften mit seinem Verstand. Er fühlte sich hilflos wie ein kleines Kind. Das kannte er nicht.

Plötzlich stöhnte sie, und ein Blitz durchfuhr seine Lenden. Verdammt – diese Frau lag keine zwei Meter von ihm entfernt in einer Hängematte. Sie war allein mit ihm, ohne Anstandsdame. Ihr Ruf wäre ruiniert, sollte jemand in England davon erfahren. Jeder andere Mann hätte sich jetzt auf sie gestürzt, doch zu dieser Sorte gehörte er nicht ... wollte er nicht gehören! Also blieb ihm nichts anderes übrig, als schweren Herzens selbst die Anstandsdame zu spielen, wobei er dabei bereits kläglich versagt hatte. Aber er war der Kapitän dieses Schiffes und als solcher für seine Passagiere verantwortlich. Außerdem musste er dafür sorgen, dass sie wieder unbeschadet zurück nach Brixham kam, zu ihrer Familie. Die würde sich bestimmt schon große Sorgen wegen ihres Verschwindens machen.

Er musste ihr diese Amerika-Flause austreiben. Sie sollte in England bleiben, dort einen anständigen Mann heiraten und ... verflixt! Er wollte nicht, dass sie einen anderen Mann heiratete. Aber er wäre ein genauso unpassender Ehemann. Schließlich verbrachte er viel Zeit auf See. Seine Frau würde ihn kaum zu Gesicht bekommen, und wäre Patricia seine Frau – Morgan hätte auf seinen Reisen keine ruhige Minute, wusste er genau, wie sie auf Männer wirkte.

Wie weit war es noch mal bis Santa Cruz?

Erneut stöhnte sie, lang und tief. Dabei wälzte sie sich in der Hängematte hin und her. Morgan schluckte und hielt sich die Ohren zu.

Dieses Stöhnen war unerträglich. Unerträglich erregend! Leider war er neugierig. Träumte sie? Seitlich auf einen Arm gestützt, blinzelte er zu ihr hinüber. Als er plötzlich ihre Stimme hörte, zuckte er zusammen.

»Oh ... Black ... Was tust du?« Wieder dieses atemlose Stöhnen. »Black ... Küss mich!«

Black? Von wem träumte sie so angeregt? Definitiv nicht von ihm. War Mr Black einer ihrer Liebhaber? Doch daran konnte er jetzt keinen Gedanken verschwenden, denn ihr Stöhnen machte ihn immer unruhiger. Ihr Körper bäumte sich ständig auf und zuckte.

Schweiß stand auf seiner Stirn. Diese Frau trieb ihn sogar noch in den Wahnsinn, wenn sie schlief!

Auf einmal verlor sie in der wackligen Hängematte das Gleichgewicht und purzelte heraus. Mit einem dumpfen Laut, gefolgt von einem Aufschrei, landete sie auf dem Holzboden, woraufhin ihr ein ziemlich undamenhaftes Wort entschlüpfte.

Sofort sprang er aus dem Bett und war mit wenigen Schritten bei ihr angelangt. Fluchend lag sie unter der schaukelnden Hängematte.

»Hast du dich verletzt?« Vorsichtig drehte er sie auf den Rücken und bemerkte, dass sie nichts weiter auf ihrem unwiderstehlichen Leib trug als ein dünnes Nachthemd, das ihr gerade mal bis zu den Oberschenkeln reichte. Und es war eines dieser Stücke, das Männerblut in Wallung brachte. Wo hatte sie das her? Gewiss aus dem Seesack, in dem sie auch das Silber aufbewahrte.

Als seine beginnende Erektion pochte, wurde er sich seiner Nacktheit bewusst. Verdammt, er musste sich etwas anziehen, bevor sie mitbekam, wie es um ihn bestellt war.

»Ich glaube, ich habe mir alle Rippen gebrochen.« Sie keuchte, während sie versuchte, sich aufzurichten, was ihr aber nicht gelang. Stöhnend ließ sie sich zurücksinken.

Morgan schob eine Hand unter ihrem Rücken durch und fasste sie mit der anderen unter den Knien. Als er sie sanft aufhob, drang erneut ein langgezogener Laut aus ihrem Mund, der seinen Körper erhitzte und sein Blut zum Kochen brachte.

Verflucht, er hatte sich vollständig verwandelt. Zwar wurde er kein Wolf, sondern behielt weitgehend seine menschliche Gestalt, aber wirklich menschlich sah er nicht mehr aus. Zum Glück konnte sie in der dunklen Kajüte nicht so gut sehen wie er, denn er musste Furcht einflößend auf jeden wirken. Seine Nägel glichen Klauen, die Eckzähne traten weit aus dem Kiefer hervor, sodass er Mühe hatte, sie hinter den Lippen zu verbergen, und seine Muskeln hatten ordentlich an Masse zugelegt. Er war ein Monster.

»Ich werde den Doc holen.« Behutsam legte er sie auf dem Bett ab und wollte sich von ihr entfernen, doch sie hielt ihn am Arm fest.

»Mir fehlt nichts, Morgan.« Sie setzte sich auf und starrte ihn an, so als ob sie etwas erkennen könnte. »Andrew ist jetzt der Letzte, den ich sehen will.«

Patricia roch nach ihrem unwiderstehlichen Duft und nach Wein. Offenbar vertrug sie keinen Alkohol, denn sie lallte leicht.

»Das entscheide immer noch ich«, knurrte er und drückte sie zurück auf die Matratze.

Abermals seufzte sie. »Aye, du bist der Captain.« Immerhin konnte sie schon wieder spotten.

Morgans Hände fuhren wie von selbst unter ihr Hemd und glitten an ihrem Körper nach oben, wobei er stark darauf achtete, sie mit den Krallen nicht zu verletzen. Sie waren nicht besonders lang, aber scharf. Er verwendete seine ganze Konzentration darauf, sie einzufahren, was ihm glücklicherweise gelang, doch der Rest von ihm würde sich erst zurückverwandeln, wenn sich auch sein Verlangen nach dieser Frau abgekühlt hatte.

»Was tust du?« Patricia holte scharf Luft, als er das Dreieck zwischen ihren Beinen streifte.

Wie heiß sie zwischen ihren Schenkeln war und wie berauschend sie dort roch. Er konnte diesem Duft kaum widerstehen und wollte am liebsten den Mund auf ihre Scham pressen. »Ich sehe nach, ob du dir nichts gebrochen hast.«

»Sehen? Es ist stockdunkel!«

»Fühlen … Herrgott, musst du mir immer dagegen reden?«

»Du darfst mich auch Pat nennen«, wisperte sie und lachte.

»Kannst du nie ernst bleiben?« Er kniete sich zu ihr auf das Bett, betastete vorsichtig ihre Rippen, jede einzelne, und kam immer höher, bis er mit den Händen an die Unterseite ihrer Brüste stieß. Wieder stöhnte sie.

Morgan erstarrte. »Du hast doch Schmerzen!«

»Keine körperlichen«, sagte sie leise. »Mir ist nur schwindlig und ich fühle mich so leicht. Und flattrig.« Erneut kicherte sie.

Ja, sie war tatsächlich beschwipst.

Anstatt um ihre Brüste herumzutasten, fuhr er einfach an ihnen herauf, drückte sie sanft und knetete sie, bis sich ihre Brustwarzen versteiften. »Ich denke, die hier haben den Sturz abgefangen.« Er wollte auch einen Scherz versuchen, um die peinliche Situation zu überspielen, aber in seiner Stimme lag keine Belustigung. Im Gegenteil, er schaffte es kaum, die Worte herauspressen. Er atmete schwer und seine Erektion spannte. Patricias Brüste waren herrlich weich und rund … wann hatte sich etwas jemals besser angefühlt?

Was machte er hier? Verdammt, schon wieder hatte er seine Hände dort, wo sie nichts zu suchen hatten, doch er war machtlos dagegen. Hoffentlich war sie so betrunken, dass sie sich morgen an nichts mehr erinnerte.

»Fühl mal an meinen Hüften, Morgan. Womöglich habe ich dort eine Prellung«, sagte sie.

Langsam ließ er die Hände an ihrer seidigen Haut nach unten gleiten und über ihren weiblichen Bauch, bis sie an den Seiten ihrer Schenkel ruhten.

»Nicht dort, Morgan. Weiter in der Mitte.«

War sie verrückt? Was sie da von ihm verlangte, konnte nicht ihr Ernst sein! Doch seine Hände gehorchten ihm nicht. Unbeirrbar glitten sie auf das Zentrum ihrer Weiblichkeit zu. Als er sanft über ihr zart behaartes Dreieck fuhr, drückte ihm Patricia die Hüften entgegen. Dabei stöhnte sie so losgelöst, dass seine Beherrschung weitere Risse bekam.

Sofort zog er die Hand zurück. »Patricia … du bist betrunken.«

»Bin ich nicht«, antwortete sie atemlos. »Nur ein bisschen angeheitert.«

»Befehle mir, die Kabine zu verlassen, bevor ich mich nicht mehr zügeln kann.« Wie hypnotisiert blickte er auf den Schatten zwischen ihren Beinen. Er konnte nicht anders, musste sie dort einfach anfassen.

»Ich will nicht, dass du gehst. Berühre mich noch mal. Bitte«, flehte sie so ehrlich, dass seine Hände sofort wieder auf ihren Oberschenkeln landeten. Er streichelte die weichen Innenseiten und glitt erneut auf ihr Zentrum zu.

Seine Erektion pulsierte im Takt seines rasenden Herzens, seine Fangzähne schmerzten. Er könnte sie auch in ihren Lenden vergraben oder in ihrem Oberschenkel, oder … *Gott, steh mir bei, ich kann mich kaum beherrschen!* Er wollte sie so sehr, wollte sie zu der Seinen machen, dass er drohte, den Verstand zu verlieren.

Seine Hand legte sich auf ihren Schamhügel, sein Daumen drang zwischen die erhitzten Falten und berührte den kleinen Knubbel, den er dort fand.

Patricia öffnete sich, hob die Hüften an. Wie von selbst fand seine Fingerspitze den Weg in die sämige Feuchte.

»Bitte, Patricia, gebiete mir Einhalt.« Er stöhnte verzweifelt. Wenn sie ihn nicht sofort aus der Kabine warf und den Riegel vor die Tür schob, würde er wie ein wildes Tier über sie herfallen. Wie sie vor ihm lag, das Nachthemd bis über die Brüste hochgeschoben ... Himmel, was für eine Sirene!

»Ich möchte nicht, dass du damit aufhörst«, erwiderte sie und keuchte unter ihm. »Es fühlt sich wunderbar an.«

»Dummes Weib ...« Morgans Selbstbeherrschung zerbrach. Er glitt auf sie, genoss den schlanken, warmen Leib unter sich und das Gefühl von Haut auf Haut, und noch ehe er sich versah, presste sie die Lippen auf seinen Mund. Seine Zunge forderte ungestüm Einlass und Patricia hatte nichts dagegen einzuwenden. Sie schlang die Arme um ihn und rieb ihren Unterleib an seiner Erektion.

»Du bist wirklich gut gebaut«, sagte sie atemlos, als sie seinen nackten Rücken streichelte und daran auf und ab glitt.

Ihr heißer Körper bebte unter seinen Berührungen, wobei sich sein Penis auf ihren Venushügel drückte. Es brachte ihn beinahe um, dass sein harter Schaft über ihre Weiblichkeit rieb, aber nicht in sie konnte. Er durfte nicht! Sie war betrunken.

Er konzentrierte sich darauf, sie mit den Fangzähnen nicht zu verletzen, und wollte ihr keine Chance geben, seinen Mund zu erkunden. Immer wieder drängte er ihre Zunge zurück. Morgan stützte sich auf die Ellbogen, um eine Hand zwischen ihre Körper gleiten zu lassen. Schwer atmend vor Erregung schob er ein Knie zwischen ihre Beine und drängte sie auseinander. Als er mit zwei Fingern durch ihre Spalte rieb, spreizte sie ihre Schenkel weiter. Patricia war heiß und feucht – nein, mehr als das. Sie war nass! Nass und bereit für ihn.

Sie hob sich seiner Hand entgegen, und seine Finger glitten schneller über ihr Geschlecht. Morgan hatte keinerlei Erfahrung mit Jungfrauen, doch er war sich sicher, dass Patricia alles andere als das war. Sie räkelte sich so lasziv und bereitwillig unter ihm, wie es bloß die erfahrenen Frauen taten und davon auch nur wenige. Ob er sie nehmen sollte? Er würde aufpassen, sich rechtzeitig zurückziehen und ... Gott, nein, er durfte nicht!

Aber er konnte von ihr kosten.

Zuerst leckte er die Finger ab, doch als er den bittersüßen Geschmack kostete, wusste er, dass er mehr brauchte. Mit beiden Händen drückte er ihre Schenkel weiter auseinander und legte sich mit dem Kopf dazwischen. Dann tauchte er seine Zunge in die köstliche Quelle und ließ sie über ihren empfindsamen Knubbel flattern.

»Morgan!« Patricia schrie auf, allerdings nicht aus Furcht oder Scham, vielmehr aus Lust, wie er registrierte, denn sie presste ihren Unterleib in sein Gesicht.

Das brachte seine Beherrschung zu Fall. Er krabbelte über sie, griff nach seinem Geschlecht und drängte sich zwischen ihre Beine. Ohne Probleme fand er ihren feuchten Eingang und stieß zu.

Patricia versteifte sich unter ihm und hielt die Luft an.

Teufel noch mal, was hatte er getan?

Natürlich hatte er den kurzen Widerstand bemerkt, den er mühelos durchstoßen hatte. Er fühlte sich wie das größte Schwein auf Erden. Er hatte das Mädchen brutal entjungfert! Wie konnte er nur glauben, sie habe schon einmal mit einem Mann geschlafen? Sie war eine Lady! Und wie konnte er sich jemals verzeihen, was er getan hatte?

Ihm war schwindlig, sein Herz raste, hart klopfte es in seinen Ohren. Verdammt! Verdammt! Verdammt!

Frustriert wollte der Wolf in ihm aufheulen, aber er konnte den Drang gerade noch unterdrücken. »Verdammt, Patricia! Warum hast du mir nicht gesagt, dass du noch unberührt bist?« Behutsam wollte er sich aus ihr lösen, doch sie schlang ihre langen Beine um sein Gesäß, um ihn in sich zu halten.

»Du hast mich nicht danach gefragt«, erwiderte sie außer Atem.

»Patricia ... Was ...«

»Halt den Mund und mach weiter«, befahl sie ihm, wobei sie abermals ihre Hüften kreisen ließ.

»Verflixt, Mädchen.« Erneut sank er stöhnend auf sie, doch er traute sich nicht, sich zu bewegen. Er hatte keinerlei Erfahrung mit Jungfrauen und wollte ihr keine weiteren Schmerzen zufügen.

Fordernd ließ sie ihr Becken kreisen, wobei sie ihn mit den Beinen umklammerte wie eine schwarze Witwe. Obwohl sie es wollte, schaffte es Morgan, sich aus ihr zu lösen. Er war einfach zu schockiert, um dem Liebesspiel noch etwas abgewinnen zu können.

Aber da hatte er die Rechnung ohne Patricia gemacht.

Es war geschehen, der Captain und sie waren im Bett gelandet. In Pats Kopf drehte sich alles. Der verflixte Alkohol und der erotische Traum hatten ihr die letzten Hemmungen genommen. Liebe Güte, er war in ihr gewesen und hatte sie ausgefüllt!

Zuerst hatte es kurz wehgetan, aber als sie sich an seine Länge gewöhnt hatte, pulsierte ihr Inneres um ihn. Sie wollte mehr, Morgan fühlte sich gut an. Sein heißer Körper auf ihr, sein Duft ... Himmel, ein nackter Mann lag auf ihr! Nur offenbar hatte er keine Lust mehr und sie vermisste es, ihn nicht in ihr zu spüren.

Nein, jetzt war es passiert und ließ sich nicht mehr rückgängig machen, nun konnten sie es auch zu Ende führen.

»Dreh dich um«, sagte sie.

»Was?« Er legte sich neben sie, und sie erkannte nur seine Silhouette. Zu gerne würde sie ihn in seiner ganzen männlichen Pracht sehen, aber es war wohl besser so. Die Dunkelheit machte sie wagemutig.

Als er sich neben ihr ausgestreckt hatte und Entschuldigungen murmelte, setzte sie sich kurzerhand auf seinen Schoß.

»Patricia!«

»Du sollst nicht denken, dass ich ein leichtes Mädchen bin. Ich habe so etwas noch nie gemacht.«

»Dann hör auf«, bat er sie, und es klang, als würde er Schmerzen leiden, während sein feuchter Schaft zwischen ihren Schamlippen hin und her glitt. Vorsichtig rieb sie sich an ihm.

»Ich will nicht aufhören.« Der Alkohol rauschte durch ihre Adern, die Lust durch ihren Unterleib. Wenn sie nüchtern war, würde sie ihre Tat bestimmt bereuen, aber im Moment wollte sie nur genießen.

Wie von selbst glitt sein Geschlecht wieder in sie, woraufhin Morgan einen Laut ausstieß, der sie an das Knurren eines wilden Tieres erinnerte.

Er spürte die Hitze in ihrem Inneren und die kühle Luft, die seinen feuchten Schaft streifte, als sie ihren Körper anhob, bis er nur noch mit der Spitze in ihr steckte. Jedes Mal, wenn sein Penis aufs Neue in sie glitt, hörte er einen entzückenden kleinen Seufzer.

»Patricia, was soll das?« Es machte ihn hilflos, dass sie das Ruder übernahm. Teufel noch mal, das durfte er niemanden erzählen!

Seine Hände lagen angewinkelt neben seinem Kopf, während sie seine Brust erforschte und auf ihm ritt. Natürlich hätte er sich wehren können, doch er wollte nicht, konnte nicht. Es fühlte sich einfach zu gut an. Außerdem hatten sich seine Krallen wieder ausgefahren und er durfte sie nicht damit verletzen.

Vehement kämpfte er gegen das Verlangen an, sie zu beißen, sie zu der Seinen zu machen. Wenn Vollmond gewesen wäre, hätte er sie genommen, ohne Rücksicht auf Verluste. Dann wurde er jedes Mal zu einer wahren Bestie, die sich nicht zügeln ließ.

Jetzt schaffte er es mit Müh und Not, erstarrt unter ihr liegen zu bleiben.

Sobald sie nüchtern war, würde sie ihn töten …

Bei ihren Bewegungen wippten ihre Brüste auf und ab, und ihre kleinen süßen Nippel lockten ihn, sie in den Mund zu nehmen. Ein kehliges Stöhnen entfuhr ihr. Noch nie hatte ihn eine Frau mit so viel Leidenschaft in Besitz genommen.

Doch die Witwen zählten nicht mehr. Sein restliches Leben würde er nur noch von Patricia träumen, denn ihre Leidenschaft war ehrlich und rein.

»Patricia …« Wehrlos stöhnte er unter ihr. Es war, als würde sie seine Energie rauben. Aber es fühlte sich richtig an. »Was tust du?«

»Pst …« Sie legte ihm einen Finger auf den Mund und schloss die Proteste darin ein. Mit der anderen Hand streichelte und betastete sie seine Brust, den Bauch und die Arme. »Du hast so viele Muskeln. Ich hatte dich nicht so gut gebaut in Erinnerung.«

Wie konnte sie auch, schließlich hatte sie ihn noch nie in verwandeltem Zustand gesehen.

Mach sie zu deiner Gefährtin, tu es!, drängte sein Instinkt. *Dann gehört sie für immer dir!*

Nein, er durfte das nicht tun. Was, wenn sie ihn nicht für immer wollte? Sie war eine Lady und er nur ein Seefahrer und ein Wolfswandler dazu. Sie passten nicht zusammen. Was wollte sie von so einem wie ihm?

Lust konzentrierte sich in seinem Unterleib, sein Schaft zuckte in ihr. Er stand kurz davor, seinen Samen zu verströmen. Er griff an ihre Hüften, um ihr bei seinen Stößen entgegenzukommen, und drang bis zum Anschlag in sie ein. Es schmatzte, als er sich heftig in ihr bewegte, und ein Knurren löste sich aus seiner Kehle. Der Duft ihres Geschlechts war so einmalig, dass er am liebsten noch einmal von ihr gekostet hätte. Er wollte seine Zunge über ihre weiche Haut gleiten lassen und jeden Winkel von ihr erforschen. Und dann wollte er hart in sie stoßen, immer und immer wieder, bis er in ihr kam.

»Niemand hat mir erzählt, wie gut sich das anfühlt!« Sie stöhnte hemmungslos, warf den Kopf in den Nacken und rieb mit einer Hand über ihren Kitzler. Morgan sah ihr fassungslos zu. In der Dunkelheit fühlte sie sich anscheinend sicher und kannte keine Scham, zudem roch sie noch nach Wein. Nur deshalb verhielt sie sich natürlich, was Morgan faszinierte und fesselte. So einen selbstbewussten Umgang mit der Leidenschaft hatte er noch bei keiner Frau erlebt. Sein Herz pochte wild und beinahe schmerzhaft vor Zuneigung und Erregung.

Patricia war so eng, so eng, heiß und glitschig. Sie umschloss ihn fest wie eine Faust, wobei sich ihr Innerstes in immer kürzeren Abständen zusammenzog und seinen Schwanz gnadenlos massierte. Er hörte sie einen Schrei ausstoßen und im selben Moment ergoss er sich mit einem Knurren in sie. Kraftvoll schoss sein Samen hervor, ein Mal, zwei Mal ... sieben Mal. Die Kabine drehte sich, er schwebte.

Schwer atmend legte sich Patricia auf ihn und küsste seinen Hals, während sich der Nebel in seinem Verstand langsam auflöste und sich seine Krallen und Fänge zurückzogen.

Sie kicherte. »Mir ist immer noch schwindlig vor Lust.«

Verdammt, er hatte ihr die Unschuld geraubt! Die Ehre gebot es, sie zu heiraten. Und weiß Gott ... Natürlich würde er sich nicht aus der Verantwortung stehlen, schließlich war er selbst Schuld an dieser Misere.

Ihre Eltern würden wohl nicht nur ihre Tochter, sondern auch ihn umbringen.

Plötzlich stieg Wut in ihm auf. Was, wenn das alles zu ihrem lächerlichen Fluchtplan gehörte? Vielleicht hatte sie ihn lediglich für ihre Zwecke benutzt, denn sie brauchte ja einen Mann mit Geld. Wovon hätte sie auf ihrer Flucht auch leben sollen? Er war dumm und sie noch viel dümmer!

»Das hättest du nicht tun dürfen«, knurrte er in ihr Ohr, bevor er sie von sich herunterschubste, und das nicht gerade sanft. Verdammt, diese Frau schaffte es einfach jedes Mal aufs Neue ihn abgrundtief wütend zu machen! Außerdem hatte sie seinen Stolz und sein Ehrgefühl verletzt, was ihn noch zorniger machte. Und beinahe hätte er sie gebissen!

»Was meinst du? Hat es dir etwa nicht gefallen?« Sie klang verstört, aber das nahm er ihr nicht ab. Er hatte sie am Tisch erlebt, wie sie dem Doc den Kopf verdreht hatte. Er traute ihr alles zu.

Jetzt versuchte sich auch noch, das Unschuldslamm zu spielen. »Du warst unberührt! Gratuliere, du hast dein Ziel erreicht.« Energisch suchte er nach seiner Hose, die durch ihr wildes Liebesspiel auf den Boden gerutscht war.

»Was für ein Ziel? Wovon redest du, Morgan? Reagiert ihr Männer immer so gereizt, nachdem ihr euch von eurem Samen getrennt habt?«

»Was?« Er wusste doch genau, worauf sie hinauswollte. Zornig ballte er die Hände zu Fäusten, sodass sich seine Nägel in die Handflächen bohrten.

Wie lange würde er sein wahres Ich vor ihr verstecken können? Sobald sie herausfand, was er war, würde sie vor ihm fliehen. Vielleicht würde sie sogar zu ihrem Freund Gardener laufen und sie alle in Gefahr bringen. Auf jeden Fall wäre sie eine Geächtete der Gesellschaft und er und seine Männer dem Tode geweiht. Beim nächsten Vollmond musste er sie in der Kabine einsperren, damit sie nicht die wahren Gestalten seiner Crew sah. Die Leben seiner über zwanzig Besatzungsmitglieder würde er nicht aufs Spiel setzen.

»Muss ich dich etwa noch fragen?«, grollte er. »Vor dir auf die Knie fallen und um deine Hand anhalten?«

»Was?« Patricia sprang auf. »Aber ich will dich nicht heiraten! Wie kannst du so etwas denken?«

Morgan erstarrte. In ihrer Stimme lagen so viel Überraschung und Entsetzen, dass sein ganzer Zorn und seine rasende Wut mit einem Mal von ihm abfielen. Diese Frau wollte ihn nicht, und das schmerzte ihn verteufelt stark. Tief in seinem Inneren hatte er gehofft, dass sie ihn begehrte wie er sie begehrte. War sie doch nicht seine Gefährtin? Würde sie nicht auch spüren, dass sie füreinander bestimmt waren?

Plötzlich fühlte er eine merkwürdige Leere. »Was ist, wenn du schwanger bist?« Oh Gott, was war, wenn sie so ein Monster wie ihn gebar?

»Brauch ich denn einen Mann, um ein Kind großzuziehen? Nein!«, fuhr sie ihn an. »Ich bin doch nicht von zu Hause weggelaufen, nur um mich gleich mit dem Nächstbesten zu verloben. Was glaubt ihr Männer denn, wer ihr seid? Eine Frau ist sehr wohl in der Lage für sich selbst zu sorgen. Und sollte ich die Mutter deines Kindes werden, so musst du dich uns gegenüber zu nichts verpflichtet fühlen. Bald fahre ich nach Amerika und verschwinde für immer aus deinem Leben!« Jetzt war es Patricia, die zornig war. Sie spürte Tränen in ihren Augen. Zum Glück konnte dieser Flegel das nicht sehen.

Himmel, plötzlich fühlte sie sich mehr als nüchtern und sie verfluchte sich, dass sie sich diesem Piraten hingegeben hatte. Kein anständiger Mann würde sie jetzt noch nehmen.

Wie dumm und naiv sie manchmal handelte – sie war eben impulsiv. Und dann dieser verdammte Wein!

»Wenn du als unverheiratete, schwangere Frau nach Boston kommst, wird dich kein Mann mehr anschauen. Du wirst im Hurenhaus landen!«, rief er und machte alles nur schlimmer. Sie sah sich bereits in der Gosse liegen, denn natürlich hatte er recht. Ein Kind wäre in ihrer jetzigen Situation ein Albtraum, doch das würde sie niemals zugeben. Sie wollte und musste stark bleiben.

Morgan wurde aus Patricia einfach nicht schlau. Sie tat immer genau das Gegenteil von dem, was er sagte, aber er wollte nur das Beste für sie. Erkannte sie das nicht? Was hatte sie überhaupt für Gedanken? Sie würde es niemals allein schaffen.

Patricia schnaubte. »Ich werde jedem erzählen, dass mein Mann auf der Überfahrt gestorben ist. Dann werden plötzlich alle die arme Witwe trösten wollen. So läuft das doch bei euch Männern. Ihr vergnügt euch mit Frauen, deren Ehemänner verstorben sind, oder?«

Das war wie ein Faustschlag in den Magen, auch wenn er nur wenige Male in den Armen einer Witwe gelegen hatte, um ihr über den Verlust hinwegzuhelfen. Er hatte sich etwas Spaß gegönnt und die alleinstehenden Frauen finanziell unterstützt. Im Grunde genommen war eine Witwe nichts anderes als eine Dirne, bloß, dass man sich bei ihnen nicht so leicht eine Krankheit holte. Und Morgan wollte auf keinen Fall, dass Patricia das gleiche Schicksal ereilte.

»Was soll aus dem Kind werden? Was für ein Leben kannst du ihm bieten?« Er musste sie umstimmen. Sosehr er zuerst gegen eine Heirat gewesen war, desto mehr wollte er sie jetzt. Er wollte Patricia, verdammt!

Sie wurde immer lauter. »Du tust ja gerade so, als ob du dir schon ziemlich sicher bist, dass ich schwanger bin. Fällt dein Samen immer auf fruchtbaren Boden? Wie viele Bastarde hast du schon in die Welt gesetzt, du ach so ehrenhafter Kapitän? Da kommt es auf einen mehr auch nicht mehr an!«

Darauf konnte er nichts erwidern. Patricia verletzte ihn auf das Grausamste. Zugleich verfluchte er seine Geilheit. Noch nie hatte er sich in eine Frau ergossen. Die Angst, dass es weitere Kreaturen wie ihn geben könnte, hatte ihn immer davon abgehalten. Wie hatte ihm das ausgerechnet bei ihr passieren können?

Er musste sich beruhigen. Sie würde schon nicht gleich ein Kind bekommen. Wer wusste, ob er überhaupt dazu in der Lage war. Seine Mutter hatte den Samen seines Vaters empfangen können, aber ob Morgan mit einer normalen Frau ein Kind zeugen konnte?

Plötzlich wurde ihm das Herz noch schwerer. Es wäre schön, eines Tages eine richtige Familie zu haben, doch der Gedanke daran machte ihm auch ein wenig Angst.

Patricia drückte ihm seine Kleidung in die Hand und schubste ihn mit einem

»Ich wünsche Ihnen eine gute Nacht, Captain Ryall« zur Kajüte hinaus. Er hörte, wie sie schimpfend den Riegel vor die Tür schob, als er zu allem Überfluss im Gang mit Ianto zusammenstieß.

Grinsend leuchtete der ihm mit der Lampe ins Gesicht, während er in der anderen Hand sein Auge hielt, das er auf Morgan gerichtet hatte. »Na, habt ihr schon euren ersten Ehestreit?«, feixte er und drückte sich das Auge in den Schädel zurück, wo es mit einem leisen »Plopp« in der Höhle einrastete. Sein anderes Auge hatte er vor einigen Jahren verloren, als ein heftiger Sturm auf See wütete. Ianto hatte es herausgenommen, um besser sehen zu können, als er versuchte, den Kompass zu finden, der hinter eine Tonne gefallen war. Da hatte es eine Welle aus seiner Hand gerissen und über Bord gespült. Seitdem holte er sein verbliebenes Auge nur noch unter Deck oder an Land heraus.

Keiner wusste, was der Alte für ein Wesen war. Ianto selbst vermutete, er sei so etwas wie ein Zombie. Egal was er war – Morgan mochte ihn.

»Aye, die Lady hat Feuer im Blut, was? Ihr passt wirklich wunderbar zusammen. Sie ist wild wie eine Furie.«

»Verschone mich mit deinen Erkenntnissen«, brummte Morgan, wobei er sich durch sein wirres Haar fuhr. Mit der anderen Hand hielt er die Kleidung vor sein bestes Stück. »Außerdem bin ich noch nie einer Furie begegnet.«

Ianto grinste. »Aye, das weiß ich. Aber was macht dich so sicher, dass Miss Saylesbury keine Furie ist?«

»Sprich leise, du Narr«, stieß Morgan hervor.

Hoffentlich war Ianto der Einzige an Bord, der diese schreckliche Szene mitbekommen hatte. Die Offiziere und der Doc hatten alle ihre Kabinen im Achterdeck, und Iantos Kajüte war gleich neben Morgans. Er konnte darauf verzichten, dass sich die gesamte Crew über ihn das Maul zerriss. Immerhin galt er an Bord als der Stärkste und Unerschütterlichste von ihnen allen, und es wäre ein gefundenes Fressen für seine Mannschaft, wenn sie einen Schwachpunkt an ihm fänden. Er war der Rudelführer, aye, er war der Captain! So sollte es auch bleiben.

»Hat dich rausgeschmissen das Biest, was?« Er grinste immer noch unverschämt, aber dann blickte er ihn ernst an. »Hat sie dich so gesehen?«

Morgan musste immer noch wie ein wütendes Tier erscheinen. Seufzend schüttelte er den Kopf. Patricia hatte geweint. Nun würde sie ihn hassen.

»Gut«, meinte Ianto. »Du solltest aufpassen. Am besten, du gehst ihr erst mal aus dem Weg.«

»Ach, auf einmal«, murmelte Morgan. Immer diese Ratschläge von älteren Männern … Was hatten sie ihm eingebracht? Nichts als Ärger.

Er wollte sich an Ianto vorbeizwängen, doch der versperrte ihm den Durchgang.

»Kannst bei mir schlafen, Junge. Wir Männer müssen schließlich zusammenhalten. Die Weiber sind uns nämlich überlegen. Aye, das sind sie. Aber du darfst es sie niemals wissen lassen.« Väterlich legte er ihm einen Arm um die Schultern und drückte ihn in seine Kabine. »Wirst seh'n. Morgen hat sie sich wieder beruhigt. Da kommt sie wieder angekrochen. Aye, das ist immer so.«

Kapitel 5 – Traum und Realität

Patricia konnte sich nicht beruhigen. Lange Zeit wälzte sie sich in Morgans Bett von einer Seite auf die andere oder starrte an die Decke, an der eine Öllampe auf niedriger Flamme brannte. Sein herber, beinahe animalischer Geruch und die Ausdünstungen ihrer Liebe hingen in den Laken, im Bett, auf ihrem Körper … einfach überall! Das verwirrte sie und machte sie rasend zugleich. Wie konnte etwas so Berauschendes in einem Desaster enden? Und warum war es überhaupt so weit gekommen?

Verdammter Alkohol, verdammter Pirat!

Nichts war so gelaufen, wie sie es gewollt hatte, und bis Santa Cruz waren es noch so viele Seemeilen.

»Was denkt der sich?«, murmelte sie unaufhörlich, um ihr Gewissen zu erleichtern und allein ihm die Schuld zu geben. Dabei konnte sie nicht vergessen, wie er sich in ihr angefühlt hatte. Perfekt, als wären sie füreinander gemacht.

Ihr Herz verkrampfte sich. Sie hatte sich ihm gegenüber nicht fair benommen und wohl zu sehr mit ihren weiblichen Reizen gespielt. Das hatte sie jetzt davon. Sie bereute zwar nicht, was sie getan hatten, aber richtig fühlte es sich auch nicht an.

Bald trennten sich ihre Wege und sie würden sich nie wieder sehen. Keiner müsste erfahren, was sie getan hatte. Sie könnte immer noch einen ehrbaren Mann finden. Patricia hatte gehört, dass Frauen ihre Jungfräulichkeit vortäuschen konnten, das durfte nicht so schwer sein.

Ach … Sie fühlte sich unglücklich.

Schniefend kuschelte sie sich in die warmen Decken und dachte über ihr Leben nach. Plötzlich verspürte sie Einsamkeit. Sie wünschte, Benedict wäre hier. Er war der einzige Mensch in ihrem Leben, dem sie fast alles anvertrauen konnte, und gerade jetzt vermisste sie ihn furchtbar. Was würde er von ihr denken? Sie war nicht mehr unberührt. Benedict würde sicher rasend vor Zorn Morgan zu einem Duell auffordern, nur weil er sie entehrt hatte. Doch Morgan wollte sie ja heiraten. Aber kein Mann auf der Welt sollte das aus Pflichtgefühl tun. Wenn sie einmal heiratete, dann aus Liebe.

Doch was war Liebe? Wie fühlte sich das an? Sie hatte dieses Gefühl nie richtig kennengelernt. Zu Gardener hatte sie sich hingezogen gefühlt. Aber war das Liebe gewesen? Nein, sicher nicht. Von Morgan fühlte sie sich ebenfalls angezogen. Weil sie ihn liebte? Sie hatte sich vom ersten Augenblick nicht gegen seine Ausstrahlung wehren können. Aber das, was zwischen ihnen war, konnte sie nicht mit Worten beschreiben, denn so etwas hatte sie noch nie erlebt. Dieses Kribbeln in der Magengegend, immer, wenn er sie ansah … das Herzklopfen … die Atemnot … »Verdammt!«, fluchte sie. Das war Liebe! Oder zumindest die ersten Anzeichen davon.

Schlagartig dachte sie an ihre Eltern. Sie liebten sich nicht. Es war eine dieser arrangierten Vernunftehen gewesen. Sie respektierten sich und kamen gut miteinander aus, doch sie schliefen in getrennten Schlafzimmern. Das sagte schließlich alles. Wenn ihre Eltern von ihrer Lage erführen – würden sie Patricia ebenfalls so grausam verstoßen wie einst Tante Jane?

Jane, die Schwester ihrer Mutter, war kaum siebzehn Jahre alt gewesen, als sie auf die leeren Versprechungen eines Lebemannes hereingefallen war. Sie hatte sich heimlich mit ihm getroffen, sich ihm hingegeben, und dann hatte er sie verlassen. Als ihr Bauch so groß und rund geworden war, dass sie die Schwangerschaft nicht mehr vor ihren Eltern verheimlichen konnte, hatte ihre Familie sie gnadenlos verstoßen und sie auf ein Cottage in der Nähe von Dartmouth verbannt, wo sie heute noch lebte. Dort brachte sie in aller Abgeschiedenheit Harry zur Welt.

Patricia fuhr sich über den Unterleib. Bekam sie jetzt ein Baby? Und wenn schon, Tante Jane hatte ihren Sohn schließlich auch allein großgezogen und aus ihm war ein netter Mann sowie ein überaus erfolgreicher Unternehmer geworden. Wenn Patricias Eltern jemals erfuhren, dass sie ihrer Tante heimlich Briefe schrieb … Marietta nahm sie für sie an. Ach, ihre Freundin vermisste Patricia auch und es tat ihr leid, dass sie Marietta nicht in ihre Fluchtpläne eingeweiht, sondern ihr lediglich eine Notiz zurückgelassen hatte, damit sie sich keine Sorgen machte. Aber das war nun alles nicht mehr wichtig. Jane hatte es geschafft und Patricia würde es auch schaffen. Schade, dass sie Jane nie persönlich kennengelernt hatte.

Der einzige Mensch, den sie wirklich liebte und von dem sie auch behaupten konnte, dass er sie ebenfalls liebte, war Benedict.

Weil sie nicht in den Schlaf fand, wollte sie sich mit einem Hausmittelchen behelfen, das sie von Rosalind kannte: Tee mit einem guten Schuss Rum. Pat bezweifelte, um diese Zeit Tee aufzutreiben, aber Rum gab es auf einem Piratenschiff meist literweise. Also schob sie den Riegel der schweren Tür zur Seite, nahm die Öllampe vom Deckenbalken und schlich sich in die Kombüse, obwohl Morgan ihr ausdrücklich verboten hatte, sich allein auf dem Schiff zu bewegen. Doch der Kerl konnte ihr gerade den Buckel runterrutschen.

Normalerweise lag die Kombüse in einer Fregatte in den unteren Decks, auf diesem Schiff allerdings gleich neben der Offiziersmesse, wie Patricia mitbekommen hatte, also nicht weit von der Kabine des Captains und den Kajüten der höherrangigen Offiziere entfernt. Das war seltsam, aber hier ging einiges nicht mit rechten Dingen zu. Vorhin, beim Abendessen, hatte der alte Ianto sein linkes Auge verbunden gehabt, doch als er sie bei ihrer ersten Begegnung zu Morgan geführt hatte, war das andere verdeckt gewesen, da war sie sich sicher! Allerdings hatte sie auch Geschichten gehört, dass sich Piraten immer ein Auge abdeckten und die Klappe dann wechselten, wenn sie unter Deck gingen. So konnten sie im Bauch des Schiffes sofort gut sehen, weil sich das Auge nicht erst an die Dunkelheit gewöhnen musste. Das hatte ihr James erzählt. Wie es ihr wohl erginge, wenn sie auf seinem Schiff gelandet wäre?

»Bestimmt ist es dort nicht so interessant wie auf der Mariah oder Neptuns Revenge oder wie auch immer dieses Schiff wirklich heißt«, murmelte sie, als sie die Kombüse betrat und die Öllampe über einem großen Tisch aufhängte.

Auch der Doktor war ihr nicht normal vorgekommen, wie er voller Genuss sein blutiges Fleisch verzehrt hatte. Pat schüttelte sich.

Sie blickte sich um und fand das Rumfass, nur kein Glas. Deshalb holte sie einen Schöpflöffel, der über dem gusseisernen Ofen hing, und tauchte ihn in die dunkle Flüssigkeit.

Der erste Schluck schien ihr die Kehle zu verbrennen. Sie würgte und hustete, aber je mehr sie trank, desto leichter fiel das Schlucken und eine angenehme Wärme breitete sich in ihrem Magen aus, die ihren ganzen Körper durchströmte. Vielleicht sollte sie auf diesem Schiff gleich dauerberauscht sein, dann würde sie die Fahrt leichter überstehen. Der Alkohol stieg ihr auch sofort zu Kopf, noch schneller als der Wein. Ihr wurde schwindlig und eine angenehme Müdigkeit befiel sie.

Sie hängte den Schöpflöffel an seinen Platz und schwankte leicht, als sie den Weg zurückging. Zumindest dachte sie, es wäre der richtige Weg, bis sie bemerkte, dass der Gang anders aussah. Sie musste die falsche Richtung eingeschlagen haben. Als sie umdrehen wollte, hörte sie Morgans Stimme und seltsame, schmatzende Geräusche. Ein schmaler Streifen Licht drang durch eine angelehnte Tür und Patricia war zu neugierig, was in der Kabine vor sich ging, deshalb lugte sie durch den Spalt. Was sie jedoch dann sah, konnte ihr Verstand nicht begreifen: Morgan lag mit nacktem Oberkörper auf einem massiven Holzstuhl. Es war ein Patientenstuhl, bei dem man die Lehne zurückstellen konnte.

In der Höhe seines Kopfes saß Dr. Bingley auf einem Hocker, aber sie erkannte nicht, was er an Morgans Hals machte, weil er sich so weit über ihn beugte. Die blonden Locken raubten ihr die Sicht.

Morgan atmete heftig, sein Bauch bewegte sich schnell. Die Arme hingen schlaff an seinen Seiten herunter, und ab und zu stöhnte er.

Himmel, war er etwa krank? Patricia wollte schon die Kajüte betreten, als Andrew eine Hand auf Morgans Bauch legte und ihn streichelte. Er fuhr an dem Muskeln entlang, der wie der Schenkel von einem »V« aussah und sich in der Hose verlor.

Daraufhin wand sich Morgan noch mehr. Er stöhnte heftiger, wobei es sich manchmal wie ein Knurren anhörte.

Was trieben die Männer dort? Es sah fast so aus, als wären sie erregt! Leider konnte sie immer noch nicht ihre Gesichter erkennen, aber als ein rotes Rinnsal über Morgans Brust lief, ließ sie beinahe die Öllampe fallen. Hastig drehte sie die Flamme zurück, bis sie erlosch, denn falls die Männer zur Tür spähten, würden sie das Licht erblicken.

»Das reicht jetzt!«, befahl Morgan mit einer Stimme, die nicht wie gewöhnlich klang, sondern dunkler und rauer.

Die schmatzenden Geräusche verstummten und Andrew hob den Kopf. Jetzt erkannte Patricia, woher das Blut kam: aus zwei winzigen Wunden an Morgans Hals. Hatte Andrew ihn zur Ader gelassen? Aber warum am Hals?

Ein weiterer Schwindel erfasste sie, und das Schlingern des Schiffes machte ihre Verfassung nicht besser. Der Alkohol entfaltete immer mehr seine Wirkung. Sie war betrunken und sah Dinge, die nicht der Wirklichkeit entsprachen. Ja, nur so ließ sich erklären, warum Andrew mit der Zunge über Morgans Körper fuhr und die Blutspur aufleckte. Auch die Wunden am Hals waren plötzlich verschwunden, und Morgan schien tatsächlich erregt zu sein, denn in seiner engen Hose zeichnete sich eine gewaltige Beule ab.

Mit wild klopfendem Herzen starrte sie auf die Stelle. Wie gerne würde sie dieses männliche Körperteil einmal bei Licht sehen. Es hatte sich fantastisch angefühlt, wie Morgan sie damit verwöhnt hatte.

Himmel, was hatte sie für Gedanken? Hatte der Beischlaf mit Morgan sie süchtig danach gemacht? Sie fühlte sich verrucht, ihr Herz raste und pochte bis in ihren Schoß.

Auch Andrew schien sich für Morgans Geschlecht zu interessieren, denn seine Hand glitt wieder zur Hose hinab, um dann unter dem Bund zu verschwinden. Dort verweilten seine Finger massierend, während Morgans Stöhnen zunahm. Er spreizte die Schenkel, bevor er die Hüften Andrews Hand entgegendrückte.

Die Männer machten es miteinander! Patricia sog die Luft ein und zog sich ein Stück zurück. Morgan und Andrew? Die zwei konnten sich doch nicht ausstehen, zumindest hatte sie das Gefühl. Aber was noch viel verwerflicher war: Sie taten etwas Verbotenes. Auf Sodomie stand in England die Todesstrafe!

In ihrem Kopf purzelte alles durcheinander. Das konnte nicht sein, Morgan hatte mir ihr geschlafen. War er deswegen so ausgerastet, weil er sich in Wahrheit nicht für Frauen interessierte?

Sie wollte sich in die Kabine zurückziehen, aber ihre Neugier war zu groß. Irgendwie gefiel es Patricia, diesen zwei schönen Männern zuzusehen, wie sie sich Lust verschafften. Sie atmete tief durch, bevor sie wieder durch den Spalt lugte. Andrew massierte immer noch Morgans Geschlecht, während dieser den Kopf zurücklegte und den Mund öffnete. Spitze Eckzähne blitzten im Schein einer Lampe auf.

Nein, das konnte unmöglich sein. Sie hatte Morgan geküsst. Der besaß kein Gebiss wie ein Raubtier, das wäre ihr aufgefallen! Auch sein Oberkörper kam ihr viel muskulöser vor, und als er einen Arm hob, um Andrew wegzuschubsen, erkannte Patricia Krallen anstatt Fingernägel.

»Nehmen Sie sofort Ihre Hände von meinem Schwanz, Bingley!«, zischte Morgan, woraufhin sich der Arzt zurückzog.

»Das sind die angenehmen Nebenwirkungen meiner Behandlung, Captain. Davon bleiben auch Sie nicht verschont, auch wenn sie das nie wahrhaben wollen. Sie sind eben nur ein halber Wolf.« Lachend drehte Andrew den Kopf, sodass Patricia ebenfalls lange, scharfe Eckzähne sah. Blut klebte an seinen Lippen.

Alles Einbildung, verdammter Alkohol! Bei dem Anblick wurde ihr übel. Und was meinte Andrew mit Wolf?

»Sie haben mich schon wieder manipuliert!« Morgan knurrte.

»Das funktioniert leider nur, wenn ich Sie zuvor gebissen habe, doch Sie schaffen es hervorragend, sich dagegen zur Wehr zu setzen. Meinen Respekt, Captain. Bald sind Sie immun gegen mich.« Er seufzte übertrieben. »Aber es ist zu verlockend, Ihre Grenzen auszutesten. Sie sollten es einmal mit einem Mann versuchen. Ich garantiere Ihnen, Sie werden viel Spaß haben, wenn Sie mich nur ließen.«

»Wagen Sie es bloß nicht, Bingley. Es reicht schon, dass Sie sich an Billy vergreifen!« Morgan setzte sich auf und warf Andrew einen bitterbösen Blick zu. Sogar seine Augen sahen seltsam aus, irgendwie raubtierähnlich.

Der Rum musste diese Halluzinationen hervorrufen, dennoch konnte Patricia nicht wegschauen. So wild und gefährlich wirkte der Captain noch viel attraktiver auf sie, so verrückt das war. Seine Worte schockierte sie jedoch: Andrew sollte sich an Billy vergreifen? Das konnte sie sich beim besten Willen nicht vorstellen. Liebe Güte, war sie betrunken!

»Billy gefällt, was ich mit ihm mache«, erwiderte Andrew. »Er kommt jede Nacht freiwillig in meine Kabine und wärmt meinen kalten Leib. Er braucht mich und ich brauche ihn. Wir bilden so eine Art Symbiose.« Andrew lächelte und betrachtete mit verklärtem Blick die Ausbuchtung an Morgans Hose. Abermals streckte er die Hand danach aus, doch Morgan sprang blitzschnell auf und warf Andrew zu Boden. Er setzte sich auf den viel schmaleren Körper des jungen Arztes und hielt dessen Arme über dem Kopf zusammen.

Fauchend warf Andrew den Kopf zurück. Dabei spannten sich die Sehnen an seinem Hals gefährlich an. Er wollte sich aus dem Griff befreien, aber Morgan war stärker. Der knurrte, und als sich seine Mundwinkel anhoben, sah Patricia wieder die scharfen Zähne. Die beiden wirkten nun tatsächlich wie Raubtiere! Jetzt konnte sich Patricia aus Furcht nicht mehr wegbewegen. Wovon wurde sie hier Zeuge? Das Blut rauschte in ihren Ohren und der Puls klopfte in einem wilden Stakkato in ihren Schläfen.

»Sie haben Glück, dass Sie mein Arzt sind, Bingley«, grollte Morgan. »Ansonsten würde ich Sie auf der Stelle in ein Häuflein Asche verwandeln!«

»Keine Sorge, Captain. Ich werde die Finger von Ihrer Beute lassen. Ich interessiere mich sowieso nur für Männer.« Wie um das zu unterstreichen, hob er den Unterleib und rieb ihn an Morgans Gesäß.

»Doppeltes Glück für Sie«, knurrte Morgan. Geschmeidig sprang er auf die Beine und drehte ruckartig den Kopf in Patricias Richtung. Hatte er sie entdeckt?

Sie hielt so lange die Luft an, bis sich Morgan wieder Andrew zuwandte.

»Wir haben ungebetenen Besuch«, sagte der.

Morgan schnaubte. »Ich weiß.«

Andrews Grinsen wurde so breit, dass Pat erneut seine Fänge erkannte. »Soll ich mich darum kümmern?«

»Ich bitte darum«, sagte Morgan mit dunkler Stimme. »Und wehe, Sie fassen sie an!«

Patricia hatte genug gesehen. War das alles verrückt! Wahrscheinlich lag sie längst in Morgans Koje und träumte das alles bloß.

Noch bevor sie sich wegschleichen konnte, stand Andrew an der Tür und riss sie in die Arme. Als ob er einen Zauber auf sie gelegt hatte, war sie gezwungen, in seine Augen zu blicken. Himmel, waren die schön! Die Iriden glitzerten und drehten sich. Patricia kicherte. Oh weh, der Alkohol …

»Du hast dir das alles nur eingebildet«, sagte er mit einer samtweichen Stimme, die in jede ihrer Zellen drang und ein angenehmes Summen zurückließ. »Du träumst und hast morgen alles vergessen, was du gerade gesehen hast.«

»Vergessen«, murmelte sie. Ihre Umgebung drehte sich, immer schneller und wilder. Dann wurde ihr schwarz vor Augen. Als sie die bleischweren Lider das nächste Mal hob, fand sie sich in Morgans Bett wieder. Alles war gut. Im Nu glitt sie in einen unruhigen Schlaf und träumte von ihr und einem splitternackten Morgan, der sich in ihren Hals verbiss, während er mit ihr schlief …

**

Patricia hatte die letzten zwei Tage fast ausschließlich in der Kabine verbracht. Sie fühlte sich müde und litt an Kopfweh. Es gab nichts, was sie nach oben an Deck oder zu Andrew getrieben hätte, damit er ihr etwas gegen die – zum Glück nur leichten – Schmerzen gab. Auch das Wetter war seit dem Vorfall mit Morgan ebenso miserabel wie sie sich fühlte. Es regnete wie aus Eimern und ihr wollte nicht richtig warm werden. Deshalb verkroch sie sich die meiste Zeit in seinem Bett.

Wie gerne hätte sie ein heißes Bad genommen, doch sie traute sich nicht, jemanden darum zu bitten. Nicht einmal Billy, obwohl ihr dieser liebe Junge den Wunsch sicher nicht verwehrt hätte. Schließlich gab es wegen der Regenfälle gerade Wasser im Überfluss auf der Mariah. Aber Billy hatte schon mehr als genug für sie getan. Er war so nett, sie mit allen nötigen Dingen zu versorgen, die eine Dame braucht. Sogar ein Buch hatte er für sie aufgetrieben, eines, das von einem riesigen Meeresungeheuer mit drei Köpfen handelte, welches ein Boot nach dem anderen verschlang. Es war nicht gerade das, was Patricia sonst las, doch besser, als gelangweilt Däumchen zu drehen.

In Morgans Kajüte gab es zwar einen Glasschrank voll verlockender Bücher, die sie nur zu gerne gelesen hätte, leider war er abgesperrt. Sie fragte sich ständig, wie ein so ungehobelter Kerl John Donne lesen konnte. Die Liebesgedichte dieses Schriftstellers hätten sie brennend interessiert.

Der Hund hatte zwei Mal heulend vor der Kabine gestanden, und sie hatte ihn hereingelassen, um ihn zu kraulen. Sie freute sich, wenn er da war, aber Billy hatte ihn immer wieder mitgenommen. »Der Captain würde das nicht gutheißen«, hatte er gesagt.

Weil sie die Gesellschaft eines Tieres seiner vorzog?

Nein, das war gelogen. Sie hätte sich gerne mit Morgan ausgesprochen.

Billy verpflegte sie mit Essen, doch sie brachte kaum etwas hinunter. Es mochte an dem Schwanken der Fregatte liegen, das seit dem Regenwetter beachtlich zugenommen hatte, aber sie musste sich ehrlich eingestehen, dass es wohl eher damit zu tun hatte, wie Morgan und sie auseinandergegangen waren. Am nächsten Morgen hatte er mit hängendem Kopf vor ihrer Kabine gestanden und nach seinem Mantel verlangt, den Patricia ihm vor die Füße geworfen und anschließend die Tür wieder vor seiner Nase zugeschlagen hatte. Seitdem hatte sie nichts mehr von ihm gehört oder gesehen. Sie wusste, sie hatte überreagiert, sie fand es jedoch auch nicht in Ordnung, dass er behauptete, sie habe ihn absichtlich verführt, nur um ihn zu einer Heirat zu zwingen.

Es fuchste sie immer noch, dass ihr Plan, Morgan zu manipulieren, schiefgegangen war. Beim Abendessen hatte sie Plan A mit Plan B verknüpfen wollen, der besagte: Möchte Frau einen Mann eifersüchtig machen, so strafe sie ihn mit Ignoranz und wende sie sich seinem größten Konkurrenten zu.

Natürlich war Dr. Bingley nicht Morgans Konkurrent, zumindest nicht, was die berufliche Stellung betraf, aber der Doktor war dennoch jemand, der es mit Morgan aufnehmen konnte, wenn es um die Wirkung auf das weibliche Geschlecht ging. Also hatte sie einfach Andrews Spiel mitgespielt, denn sie hatte sehr wohl bemerkt, dass der Arzt Morgan provozieren wollte.

Und jetzt zahlte es ihr Morgan mit denselben Mitteln heim. Wie dumm von ihr zu glauben, sie könnte einen gewieften Piraten wie ihn hereinlegen.

Auch wenn sie versucht hatte, am Tisch seinen Blick zu meiden, so hatte sie doch immer zu ihm geschaut, wenn er abgelenkt gewesen war. Sie hatte ihn genau studiert, aber vor allem hatte sie sich nicht an seinem Äußeren sattsehen können.

Das Leben auf See forderte seinen Tribut, und Pat fragte sich, was Morgan, außer seiner feinen Narbe an der Augenbraue, noch für Verletzungen trug. Schließlich fehlten allen richtigen Piraten irgendwelche Körperteile. Wenigstens besaß Morgan noch das *eine* Teil, mit dem er sie so köstlich befriedigt hatte.

Er übte auf sie eine unwiderstehliche Anziehungskraft aus. Da konnte nicht einmal der charmante Doktor mithalten, denn Morgan hatte etwas Geheimnisvolles an sich, das ihn unwahrscheinlich interessant machte. Waren es seine funkelnden grünen Augen oder sein eher wildes Aussehen, das sie so sehr faszinierten? Oder diese besitzergreifende Art? Sie mochte Männer, die nicht ewig um den heißen Brei herumredeten, und er schien immer gleich zur Sache zu kommen. Sie hatte sehr wohl bemerkt, dass er kurz davor gestanden hatte, Andrew einen Kopf kleiner zu machen. Ob Morgan überall so schnell war?

Bei diesem Gedanken musste sie ein Kichern unterdrücken. Himmel, was dachte sie sich überhaupt? Sie war die einzige Frau auf einem Schiff voll liebeshungriger Männer! Sie sollte sich wirklich zurückhalten.

Ein Gefühl sagte ihr, dass hier niemand wagen würde sie anzufassen, solange Morgan ein Auge auf sie hatte. Er und der Rest der Besatzung waren Piraten, aber diese Vorstellung hatte etwas überaus Erotisches – zumindest was Morgan anging.

Die Männer an Bord schienen keineswegs ein unkultiviertes Pack zu sein. Im Gegenteil – sie wurde respektvoll und zuvorkommend behandelt. Auch wenn die Männer keine britischen Marineuniformen trugen, wie es die Mannschaft von Captain Gardener getan hatte, sondern legere Kleidung, drückten sie doch eine gewisse Kultiviertheit aus, die nur ehrenhaften Männern zuteil war.

Wieder stahlen sich ihre Gedanken zu Morgan, und ihr Herz zog sich zusammen. Sie sehnte sich so sehr nach seinen Berührungen, dass es fast schmerzte.

Halt! Sie durfte sich nicht in ihn verlieben. Liebe würde sie von diesem Mann abhängig machen, was das Letzte war, was sie wollte. Das würde ihren ganzen Plan gefährden, denn ihr Ziel hieß immer noch Amerika. Erst dort wollte sie sich einen Mann suchen, bevorzugt einen mit viel Geld, denn mit dem Silberbesteck würde sie nicht weit kommen.

Aber Morgan fehlte ihr, das ließ sich nicht leugnen. Mit ihm konnte sie sich wunderbar streiten und sie liebte es, wenn sie ihn zur Weißglut treiben konnte. Als ob ein Tier in ihm lauerte, das sie hervorlocken wollte …

Ihr war langweilig. Nachdem sie Billys Buch durchgelesen hatte, brauchte sie jemanden zum Reden. Doch auf dem Schiff gab es nur Matrosen. Niemand würde sie verstehen. Vielleicht sollte sie Andrew aufsuchen? Mit ihm konnte sie sich hervorragend unterhalten. Er war ein witziger Mann.

Aber das war wohl keine gute Idee. Andrew hatte schon mehr Interesse an ihr gezeigt, als ihr lieb war, und er würde in ihren Besuch vielleicht etwas hineininterpretieren. Das Letzte, was sie gebrauchen konnte, war ein weiterer Mann, der um ihre Hand anhielt. Außerdem war ihr Andrew nicht geheuer. Immer wieder tauchten seltsame Szenen vor ihrem geistigen Auge auf, in denen dem jungen Arzt das Blut aus den Mundwinkeln lief. Hatte sie das geträumt? Sie konnte sich bloß noch daran erinnern, dass sie zu viel Rum erwischt und dann den falschen Weg eingeschlagen hatte, zudem hatte sie ziemlich übles Kopfweh davon bekommen.

Wie gesagt, es gab nur einen Mann in ihrem Leben, dem sie sich anvertraut hätte. Doch der war gerade viele Meilen weit weg in England und würde vor Kummer und Sorge schon vergehen. Sie hatte Benedict natürlich einen Brief hinterlassen, in dem sie ihm ihre Beweggründe mitgeteilt hatte und dass sie ihm schreiben werde, sobald sie in Boston sei. Aber was war, wenn er ihr nachsegelte? Und jetzt fuhr sie Richtung Indien! Sie wusste nicht, wie lange sie auf Santa Cruz bleiben musste, bis ein Passagierschiff nach Amerika ablegte. Das war ein Umweg von mehreren Tagen!

Da beschloss sie, Benedict einen Brief zu schreiben. Er würde ihn wahrscheinlich erst in ein paar Wochen erhalten, schließlich konnte sie ihn frühestens in Santa Cruz abschicken, aber er musste erfahren, was passiert war und dass es ihr gutging. Vor allem wollte, nein *musste* sie ihm mitteilen, was sie wirklich für ihn empfand. Es war schwer ihm zu gestehen, wie viel er ihr bedeutete, denn schließlich hatten ihre Zuneigungen nur aus Zunge herausstrecken und an den Ohren ziehen bestanden. So, wie das unter Kindern üblich war.

Jetzt waren Benedict und sie keine Kinder mehr, was alles erschwerte. Das, was zwischen Morgan und ihr passiert war, würde sie deshalb mit keinem Wort erwähnen. Also ging sie zu dem großen Schreibtisch, kuschelte sich mit einer Decke in den Stuhl und suchte in einer Schublade nach Papier. Etwas unbehaglich war ihr schon zumute, als sie in Morgans privaten Dingen herumkramte, aber Benedict hatte jetzt Priorität. Zudem fand sie sofort, was sie brauchte, und ein kleines Glas Tinte sowie eine Feder lagen neben dem Logbuch. Morgans Logbuch. Was er wohl für eine Handschrift hatte? Eine ganz krakelige und verschmierte wahrscheinlich.

Als sie das dicke, in Leder gebundene Buch aufschlug, war sie überrascht. Er hatte seine Eintragungen klar und präzise vorgenommen, mit einer Handschrift, die einem Künstler zur Ehre gereichen konnte. Was ihr aber einen Stich ins Herz versetzte, war das Portrait einer jungen Frau, das auf der letzten beschriebenen Seite lag. Die wunderschöne Frau hatte lange dunkle Haare und volle, sinnliche Lippen. War es jemand, den Morgan liebte? Sie musste ihm sicher sehr wichtig sein, sonst würde er die Bleistiftzeichnung nicht dort aufbewahren, wo er sie jeden Tag sehen konnte. Patricia musste zugeben, dass sie selten eine hübschere Frau erblickt hatte, was ihr erneut einen Stich ins Herz versetzte.

»Das Logbuch ist des Captains Heiligtum«, hörte sie Gardeners Worte in den Ohren hallen, weshalb sie es sofort wieder schloss und an seinen angestammten Platz zurücklegte.

Das Bild der Frau wollte ihr jedoch nicht aus dem Kopf gehen. Wenn sie seinem Antrag zugestimmt hätte, würde Morgan dann auch ein Bild von ihr mit auf seine Reisen nehmen? Wie viel bedeutete sie ihm?

Auch wenn sie miteinander geschlafen hatten, hatte er seine emotionale Zuneigung für sie mit keinem Wort zum Ausdruck gebracht.

Während sie an dem Brief schrieb, knabberte sie an ein paar Keksen, die der Schiffskoch für sie gebacken hatte. Sie waren steinhart.

Nachdem sie drei Seiten zustande gebracht und sich noch einmal alles durchgelesen hatte, beschloss sie, Mr Miles einen Besuch abzustatten. So wunderbar er kochen konnte, seine Backkünste waren miserabel. Pat musste ihn unbedingt in Rosalinds geheimes und unvergleichliches Butterkeksrezept einweihen, solange die Zutaten dafür auf dem Schiff vorrätig waren.

Nachdem sie sich im Waschraum der Offiziere frisch gemacht hatte, begab sie sich in die Kombüse.

***

Morgan hatte schlechte Laune. Verdammt schlechte Laune. Was vor allem seine Crew zu spüren bekam. Patricia mied ihn, als hätte er die Pest, und Ianto lag ihm schon seit zwei Tagen in den Ohren, dass er sich endlich bei ihr entschuldigen sollte. Frauen liebten so etwas, hatte er ihm erklärt. Am besten solle er ihr noch eine kleine Aufmerksamkeit mitbringen.

Immer diese gut gemeinten Ratschläge!

Morgan hatte keine Lust vor dieser verwöhnten Lady zu Kreuze zu kriechen. Besser, er hielt Abstand. Dann verfiel er nicht wieder ihrer teuflischen Anziehungskraft.

Sie würde schon ihre Gründe haben, warum sie ihn nicht wollte, was ihm mittlerweile recht war. Sein Leben war schon Verpflichtung genug. Eine Frau würde ihm gerade noch fehlen.

Woher kam dann dieser ziehende, nie endende Schmerz in seiner Brust?

Wenn sie wirklich deine Gefährtin ist, wird es dir nicht besser gehen, bis du die Verbindung vollendet hast, hatte Henry zu ihm gesagt. Der alte Wolf hatte längst mitbekommen, wie es wirklich um ihn stand.

Vielleicht sollte Morgan den Doc um ein Mittelchen bitten? Es ging schließlich auf Vollmond zu, er würde in ein paar Tagen zur Bestie werden. Das nagte zusätzlich an seiner Laune.

Doch vor Bingley wollte er keine Schwäche zeigen. Der hatte ihn schon genug gedemütigt. Alkohol tat es genauso gut, um das innere Biest ruhigzustellen, weshalb er beschloss, sich in Henrys Rumfass zu ersäufen.

Als er gerade in die Kombüse treten wollte, hörte er Patricias glockenreine Stimme und ein bezauberndes Lachen. Es klang anders als die albernen kleinen Kiekser, die die meisten Frauen ausstießen.

Mit wild trommelndem Herzen machte er einen Satz zurück in den dunklen Gang. Sie war der letzte Mensch, dem er in seinem jetzigen Zustand begegnen wollte. Er trug seit Tagen dasselbe Hemd, war unrasiert und Schatten hingen unter seinen Augen. Regungslos blieb er hinter der Tür stehen. Es interessierte ihn brennend, worüber sie sich mit Henry unterhielt.

Vorsichtig lugte er um die Ecke, darauf bedacht, dass ihn die beiden nicht bemerkten oder er von einem im Gang herumlaufenden Matrosen gesehen wurde. Das hätte bloß zu Peinlichkeiten und weiterem Gerede geführt. Es kursierten genug abenteuerliche Geschichten über Patricia und ihn an Bord.

Morgan stockte der Atem, als er sie genauer betrachtete. Obwohl er sie nur von hinten erkennen konnte, wie sie neben Henry vor dem großen Tisch stand und ihm angeregt etwas erklärte, überwältigte ihn ihr Anblick. Sie trug wieder seinen irischen Wollpullover, der einst ein Vermögen gekostet und zu seinen liebsten Kleidungsstücken gezählt hatte, bis es Billy irgendwie fertiggebracht hatte, ihn auf halbe Größe schrumpfen zu lassen. Aber er hatte sich nie von dem Teil trennen können. Jetzt schien der Pullover wie für Patricia gemacht. Er betonte reizvoll ihre schmale Taille.

Sein Blick wanderte ein Stück weiter an ihr hinab. Billys Hose brachte jede der herrlichen Rundungen ihres Hinterteils zur Geltung. Als Morgan daran dachte, wie fantastisch sich ihre weichen Pobacken in seinen Händen angefühlt hatten, wäre er am liebsten sofort zu ihr geeilt, um zu überprüfen, ob sie sich immer noch so verteufelt gut ... Er wich in den Gang zurück. Patricias Anblick bekam ihm nicht. Seine Hände zitterten, sein Herz raste und schon standen feine Schweißtröpfchen auf seiner Stirn. Diese Frau, die er so sehr begehrte, die ihn jedoch nicht haben wollte, war eine Hexe. Sie hatte ihn verzaubert, um ihn zu quälen. Sie hatte ihn umgarnt, in eine Falle gelockt, ihn abhängig gemacht und dann gnadenlos verstoßen. Dieses Teufelsweib musste die Hölle geschickt haben, nur um ihn zu foltern! Was hatte er denn verbrochen, um so herzlos bestraft zu werden? Wahrscheinlich verachtete sogar Gott ihn für das, was er war, und er hatte ihm diese Frau aufgehalst, um ihn langsam und grausam zu Tode zu quälen ...

»Das Geheimnis ist die geriebene Zitronenschale«, hörte er ihre freundliche Stimme.

»Da kann ich sogar mit dienen, Lady«, erwiderte Henry. »Zitronen und eingekochten Limettensaft haben wir immer genug an Bord, aye, beugt Skorbut vor, sagt der Doc. Und wie wär's noch mit'm bisschen Rum? Würd' den Männern sicher schmecken, aye, das könnt ich mir denken.«

Vorsichtig spähte Morgan erneut zu ihnen. Henry machte sich gerade daran, Rum aus dem Fass zu schöpfen, als sich Patricia ein Stück zur Seite drehte. An ihren Händen klebte Teig und an den Wangen Mehl. Doch das machte sie für ihn nur begehrenswerter. Wie gerne hätte er jetzt den süßen Teig von ihren Fingern geleckt.

Wieder schossen ihm die Erinnerungen an die Liebesnacht durch den Kopf. Wie er Patricia vermisste! Wie war es nur möglich, dass er sich so zu einer Frau hingezogen fühlte – Seelenverbindung hin oder her? Morgan wollte sich bei ihr entschuldigen, denn er ertrug ihre Abwesenheit nicht länger. Er wollte sie wieder um sich haben, mit ihr reden und sie necken. Er liebte es, wenn sich ihre Wangen rosa färbten und er vermisste ihren Duft. Den unvergleichlichen, blumigen Patricia-Geruch, der sein Herz ein paar Takte schneller schlagen ließ und das Tier in ihm herausforderte.

Also machte er sich auf den Weg zu seiner Kajüte, da er dringend frische Kleidung und sein Logbuch benötigte. Danach wollte er sich mit ihr aussprechen.

***

Nachdem er sich gewaschen, umgezogen und den Dreitagesbart abrasiert hatte, wollte er sich sein Logbuch schnappen, um sich auf die Suche nach Patricia zu machen. Sie war bestimmt noch bei Henry. Der alte Mann würde sie anständig behandeln, bei ihm war sie gut aufgehoben, daher hatte er es auch geduldet, dass Henry sie in Wolfsgestalt kurz besuchte. Doch als Morgan die beschriebenen Blätter erblickte, die direkt neben dem Buch lagen, spürte er einen schmerzhaften Stich in der Magengegend.

Er wollte den Brief nicht lesen, leider hatten es die Worte *Liebster Benedict* in sein Gehirn geschafft. Benedict? Morgans Neugier war geweckt. Wer mochte dieser Benedict sein? Er würde bloß die ersten Zeilen lesen, nur um Gewissheit zu erlangen. Patricia war schließlich selbst schuld, wenn sie den Brief offen auf seinem Schreibtisch liegen ließ. Anscheinend hatte sie die Tinte trocknen lassen wollen und dann vergessen, ihn zu falten. Morgan brauchte ihn nicht einmal anzufassen, alle drei Blätter lagen fein säuberlich aneinandergereiht vor seinen Augen. Ihn interessierte bloß die letzte Seite, denn das Wort *Liebe* tauchte dort verdammt oft auf.

Er gab sich einen Ruck und überflog das Blatt: ... *tut mir leid, dass ich Dich verlassen habe, aber Du kanntest die Gründe. Abschließend sollst Du wissen, dass Du der einzige Mensch in meinem Leben bist, der mich je verstanden hat, und dafür danke ich Dir. Unsere gemeinsame Zeit war die schönste meines Lebens. Du fehlst mir unendlich. Ich liebe Dich mehr, als Du Dir vorstellen kannst, und Du wirst immer den ersten Platz in meinem Herzen haben. Vergiss das niemals. Sobald ich in Boston bin, teile ich Dir meine Adresse mit. Vielleicht kommst Du mich ja eines Tages besuchen? Deine Dich immer liebende ...* In diesem Moment ging die Tür auf.

»Morgan!«, rief Patricia sichtlich erschrocken, als sie die Kajüte betrat. »Was machst du hier?«

Wie zur Verteidigung hielt er ihr sein Logbuch vor die Nase. »Das ist meine Kabine, schon vergessen?«

Patricia errötete und ihr Blick fiel auf den Brief. Schnell ging sie zum Schreibtisch, um ihn an sich zu nehmen. Schützend hielt sie die Papiere an die Brust.

Morgan starrte sie wortlos an, Patricia starrte zurück. Das war einer dieser seltenen Momente, in denen ihr anscheinend die Worte fehlten. Es lag eine Spannung zwischen ihnen, die unerträglich war. Morgan stand einfach nur da, das Logbuch genauso an seine Brust gepresst wie sie ihre Blätter.

Aber als ihm bewusst wurde, wie innig sie den Brief an ihren Busen drückte und ihr Gesicht sowie ihr Dekolleté eine tiefrosa Färbung annahmen, wusste er sofort, dass ihr Herz schon vergeben war. An diesen Benedict Black, von dem sie träumte, dem sie einen Liebesbrief schrieb und dem für immer ihr Herz gehören würde.

War Benedict ihr Verlobter? Wollte oder konnte sie ihn deswegen nicht heiraten, weil sie schon jemandem versprochen war? Morgan glaubte, er müsse sterben. Dieses stechende, ziehende Gefühl war überall: in seinem Magen, in seiner Brust, in seinem Kopf. Dazu kam eine Übelkeit, die so groß war, dass er befürchtete, sich jeden Augenblick zu übergeben. Er musste an die frische Luft, er musste weg von Patricia, oder er würde sich verwandeln. Der Instinkt, sie zur Seinen zu machen, wurde plötzlich übermächtig.

Es war wohl das Beste, ihr nicht mehr unter die Augen zu treten, bis sie in Santa Cruz von Bord ging. Diese Frau wollte ihn nicht und hatte ihn nur gebraucht, um sich über ihre Einsamkeit hinwegzutrösten. Damit musste er sich abfinden. Doch sollte sie wirklich ein Kind von ihm empfangen, so durfte sie ihm das nicht vorenthalten. Er hatte schließlich ein Recht darauf zu erfahren, ob er Vater wurde.

Sofort machte er auf dem Absatz kehrt und stapfte aus der Kabine.

Kapitel 6 – Stürmische Zeiten

Patricia musste mit Morgan reden, daher suchte sie ihn an Deck, obwohl es immer noch unaufhörlich regnete. Sie wollte ihn berühren, von seinen starken Armen gehalten werden, doch sobald er sie sah, drehte er ihr den Rücken zu und schritt ohne ein weiteres Wort davon.

»Männer«, schimpfte sie. »Der Tag, an dem sie lernen, einen Fehler einzugestehen, ist der Tag, an dem sie Frauen werden!«

Aber war es allein sein Fehler, wie alles gekommen war? Immerhin war sie in den Laderaum seines Schiffes eingedrungen.

Ob er ihren Brief gelesen hatte? Schließlich hatte er gleich neben seinem Buch gelegen. Sie hatte ihre geheimsten Gefühle darauf niedergeschrieben! Niemand anderes als Benedict sollte diese Worte sehen.

Ihre Wangen brannten. Sie hatte vergessen, die Papiere zusammenzufalten und zu versiegeln. Außerdem hatte sie nicht damit gerechnet, dass Morgan in die Kabine käme. Wie dumm von ihr, schließlich wohnte er hier.

Sie wollte sich jetzt bei ihm entschuldigen. Er fehlte ihr. Wie er manchmal so nah vor ihr stand, bevor er vor ihr floh: stark, männlich und mit einem Ausdruck im Gesicht, der ihr Herz auf sonderbare Weise zutiefst berührte, hätte sie ihn auf der Stelle küssen wollen. Nur traute sie sich nicht, denn jedes Mal veränderte sich etwas in seinem Blick. Er wurde kalt und abweisend.

Patricia nahm wieder an den Mahlzeiten in der Offiziersmesse teil – Morgan erschien allerdings nicht. Am Tisch herrschte eine gedrückte Stimmung, und selbst Andrew und der alte Ianto konnten die Atmosphäre nicht aufheitern. Einmal klopfte sie sogar an Iantos Kabinentür, denn sie wusste genau, wo Morgan nachts schlief, falls er keinen Dienst hatte, doch niemand hatte sie hereingebeten.

Am fünften Tag ihrer Reise brach ein furchtbarer Sturm über die Mariah herein. Die Fregatte segelte gerade ein großes Stück von der französischen Küste entfernt, damit sie keinen feindlichen Schiffen zum Opfer fielen, als Patricia glaubte, die Hölle würde sich unter ihnen auftun und sie allesamt verschlingen.

∗∗∗

Morgan stand breitbeinig auf dem schwankenden Deck, um den Männern den

Befehl zum Segeleinholen zu erteilen. Hinter der Reling türmten sich Wellen auf, die fast so hoch zu sein schienen wie die Mariah selbst. Jedes Mal, wenn die meterhohen Wogen gegen das Schiff knallten, spürte Morgan die Erschütterung bis ins Mark. Obwohl er schon durch mehrere Stürme gesegelt war, hatte er enorme Ehrfurcht vor jedem Unwetter, denn es war so unberechenbar wie ... Patricia. Sie musste in diesem Moment Todesängste ausstehen! Allein in seiner Kabine würde sie sicher glauben, dass das Schiff jeden Moment in zwei Teile zerbrach, so laut krächzten und knackten die Balken. Doch er konnte sich jetzt nicht um sie kümmern, so gern er das auch täte, denn er war der Kapitän und seine Mannschaft erwartete seine Befehle.

»Macht die Luken dicht, Männer!«, schrie er gegen den heulenden Wind und das Peitschen des Regens an. Wie tausend kleine Nadelstiche schossen die eiskalten Tropfen in sein Gesicht, aber er war viel zu konzentriert, um die Kälte zu spüren. Nur unter Aufwendung seiner gesamten Kräfte konnte er das Schiff gegen den Wind halten und sich selbst gegen den tosenden Sturm behaupten. Er hatte seinen Männern befohlen, sich festzubinden. Allzu leicht konnten sie von einer Böe oder Welle erfasst werden, die sie über die Reling warf, wo die raue See sie innerhalb weniger Augenblicke verschluckte. Morgan selbst hatte seine Krallen tief in das Steuer getrieben.

Das Leben an Bord war hart. Verdammt hart sogar, weshalb er Ianto vor einer halben Stunde am Ruder abgelöst hatte. Obwohl sein Erster Offizier ein alter Mann und ein Zombie war, hätte sich Morgan keinen besseren Steuermann vorstellen können. Ianto war zäh wie eine Schuhsohle und verfügte über Bärenkräfte, auch wenn man es ihm nicht ansah. Er besaß außerdem eine Ausdauer, wie Morgan es noch bei keinem anderen gesehen hatte, und er kannte ihn schon lange genug, um ihm sein Leben anzuvertrauen – und sein Schiff.

Morgan war mittlerweile bis auf die Knochen durchnässt und zitterte am ganzen Körper. Selbst seine Finger, die sich verbissen um das Steuer klammerten, spürte er kaum noch, doch seine gesamte Konzentration galt seinem Schiff, dem Sturm und der fantastischen Crew.

**

Patricia war noch nicht bereit zu sterben. Heute nicht und vor allem nicht, bevor sie in Amerika angekommen war. Und auf keinen Fall wollte sie in der Kajüte bleiben, wenn das Schiff in den tosenden Fluten versank!

Auf allen vieren kroch sie durch die schaukelnde Kabine auf die Tür zu, wobei sie einmal sehr unsanft gegen Morgans Schreibtisch geschleudert wurde. Verflixt, hatte das wehgetan! Aber sie musste schleunigst hier raus. Hektisch atmend taumelte sie auf den schmalen Gang hinaus, wo sie sich mühsam vorwärts kämpfte, weil sie ständig links und rechts gegen die Wand knallte, bis sie schließlich Andrew in die Arme fiel.

»Miss Salesbury!«, rief er gegen die krachenden Balken und das Tosen des

Windes an, der kalt und feucht den Niedergang herunterpfiff. »Schön, einmal wieder Ihr hübsches Gesicht zu sehen, aber jetzt ist der denkbar ungünstigste Zeitpunkt für einen Spaziergang. Ich rate Ihnen dringend, sich wieder in die Kabine zu begeben!«

Angsterfüllt krallte sie sich an seinen Armen fest. »Ich will nicht in der Kabine sein, wenn das Schiff untergeht!«

»Wir werden nicht sinken«, sagte Andrew nicht sehr überzeugend. Selbst in den Augen dieses großen Mannes konnte sie Furcht erkennen. »An Deck ist es viel zu gefährlich! Sie könnten über die Reling gespült werden oder von herumfliegenden Gegenständen erschlagen. Selbst erfahrene Seemänner ...«

Oh Gott, Morgan! Er war da oben und kämpfte gegen das Unwetter. Plötzlich wollte sie ihn noch ein einziges Mal sehen, bevor sie starb. Sie wollte in seinen starken Armen liegen, noch einmal von ihm geküsst werden, seine angenehme Stimme ...

Andrew rüttelte sie. »Patricia! Hören Sie mir überhaupt zu? Gehen Sie zurück in die Kabine!«

Sie dachte allerdings nur an Morgan und ihr baldiges Ende. Dieser Mann, den sie erst wenige Tage kannte, bedeutete ihr mittlerweile sehr viel. Sie hatte es sich erst nicht eingestehen wollen, doch jetzt wusste sie, dass sie in ihn verliebt war – was sie ihm natürlich niemals sagen würde, da er ihre Gefühle nicht erwiderte.

Würde sie ihn auf Santa Cruz noch verlassen können?

Himmel, vielleicht würden sie Santa Cruz nicht einmal erreichen!

Andrew zog an ihrem Arm. »Kommen Sie, ich bringe Sie zurück und binde Sie irgendwo fest, damit Sie sich nicht verletzen. Ich muss mich schon um genug verwundete Männer kümmern.«

»Bloß nicht festbinden!«, rief sie panisch, als Andrew sie zurück in die Kabine zerrte. Allein der Gedanke daran vergrößerte ihre Angst.

Sie hielt es für das Beste, sich auf einen festgeschraubten Stuhl zu setzen, an dessen Armlehnen sie sich krampfhaft festhielt und gegen die Übelkeit ankämpfte. Dabei raste ihr Herz, ihr Magen rebellierte und vor ihren Augen drehte sich alles.

***

Sie wusste nicht, wie viel Zeit vergangen war – ihr kam es wie Stunden vor –, als plötzlich etwas gegen die Tür donnerte. Sofort wurde sie aufgerissen und Ianto und Andrew polterten mit einem blutüberströmten, tropfnassen Morgan in ihrer Mitte herein. Er sah aus, als hätte er gegen Poseidon persönlich gekämpft!

Erschrocken sprang sie auf, wobei sie fast auf den Schreibtisch gefallen wäre, so sehr schwankte das Schiff immer noch, obwohl der Sturm nachgelassen hatte. »Oh mein Gott, was ist passiert?«

»Ein losgerissenes Tau hat ihn mit voller Wucht an der Stirn getroffen«, erklärte Ianto aufgeregt und Patricia erkannte die Furcht in den Augen des alten

Mannes. Sie wusste, dass mit einem heftigen Schlag auf den Kopf nicht zu spaßen war.

»Ach, es ist doch nichts.« Morgan konnte sich kaum auf den Beinen halten. Die Naturgewalten hatten an seinen Kräften gezerrt und der Hieb noch den letzten Rest dazugegeben. Unter ihm bildete sich eine beträchtliche Pfütze, so durchtränkt war seine Kleidung. Die triefnassen Sachen klebten ihm wie eine zweite Haut am Körper, seine Haare hingen ihm in feuchten Strähnen ins Gesicht und über den stark blutenden Schnitt auf seiner Stirn. Seine Lippen zeigten einen bläulichen Schimmer und sein Körper zitterte vor Kälte.

»Ich muss die Wunde nähen, Captain«, sagte Andrew, als er sich die Verletzung genauer betrachtete. »Aber erst müssen Sie aus den nassen Sachen raus.« Die Männer lehnten Morgan, der immer wieder für einen kurzen Moment das Bewusstsein zu verlieren schien, da er ständig zur Seite sackte, gegen die schwankende Wand. Patricia starrte mit rasendem Herzen auf ihn und wusste nicht, wie sie ihm helfen konnte.

Hastig begann Ianto, ihn auszuziehen. »Halten Sie ihn fest, Doc!«

Andrew drückte den benommenen Morgan an den Schultern gegen die Wand, damit er nicht daran herunterrutschte. Dann wandte sich Ianto zu ihr um. »Miss Salesbury, helfen Sie mir!«

Patricia, die sich bis jetzt verbissen an der Schreibtischplatte festgekrallt hatte, eilte stolpernd zu den Männern und streifte Morgan den schweren Mantel von den Schultern. Ihr Atem stockte, als sie die schwellenden Muskeln unter dem fast durchsichtigen Hemd erblickte. Sie wirkten riesengroß.

Schwer atmend vor Übelkeit und Anstrengung, weil sie sich mit allen Kräften gegen das schwankende Schiff behaupten musste, löste sie das nasse Halstuch und knöpfte mit zitternden Fingern sein Hemd auf. Während sie die eiskalte Haut Zentimeter für Zentimeter freilegte, wurde ihr bei dem Anblick der nackten Brust noch schwindliger. Dicke Muskelstränge wölbten sich unter den verhärteten Brustwarzen, und Pat war sich sicher, dass sein Oberkörper bei ihrer ersten Begegnung noch nicht so massig gewesen war. Es musste sich um eine optische Täuschung handeln, anders konnte sie sich das nicht erklären. Die Panik vernebelte ihre Wahrnehmung. Sie war jedoch froh, endlich etwas zu tun zu haben, was sie von ihrer Angst ablenkte.

Mit einem schiefen Grinsen verfolgte Morgan durch den nassen Vorhang seiner Haare jede ihrer Bewegungen. Oh dieser Mann! Selbst dem Tode nah, benahm er sich unmöglich!

Sie blinzelte, weil sie für einen Moment geglaubt hatte seine Eckzähne, die ihr viel zu lang vorkamen, würden im schwachen Schein der Öllampe bedrohlich funkeln. Überhaupt sah er wie ein wildes Tier aus: gefährlich, aber wunderschön, trotz seiner Verletzung. Bevor sie sich über seine seltsamen Pupillen wundern konnte, schloss er die Lider.

Ihre Hände waren mittlerweile an der Hose angelangt. Daher wohl dieses bestialische Grinsen!

Sein Körper erschlaffte erneut und die beiden Männer hatten Mühe, ihn zu halten.

»Sie müssen sofort ins Bett!«, befahl Andrew, nachdem Morgan erneut zu Bewusstsein gekommen war. »Oder Sie werden nicht mehr lange unser Captain sein.«

»Das hätten Sie wohl gerne, Bingley«, lallte Morgan, bevor ihm wieder die Augen zufielen. »Ich muss mir nur trockene …«

»Keine Widerrede«, meinte Ianto resolut. »Du hast den Doc gehört. Ich übernehme solange das Kommando.« Morgan gab bloß ein Schnauben von sich.

Verzweifelt schaute Pat zu Ianto. Sie konnte dem Captain unmöglich die Hose herunterziehen! Nicht vor den Augen der anderen Männer. Zum Glück deutete Ianto ihren beunruhigten Blick richtig. »Holen Sie eine Decke, Miss Salesbury!«

Aufatmend eilte sie zum Schrank und zog ein frisches Laken heraus. Als sie sich wieder umdrehte, erblickte sie Morgan in seiner vollen Ausstattung. Himmel, war dieser Mann ein Prachtexemplar! Groß, breitschultrig und mit Muskeln genau an den richtigen Stellen, stand er an die Wand gelehnt, wobei er sie erneut durchtrieben angrinste. Diesem Schuft schien die Situation auch noch Spaß zu machen!

Mit erhitzten Wangen rieb sie seinen zitternden Körper trocken − wobei sie es vermied, ihm in die Augen und auf ein anderes Körperteil zu sehen −, während die Männer ihn festhielten. Schließlich hievten sie ihn ins Bett und deckten ihn bis zum Hals zu.

»Holen Sie alle Laken, die Sie finden können, Patricia. Er braucht es jetzt so warm wie möglich«, rief Andrew, der zur Tür eilte, um seine Tasche zu holen.

Sie tat sofort, wie ihr geheißen, während Ianto vor dem Bett kniete und besorgt den Kopf schüttelte. Offenbar hatte Morgan wieder das Bewusstsein verloren.

Vorsichtig rieb sie ihm die nassen Haare trocken und wischte ihm mit einem feuchten Lappen Salzwasser und Blut aus dem Gesicht, als Andrew auch schon mit dem Nähen begann. Dabei blähten sich seine Nasenflügel und ständig fuhr es sich mit der Zunge über die Lippen. Anscheinend musste er sich sehr konzentrieren, denn das Schlingern des Schiffes erschwerte seine Arbeit.

Patricia wandte ihr Gesicht ab, weil sie diesen Anblick nicht ertragen konnte. Zudem sollten die Männer nicht sehen, dass sie weinte. Was, wenn er starb? Sie wären im Streit auseinandergegangen und sie hatte Morgan noch nicht einmal gesagt, wie viel er ihr bedeutete.

Nachdem Andrew die Platzwunde sorgfältig vernäht hatte, wobei er etwas vor sich hinmurmelte, das sich wie: »Ich hätte genauso gut drüberlecken können und das Problem so viel schneller gelöst. Aber ich soll mich ja vor der Lady benehmen«, anhörte, schüttete er Morgan eine blutrote Flüssigkeit in den Mund, die sich in einer winzigen Phiole befand.

»Wozu ist das?«, wollte sie wissen.

Andrew kratzte sich am Kopf. »Äh, diese Medizin soll innere Verletzungen schneller heilen.«

Von so einer Medizin hatte sie nie zuvor gehört, doch ihr war alles recht, solange es Morgan half.

Andrew verließ mit Ianto die Kabine. In der Tür blieb er stehen und drehte sich zu ihr um. »Wärmen Sie ihn, Patricia. Und versuchen Sie ihn alle zwei Stunden zu wecken. Wenn er nicht zu Bewusstsein kommt, müssen Sie mich holen, und ...« Er zögerte einen Moment, sprach aber dann doch weiter: »Wenn Ihnen am Captain irgendwas seltsam vorkommt, brauchen Sie sich nicht fürchten. Er würde Ihnen niemals Schaden zufügen.«

Patricia nickte, obwohl sie nicht verstand, was Andrew ihr damit sagen wollte, und verschloss die Tür. Endlich war sie mit Morgan allein. Sorgfältig wischte sie ihm die letzten Blutspuren von Gesicht und Oberkörper, und deckte ihn gut zu. Wie er so vor ihr lag, erweckte er den Eindruck eines tief schlafenden Mannes, dessen entspannte Gesichtszüge etwas von einem Jungen besaßen.

Sie setzte sich zu ihm ans Bett und fuhr mit den Fingern über seine Wange. Sie war eiskalt und seine Lippen beinahe dunkelblau. Es war wohl das Beste, wenn er jetzt schlief. Stundenlang hatte er gegen den Sturm und die aufgewühlte See angekämpft – ihr Held!

Der Wind ließ weiter nach und draußen brach langsam die Nacht herein. Patricia fühlte sich müde und schrecklich erschöpft. Die Angst hatte nicht nur an ihren Nerven gezerrt. So entkleidete sie sich bis auf ihr dünnes Hemdchen und kuschelte sich wie selbstverständlich neben Morgan unter die Decken. Es war das zweite Mal, dass sie beide gemeinsam in einer Kabine schliefen.

Himmel, war er kalt! Wie ein Eisklotz. Die vielen Decken halfen nicht, wenn er keine Eigenwärme mehr besaß.

Sie dachte an Andrews Worte: *Wärmen Sie ihn!* Und das Einzige, was ihr dazu einfiel ...

Vorsichtig legte sie sich auf seinen klammen Körper, um ihm etwas von ihrer Wärme abzugeben. Dabei streichelte sie ihn behutsam über die stoppelbärtigen Wangen.

»Ich hatte solche Angst um dich«, wisperte sie an sein Ohr. »Jetzt schläfst du dich erst mal gesund, und dann möchte ich mich nie wieder mit dir streiten. Hörst du?«

Sie küsste ihn sanft auf die kühlen Lippen, die leicht salzig schmeckten. Anschließend legte sie den Kopf auf seine breite Schulter und war im Nu eingeschlafen.

***

Morgan hatte noch nie so schreckliche Kopfschmerzen gehabt, aber trotzdem erinnerte er sich an den sehr lebendigen Traum, den er gerade erlebt hatte.

Nachdem ihn Ianto und der Doc ins Bett gezerrt hatten, war Patricia zu ihm gekommen. Auch jetzt glaubte er noch, ihren geschmeidigen Körper auf seinem zu spüren. Er fühlte ihren warmen Atem an seinem Hals und ihr Gewicht auf ihm. Und er hatte einen metallischen Geschmack im Mund.

Bingley ... Er musste ihm sein Blut gegeben haben. Dann hatte es wohl schlimm um ihn gestanden. Bingleys Blut würde mögliche Verletzungen schnell heilen.

Die Augen immer noch geschlossen, damit dieser fantastische Traum von Patricia nicht endete, glitten seine Hände an ihren Hüften nach oben. Wie wirklich sich ihre nackten, festen Pobacken anfühlten.

»Patricia ...«, kam es krächzend aus seinem Hals. Das Zuschreien der Befehle durch den tosenden Wind hatte ihn beinahe seiner Stimme beraubt.

»Morgan?«, hörte er sein Mädchen ganz nah an seinem Ohr. Was für ein wunderschöner Traum. So verdammt real!

Seine Hände wanderten an dem schlanken Rücken herauf und wieder hinunter zu dem wohlgeformten Hinterteil.

Ihr Körper regte sich. »Morgan, Gott sei Dank!«

Ihre warmen Lippen drückten sich auf die seinen, er schmeckte ihren süßen Mund. Unvermittelt presste sie ihre Hüften auf seine erwachte Männlichkeit. Die Kopfschmerzen rückten in weite Ferne und er nahm sie nur noch als dumpfes Pochen wahr.

»Morgan, bitte lass uns nie wieder streiten«, hauchte sie an sein Gesicht.

»Nie wieder, mein Herz«, krächzte er, worauf er sie noch fester auf sich zog. »Und ich möchte nie aus diesem Traum erwachen.«

»Das ist kein Traum, du Dummerchen.« Patricia lachte leise.

Er murmelte: »Ja, ja«, und war im Begriff, wieder einzuschlafen. Er wollte diesen wunderbaren Traum noch nicht aufgeben.

Patricia rutschte ein Stück zur Seite und nahm seinen harten Penis in die Hand. Sie fuhr daran auf und ab und streichelte schließlich mit dem Daumen über die Spitze, bevor sie seine gesamte Länge massierte.

Oh Mann, tat das gut! Er knurrte leise vor Lust. Je mehr sie ihn streichelte, desto härter und länger wurde er. Ihre kleinen, zärtlichen Hände fühlten sich auf seinem Schwanz perfekt an.

Da riss er die Augen auf. Patricia lag neben ihm und streckte sich. Offenbar hatte er doch geträumt. Mist!

»Patricia ...«, flüsterte er, aber sie schien ihn nicht gehört zu haben. Er hatte immer noch keine Stimme.

Lautlos glitt sie aus dem Bett, um eine der Lampen zu entzünden. Morgan sah ihr blinzelnd dabei zu, denn er wollte sie nicht erschrecken. Er wusste, wie furchtbar er gerade erscheinen musste. Seine Lust hatte wie so oft das Tier in ihm hervorgelockt, und da er noch geschwächt war, konnte er seine Transformation nur schwer unterdrücken. Deshalb hielt er auch die Hände unter den Decken verborgen.

Patricia blickte aus einem der zahlreichen Fenster in den schwarzen Nachthimmel. Der Mond stand beinahe rund dort oben und beleuchtete die vorbeiziehenden Wolken mit seinem weißen Licht. Nicht mehr lange und es war Vollmond.

Das Unwetter hatte sich verzogen. Darüber schien auch Patricia erleichtert zu sein, denn Morgan hörte sie aufatmen.

Anschließend warf sie einen Blick auf die kleine Uhr, die auf seinem Schreibtisch lag. »Schon nach Mitternacht«, murmelte sie.

Leise tapste sie zum Bett zurück, offensichtlich hellwach. Morgan stellte sich weiterhin schlafend. Mal sehen, was sie vorhatte, sie führte etwas im Schilde, das spürte er!

Vorsichtig hob sie die Decken an und er dachte erst, sie wollte wieder darunterschlüpfen, aber dann öffnete er seine Lider einen Spalt weit und erwischte sie dabei, wie sie auf seine Brust starrte. Danach musterte sie seinen Bauch und ... Sie hob die Laken noch ein Stück.

»Allmächtiger!«, entfuhr es ihr, als sie seine Erektion erblickte.

Morgan unterdrückte ein Grinsen. Er wusste, dass die Natur nicht sparsam mit ihm umgegangen war und noch mehr freute es ihn, dass ihr anscheinend gefiel, was sie sah. Aber die Situation war ihm auch irgendwie peinlich.

»Patricia?« Er blinzelte sie an.

Sofort ließ sie die Decken fallen. »Hm?!«

»Bist du wirklich oder träume ich?« Er versuchte sich aufzurichten, was ihm jedoch nicht gelingen wollte. Mit verzerrtem Gesicht ließ er sich wieder in die Kissen zurückfallen. Es fühlte sich an, als würden tausend Nadeln in sein Gehirn gestochen werden.

»Du träumst natürlich!« Ihre Wangen färbten sich knallrot.

Morgan schloss die Lider und berührte seinen Kopf.

»Vorsicht, die Wunde ist frisch genäht.« Sofort entzog sie ihm die Hand.

»Ach ja, das gerissene Tau.« Er erinnerte sich vage an den Vorfall an Deck. Ein normaler Mann hätte den Schlag wahrscheinlich nicht überlebt. Das war nur Andrews Blut und seinen außerordentlichen Selbstheilungskräften zu verdanken. Doch auch die besaßen ihre Grenzen. Zum Glück hatte er sie bis jetzt niemals überschritten.

»Du hast da wirklich einen sehr heftigen Schlag abbekommen«, meinte sie, aber er gab ihr darauf keine Antwort, denn mit einem Mal befiel ihn wieder eine bleierne Müdigkeit.

»Morgan, schläfst du?« Sie musste sich über sein Gesicht beugen, denn ihre langen Haare kitzelten ihn und er nahm ihren Duft besonders intensiv wahr. Zärtlich ließ sie die Finger über seine Wange gleiten. »Schlaf dich gesund, mein hübscher Pirat.«

Nachdem sie das Licht gelöscht hatte, kuschelte sie sich wieder zu ihm unter die Decken. »Bist du noch wach?«, fragte sie leise. Als abermals keine Reaktion kam, rutschte sie so nah an ihn heran, dass sich unter den Decken ihre Körper

berührten. Behutsam legte sie eine Hand auf seinen Bauch. »Du bist so heiß …
Dann wirst du jetzt meine Körperwärme nicht mehr brauchen.«

Hieß das, sie hatte ihn gewärmt? Hatte sie doch auf ihm gelegen? Sein Herz
pochte schneller.

Patricia schmiegte sich in seine Armbeuge und streichelte über seinen Oberkörper.

Morgan glitt immer tiefer ins Land der Träume und genoss ihre Berührungen. Sie umkreiste die Brustwarzen, die sich unter ihren Zärtlichkeiten zusam-
menzogen, und fuhr tiefer. Dort spielte sie an den Wölbungen und Vertiefun-
gen seiner Bauchmuskeln.

Ihre Brust drückte sich gegen seinen Arm, er fühlte, wie ihr Herz schlug.
Wäre er nur nicht so unendlich müde, würde er sie auf sich ziehen.

Langsam stahl sich ihre Hand zwischen seine Beine, bis ihre Finger seine
empfindliche Spitze berührten. Nur mit Mühe unterdrückte er einen Stöhnlaut.
Er war bereits so hart, dass es schmerzte. Aber bei ihm schien das ja eine Art
Dauerzustand zu sein, seitdem Patricia an Bord war.

Sie griff wieder an seine Erektion, streichelte sie und fuhr dann tiefer hinab,
um an seinen Hoden zu spielen, wo er besonders empfindlich war.

Morgan stöhnte. Er konnte sich kaum noch beherrschen. Sofort wollte sie
ihre Hand zurückziehen, doch er schnappte sie und legte sie wieder auf seine
Härte. »Nicht aufhören.«

Patricia atmete scharf ein. »Du Schuft warst die ganze Zeit wach? Du hättest
dich ruhig bemerkbar machen können!«

»Ich muss meine Stimme schonen«, hauchte er, immer noch ihre Hand hal-
tend. »Und jetzt mach weiter.«

»Das klingt wie ein Befehl!«, empörte sie sich, doch ein Lächeln umspielte
ihre Mundwinkel. Er konnte es im Dunkeln bestens erkennen.

»Aye, so ist es.«

»Nun gut, einem Befehl vom Captain darf man sich nicht widersetzen.« Sofort führte sie ihr reizendes Spiel fort.

»Das hast du wirklich schnell begriffen.« Er keuchte neben ihr auf.

»Aber du darfst dich nicht anstrengen, Befehl vom Doc.«

»Ich werde mich nicht rühren«, versprach er halbherzig.

»Sehr gut, dann kann ich mit dir tun, was ich will.«

»Aye, ich werde gewiss ein folgsamer Patient … Patricia! Was machst du?«

Sie verschwand mit dem Kopf unter der Decke. »Ich sehe nur nach, ob da
unten alles in Ordnung ist«, vernahm er, als er ihre Lippen auch schon auf seiner Brust fühlte.

Aye, war das herrlich! Diese Frau wusste, was ihn glücklich machte.

Ihre neugierige Zunge umkreiste erst die eine, dann die andere Brustwarze.
Morgan vergrub die Hände in ihrer wallenden Mähne und genoss ihre zärtlichen Berührungen. Nur gut, dass sie zuvor das Licht gelöscht hatte, denn er war
zu sehr geschwächt, um seine Verwandlung unterdrücken zu können. Er schaff-

te es jedoch, seine Krallen in Schach zu halten.

Patricias ließ ihre Zunge weiter an seinem Bauch hinabwandern und umleckte den Nabel, doch als ihr Körper noch weiter nach unten glitt, fasste er sie an den Schultern. »Halt, Patricia, bis hierher und kein bisschen weiter!«

»Warum? Ist das ein Befehl?« Schon umschloss ihn ihr warmer Mund und erstickte seine Proteste.

Hier gehörte sie hin, oh ja! Diese durchtriebene kleine Meerhexe hatte ihn nun ganz in ihrer Gewalt. Morgan war unfähig, sich gegen diese süße Folter zu wehren. Sie saugte und lutschte an seinem Schwanz, ließ ihn dann wieder vollständig in ihrem Rachen verschwinden und hauchte schließlich zarte Küsse auf die Spitze.

»Patricia …« Er konnte kaum mehr sprechen. »Hör sofort auf, oder ich komme noch in …«

Sie tauchte kurz an seiner Brust auf. »Entspanne dich doch einfach, du bist total verkrampft!«

Es klang wie das Knurren eines wilden Tieres, als er den Höhepunkt erreichte und den Samen in ihren Mund pumpte. Sein Orgasmus war so heftig, dass er Angst hatte, sie würde sich verschlucken, aber sie leckte und saugte bis … Er riss die Augen auf und Licht blendete ihn, sodass er die Lider zusammenkniff. Sein Herz raste, seine Hand lag auf seinem Schwanz und klebte.

Patricia stand neben ihm in ihrem dünnen Hemd und hielt die Laterne in der Hand. Die andere Hand presste sie an ihre Brust. »Was hast du? Soll ich Andrew holen? Du hast geknurrt wie ein Tier und beinahe geschrien!«

Verflixt, er hatte schon wieder geträumt! Und das Ergebnis seines erotischen Traumes versaute nun die Bettlaken.

Es hatte sich so verdammt real angefühlt! Er sehnte sich nach einer Vereinigung mit ihr und wollte, dass sie all diese sündhaften Dinge anstellte, aber sie war eine unschuldige Frau, sie wusste sicher nicht, wie man einem Mann höchste Freude bereiten konnte. Wobei das erste Mal, als sie betrunken gewesen war … Nicht dran denken! Wahrscheinlich quälten ihn diese Träume, weil er eine süße Kostprobe von ihr bekommen hatte.

Mit belegter Stimme bat er um ein feuchtes Tuch, um sich zu reinigen.

»Kann ich dir helfen?«, fragte sie, nachdem sie es ihm gereicht hatte, und drehte sich sofort um, als er die Decken hob.

Mit zitternder Hand fuhr sie sich durchs Haar. »Oh, ich … hast du eben …«

»Ja«, knurrte er. »Das kann einem Mann hin und wieder passieren.«

»Ist das geschehen, weil ich neben dir lag?«

»Hm«, brummte er.

»Oh, ich wusste nicht, dass so etwas möglich ist. Also, dass man im Schlaf …« Sie räusperte sich.

Patricia wusste so Vieles nicht. Wie gerne wollte er ihr alles zeigen.

»Das tut mir leid«, sagte sie leise.

»Das braucht es nicht.« Himmel, könnte sie endlich das Thema wechseln?

»D-doch, es ist meine Schuld.« Sie hängte die Lampe über dem Bett auf und bat ihm um den Lappen.

»Ich bin noch nicht fertig.« Hastig wischte er sich unter der Zudecke die Spuren von der Hand, während sie sein Gesicht studierte. »Kannst du dich bitte wieder umdrehen?« Es war ihm wirklich peinlich, dass sie ihn beobachtete.

»Ich sehe, wie sehr dich das anstrengt. Und du kannst kaum die Augen offen halten.«

Das kam nur daher, weil das Licht ihn blendete. Seine Pupillen waren riesengroß, das sollte sie nicht mitbekommen. Wenigstens hatten sich seine Fangzähne und Krallen eingezogen. Jetzt, wo er von dem großen Druck befreit war, konnte er sich wieder besser beherrschen.

Sie riss die Laken zur Seite und lief knallrot an, als sie sein immer noch halb steifes Geschlecht erblickte.

»Patricia!« Sofort drückte er den Lappen auf seinen Penis.

»Ich mach das fertig, Hände weg.« Mit mehr Kraft, als er ihr zugetraut hatte, entriss sie ihm das Tuch.

»Du bist krank, ich pflege dich. Das muss dir nicht peinlich sein.« Ihre Wangen strahlten eine Hitze aus, die er bis zu sich spürte. Ihr Atem raste.

Als er sie so durcheinander sah, schwand seine Scham und er musste grinsen. »Ich glaube eher, dir ist das peinlich.«

Er sollte es ausnutzen, dass sie ihn waschen wollte.

»Ich habe so etwas auch noch nie gemacht.« Sie ging zurück zum Waschtisch, tauchte den Lappen ein, wrang ihn aus und hockte sich erneut zu ihm. Dann begann sie, sanft über seinen Bauch zu reiben.

Gott, nein, sie tat das jetzt nicht wirklich?

Mit kreisenden Bewegungen wusch sie seinen Unterleib, bis wirklich nichts mehr an ihm klebte. Danach hielt sie mit zwei Fingern seinen Schaft fest und strich mit dem Lappen über die Eichel, die ihr dick und geschwollen entgegenleuchtete.

Verdammt, das war seine empfindlichste Stelle.

Ihr unschuldiges Vorgehen wirkte leider äußerst anregend auf ihn, sodass sich sein Schwanz bereits wieder mit Blut füllte und aufrichtete.

Keuchend ließ er sich zurücksinken. »Du weißt, dass mich das erregt?«

»Ich habe noch nie einen Penis aus unmittelbarer Nähe gesehen und ich kenne mich wirklich nicht gut mit ihnen aus«, gestand sie stotternd. »Bitte verzeih meine Unwissenheit. Aber ganz dumm bin ich auch nicht. Rosalind hat mir viel über Männer erzählt.«

Wer ist Rosalind?, wollte er fragen, doch in diesem Moment umschlossen all ihre Finger seinen pulsierenden Schaft. Sie wusste genau, was ihre Berührungen bei ihm bewirkten, und sie wollte das. Er sollte das ausnutzen, er wollte sie wieder unter sich spüren, keuchend, nass vor Lust und sich windend. Und danach würde er sie beißen, sie für immer zur Seinen machen.

Aber was, wenn sie das nicht wollte? Er musste sich erst sicher sein, dass sie aufrichtige Gefühle für ihn hatte. Und selbst wenn – durfte er sie dann an sich binden? Patricia war nicht nur ein Mensch, nein, sie stammte aus einer adligen Familie. Ihre Eltern würden einer Verbindung mit einem Seefahrer niemals zustimmen.

Als sie ein letztes Mal über seine hochempfindliche Eichel strich, wäre er beinahe ein zweites Mal gekommen.

Wie sollte er es nur fertigbringen, nicht doch eines Tages wie ein Tier über sie herzufallen?

Kapitel 7 – Vollmondnacht

Der Sturm hatte sie weit vom eigentlichen Kurs abgetrieben, weshalb sie erst zwei Tage später als geplant Tenerife erreichen würden. Und das würde Probleme geben: In zwei Tagen war Vollmond.

Morgans Verstand arbeitete unentwegt. Wie konnte er verhindern, dass Patricia ihn und die Crew im verwandelten Zustand sah?

Sie musste in der Kabine bleiben. Er musste sie einsperren.

Und wie würde er das erklären?

Wie er es drehte und wendete, kam ihm nur eine Lösung in den Sinn: Bingley musste ihm versprechen, dass er Patricia die Erinnerungen an diese schreckliche Nacht nehmen würde.

***

Da ihm der Doc strengste Bettruhe verordnet hatte, ließ sich Morgan von seiner persönlichen Pflegerin alle Wünsche erfüllen. Na ja, fast alle, denn *diese* Wünsche wollte er sich aufsparen, sobald sie ihn wirklich wollte. Und beinahe sah alles danach aus.

Sie saß neben ihm im Bett und hatte ihm ein Gedicht von John Donne vorgelesen. Mit rosigen Wangen blickte sie zu ihm. »Donne sagt, wenn sich zwei Menschen wirklich lieben, fühlt sich jeder Abschied wie der Tod an. Glaubst du, das stimmt? Hast du schon einmal so sehr geliebt?«

Sein Blick wanderte zu seinem Logbuch. Er wusste, wie sehr sein Vater immer noch Morgans Mutter liebte, obwohl sie seit Jahrzehnten tot war. Und Morgan liebte Patricia. Zumindest glaubte er das. Zuerst war da dieses Gefühl gewesen, sie besitzen zu müssen, weil sie seine vorherbestimmte Gefährtin war. Jetzt wollte er sie, weil ihr Lachen ihn aufmunterte, ihre Fürsorge ihm gut tat und er es mochte, sich mit ihr zu unterhalten. Aber sie sollte das nicht erfahren, bevor er sich nicht sicher war, was sie für ihn empfand, daher zuckte er bloß mit den Schultern.

Patricia folgte seinem Blick, weshalb sie sofort wusste, dass er an die junge Frau auf dem Bild dachte. Als sie ihn wieder ansah, waren seine Lider geschlossen.

»Bist du müde? Soll ich dich allein lassen?«

Sein Arm schnellte nach vorne und griff nach ihrem Handgelenk. »Jetzt hast du mir so viel über körperliche Vereinigung vorgelesen, denkst du, ich kann jetzt schlafen?«

Du willst mit mir schlafen, dachte sie. Der plötzliche Schmerz in ihrer Brust fraß sie beinahe auf. Er liebte die Frau auf dem Bild mit seiner Seele. Wahrscheinlich wartete sie in irgendeinem Hafen auf ihn. Pat traute sich nicht zu fragen, ob sie recht hatte, aus Angst, noch mehr verletzt zu werden. Von ihr wollte er offenbar nur ihren Körper. Bis jetzt hatte er ihr niemals seine Gefühle gestanden. Sie würde gewiss nicht den Anfang machen und sich blamieren.

***

Während Morgan schlief, vertrieb sie sich die Zeit mit Lesen, weil er ihr verboten hatte, ohne ihn an Deck zu gehen. Da oben war es ihr sowieso zu windig. Gerade blätterte sie in einem Buch über blutsaugende Nachtgestalten, Werwölfe und Hexen, das interessant war, aber auch gruselig. Patricia hatte schon immer ein Faible für Schauergeschichten und Märchen gehabt. Ihr fiel auf, dass Morgan neben seinen Gedichtbänden viele Bücher über mystische Geschöpfe besaß. Doch nicht nur er schien eine Vorliebe für das Übersinnliche und Kuriose zu haben – auch Billy hatte ihr ja ein Buch über Meeresungeheuer geliehen.

Mit Morgan unter einer Decke gekuschelt, saß sie an die Wand des Schiffes gelehnt im Bett und wärmte sich die kalten Füße an seinen Beinen.

»Liebes …«, drängelte er seit Stunden – er konnte ja so charmant und nett sein, wenn er etwas wollte –, »bekomme ich wenigstens einen klitzekleinen Schluck Rum? Bingleys Tee hängt mir schon zum Hals raus.«

Sie vermied es, ihn anzuschauen, denn seine Blicke waren wirklich herzerweichend.

»Bitte, Patricia. Wenn Billy das nächste Mal vorbeischaut, soll er mir einen Becher bringen.«

Konzentriert blätterte sie um, wobei sie versuchte, Morgan weiterhin nicht zu beachten. Doch sie brachte es nicht übers Herz, ihn zu ignorieren. Aufatmend ließ sie das Buch sinken und lächelte ihn an. »Na gut, ich seh mal, was sich machen lässt.«

»Du bist die Beste«, murmelte er schlaftrunken, kuschelte sich an sie und schloss die Augen.

Nachdem er eingeschlafen war, wirkte er beinahe verletzlich. Sie streichelte durch sein Haar und über sein Gesicht, das er wohlig seufzend in ihre Handfläche drückte.

Hatte sich wirklich ein Pirat an sie geschmiegt? Nein, Morgan war kein Pirat, mittlerweile glaubte sie ihm, dass er ein Handelsschiffer war.

Da er ihr Herz erobert hatte und sie ihm eine Freude machen wollte, beschloss sie, ihm den Rum zu holen, obwohl er ihr ausdrücklich verboten hatte, ohne Begleitung auf dem Schiff herumzulaufen. Aber bis auf die Wachen an Deck würden jetzt bestimmt alle schlafen, also würde sie niemandem begegnen. Sie konnte sich nicht erklären, wovor Morgan immer Angst hatte, denn die Männer an Bord waren alle sehr nett zu ihr.

Daher zog sie sich den Mantel ihres Bruders über, nahm die Lampe und schob so leise wie möglich den schweren Riegel zur Seite. Dann schlich sie hinaus in den pechschwarzen Gang.

Auf Zehenspitzen tapste sie in Richtung Kombüse, um durch das Knarren der Balken niemanden zu wecken, denn es musste nach Mitternacht sein. Als sie plötzlich Stöhnlaute hörte, die aus der Küche zu kommen schienen, dachte sie erst, es wäre der Koch, der sich verletzt hatte und wollte ihm zu Hilfe eilen. Aber als eine junge Stimme »Nimm mich richtig ran, du gieriger Blutsauger« keuchte, drehte sie schnell die Flamme der Lampe herunter. Dort drin war jemand unzüchtig! Und da es auf dem Schiff außer ihr keine weiteren Frauen gab, bedeutete das, hier waren zwei Männer am Werk.

Ihr Puls klopfte wild. Wer mochten die beiden sein? Kannte Patricia sie? Ihre Neugier siegte.

Da die Tür zur Kombüse angelehnt war, erblickte sie Andrews seitliches Profil. Mit heruntergelassenen Hosen stand er vor dem festgeschraubten Tisch. Darauf lag Billy auf dem Rücken, nackt wie am Tag seiner Geburt, und Andrew versenkte sein Geschlecht zwischen den Pobacken des Jungen. Dessen dünner, langer Penis ragte nach oben, und der Arzt rieb daran, während er sich mit festen Stößen in Billy trieb.

Beide stöhnten losgelöst und schienen gefesselt von ihrer Leidenschaft.

Patricia wusste nicht, ob sie schockiert sein sollte oder ob ihr die Darbietung gefiel. Das sollte ihr schüchterner Billy sein? Sie erkannte den Jungen nicht wieder. Er wirkte vollkommen verändert, gefangen in Ekstase. Außerdem sah er mindestens zehn Jahre älter aus!

Und Andrew … Er war Arzt! Er musste doch wissen, dass er so etwas nicht tun durfte, das war wider die Natur!

Er streichelte Billys Brust und Bauch und massierte dessen steifen Penis. Die beiden Männer waren so in ihrer Leidenschaft versunken, dass sie Patricia nicht zu bemerken schienen. Und sie wirkten glücklich. Für die beiden war ihre Vereinigung ein natürlicher Vorgang. Sie genossen es sichtlich.

Fasziniert beobachtete Patricia das verbotene Schauspiel. Plötzlich legte Billy den Kopf in den Nacken und Andrew beugte sich über ihn, um die langen Reißzähne in seinem Hals zu versenken als wäre er aus Butter.

Sie zwinkerte und schaute noch einmal angestrengt hin. Andrew saugte Billy das Blut aus! Eine feine rote Spur lief an seinen Lippen vorbei.

Oh Gott, er war ein Vampir! Patricia hatte gelesen, wozu diese Wesen fähig waren, sie vermochten es, in den Verstand anderer einzudringen, um ihn zu manipulieren. Sie musste zu Morgan, musste ihm erzählen, was hier vor sich ging!

Aber sie blieb wie angewurzelt stehen. Denn als Billy den Höhepunkt erreichte und er sich in pulsierenden Schüben über Andrews Hand ergoss, glühten seine Augen giftgrün.

Patricia ließ vor Schreck beinahe die Lampe fallen. Sie schlug gegen den Türrahmen, und Andrew schaute in ihre Richtung. »Miss Salesbury!«, rief er. »Haben wir Sie gut unterhalten?«

Andrews Stimme löste ihre Erstarrung. Sie rannte los und hörte, wie er ihr lachend eine »Gute Nacht« wünschte, und verriegelte Morgans Kabine.

Mit hochgezogenen Brauen starrte er sie an, als sie zu ihm unter die Decken schlüpfte und sich an ihn drückte.

Schlaftrunken rieb sich Morgan übers Gesicht und zog Patricia an sich. Ihr Herz raste, er roch ihre Angst. Sofort war er hellwach. »Was ist denn passiert, Kleines? Du zitterst ja.«

»A... Andrew ...«, stammelte sie. »Er ... er ist ... ein Bluttrinkerdämon!«

»Dämon?« Morgan lachte, aber der Laut blieb ihm fast im Hals stecken und sein Magen verhärtete sich. Verdammt, er hatte ja gewusst, dass er und seine Crew ihr nicht ewig verheimlichen konnten, was sich hier abspielte. Jetzt, da sie sich nähergekommen waren, sollte er ihr die Wahrheit sagen. Sie würde es verkraften, und wenn nicht, blieb ihm als letzter Ausweg Bingley. »Nein, er ist kein … Dämon«, sagte er zögerlich.

Sie hob den Kopf und schaute ihn mit großen Augen an. »Ich weiß, was ich gesehen habe!«

Ja, es wurde langsam Zeit, Patricia mit der Wahrheit zu konfrontieren, auch wenn ihm der Gedanke überhaupt nicht gefiel. Sie würde ihn hassen, ihn fürchten, ihn … Er musste ihr nicht gleich die ganze Wahrheit erzählen. »Bingley ist ... nur ein gewöhnlicher Vampir.«

»Ein Vampir?« Ihre Stimme überschlug sich.

»Als solches bezeichnen sich diese Blutsauger für gewöhnlich.«

»Ja, das weiß ich, das hab ich in einem Buch gelesen, aber … Es gibt tatsächlich Vampire?«

Er nickte seufzend. Wie hatte Bingley nur so unvorsichtig sein können? Dafür würde er ihm noch Rechenschaft ablegen müssen! Doch früher oder später wäre sie sowieso darauf gestoßen, dass die Männer auf seinem Schiff keine gewöhnlichen Menschen waren. Die Vollmondnacht rückte unaufhaltsam näher. Wie würde sie erst reagieren, wenn hier das Geheul und die Kämpfe losgingen? Zwar sorgte Morgan dafür, dass sich solche Wesen, die eine Gefahr für andere darstellten – er zum Beispiel – anketten mussten, aber es lief nicht immer alles glatt. Meistens gab es Verletzte, die der Doc wieder heilen musste. Nicht alle Wesen waren sich freundlich gesinnt. Zwar konnten sie ihre Natur meist unterdrücken und er war stolz auf seine hervorragende Crew, doch im verwandelten Zustand brach die Bestie in ihnen ab und zu hervor. Sie hatten Dämonen verschiedenster Fraktionen an Bord, Wolfswandler wie ihn und Henry, Ianto, den

Zombie, Naturgeister, Faune und sogar einen Elf.

Patricia schüttelte den Kopf und murmelte: »Gardener ... er hatte Vampire mal erwähnt.«

Morgan horchte auf. »Gardener? Du meinst Captain Gardener?«

Ihre Brauen hoben sich. »Du kennst ihn?«

»Oh ja, allerdings. Er jagt Geschöpfe wie« ... *mich*, wollte er sagen, korrigierte sich jedoch rechtzeitig: »Er jagt Geschöpfe wie Bingley und Billy.«

Ihre Finger krallten sich in seine Brust. »Billy ... Seine Augen haben geglüht!«

»Er ist ein Dämon. Ein Inkubus.« Er musste ihr ja nicht auf die Nase binden, dass Inkubi männliche Sexdämonen waren, die sich von der Lebensenergie ihrer Opfer ernährten. Das würde sie vielleicht verstören. »Ich glaube, er ist so um die vierzig Jahre alt, auch wenn er noch so jung aussieht. Die meisten Dämonen altern sehr viel langsamer als Menschen. Billy spielt anderen nur den unschuldigen Jungen vor, um nicht aufzufallen. Außerdem scheint er diese Rolle zu lieben, ich habe ihn selten anders erlebt.«

Patricia biss sich auf die Unterlippe und legte den Kopf schief. »Billy ist also älter als Andrew?«

Er grinste. »Andrew ist viel, viel älter. Wie alt er genau ist, weiß keiner, er will es nicht verraten.« Und er war der perfekte Partner für Billy, wie Morgan zugeben musste. Da man einen Vampir nicht so leicht töten konnte und er sich von Verletzungen meist rasch erholte, konnte sich Billy genug Lebensenergie von ihm holen, ohne ihn umzubringen.

»Du weißt, was sie sind, und beschäftigst sie auf deinem Schiff? Warum?«

Morgan kratzte sich an seinem stoppelbärtigen Kinn. »Na ja, Bingley ist ein überaus fähiger Arzt und Billy ist ein tüchtiger Steward. Ich könnte mir keine besseren Crewmitglieder vorstellen.«

Morgan brauchte Bingley, denn er verfolgte den Plan, von seinem Wandlerdasein geheilt zu werden. Vielleicht hatte er Chancen, da er nur zum Teil ein Wolfswandler war. Er hoffte, der Doc würde durch seine Aderlässe das böse Blut in ihm austreiben und der Vampirspeichel könnte ihn heilen.

Bingley hielt das zwar für Unsinn, Morgan war nun einmal, was er war, aber er gab die Hoffnung nicht auf. Er wollte ein normales Leben, eine Frau und eine Familie, die sich nicht vor Jägern verstecken musste.

Bingley zog ihn oft auf und sagte: »Sie sind nur süchtig nach dem Rausch, Captain, nicht wahr?«, doch es war ihm todernst.

»Hast du denn niemand anderen für den Job gefunden?«, fragte sie.

Er grinste schief. »Schiffsarzt ist anscheinend kein begehrter Beruf.«

»Gibt es noch weitere Vampire oder Dämonen an Bord?«

»Bingley ist der einzige Vampir und Billy der einzige Inkubus.« Das war nicht einmal gelogen. Die anderen Dämonen waren keine Inkubi.

»Aber ... er hat Billy gebissen! Wird er jetzt auch ein Vampir?«

»Nein, da würde er sich ja selbst Konkurrenz machen. Wenn er die gesamte Crew zu Vampiren machte, von wem sollte er sich dann noch ernähren? Die

Vampire würden auf See verhungern.«

»Das ist ja sehr beruhigend«, sagte sie spöttisch, aber sie zitterte schon weniger. »Du bist kein Vampir, oder?«

Er versteifte sich. »Wie kommst du da drauf?«

Patricia kuschelte sich an seine Brust. »Na ja, ich hatte mal einen seltsamen Traum. Da hattest du auch so spitze Zähne und Krallen.«

Sie hatte einen Traum? Konnte sie sich womöglich erinnern? Ihm wurde abwechselnd heiß und kalt.

Nachdem er sich geräuspert hatte, sagte er: »Nein, ich bin kein Vampir, da kann ich dich voll und ganz beruhigen.«

Sie seufzte leise. »Da bin ich aber froh.«

Verdammter Mist, sie würde ihn bestimmt hassen, wenn sie die Wahrheit herausbekam. Und verfluchen, weil er sie vor ihr verschwiegen hatte. »Was würdest du tun, wenn ich ein Vampir wäre?«, fragte er möglichst beiläufig.

Patricia hob den Kopf und blickte ihn nur aus großen Augen an.

»Oder sagen wir mal, ein halber Vampir? Oder ein halber … Wolfswandler?«

Sein Puls klopfte in einem wilden Stakkato in seinen Ohren.

Ihre glatte Stirn bekam Falten. »So wie die Werwölfe in dem Buch, das ich gerade lese?«

»Nein, in diesem Fall würde sich der Wolfsmensch nicht ganz verwandeln, kein Tier werden, und das Wolfsein wäre auch nicht ansteckend.«

»Stell mir doch nicht so eine Frage, Morgan!« Lächelnd schmiegte sie sich wieder an ihn. »Ich bin so froh, dass du ein Mensch bist.«

Morgan fühlte sich wie vor den Kopf gestoßen. Er musste diese Frau aufgeben, bevor es zu spät war …

***

»Heute Nacht ist Vollmond, da schlafe ich immer schlecht und betäube mich mit viel Alkohol. Danach schnarche ich furchtbar.« Morgan klemmte sich sein Kopfkissen unter den Arm und trat zur Tür. »Besser, ich übernachte bei Ianto, dann störe ich dich nicht, wenn ich unruhig durch die Kabine wandere.«

Patricia war wirklich froh, dass es ihm gut ging und er auch wieder seine Arbeit aufgenommen hatte, denn seine ständige Nähe hatte sie mehr und mehr verwirrt. Mittlerweile wusste sie nicht, wie sie ihn in Tenerife verlassen sollte, und sie wollte es auch nicht. Daher wünschte sie, er würde nicht bei Ianto schlafen. Sie hatten nur noch maximal zwei Tage miteinander, die wollte sie rund um die Uhr auskosten. »Bitte bleib doch, es macht mir nichts aus, wenn ich nicht schlafen kann. Ich ruhe mich dafür tagsüber aus, wenn du an Deck bist.« Außerdem war es erst früher Nachmittag, wieso wollte er jetzt schon gehen?

Ständig fuhr er sich durchs Haar und wirkte sehr nervös. Was hatte er bloß? Schämte er sich, wenn sie ihn schnarchen hörte? Das hatte er bereits, als er verletzt gewesen war, und da hatte es sie auch kaum gestört.

»Es ist ja nur für diese eine Nacht, Patricia. Billy wird dir später das Abendessen bringen, heute speisen wir nicht gemeinsam.«

»Warum?«

Anstatt ihr die Frage zu beantworten, sagte er schnell: »Schließ dich nach Billys Besuch bitte ein, ich will nicht, dass dir jemand zu nahe kommt.«

Seufzend gab sie auf. »Okay, dann Abendessen in der Kajüte, ich schließe mich ein und verbringe eine Nacht ohne dich.«

Er nickte zufrieden lächelnd.

Patricia versuchte, ihren mitleiderregendsten Blick aufzusetzen, und murmelte: »Ich werde dich vermissen.«

Er presste das Kissen an seine Brust und schaute sie beinahe erschrocken an, aber er kam zu ihr zurück, um sie zu küssen. »Und ich dich erst.« Danach floh er aus der Kabine.

Ihr Herz raste und ein Lächeln stahl sich auf ihre Lippen. Seltsamer Mann, aber sie war ihm verfallen. Würde er sie wirklich vermissen? Dann bestand Hoffnung, dass sich ihre Wege in Tenerife nicht trennten.

***

Da Morgan während des restlichen Tages schwer beschäftigt war, langweilte sie sich. Sie hatte niemanden zum Reden, Billy war auch nur flink in die Kabine gehuscht, um ihr das Tablett auf den Tisch zu stellen, und noch bevor sie ein ordentliches Gespräch beginnen konnte, war er vor ihr geflohen. Benahmen sich heute alle so seltsam? Oder schämte sich Billy, weil sie ihn und Andrew beobachtet hatte?

Kurz vor der Abenddämmerung beschloss sie daher, sich jemandem zum Reden zu suchen. Und zwar Andrew.

Sie sollte Angst vor ihm haben, denn er war ja ein Vampir, stattdessen siegte ihre Neugier. Außerdem war er neben Henry, Billy und Ianto der einzige an Bord, zu dem sie schon engeren Kontakt gehabt hatte.

Da die Sonne noch nicht ganz untergegangen war, würde sie ihn wohl in seiner Kajüte finden. Mutig klopfte sie an seine Tür. Als sie ein Knurren hörte, wollte sie beinahe umkehren, aber da ging die Tür auf und ein ziemlich zerknitterter Andrew stand – nur in langen Unterhosen – vor ihr. Offenbar hatte sie ihn geweckt.

Hastig wandte sie den Blick ab. »Oh, das tut mir leid, ich …«

»Kommen Sie rein«, sagte er und trat zurück.

Als sie seine stockdunkle Kabine betrat, entzündete er eine Lampe und zog sich einen Morgenrock über. Patricia hatte trotzdem den einen oder anderen Blick erhascht. Andrew war bei Weitem nicht so gut gebaut wie Morgan, doch schlecht sah er nicht aus. Nur schlanker, mit weniger Muskeln.

Er bat sie, an seinem Tisch Platz zu nehmen, dann setzte er sich dazu.

»Whiskey?«, fragte er und hielt ihr eine Flasche hin.

»Nein, Danke«, antwortete sie.

Andrew nahm mehrere große Schlucke direkt aus dem Glasgefäß. Offenbar war das sein Abendessen oder eher Frühstück?

»Aah …« Seufzend stellte er die Flasche ab und wischte sich mit dem Handrücken über den Mund. Danach schaute er Patricia unverwandt an. »Was führt Sie zu mir? Haben Sie Beschwerden?«

»Keine körperlichen«, sagte sie und räusperte sich. »Ich … war nur neugierig, wie Vampire leben.«

Eine seiner goldenen Brauen hob sich. »Der Captain hat Sie also aufgeklärt?«

»Ja, er hat mir erzählt, welcher Spezies Sie und Billy angehören.«

»Und Sie haben keine Angst vor mir?«

»Sie ernähren sich von Billy, daher hoffe ich, haben Sie keinen Appetit auf mich.« Patricia reckte den Hals. Sie entdeckte ein Bett mit zerwühlten Laken, den Arztstuhl, Seekisten …

»Miss Salesbury?« Andrew grinste sie an. »Suchen Sie etwas Bestimmtes?«

»Ich dachte, Vampire schlafen in Särgen.«

Schmunzelnd schüttelte er den Kopf. »Diese Holzkisten eignen sich hervorragend, um tagsüber zu verreisen, aber als Bett sind sie keine Dauerlösung. Zu eng und stickig.«

Als er breit lächelte, versuchte sie, seine Eckzähne zu erspähen.

»Sie verlängern sich erst, wenn ich Lust auf einen warmen, pulsierenden Drink bekomme«, sagte er und leckte sich über die Zähne.

Sie riss die Augen auf. »Können Sie Gedanken lesen?«

»Nur, wenn ich meinen Geist mit dem Ihren verbinde.«

Sie wich zurück. »Und haben Sie das eben?«

Er lachte. »Nein, keine Sorge. Allein Ihr neugieriger Blick hat mir gereicht, um zu wissen, was Sie denken.«

»Oh …« Mit erhitzten Wangen wandte sie den Kopf ab.

»Was möchten Sie noch wissen?«

Sie räusperte sich. »Also Sie und Billy …« Patricia bekam einfach nicht diese Bilder aus dem Kopf.

Andrews Stimme wurde ernst. »Ich liebe den Jungen, auch wenn das für so ein Wesen wie mich unmöglich erscheint. Wir passen auf allen Ebenen perfekt zusammen. Er gibt mir sein Blut und von mir bekommt er Lebensenergie.«

Interessiert lauschte sie. »Lebensenergie?«

»Ja, Billy ist ein Inkubus. Aber nur zur Hälfte, er hatte eine menschliche Mutter. Er kann normale Nahrung zu sich nehmen, doch ab und zu braucht er eine Extraportion Energie.«

Sie wollte unbedingt mehr über die beiden erfahren, hatte aber noch so viele weitere Fragen. »Wieso beschäftigt Morgan andere Wesen?« Hatte er keine Angst vor ihnen?

»Er scheint eine Vorliebe für Kuriositäten wie uns zu haben. Er sammelt mystische Geschöpfe wie andere seltene Insekten.« Andrew grinste frech. »Mal ohne Spaß, wir sind ihm wirklich dankbar, dass wir bei ihm sein dürfen. Jeder an Bord wurde von den Seinen ausgestoßen, aus verschiedensten Gründen, oder ist ein Einzelgänger, wie ich. Der Captain gibt uns eine Heimat, denn niemand ist gern allein, selbst ich bevorzuge ab und zu Gesellschaft. Und in der Gruppe ist vieles einfacher. Viele auf diesem Schiff gehören weder zu ihrer Art noch zu den Menschen, und es gibt zahlreiche Mischwesen in der Crew. Mr Pitkern, Henry und ich sind Ausnahmen. Ich bin der einzige reinrassige Vampir an Bord und Henry ein Wolfswandler, während Pitty und ... und *Sie* natürlich, die einzigen richtigen Menschen auf dem Schiff sind. Ach, und wir haben noch zwei Geister.«

»Geister?« Patricia erstarrte. »Soll das heißen, hier leben noch mehr solcher Geschöpfe?« Das ganze Schiff war voll solcher Kreaturen? »Und der Hund ... Das ist der Koch?«

»Verdammt«, murmelte Andrew. »Er hat es Ihnen also nicht erzählt?«

»Was denn?« Ihr Herz raste.

Andrew nahm einen weiteren großen Schluck aus der Flasche und seufzte. »Vergessen Sie, was ich gesagt habe.«

Außer sie und Mr Pitkern gab es keine Menschen an Bord ... Oh Gott, das bedeutete ... »Was ist dann Morgan? Ich bin nicht dumm, Andrew. Er hat gesagt, er will heute bei Ianto schlafen. Es ist Vollmond. Also was ist er?« Ihr Herzrasen steigerte sich und sie schnappte aufgeregt nach Luft. Sie erinnerte sich wieder an den Traum. Was war, wenn es keiner gewesen war? Andrews Kabine sah genauso aus wie in ihrer Erinnerung, und Morgan hatte ebenfalls Reißzähne besessen. »Ist er auch ein Vampir?« Nein, dann könnte er sich tagsüber nicht draußen aufhalten.

Oh mein Gott, sie erinnerte sich an seine Frage: *Was wäre, wenn ich ein Vampir wäre? Oder sagen wir mal, ein halber Vampir? Oder ein halber ... Wolfswandler?*

Wolfswandler ... Himmel ... »Ist er ein halber Wolf? Er hat mir so seltsame Fragen gestellt.«

Andrew wischte sich über den Nacken und stand auf. »Das fragen Sie ihn am besten selbst oder er pfählt mich tatsächlich noch, wie er es mir laufend androht, wenn ich ihm zu nahe komme.«

»Verwandelt er sich bei Vollmond?«

»Sie sollten lieber wieder zurück in Ihre Kabine.« Er deutete auf die Tür, aber Patricia wollte sich nicht abwimmeln lassen.

»Bitte, sagen Sie mir, was mit ihm ist!«

Andrew nahm im Stehen noch einen kräftigen Schluck Whiskey. Seine Kiefer mahlten. »Er wird sich verwandeln. Halten Sie sich von ihm fern und schließen Sie sich ein.«

»Verwandeln? In was? Einen Wolf? So wie Henry?« Der Hund, der Wolf!, war Henry, liebe Güte, das wurde ihr jetzt erst richtig bewusst.

Andrew schüttelte den Kopf. »In etwas, das Sie lieber nicht sehen wollen.«

»Aber ...« Sie sprang auf und stellte sich vor ihn. »Wird er mir etwas antun?«

Sie erinnerte sich schwach, dass Andrew ihr einmal erzählt hatte, Morgan würde ihr nie Schaden zufügen.

Er seufzte tief. »Ich weiß es nicht. Normalerweise hat er sich hervorragend im Griff, doch seit Sie hier aufgetaucht sind, erkenne ich ihn nicht wieder.«

»Ich habe ihn verändert? Inwiefern?« Sie spürte, dass es ein unsichtbares Band zwischen ihr und Morgan gab, glaubte aber, sie hätte sich dieses seltsame Gefühl eingebildet. Langsam wurde alles klarer, schien sich zusammenzusetzen wie ein Puzzle.

»Ich habe schon zu viel gesagt. Sie sollten morgen mit ihm sprechen.« Andrew stellte sich an die Tür und machte sie auf. »Sperren Sie sich jetzt ein, bleiben Sie in der Kabine und öffnen Sie diese auf keinen Fall, egal wer davor steht und was er Ihnen sagt. Versprechen Sie mir das.«

Sie nickte matt, wobei sie mit den Gedanken längst woanders war. Dann schritt sie an ihm vorbei und sagte: »Gute Nacht, bis morgen.«

»Eine gute Nacht wird das für niemanden«, murmelte er, bevor er die Tür wieder schloss.

Kapitel 8 – Wolfsgeheul

Patricia hatte sich schützend in den Mantel ihres Bruders gewickelt und saß zusammengekauert im hintersten Teil von Morgans Bett. Außerdem hatte sie alle Lampen entzündet, die sie in der Kajüte gefunden hatte, und presste sich die Hände auf die Ohren. Sie hörte ihr rasendes Herz, außerdem drangen lautes Geheul und Schreie durch die dicke Holztür. Zwischendurch klopfte oder kratzte jemand daran – die schaurigen Geräusche wollten kein Ende nehmen.

»Morgan, ich habe solche Angst«, wisperte sie erstickt und wischte sich Tränen von der Wange. Wenn er doch nur bei ihr sein könnte – egal wie er aussehen würde –, dann würde es ihr besser gehen. Nie hatte sie ihn mehr vermisst, und sie sehnte sich körperlich und seelisch nach ihm. Sie wollte in seinen Armen liegen, sich geborgen fühlen.

Es musste kurz vor Mitternacht sein, aber es kehrte keine Ruhe ein. Stattdessen wurde das Getöse schlimmer. Sie hörte Männer in Sprachen reden und schreien, die sie nicht kannte, und das Gepolter im Gang vor der Tür nahm stetig zu. Ob sich Mr Pitkern auch eingeschlossen hatte und sich halb in die Hosen machte vor Angst?

Sie war allein auf einem Schiff voller Dämonen und sonstiger Geschöpfe, die offenbar ständig versuchten, zu ihr vorzudringen. Sogar die Fenster hatte sie alle fest verriegelt, nachdem sie einen leuchtenden Schleier hatte vorbeifliegen sehen. Ob das ein Geist gewesen war?

Als plötzlich jemand oder etwas so heftig gegen die Tür krachte, dass sie fast aus den Angeln gehoben wurde, schrie Patricia auf. Dann hörte sie ein Fauchen und furchterregendes Knurren.

»Pfoten weg von meiner Frau!«, drang eine kratzige Stimme durch das Holz.

War das Morgan? »Morgan!«

»Patricia!« Wieder ein Knurren. »Lass mich rein!«

»Morgan!« Gott sei Dank, er war da! »Ich habe solche Angst!«

»Lass mich rein und ich werde dich beschützen.« Seine Stimme klang tiefer und rauer, wie ein Donnergrollen.

Er hatte ihr verboten, ihm zu öffnen. Andrew hatte ihr auch geraten, nicht aufzumachen. Aber das war Morgan! Ihm vertraute sie.

Morgan stand vor seiner Kajütentür im engen Gang und wehrte die Dämonen ab, die versuchten, zu Patricia vorzudringen. »Sie ist mein!«, brüllte er wie von Sinnen, die Krallen bedrohlich ausgefahren und die Fänge gefletscht.

Ianto hatte ihn in seiner Kabine festbinden wollen, doch Morgan hatte es sich anders überlegt, sein Beschützerinstinkt hatte die Oberhand gewonnen.

Gerade verpasste er einem Mann mit Echsenkopf einen Kinnhaken. Es war sein Zimmermann Andrei, ein Dämon, der es wie die meisten an Bord bei Vollmond nicht schaffte, seine menschliche Gestalt aufrechtzuerhalten.

Andreis gespaltete Zunge zischte ihm entgegen, aber er wich zurück. »Noch ist sie nicht die Deine, Captain …«

Morgan wusste, dass er furchterregend aussehen musste, denn seine Männer – Bestien hin oder her – trauten sich nicht wirklich an ihn heran. Er hatte sich voll verwandelt und trug daher nur eine dünne Leinenhose, um seine gute Kleidung nicht zu ruinieren. Sein Oberkörper besaß fast den doppelten Umfang wie sonst, seine Klauen gruben sich in die Holzplanken und seine Augen glühten. Er musste zu Patricia, er roch ihre Angst. Das feine Duftband kräuselte sich unter der Tür durch und machte ihn nur rasender. Auch wenn sie sich vor ihm ekeln würde, er musste in die Kajüte!

Da es im Gang stockdunkel war, leuchteten ihm mehrere Augenpaare entgegen. Morgan sah jedoch ausgezeichnet und wusste, wo seine Männer lauerten. Sie warteten ab, ob Patricia ihn einließ, und würden so lange versuchen zu ihr vorzudringen, bis er sie endgültig zu seiner Gefährtin machte. Aber dazu müsste er sie beißen, ihr Blut trinken.

Seine Fänge schmerzten, Speichel sammelte sich in seinem Mund. Er wollte sie beißen, wollte von ihr kosten, nur dieses eine Mal, um das Band zu besiegeln. Und dann würde er ihr von seinem Blut zu trinken geben, um auch sie unwiderruflich an sich zu binden. Henry hatte ihm genau erklärt, wie das Bindungsritual ablief, doch Morgan fühlte instinktiv, was er zu tun hatte.

Caden, ein irischer Kobold mit spitzer Nase und langen Fledermausohren, flog an ihm vorbei und lachte schaurig. Seinen Maat konnte Morgan ziehen lassen, er machte nur Schabernack.

Kilian bekam jedoch seine Faust zu spüren. Der rotäugige Wandlerdämon, der meist auf dem Ausguck Wache hielt, krachte gegen seine Tür. Wütend kreischte er los und entblößte nadelähnliche Zähne, danach trollte er sich davon.

Wenigstens schien Pitty heute Nacht verschont zu bleiben, normalerweise sammelten sich die Wesen mit Vorliebe vor seiner Tür, auch wenn sie nie in seine Kabine eindrangen, warum auch immer. Doch der neue Gast schien interessanter zu sein.

Erneut klopfte Morgan an. »Patricia, mach endlich auf!« Wenn er sie nicht sofort in den Armen hielt, würde er sterben. Zumindest fühlte sich sein Inneres an, als würde es zerreißen. All seine Muskeln standen unter Anspannung und er war sich sicher, dass er die massive Tür mit der bloßen Faust einschlagen könnte, wenn er wollte, aber dann gäbe es keine Barriere mehr, die seine Crew draußen hielt.

Patricia tigerte in der Kabine auf und ab. Was war im Gang los? Und warum klang Morgan verzweifelt?

Der Drang, ihn hereinzulassen, wurde übermächtig. Sie ging zur Tür, schob den Riegel zur Seite und sperrte auf. Dann wich sie hastig zurück, denn Morgan schob sich blitzschnell hinein und verriegelte die Tür wieder. Schwer atmend blieb er dort stehen, ihr den Rücken zugewandt, sodass sie sein Gesicht nicht sehen konnte. Er trug nur eine Leinenhose; sein langes Haar war offen und zerzaust.

»Morgan?«, fragte sie vorsichtig und legte eine Hand an seine nackte Schulter. Wie breit sie waren ... »Was ist dort draußen los? Was ist mit dir los?«

»Du hättest nie auf mein Schiff kommen dürfen«, sagte er rau. »Du hättest nie sehen dürfen, was wir sind.«

»Du wirst mich beschützen.« Sie schmiegte die Wange an seinen Rücken und legte die Arme um ihn. Sein Körper glühte regelrecht. »Ich habe keine Angst vor dir, was auch immer du bist.«

Leise knurrend drehte er sich um, blieb jedoch an der Tür stehen. »Ich kann hören, fühlen und riechen, dass du Angst vor mir hast.«

Patricia sah zu ihm auf, wobei sie ihn immer noch umarmte. Er hatte die Augen geschlossen und das Haar fiel ihm wirr vors Gesicht.

»Ja, ich habe mich gefürchtet, als du nicht bei mir warst, aber jetzt fühle ich mich sicher.« Zitternd vor Aufregung legte sie die Hände an seine Wangen, wobei ihr Herz raste. »Schau mich an.«

»Vor mir bist du am allerwenigsten in Sicherheit.«

Wieder knurrte er leise. Sein Atem raste, die Nasenflügel blähten sich und die beachtliche Beule in seiner Hose drückte gegen ihren Bauch.

Mit den Daumen strich sie über seine Oberlippe und hob sie leicht an. Verlängerte Eckzähne kamen zum Vorschein. Wie in ihrem Traum ...

Da riss er die Lider auf, sein brennender Blick fiel auf sie.

Oh Gott, seine Augen! Sie besaßen die Farbe eines dunkelgrünen Waldsees und schienen zu glühen. Aber sie würde nicht vor ihm zurückweichen. Er würde ihr nichts tun, das wusste sie einfach.

»Was bist du, Morgan?« Sie musste es endlich wissen. »Bist du ein Werwolf?«

Er nickte. »So etwas in der Art. Die richtige Bezeichnung ist wohl Wolfswandler.«

Neugierig strich sie über seinen markanten Kiefer, die Wangenknochen und die Stirn. Sie schienen ein wenig ausgeprägter als gewöhnlich, genau wie seine Muskeln. »Wie bist du so geworden?«

»Meine Mutter war eine Wandlerin, mein Vater ist ein Mensch. Sie hat mir diese Krankheit vererbt.« Kummer und Zorn brodelten in seiner Stimme.

Sanft fragte sie: »Es ist eine Krankheit?«

»Für mich schon«, grollte er, wobei er nie den Blick von ihr nahm. »Sie zwingt mich, Dinge zu tun, die mir nicht gefallen. Die dir nicht gefallen werden.«

»Was?«, fragte sie atemlos.

»Heute Nacht werde ich dich zu der Meinen machen, Patricia.« Bei seien Worten zog sich alles in ihrem Unterleib zusammen.

Er drängte sie rückwärts durch die Kajüte auf das Bett zu. »Du bist meine Gefährtin, ich kann nicht mehr ohne dich leben.«

»Was sagst du da?« Ihr Puls klopfte so heftig, dass ihr schwindelig wurde. Oder lag das an Morgan? So wild wirkte er viel anziehender auf sie, obwohl er ihr immer noch ein kleines bisschen Angst einjagte. »Deine Gefährtin?«

»Kannst du nicht fühlen, dass es eine unsichtbare Verbindung zwischen uns gibt? Eine magische Anziehungskraft?«

»Doch«, wisperte sie. »Ich fühle sie. Aber ich bin kein Wolf.«

»Das war mein Vater auch nicht und trotzdem hat meine Mutter ihn erwählt.«

Als sie mit den Kniekehlen gegen den Bettrahmen stieß, fiel sie nach hinten auf die Matratze.

Wie ein Raubtier kroch er über sie. Seine Wildheit hätte ihr noch mehr Furcht einjagen müssen, stattdessen sehnte sie sich nach einer Vereinigung.

Ohne den Blick von ihr zu nehmen, schälte er sie aus dem Mantel, danach schob er ihr Nachthemd nach oben.

»Ich kann dich riechen, Patricia. Ich muss dich schmecken.« Als er ihre Beine auseinanderzog und den Mund auf ihre Scham drückte, entfuhr ihr ein Schrei. Ungestüm leckte er über ihre intimste Stelle, und der Himmel stehe ihr bei, es gefiel ihr! Seine Lippen zupften an ihrem erregten Fleisch, seine Zunge drang in sie ein.

Atemlos krallte sie die Finger in sein Haar und genoss die herrlichen Impulse, die seine Berührungen in ihr auslösten.

»Ich brauche mehr«, knurrte er, als er wieder über sie kroch. »Brauche dich.«

Sie presste die Hände gegen seine breite Brust und starrte in sein wildes Gesicht. »Nimm dir, was du brauchst, Morgan.«

Grollend legte er den Kopf in den Nacken. »Sag das nicht. Ich werde wild sein, kann kaum noch klar denken.«

»Mach mich zu deiner Gefährtin. Ich will es.« Und das meinte sie ernst. Nie hatte sie jemanden mehr begehrt als ihn.

Als sie ihr Becken anhob, um sich durch die Hose an seinem Geschlecht zu reiben, wich er zurück und riss sich den Stoff vom Körper. Dann setzte er eine Kralle an ihrem hohen Kragen an und schnitt ihr Nachthemd von oben bis unten auf.

Wie erstarrt lag sie unter ihm, nun völlig entblößt.

Er musterte sie mit gierigem Blick, aber sie hatte nur Augen für seine gewaltige Erektion. Liebe Güte, damit hatte er sie schon einmal geliebt? Wie hatte sie das ausgehalten? Wie konnte er bloß passen?

»Dein Herz rast.« Er legte sich auf sie, stützte sich jedoch ab, um sie mit seinem Gewicht nicht zu erdrücken.

»Es klopft bis zwischen meine Beine, Morgan.« Wie sehr sie ihn endlich in sich spüren wollte!

Sein vernebelter Verstand konnte kaum begreifen, was sie sagte. Ob er halluzinierte? Vielleicht erlag er ja einer Täuschung, weil er so sehr wollte, dass Patricia ihn begehrte.

Als sie erneut ihre feuchte Mitte gegen seine Erektion presste, waberte ein schwarzer Schleier vor seinen Augen auf und ab. Alles, was er sah, war ihr hübsches Gesicht. Alles, was er wusste, war, dass er sie jetzt zu der Seinen machen würde.

Er presste seine Eichel gegen ihre nasse Enge und stieß so sanft er es vermochte zu. Sie gab nach, nahm ihn heiß und willig auf. Eng schmiegte sich ihr Inneres an ihn, massierte ihn.

Sie kraulte seinen Rücken, zerwühlte sein Haar und wand sich unter ihm, während er immer tiefer in sie glitt. Gott, hier war sein Paradies.

Speichel sammelte sich in seinem Mund, die Fänge schmerzten. Sein Blick richtete sich auf die Säule ihres Halses.

»Ich muss von dir trinken, Kleines ...« Er senkte die Lippen auf die Stelle, an der eine Ader wild pochte, und seine Fänge glitten in sie.

Patricia bäumte sich stöhnend unter ihm auf, sodass er automatisch tiefer in sie stieß, mit den Fängen und seinem Schwanz.

Sie war perfekt, wie für ihn gemacht.

Als er ihr süßes Blut schmeckte, das auf der Zunge prickelte und ein Aroma wie teurer Wein entfaltete, hätte er sich fast in sie ergossen. Er nahm mehrere tiefe Schlucke und genoss das metallische Bouquet, während sie sich stöhnend unter ihm wand, als wäre sie nicht mehr bei Sinnen. Er spürte, wie sich ihre süße kleine Scheide um ihn verkrampfte, und zog schnell die Fänge heraus, um nicht zu viel von ihr zu nehmen. Ihr Blut schien direkt in seinen Körper zu gelangen, er fühlte, was sie fühlte, war inniger mit ihr verbunden denn je. Jetzt wusste er, dass sie ihn wirklich liebte und ihn akzeptierte wie er war – und das ließ ihn vor Glückseligkeit schweben.

Patricia bekam am Rande mit, dass er sie gebissen und von ihr getrunken hatte. Sie spürte keinen Schmerz, sondern lag in einer sinnlichen Glut, die sie zu verbrennen drohte. Sie stand kurz vor dem Höhepunkt und fühlte sich komplett von seiner Männlichkeit ausgefüllt. Wenn Morgan noch tiefer in sie kam, würde sie zerbersten.

Und er kam tiefer, dehnte sie weiter, und sie zerbarst – vor Lust.

Während sich die Welt drehte und sie nur noch aus den Empfindungen ihres Höhepunktes bestand, biss er sich selbst ins Handgelenk und drückte es ihr an die Lippen. »Trink nun von mir, um die Verbindung zu besiegeln.«

Reflexartig saugte sie, bis eine warme Flüssigkeit in ihren Mund strömte. Sein Blut. Es schmeckte dunkel und würzig, anders als sie erwartet hatte. Sie ekelte sich nicht, sondern wollte immer mehr.

Plötzlich fühlte sich die Haut seines Rückens viel weicher an, sie roch seinen maskulinen Schweiß, der sie schwindliger machte, und hörte sein Herz schlagen.

Während sie von ihm trank, wurde er in ihr noch härter und zuckte. Morgan knurrte, dann füllte er sie mit seinem Samen. Sie spürte ihn in sich, wie ein harter Strahl aus ihm herauspumpte. Wie war das möglich?

Aber sie nahm noch mehr wahr: das Schwappen der Wellen gegen das Schiff, das Knarzen der Holzbalken, die anderen Männer, wie sie sich unterhielten … Sie konnte jedes Wort verstehen!

In ihrem Kopf drehte sich weiterhin alles, in ihren Ohren rauschte es. Was stellte sein Blut mit ihr an?

Urplötzlich fühlte sie nicht nur sein Geschlecht in sich, sondern Morgans Geist war in ihrem Kopf, wurzelte sich dort fest und wisperte ihr Liebesschwüre zu. Er schien überall zu sein, in ihrem ganzen Körper! Sie sah Fetzen seiner Erinnerungen – ein Kampf mit einem Mensch, der einen Rattenkopf besaß –, spürte seine Sehnsucht nach ihr, wie sehr er sie begehrte und liebte.

»Genug«, raunte er und zog seine Hand zurück – damit verschwanden auch sein Geist und die fremden Gedanken aus ihr, aber die neuen Sinneseindrücke blieben. Dann rollte er sich mit ihr auf den Rücken.

Schwer atmend starrten sie sich an. Seine Wildheit war verschwunden, seine Augen klar, die Fänge und Klauen nicht mehr zu sehen.

»Nun bist du mein, für immer«, raunte er.

Zärtlich strich sie ihm die Haare aus dem Gesicht und wusste nicht, was sie sagen sollte. Sie hatte so viele Fragen. »Sind wir verbunden wie ein verheiratetes Paar?«

»Nein, was uns nun verbindet, geht viel tiefer.«

»Erkläre es mir. Was war das gerade? Morgan, ich … fühle mich anders. Ich höre besser, sehe klarer, ich rieche … alles! Irgendetwas tief im Bauch des Schiffes stinkt ganz furchtbar.«

»Das ist das Bilgenwasser, das sich im tiefsten Punkt des Kielraums sammelt. Mein Blut muss deine Sinne geschärft haben. Oder ein Teil von mir ist auf dich übergegangen.«

Sie kuschelte sich an seine Brust und lauschte seinem Herzen. »Bleibt das so?«

»Ich weiß es nicht.« Er zog die Decke über sie beide und legte die Arme um sie.

Patricia fühlte sich geborgen und eins. »Wie geht es nun mit uns weiter?«, fragte sie schlaftrunken. »Werde ich so wie du?« Die Geräusche um sie herum verstummten, eine friedliche Müdigkeit stellte sich ein, während er zärtlich ihren Rücken streichelte. So wollte sie von heute an immer einschlafen.

»Nein, du bleibst ein Mensch, ich habe Henry ausgefragt. Mein Vater hat sich auch nicht verwandelt.«

»Henry ist ein Wolf.« Andrew hatte sich verplappert, aber das erzählte sie Morgan lieber nicht, er würde ihm den Kopf abreißen. Jetzt kannte sie seine Stärke und verstand, warum er der Anführer war. Und sie fühlte sich gleich noch sicherer.

»Ja, Henry ist ein richtiger Wolfswandler.«

»Ich mag ihn.«

»Hm«, brummte er. »Willst du mich in Tenerife noch verlassen?«

»Niemals«, hauchte sie.

»Gut, ich würde dich auch nicht gehen …« Stöhnend fasste er sich an den Kopf, sein Körper unter ihr zuckte.

Pat war sofort hellwach. »Was hast du?«

Er kniff die Lider zusammen. »Weiß nicht. Kopfschmerzen.«

»Vom Vollmond?«

»Nein, das Gefühl ist neu. Hämmernd. Stechend, als ob mein Schädel gleich zerspringt.«

Als er sich zusammenkrümmte, rutschte sie von ihm herunter. »Kommt das noch vom Schlag auf den Kopf?«

Mit einem Schrei bog er den Rücken durch und es hörte sich an, als würden all seine Knochen brechen. Erschrocken wich sie zurück.

Als er die Augen aufriss, hatten sie wieder jene smaragdgrüne Farbe angenommen, seine Pupillen waren riesengroß.

»Was ist mit mir?«, knurrte er.

»Morgan?!« Sie konnte nur hilflos zusehen, wie er sich wieder in eine Bestie verwandelte, aber diesmal stimmte etwas nicht. Haare sprossen überall aus seiner Haut, und es sah so aus, als würden sich seine Knochen an andere Körperstellen schieben.

Morgan weinte vor Schmerzen und schrie auf.

Blind vor Angst und Panik sprang sie aus dem Bett und zog sich den Mantel über. »Ich werde Andrew holen!«

»Nein, du darfst jetzt nicht raus, die Nacht ist noch nicht vor… argh!« Er warf sich auf den Bauch und machte einen Buckel, seine Wirbelsäule drückte sich durch die Haut und auch dort schossen dunkle Haare heraus.

»Niemand wird es wagen, mich anzufassen. Ich gehöre nun dir.« Die Worte waren ihr entschlüpft, ohne nachzudenken, aber sie wusste, dass sie stimmten. Sie machte sich so große Sorgen um ihn, dass sie jetzt die Kajüte verlassen würde. Jemand musste ihm doch helfen können!

Morgans Schreie hallten durch den Raum, während sie zur Tür eilte. Gerade, als sie den Riegel aufgeschoben hatte, wurde es totenstill hinter ihr.

Mit rasendem Herzen drehte sie sich um und sah einen riesigen schwarzen Wolf auf dem Bett liegen. Er hechelte und seine Zunge hing aus dem Mund, dann scheuerte er den Kopf an der Matratze und winselte.

Vorsichtig ging sie zurück zu ihm und setzte sich an die Bettkante. »Morgan?«

Ein Jaulen drang aus seiner Kehle, anschließend heulte er so laut, dass sie sich die Ohren zuhalten musste. Oh Gott, ihr Liebster hatte sich in einen Wolf verwandelt! »I-ich dachte, du kannst dich nicht verwandeln?« Vor Aufregung konnte sie kaum sprechen. Er war ein Wolf, ein richtiges Tier!

Er schüttelte den pelzigen Kopf und legte ihn in ihren Schoß.

Zärtlich kraulte sie ihm das Fell und spürte die lebendige Wärme darunter. Seine großen treuen Augen hatte er auf sie gerichtet.

»Kannst du dich wieder zurückverwandeln?«

Er schloss die Augen und hechelte erneut.

Obwohl er nicht sprechen konnte, verstand sie ihn. »Ja, ruh dich erst mal aus. Ich werde jetzt Andrew holen, vielleicht weiß er Rat.«

Als sie sich erneut erhob, bellte er laut, sprang vom Bett und stellte sich vor sie. Knurrend schüttelte er den Kopf.

»Ich weiß, du willst nicht, dass ich gehe, aber …«

Während er nach ihrem Mantel schnappte und ihn mit seinem Maul festhielt, flog die Tür auf und Andrew stürmte herein. »Patricia!«

Sie wirbelte herum. »Andrew! Ich bin so froh, dass Sie da sind! Morgan hat sich in einen Wolf verwandelt. Einfach so!« Tränen strömten plötzlich über ihre Wangen, während sich Morgan knurrend zwischen sie und den Doktor stellte.

Im Türrahmen sah sie andere Crewmitglieder, darunter auch Billy, doch sie traten nicht ein.

»Ganz ruhig, Patricia.« Beschwichtigend hob Andrew die Hände. »Alles wird gut, haben Sie keine Angst.«

»E-er hatte plötzlich große Schmerzen u-und dann …« Ihre Stimme brach. »Was ist mit ihm passiert?«

Während Morgan Andrew anknurrte, huschte dieser blitzschnell zu ihr und riss sie in die Arme. Wie hatte er das gemacht? War diese schnelle Fortbewegung auch eine Vampireigenschaft?

»Sehen Sie mich an, Patricia!«, rief Andrew, wobei er sie von Morgan fortzog.

Himmel, seine Augen! Die Iriden schienen sich zu drehen … Sie versank darin und spürte einen inneren Frieden, während das Knurren und aufgeregte Gebell leiser wurde.

»Er wird Ihnen nicht mehr wehtun, ich werde mich um Ihre Wunde kümmern …«

Was redete er da? Und wieso sprang ihn ein schwarzer Hund an?

Patricia schloss die Augen, weil sie sich auf einmal furchtbar erschöpft fühlte. Sie wollte nur noch schlafen.

***

»Nein!«, brüllte Morgan, nachdem er seine menschliche Gestalt zurückerlangt hatte. »Was haben Sie getan, Bingley!?«

Patricia lag friedlich schlafend in seinem Bett und würde sich, wenn sie aufwachte, an nichts mehr erinnern können. Der Doc hatte ihr die Erinnerungen genommen.

Henry befand sich ebenfalls in der Kabine und zog sich an. Stirnrunzelnd starrte er auf Morgan, während Andrew vor dem Bett auf und ab stapfte. »Sie hatte Angst! Vor Ihnen! Und ich musste Ihnen doch versprechen, ihr die Erinnerung an diese Nacht zu nehmen. Sie sah verstört aus! Ich dachte, Sie hätten sie verletzt.«

»Sie hat sich Sorgen um mich gemacht, verdammt!« Seine Wut kannte keine Grenzen. Er spürte, wie der Wolf unter der Oberfläche lauerte, und drängte ihn nur zurück, weil er keine Lust auf erneute Schmerzen hatte. Die Verwandlung seines ganzen Körpers war die Hölle gewesen, er wollte das nie mehr erleben.

Patricia hatte es geschafft, seine Bestie zu zähmen, doch gleich nach dem Liebesakt hatte er sich in einen Wolf verwandelt. Er hatte dafür keine Erklärung. Aber darüber musste er sich später den Kopf zerbrechen. Zuerst wollte er nur seine Gefährtin zurück.

Er packte Bingley am Kragen und schüttelte ihn. »Machen Sie das rückgängig! Geben Sie ihr die Erinnerungen an diese Nacht zurück!«

»Das kann ich nicht.« Bingley riss sich fauchend von ihm los und senkte den Kopf. »Erst wenn ich tot bin, wird sie sich an alles erinnern.«

»Dann beten Sie, dass ich Sie nicht umbringe!«, schrie er und holte mit seiner klauenbespickten Hand aus, um dem Arzt ins Gesicht zu schlagen, aber der verließ fluchtartig die Kabine.

Das durfte nicht wahr sein! Endlich hatte sie seine wahre Gestalt gesehen, hatte ihn akzeptiert als das, was er war, und war seine Gefährtin geworden, und nun das!

Henry setzte sich auf den Stuhl und legte sich das Holzbein an. Er war in seiner Wolfsgestalt dazwischengegangen, als Morgan in seiner Wut Andrew zerfleischen wollte. »Sie ist jetzt also deine Gefährtin.«

»Ja, ich habe das Ritual vollzogen. Aber der verdammte Quacksalber hat alles zerstört!«

»Er wollte dir nur einen Gefallen tun und Patricia beschützen. Außerdem hat er uns alle beschützt. Frauen verplappern sich gerne. Sie könnte uns in Gefahr bringen.«

»Das würde sie niemals tun.« Morgan hockte sich zu ihr ans Bett, um sie zu betrachten. Sie sah wie ein Engel aus.

Gut, er kannte ihr impulsives, leicht naives Naturell. Sie war noch jung und hatte kaum Lebenserfahrung, auch wenn sie diese vorgab. Trotzdem würde sie ihn niemals verraten. Er hatte ihre Loyalität gespürt, als sie für ein paar Sekunden geistig miteinander verbunden waren. Niemals hatte er etwas Intensiveres erlebt. Er wünschte, er könnte den Verbindungsakt erneut vollziehen, um ihr noch einmal so nah zu sein.

Resigniert seufzte er. Wieso musste sein Leben immer so kompliziert sein? »Warum habe ich mich gerade jetzt zum ersten Mal in einen Wolf verwandelt, Henry? Ich verstehe das nicht.«

Der alte Mann schüttelte den Kopf. »Das kann ich mir auch nicht erklären, außer, du hast es bisher immer geschafft, deine wahre Natur erfolgreich zu un-terdrücken.«

Unwirsch fuhr er sich durchs Haar. »Du glaubst nicht, wie oft ich versucht habe, mich zu verwandeln. Es hat nie ansatzweise geklappt. Was auch besser war, denn solche Schmerzen möchte ich nicht noch einmal erleben.«

Henry lächelte milde. »Es tut nur die ersten Male weh, mit jeder Verwandlung wird es besser, bis du es eines Tages nicht mehr merkst.«

»Es muss etwas mit ihrem Blut zu tun haben«, murmelte Morgan. Als er es getrunken hatte … Er schüttelte den Kopf. Patricia war nicht wie er, kein biss-chen. Sie war ein Mensch.

Henry erhob sich und klopfte ihm auf die Schulter. »Sie ist deine Seelenver-wandte. Sie hat dich ganz gemacht.«

»Hm«, brummte Morgan. Er fühlte sich todmüde. Die Zurückverwandlung hatte ihn fast mehr angestrengt als die Gestaltänderung in einen Wolf.

Henry hinkte zur Tür. »Bring den Doc nicht um. Wir brauchen ihn. Allein heute Nacht hat es zahlreiche Verletzte gegeben. Wegen Patricia sind sie noch mehr durchgedreht als sonst.«

Zähneknirschend nickte er. »Ich weiß. Trotzdem würde ich ihn liebend gerne pfählen. Ich hatte es geschafft, sie hat mich akzeptiert wie ich bin. Sie liebt mich! Und jetzt wird sie sich nicht mehr erinnern.«

»Warte erst mal ab. Es gibt nichts Intensiveres als die Verbindung mit einer Seelengefährtin«, sagte Henry seufzend, als würde er aus Erfahrung sprechen, und verließ die Kajüte.

***

Morgan hatte die Spuren des Liebesaktes von ihrer Haut gewaschen und ihr ein Hemd übergezogen. Immer noch lag sie wie ein Engel neben ihm im Bett und schlief, obwohl es bereits Mittag war. Bis auf die winzigen punktförmigen Nar-ben an ihrem Hals erinnerte nichts an ihre Vereinigung. Bingley hatte die Wun-den mit seinem Vampirspeichel geschlossen.

Sein Magen ballte sich zusammen. Er würde es dem Doc niemals verzeihen, was er getan hatte. Bingley hätte zuerst mit ihm reden müssen, danach hätte er ihr immer noch die Erinnerungen nehmen können, verflucht!

Er war zu gespannt, woran sie sich überhaupt noch erinnerte. Hoffentlich fehlten ihr nicht zu viele Stunden. Es dauerte nicht mehr lange, bis sie Tenerife erreichten. Er musste endlich wissen, was sie noch wusste!

Plötzlich drehte sie den Kopf und stöhnte leise. Sie erwachte!

Gespannt hockte er sich neben sie. Er trug seine gewöhnliche Kleidung, weil er schon mehrmals an Deck gewesen war, doch nichts hatte ihn lange dort gehalten. Im Moment zählte nur Patricia.

Als sie die Augen aufschlug, starrte sie ihn erschrocken an. »Hast du bei mir im Bett geschlafen?«

Sein Herz sank. Das Tier in ihm roch ihre Aufregung, aber er fühlte noch etwas Neues. Tief in sich spürte er ihre Emotionen. Das lag wohl an ihrer Verbindung. Sie war verwirrt und wenig erfreut, ihn zu sehen. »Was ist das Letzte, woran du dich erinnerst?«

Sie kniff die Lider zusammen und rieb sich über die Stirn. »Blöder Wein, ich habe Kopfschmerzen. Ich habe wohl zu viel getrunken.« Ihre Augen wurden riesengroß. »Und dann hast du die Situation ausgenutzt! Du hast …« Sie presste sich die Hand auf den Mund, ihre Wangen färbten sich rosa. »Oh mein Gott, du hast mit mir … Und danach hast du mir einen Heiratsantrag gemacht!«

Morgan keuchte auf. Bitte, das durfte nicht wahr sein! Offenbar konnte sie sich an nichts mehr erinnern, was in den letzten Tagen geschehen war. Sie wusste weder dass er ein Wolfswandler war noch dass seine Besatzung aus Dämonen, Vampiren und anderen Wesen bestand.

»Kannst du dich an den Sturm erinnern?«

»Welcher Sturm?« Erneut rieb sie sich über die Stirn, kurz darauf fasste sie sich an den Hals und kratzte über die kleinen Narben, als würden sie jucken. »Was habe ich da?«

Wie sollte er ihr das nur erklären … *Tut mir leid, Patricia, ich habe dich gebissen, von deinem Blut getrunken, noch einmal mit dir geschlafen und dich zu meiner Gefährtin gemacht. Außerdem hast du auch von meinem Blut gekostet.*

»Es gab einen Sturm, du wurdest verletzt … Offenbar hast du dein Gedächtnis verloren.« Was sollte er ihr sonst sagen? Wie die fehlenden Tage erklären? Morgen würden sie Santa Cruz erreichen.

»Oh …« Sie starrte an ihm vorbei aus dem Fenster. Dann kniff sie die Lider zusammen. »Erklärt das auch, warum mich das Tageslicht in den Augen schmerzt? Und was riecht hier so komisch?« Sie rümpfte die Nase.

Anscheinend waren ihre Sinne immer noch hochsensibel. Morgan hatte vorhin noch einmal Henry ausgefragt. Er hatte keinerlei Erfahrungen mit Beziehungen zwischen Mensch und Wandler, aber er glaubte, dass sich Patricias Wahrnehmung wieder normalisieren würde, wenn Morgans Blut aus ihrem Kreislauf verschwunden war.

»Du kannst dich wirklich an gar nichts mehr erinnern?«

Langsam schüttelte sie den Kopf. »Habe ich deinem Heiratsantrag zugestimmt?«

Das hatte sie nicht, aber sie war nun seine Gefährtin, das war schließlich dasselbe, oder?

Er nickte vorsichtig.

»Ich war betrunken!« Sie sprang aus dem Bett und hüllte sich in ihren Mantel. Rasch wandte sie ihm den Rücken zu. »Du ... Du bist ein Pirat und ich bin eine Lady. Das passt nicht zusammen.«

Verdammt, sie hatte sogar ihre Gefühle für ihn vergessen! Er hatte während der Verbindung gespürt, wie sehr sie ihn liebte. Offenbar erinnerte sie sich wirklich nur noch an die ersten Tage auf See, bevor der Sturm hereingebrochen war und alles zwischen ihnen verändert hatte.

»Ich bin doch kein Pirat, Patricia! Ich bin Handelsschiffer, das müsstest du längst wissen.« Sofort verfinsterte sich seine Miene. »Es ist wegen Benedict, oder?« Sie hatten noch nicht über ihn gesprochen, aber er vermutete, dass ihr dieser Mann sehr viel bedeutete.

Kreidebleich im Gesicht drehte sie sich zu ihm um. »Woher weißt du von Bene... Hast du etwa meinen Brief gelesen?« Sie kniff die Augen zusammen und murmelte: »Ja, ich habe ihn geschrieben, daran erinnere ich mich.«

Aha, also das wusste sie noch? War ihr dieser Benedict wichtiger als er?

Aber wenn sie schon beim Thema waren ... »Sag, liebst du ihn?!«

»Natürlich liebe ich ihn, was denkst du denn?«, erwiderte sie trotzig.

Bitte, ich will aus diesem Albtraum aufwachen! Er erkannte Patricia nicht wieder. Sie benahm sich genau so, wie am Anfang ihrer Reise.

Morgan versuchte, sich den Schmerz nicht anmerken zu lassen. Seine Gefährtin liebte ihn nicht mehr. Sie liebte diesen Benedict. Wie sollte er das überleben? Die Pein in seiner Brust fraß ihn fast auf.

Der Doc würde dafür büßen!

Schnaubend wandte er sich von ihr ab und verließ die Kajüte. Er hatte große Lust, sofort in Bingleys Kabine zu stürmen, um ihn ans Sonnenlicht zu zerren!

In letzter Sekunde schlug er jedoch den Weg nach oben ein.

Verdammt, morgen ging Patricia von Bord. Er würde sie nie wieder sehen! Durfte er das zulassen? Er sollte sie in Ketten legen und ihr zeigen, wer er war und ... Verflucht!

Morgan gab nicht nur dem Doc die Schuld, er machte sich auch selbst Vorwürfe. Er hätte sich anketten sollen, am besten vor seiner Tür. Dann hätten die anderen nicht zu ihr durchdringen können und er hätte sie nicht zu seiner Gefährtin gemacht. Sie würde sich noch an alles erinnern und ... Würde, wäre, hätte ... Es war passiert! Die Geschichte zu ändern, war zu spät.

∗∗∗

Kurze Zeit später erschien sie ebenfalls an Deck. Ihrem hochroten Kopf nach zu urteilen, war sie immer noch wütend. Na gut, er hätte den Brief nicht lesen dürfen, aber er musste schließlich Gewissheit haben, ob sie diesen Benedict liebte. Trotzdem musste er sich bei ihr entschuldigen. Sie sollten nicht im Streit auseinandergehen. Und eventuell konnte er einige Erinnerungen zurückholen, vielleicht, wenn er sie küsste. Noch waren ihre Sinne viel empfindlicher. Womöglich spürte sie genau wie er bei ihr, was in ihm vorging.

Also trat er neben sie an die Reling und sagte: »Es tut mir leid, Patricia. Ich hätte den Brief nicht lesen dürfen.«

Sie reagierte nicht und tat sogar so, als ob er Luft für sie wäre.

Warum musste gerade dieses Weib das widerspenstigste sein, das er kannte?

»Mehr als entschuldigen kann ich mich nicht«, knurrte er.

Verflucht, die Beherrschung wollte mit ihm durchgehen. Am liebsten wollte er sie schütteln, damit sie sich an alles erinnerte!

Patricia ignorierte ihn weiterhin. Aber er fühlte, dass ihre kühle Fassade gespielt war. In ihrem Inneren war sie ziemlich durcheinander.

»Verdammt, Weib!« Wie ein Blitz schoss seine Faust auf die Reling herab, sodass sich die am nächsten stehenden Matrosen umblickten. »Du treibst mich noch zur Weißglut!« Sofort zügelte er sich wieder. Sie konnte nichts dafür, dass sie alles vergessen hatte. Er sollte seine Wut bei Bingley auslassen. Patricia würde das nur noch mehr gegen ihn aufbringen und er wollte doch das Gegenteil erreichen.

»Sie schaffen es wirklich, dass man die Stille zu schätzen weiß, Captain. Guten Tag!« Sie machte auf dem Absatz kehrt und marschierte davon.

Wenn diese Situation nicht so verflucht beschissen gewesen wäre, hätte er gelächelt. Auf den Mund gefallen war sie nicht, das musste er ihr lassen.

***

Die Nacht verbrachte er natürlich wieder in Iantos Kabine, weil Patricia immer noch beleidigt war, zuvor musste er sich allerdings einem Rum genehmigen.

»Na, Morgan, hat dich dein Mädel wieder vor die Tür gesetzt?« Henry grinste, als er die Kombüse betrat und seinen Captain mal wieder übel gelaunt vorfand. »Gib ihr noch ein wenig Zeit.«

»Wir haben keine Zeit mehr«, brummte Morgan. Und sie war nicht sein Mädel. Sie war mehr, seine Gefährtin, auch wenn sie das nicht wusste. Dafür spürte er sie in jeder Zelle seines Körpers, mit jedem Herzschlag und jedem Atemzug.

»Sie ist sehr kompliziert. Ständig mache oder sage ich das Falsche.«

»Aye, wie heißt es so schön: Was sich liebt, das neckt sich.« Henry hockte sich auf den Platz daneben und genehmigte sich ebenfalls einen Schluck.

»Erspare mir deine Weisheiten und sag mir lieber, was ich tun kann, um sie zurückzugewinnen. Offenbar hat sie vergessen, dass sie mich liebt, und jetzt hängt ihr Herz wieder an diesem Benedict, wer zum Teufel das auch immer ist.«

»Aber du liebst sie. Aye, mein Junge, ich habe noch nie einen verliebteren Mann gesehen. Und das hat nicht nur mit der Verbindung zu tun.« Sein alter Freund seufzte schwerfällig. »Ich möchte auch noch einmal so jung sein und diese stürmische Liebe fühlen, auch wenn sie einem manchmal die Brust zerschnitten hat.« Glucksend nahm er einen weiteren Schluck. »Wenn du älter bist, tut es zwar noch genauso weh, aber man sieht doch alles ein wenig gelassener.«

Morgan konnte an nichts anderes denken als Patricia in seiner Kabine. Schlief sie schon? Oder dachte sie über ihn nach?

Er versuchte sich auf sie zu konzentrieren und auf ihre Gefühle, aber anscheinend konnte er diese bloß spüren, wenn er ihr ganz nah war. »Hast du nun einen Tipp für mich, Henry? Außer dir kann ich niemanden fragen, du bist der einzige Wolfswandler mit Erfahrung an Bord.«

Henry schaute ihn gedankenverloren an. »Deine Mutter und dein Vater waren sehr verliebt, aye, sie hatte denselben Blick in ihren Augen wie du. Er hat sich in sie verliebt, obwohl er sie erst töten wollte.«

Morgan kannte die Geschichte. Sein Vater hatte sie ihm als Kind hunderte Male erzählen müssen. Seine Mutter Mariah hatte eines Tages verletzt und in Wolfsgestalt in seiner Scheune gelegen. Vater, zu dieser Zeit seit einem Jahr Witwer, weil seine Frau an einer Lungenentzündung gestorben war, hatte sie erschießen wollen. Aber Mariah hatte ihn flehentlich angesehen und sich vor seinen Augen in einen Menschen verwandelt. »Bitte hilf mir«, hatte sie geflüstert ... und kurz darauf war Vater ein zweites Mal verheiratet gewesen.

Sollte er bei Patricia auch an ihr Mitgefühl appellieren und den verwundeten Wolf spielen? Er war ein Alpha, verdammt, er würde nicht winseln. »Du warst mit meiner Mutter im selben Rudel. Warum habt ihr es verlassen?« Die Frage hatte ihm Morgan mehrmals gestellt, Henry hatte allerdings immer geschwiegen. Auch jetzt erwartete er keine Erklärung, doch Henry überraschte ihn.

»Wir wurden verstoßen, weil wir unter den Menschen leben wollten. Wir hatten das Leben im Wald satt und wollten uns nicht länger vor den Jägern verstecken. Daher war deine Mutter auch so schwer am Hals verletzt, man hatte uns als Verräter töten wollen. Ich konnte weglaufen und habe Mariahs Fährte aufgenommen. So kam ich zu deinem Vater. Und da uns das Rudel für tot hielt, hat Mariah nie darüber gesprochen, woher wir kamen.«

Morgan stützte sich am Tisch auf und beugte sich interessiert zu ihm. »Und wieso erzählst du mir das jetzt erst? Du hast mir nie auf meine Fragen geantwortet.«

»Weil du keiner von uns warst. Nicht wirklich.«

Henry hatte recht, er war nichts Halbes und nichts Ganzes.

»Aber als ich dich in deiner Wolfsgestalt gesehen habe, Junge – und glaube mir, ich habe nie ein größeres Tier erblickt –, habe ich mehr als je zuvor gespürt, dass du unser Anführer bist.« Er kicherte leise. »Am liebsten hätte ich meine Ohren angelegt und den Schwanz eingezogen, um dann mit dir zusammen Bingley zu zerfleischen. Es fiel mir verdammt schwer, mich zu beherrschen.«

Es machte ihn stolz, das zu hören, brachte ihn jedoch mit Patricia auch nicht weiter. Sie war kein Wolf. Außerdem spürte er, dass ihm Henry immer noch nicht die ganze Wahrheit erzählt hatte. An der Geschichte war nichts dran, was er nicht längst hätte wissen dürfen. Nun hatte Morgan aber andere Probleme.

»Also hast du keinen Rat für mich, alter Mann?«, fragte er müde.

»Junge …« Henry stand auf und klopfte ihm auf die Schulter. »Die Liebe hat viele Facetten. Auch wenn sich Patricia widerspenstig zeigt, könnte das ihre Art sein, deine Gefühle zu erwidern.«

Als Henry davonhumpelte, rief Morgan ihm nach: »Das war alles?«

Er hörte ihn kichern, danach machte er sich auf in Iantos kleine Kabine, um eine schlaflose Nacht in einer sehr ungemütlichen Hängematte zu verbringen. Auch wenn es diesen anderen Mann nicht geben würde … Spätestens wenn Patricia merkte, was er wirklich war, würde sie ihn verachten. Schließlich standen sie wieder ganz am Anfang und er hatte keine Zeit mehr zu beweisen, was für ein Mann er wirklich war und dass er ihr niemals etwas antun würde.

Vielleicht war es für alle das Beste, wenn sich ihre Wege trennten?

Nein, für ihn war es das nicht. Er wusste nicht, wie er ohne sie weiterleben sollte.

Kapitel 9 – Badezuber und Hippokampen

Morgan begleitete Patricia persönlich zum Passagierschiff, das in einer Stunde ablegen würde. An diesem schönen warmen Tag wimmelte es im Hafen von Santa Cruz vor Leuten. Waren wurden verladen, Arbeiter riefen sich Befehle zu, Möwen flogen kreischend um die Masten der Schiffe und stürzten sich auf Fischabfälle und andere Essensreste, die in der Sonne stinkend vergammelten.

Immer wieder warf Patricia ihm einen Blick zu. In seiner ausdruckslosen Miene konnte sie nicht lesen, was in ihm vorging.

Bitte frag mich noch einmal, ob ich deine Frau werden möchte, und ich werde bei dir bleiben!, betete sie in Gedanken, aber er blieb stumm. Sie wusste nicht genau, was ihre Meinungsänderung hervorgerufen hatte, doch ihr Stolz und ihr Dickkopf verhinderten, dass sie ihn bitten würde, seine Frage zu wiederholen. Sie sah ihm an, wie verletzt er war, weil sie ihn abgewiesen hatte.

Sie konnte den Blick kaum von ihm abwenden. In dem hellen Hemd, der Weste mit aufwendigen Stickereien und den engen Kniebundhosen machte er eine gute Figur. Sie sehnte sich danach, in seinen Armen zu liegen, und erinnerte sich sogar daran. Sie wusste, wie er sich anfühlte und wie er roch. Aber sie musste sich das einbilden, nackt und eng umschlungen mit ihm im Bett gelegen zu haben. Sie hatte wohl zu oft die Dienstboten beim Liebesspiel beobachtet und jetzt ging die Fantasie mit ihr durch.

Seufzend rieb sie sich über die pochenden Schläfen. Sie hatte Kopfweh und das Gefühl, dass es falsch wäre, ihn zu verlassen. Und ihre Unruhe nahm zu, je näher sie dem Passagierschiff kamen. Wahrscheinlich fürchtete sie sich unbewusst vor dem Unbekannten und weil sie für lange Zeit keinen Beschützer mehr an ihrer Seite hatte. In Morgans Nähe fühlte sie sich immer gut aufgehoben.

Erneut verfluchte sie ihre Sturheit und seine dazu, doch fragen würde sie ihn nicht. Er liebte sie nicht und handelte nur aus Pflichtgefühl, und sie wollte keinen Mann, der nichts für sie empfand außer Lust. Morgan mochte vielleicht ihren Körper begehren, aber er hatte nie mit einem Wort erwähnt, dass sie ihm mehr bedeutete.

Er würde ihr dennoch schrecklich fehlen.

»Leben Sie wohl, Miss Salesbury.« Als er ihr die Hand reichte, schaute er an ihr vorbei.

»Sie auch, Mr Ryall.« Sie sagte »Mr Ryall«, doch in ihrem Herzen meinte sie »Morgan«. *Leb wohl, mein wunderschöner Pirat.* Seine Miene blieb weiterhin ausdruckslos.

Schnell wandte sie sich von ihm ab, damit er nicht die Tränen in ihren Augen bemerkte, und schritt die Gangway hinauf auf das Schiff. Schon bald würde sie aus Morgans Blickfeld verschwunden sein und somit auch aus seinem Leben.

***

»Gütiger Gott! Was hat dieses Weib mit unserem Captain angestellt?«, murmelte Ianto. Er hatte mit Samuel Pitch Morgan nach langem Suchen in der wohl schmutzigsten Absteige von ganz Tenerife gefunden. Sam war nicht nur der Steuermann auf der Mariah, sondern auch ein Fährtendämon mit einem außerordentlichen Geruchssinn.

Morgan lag mit dem Kopf auf der schäbigen Tischplatte im dunkelsten Eck der Taverne, eine Flasche hausgebrannten Schnaps in der Hand, und starrte ins Leere.

»Jetzt komm endlich, Morgan! Wir müssen auslaufen. Was ist nur los mit dir?« Ianto hatte den Captain in all den Jahren noch nie so derangiert gesehen.

Samuel schaute ihn schulterzuckend an und rieb sich über seine große breite Nase. Im Moment sah der Dämon noch wie ein grobschlächtiger Mann aus, aber seine Erscheinung flackerte. Es kostete ihn Mühe, die Illusion einer menschlichen Hülle aufrechtzuerhalten. Sie mussten endlich aufs Schiff!

Morgans Pupillen hatten sich zu Schlitzen verengt, seine Fänge verlängert. Er würde sie noch verraten!

»Ich werde den Vampir umbringen«, murmelte er, während seine Krallen am Glas kratzten. »Er hat sie mir genommen …«

»Wir haben im Moment größere Sorgen als eine verlorene Gefährtin, Captain!« Mr Pitkern hatte sich aus dem Staub gemacht. Er hatte sich nicht pünktlich auf dem Schiff zurückgemeldet und all seine persönlichen Sachen fehlten. Die Nachricht würde Morgan noch wütender machen, daher würde er sie ihm lieber sagen, wenn er nüchtern war. Es sah alles danach aus, dass Pitty ihr Verräter war, der für Murray arbeitete und sie jahrelang sabotiert hatte. Eine andere Erklärung für das plötzliche Verschwinden hatte Ianto nicht.

»Sie hat misch verlassen«, nuschelte Morgan, ohne den Kopf auch nur einen Zentimeter von der Platte zu bewegen. »Sie schegelt nach Amerika. Sie isch weg.«

Für immer weg aus meinem Leben. Sie hat misch verlassen. Isch brauche sie doch wie die Gezeiten den Mond, wie die Fische das Meer, wie die Segel den Wind ... Patritschia ergänzt misch, macht misch vollkommen. Schie ist meine Gefährtin.« Träge schloss er die blutunterlaufenen Augen und zog die Nase hoch. »Fahrt ohne misch. Ich bleibe hier.«

»Reiß dich gefälligst zusammen, Junge!«

»Nennt mich nicht immer alle Junge. Isch bin euer Alpha!«

»Egal, was oder wer du bist, aber komm endlich!« Ianto und Sam griffen ihn unter den Armen und zogen ihn auf die Beine. Mühsam schleppten sie ihn durch das düstere Hafenviertel auf die Mariah. Nur gut, dass ihnen kaum jemand Aufmerksamkeit schenkte, denn Morgan sah furchterregend aus.

»Lascht mich los«, lallte er, als er in die Kajüte stolperte. »Isch kann alleine gehen!« Er schubste die Männer nach draußen und verriegelte die Tür, wobei seine Krallen tiefe Kratzer im Holz zurückließen.

Schwerfälligen Schrittes schaffte er es zu seinem Schreibtisch und ließ sich in den Stuhl fallen. Ohne Licht zu machen, zog er eine Flasche Rum aus der Schublade, öffnete sie allerdings nicht. Stattdessen legte er den Kopf auf die Platte und atmete zitternd ein. Er fühlte sich hundeelend. Sein Schädel platzte gleich, trotzdem wollte er noch mehr trinken. Bis er endlich vergessen würde.

»Patricia ...«, murmelte er, wobei ihm vor Erschöpfung die Flasche aus der Hand glitt. »Was hast du aus mir gemacht? Wieso willscht du mich nischt?«

Aus den Augenwinkeln bemerkte er eine Gestalt, die sich aus einer dunklen Ecke löste und auf ihn zuschlich. Er halluzinierte, sehr gut! Bald würde sich sein Verstand ganz verabschieden.

»Isch hätte sie zu einer Heirat zwingen sollen! Vielleischt hätte sie misch eines Tages so sehr geliebt, wie isch sie liebe?«

»Du liebst mich?«

Morgans Herz setzte einen Schlag aus. Jetzt hörte er schon ihre Stimme, hier – in seiner Kabine! Er war verflucht.

»Komm ins Bett, Morgan. Du bist betrunken.«

Kleine Hände zerrten an seinem Arm. Das musste eine heftige Halluzination sein, oder er hatte bereits den Verstand verloren. »Du bischt doch gar nischt da«, murmelte er, während er über seine eigenen Füße ins Bett stolperte. Die kleinen Hände zogen an den Stiefeln und öffneten sein Hemd.

Irgendwie bekam er es vom Körper. Als Nächstes wurde an seinen Hosen gezerrt. »Komm hilf mir schon! Deine Sachen stinken, als hättest du in einem Misthaufen gelegen.«

»Du bischt nicht echt!« Die wundervolle Erscheinung eines Engels, der wie Patricia aussah, riss ihm mit einem Ruck die Hose von den Beinen. »Bischt du wirklich da, Patritschia?«

»Wir reden morgen, falls du bis dahin wieder nüchtern bist, was ich bezweifle!«

»Isch liebe dich, weischt du?«, brachte er noch heraus, bevor lautes Schnarchen das Knacken der Holzbalken und das Rauschen des Meeres übertönte.

***

Am nächsten Morgen erwachte Morgan mit furchtbaren Kopf- und Glieder-schmerzen. Stöhnend drehte er sich auf den Bauch. *Ich lass die Augen lieber ge-schlossen* ... Das Licht schoss wie Nadeln in seinen Kopf.

Er hatte einen miserablen Geschmack im Mund und das Bedürfnis, sich zu übergeben. Was war geschehen? Er konnte sich nur daran erinnern, wie er in ei-ner üblen Spelunke seinen Kummer ertränken wollte, aber er hatte keine Ah-nung, wie er wieder auf das Schiff gekommen war.

Sie fehlt mir so, dachte er und stöhnte erneut. Der Schmerz, den er verzweifelt zu bekämpfen versucht hatte, war mit einem Mal wieder da. Er vermisste seine Gefährtin so sehr, dass er glaubte, ihre Körperwärme zu spüren und ihren Duft in den Bettlaken zu riechen. Aber seine Sinne waren wohl noch vom Alkohol verwirrt.

Jetzt, da er halbwegs nüchtern war, machte er sich Vorwürfe, dass er Patricia nicht gewaltsam am Gehen gehindert hatte. Er hätte sie in der Kabine einschlie-ßen sollen! Auf der Reise konnte ihr alles Mögliche zustoßen – Krankheit, See-not, aufdringliche Männer – und er wäre nicht da, um sie zu beschützen. Verflucht noch mal! Er würde ihr nachsegeln ...

Schwerfällig hob er die bleiernen Lider. Zuerst drehte sich die Kabine vor sei-nen Augen und die Übelkeit wurde allmächtig, doch er zog sich hoch und ging zum Waschtisch. Dort schüttete er sich den ganzen Krug mit kaltem Wasser über den Kopf.

Hoffnungsvoll blickte er sich um. Natürlich war sie nicht da, wie dumm von ihm.

Er taumelte noch leicht benommen zu den Fenstern, um eines zu öffnen, und legte den Kopf gegen den Rahmen. Die frische Morgenluft tat verdammt gut. Sie hauchte eine feine Gänsehaut auf seinen nackten Körper, doch das nahm er kaum wahr, denn der Schmerz in seiner Brust überdeckte alles andere.

Hinter ihm wurde die Tür geöffnet und er hörte das Klappern von Geschirr. Das musste Billy mit dem Frühstück sein. Tief sog er die Luft ein, aber seine feinen Sinne funktionierten noch nicht richtig, der verdammte Alkohol verhin-derte das.

Was fiel dem Jungen ein hereinzukommen, ohne anzuklopfen?

Aber ihm war jetzt nicht danach, Billy eine Standpauke zu halten. Er wollte nur seine Ruhe. Sein Schädel schien gleich zu zerspringen.

Als das Tablett geräuschvoll auf dem Tisch abgestellt wurde, durchfuhr ihn ein schmerzhafter Stich. Verdammter Alkohol! Verflixte Frauen! Beides schien ihm nicht besonders zu bekommen.

Nachdem die Tür wieder ins Schloss gefallen war, bemerkte er, dass er nicht allein war. »Was gibt es, Billy? Jetzt ist gerade ein denkbar ungünstiger Zeit-punkt.« Er stand hier splitternackt vor seinem Kabinenjungen und hatte nicht das Bedürfnis nach Konversation.

»Morgan?« Ihre Stimme, ganz leise, aber eindeutig Patricias.

Er erstarrte, wobei er die Luft anhielt. Das konnte unmöglich sein. Sie war auf dem Weg nach Boston!

»Sieh mich an, Morgan.«

Er wagte nicht, sich umzudrehen. Was wäre, wenn sie nicht dort stand? Er würde sich schreiend ins Meer stürzen! Mit solchen Halluzinationen konnte und wollte er nicht weiterleben. Verdammt, er drehte durch, weil er seine Gefährtin verloren hatte. Niemals hätte er gedacht, dass die Bindung so stark war.

Da spürte er warme Hände auf seiner Schulter, die sich verdammt echt anfühlten. Langsam, aber mit rasendem Herzen, wandte er sich um. Er blickte geradewegs in die wundervollsten himmelblauen Augen, die er so sehr liebte und dieselbe Farbe wie ihr Kleid besaßen.

»Patricia?« Er konnte es immer noch nicht glauben. »Was machst du hier? Warum bist du zurückgekommen?«

Zärtlich berührte sie seine stoppelige Wange. »Du liebst mich ja wirklich, mein süßer Pirat.« Tränen glitzerten in ihren Augen. »Betrunkene und Kinder sagen immer die Wahrheit.«

»Natürlich liebe ich dich. Hast du daran gezweifelt?« Sein Herz hämmerte so stark, dass es wehtat. Vorsichtig, so als könnte sie sich jeden Moment in Luft auflösen, wenn er sie fester berührte, zog er sie an sich.

Ihre Hand legte sich an seine Wange. »Du hast es nie gesagt.«

»Du hast es nur vergessen.« Er ergriff ihre zarten Finger und drückte sie an sein Gesicht.

»So etwas würde ich nie vergessen.«

»Du hattest einen Unfall …«

»Ja, das glaube ich dir jetzt. Ich habe Erinnerungslücken. Als ich auf das Passagierschiff ging, fühlte ich einen brutalen Schmerz, der mich zu zerreißen drohte. Ich konnte mir das nicht erklären. Ich wusste nur, ich kann dich unmöglich verlassen.« Zitternd atmete sie ein, während er bloß auf ihre Lippen starren konnte, die sich zwar bewegten, aber die Worte, die aus ihrem Mund kamen, konnten unmöglich dazupassen.

»Ich habe dich so sehr vermisst, dass ich kehrtmachte und in deiner Kabine auf dich gewartet habe. Irgendwann bin ich eingeschlafen, und dann warst du plötzlich da, vollkommen betrunken, und hast etwas von einer Bestie gestammelt, die ich nicht lieben könnte.« Sanft strich sie über seine Wange. »Du bist keine Bestie. Und ich liebe dich. Hättest du mir deine Gefühle eher gestanden oder hätte ich mich zumindest daran erinnern können, wäre ich niemals gegangen.«

Ein intensives Hochgefühl nahm von ihm Besitz und seine geistige Umnebelung klärte sich auf einen Schlag. »Du liebst mich? Wirklich? Aber, ich dachte …« Was war mit diesem Benedict? Sie hatte doch gesagt, dass sie *ihn* liebte. Anscheinend hatte sie sich umentschieden. Gott sei Dank!

Sein Herz wurde von einer plötzlichen Wärme durchflutet, die sämtliche Übelkeit und Schmerzen von ihm abfallen ließ. Er umfasste ihre Taille, hob sie hoch, als ob sie nichts wiegen würde, und wirbelte mit ihr zusammen durch die Kabine. Dabei war es ihm egal, dass er nackt war und ein peinliches Bild abgeben musste. Im Moment war er der glücklichste Mann auf Erden.

Zwar konnte sie sich nicht an ihn in Wolfsgestalt erinnern, aber ihre Gefühle schien sie nicht vergessen zu haben. Allerdings würde er erst erneut um ihre Hand anhalten, wenn sie sich wieder an alles erinnern konnte. Vorerst zählte nur, dass sie bei ihm war.

Jetzt musste er sie auch in seine Pläne einweihen. »Wir segeln nach Indien, Patricia. Das wird noch eine beschwerliche Reise und ich weiß nicht, ob …«

Sie drückte einen Finger an seine Lippen. »Ich schaffe das. Und ich werde dir helfen, wo ich kann, und wenn ich mich nur mit Henry an den Herd stelle, um Plätzchen zu backen.«

Morgan grinste. Er erinnerte sich an ihre mit Mehl bestäubten Wangen. »Ich werde in Indien all meine Waren verkaufen. Für das Geld will ich Gewürze, Tee und Stoffe einkaufen, die mir in England ein Vermögen einbringen werden. Dann kann ich dir all das bieten, was dein Herz begehrt.«

Ihre Augen leuchteten. »Ich brauche doch das alles nicht, solange ich nur dich habe.«

Er konnte sich keine schönere Liebeserklärung vorstellen. »Ich möchte meiner Frau aber ein Leben in Wohlstand bieten können. Ich bin eben kein vermögender Kapitän. Alles, was ich besitze, ist die Mariah und eine winziges Apartment in Brixham , aber ..«

».… das für uns beide vollkommen ausreicht«, beendete sie seinen Satz. »Außerdem würde ich sogar bis an unser Lebensende auf deiner Fregatte wohnen.« Würde er ihr nun einen Antrag machen? Vor Erwartung raste ihr Puls.

Er drückte sie fest an sich. »Du bist eine wundervolle Frau, Hummelchen. Hat dir das schon mal jemand gesagt? Widerspenstig, aber wundervoll!«

»Hummelchen?« Sie gluckste. »So hat mich bisher noch niemand genannt!«

»Umso besser. Dann wird das ab jetzt dein Kosename.«

Sie lachte. »So will ich nicht heißen, Hummeln sind dick und behaart!«

»Widerspenstig durch und durch.« Er küsste sie leidenschaftlich und drückte sie aufs Bett. Sie lagen einander in den Armen wie Überlebende eines Schiffsunglücks, die der Sturm an Land gespült hatte, und grinsten sich an, bis Patricia ihn mit gerümpfter Nase von sich drückte. »Du stinkst wie eine ganze Hafenspelunke! Billy hat heißes Wasser für dich vorbereitet.«

***

Eine halbe Stunde später saß Morgan in einem kleinen Zuber und ließ sich von seiner Gefährtin von oben bis unten mit Seife einreiben. »Daran könnte ich mich gewöhnen«, murmelte er entspannt, während er an den Rand der Wanne gelehnt jede ihrer Bewegungen verfolgte. Da seine langen Beine in dem Bottich keinen Platz fanden, hingen sie über dem Rand hinaus.

Sie trug eines seiner Hemden, um das gute Kleid nicht zu ruinierten, und ihre Gesichtszüge wirkten hochkonzentriert. Am besten gefiel ihm die tiefe Röte um ihre Nase, verbunden mit der Neugier, seinen Körper zu erkunden. Sie wusch ihn mit solcher Hingabe und Leidenschaft, dass seine Männlichkeit prompt darauf reagierte.

Patricia nahm es zur Kenntnis, denn ihre Gesichtsfarbe verdunkelte sich weiterhin, aber sie fuhr mutig zwischen seine Schenkel. »Ich darf schließlich keine Stelle auslassen«, sagte sie.

Er griff nach ihrer Hand und drückte sie samt Schwamm auf seine Erektion, die trotz des kühlen Wassers unaufhaltsam anschwoll. »Hier musst du besonders gründlich vorgehen.«

Kurz verharrte ihre Hand und sie riss die Augen auf, doch dann begann sie, langsam an seiner Länge auf und ab zu reiben. Zuerst mit dem Schwamm, dann mit den Fingern.

»Himmel!« Stöhnend schloss er die Augen.

»Hummel«, sagte sie.

»Hm?« Er hatte keine Ahnung, was sie meinte, ihre Hand auf seinem Schwanz machte ihn wahnsinnig.

Sie grinste schief. »Na, du nennst mich doch jetzt Hummelchen.« Ihr Daumen glitt über seine geschwollene Kuppe.

»Ich sollte dir ganz andere Kosenamen geben, du bist ja verdorb…« Oh Gott, er kam gleich.

Seine Finger krallten sich in den Wannenrand, seine Klauen wollten durchbrechen, ebenso die Fänge. Nur mit größter Anstrengung konnte er eine Verwandlung verhindern.

Erneut stöhnte er. »Du solltest deine Hand langsam wegnehmen, oder …«

»Was ist denn?«, fragte sie scheinheilig. »Ich darf keine Stelle auslassen, hast du gesagt.«

Kurz bevor das Unausweichliche passierte, ließ sie von ihm ab, um ihm die Seife aus den Haaren zu spülen. »Jetzt riechst du wieder wie ein zivilisierter Mann.«

»Du quälst mich, Weib.« Er schlang einen Arm um ihre Taille und zog sie zu sich in den Zuber. Wasser schwappte heraus und plätscherte auf den Boden.

»Morgan! Das ist kalt!« Lachend warf sie den Schwamm in sein Gesicht. »Und das Hemd ist klitschnass.«

»Dann zieh es aus«, raunte er und drapierte sie so, dass sie auf seiner Erektion saß. Ihre Beine fanden gerade noch Platz neben seinem Gesäß. Wie gerne wollte er sich in ihr versenken.

Zwei Wimpernschläge lang zögerte sie, anschließend zog sie sich tatsächlich den nassen Stoff über den Kopf und legte ihn auf den Rand. Ihre wunderschönen Brüste befanden sich genau vor seinen Augen.

Er beugte sich vor, um abwechselnd ihre rosigen Nippel mit der Zunge zu liebkosen.

»Morgan«, wisperte sie, stützte sich an seinen Schultern ab und rieb ihren Unterleib an seiner Härte.

Gott, das war fast zu viel für ihn. Er drückte die Hände an ihre drallen Pobacken, um ihre Bewegungen zu unterstützen, und beobachtete seine Gefährtin, die es sichtlich genoss, ihre Scham an ihm zu reiben. Ihre Atmung beschleunigte sich, ihr Blut pulsierte wild durch ihre Adern. Er erinnerte sich an ihren Geschmack und spürte, wie sich seine Fangzähne verlängern wollten. *Nicht jetzt ...*

»Darf ich dich etwas fragen?« Patricia schlang die Arme um seinen Nacken, sodass sich ihre Wangen berührten.

»Alles«, raunte er. Erinnerte sie sich daran, was er wirklich war? Hoffentlich ... Die Aufregung lenkte ihn für einen Moment von seiner Erregung ab, denn er war kaum noch Herr seines Körpers. Doch er wollte Patricia heute noch eine Menge Lust verschaffen. Das würde aber nur halb so viel Spaß machen, wenn er jetzt schon käme. Und er stand wirklich kurz davor.

Patricia kraulte seinen Nacken und vermied es, ihm in die Augen zu sehen. »Wer ist die Frau auf dem Foto in deinem Logbuch?«

War sie etwa eifersüchtig? Sein Herz erwärmte sich. »Und da warst du beleidigt, weil ich deinen Brief gelesen habe? Wer hat denn in meinem Logbuch herumgeschnüffelt?« Er grinste sie verschmitzt an, doch als er ihr in die Augen blickte, die ihn so verloren vorkamen, antwortete er schnell: »Sie ist ... war ... meine Mutter. Es ist das einzige Bild, das ich von ihr habe. Sie starb kurz nach meiner Geburt.«

Mitfühlend legte sie eine Hand auf seine Brust. »Oh Morgan, das tut mir leid. Ich wollte dich nicht daran erinnern.«

Er ergriff ihre Finger, um sie noch fester an sich zu drücken. »Es ist schon gut, ich habe mich damit abgefunden, außerdem habe ich sie ja nie kennengelernt.«

»Und ich dachte, sie wäre vielleicht ...« Lächelnd schüttelte sie den Kopf. »Du hattest mal einen Bruder erwähnt, oder?«

Sein Gesicht verfinsterte sich. »Allerdings. Murray. Er ist mein Halbbruder.«

Patricia bemerkte sofort, dass ihm dieses Thema nicht lag, und fragte vorsichtig: »Ihr versteht euch wohl nicht besonders gut?«

»Das könnte man so sagen.«

»Weißt du, ich habe auch einen Bruder. Ich vermisse ihn wahns...«

Ein Klopfen an der Tür ließ sie zusammenzucken. Billys junge Stimme drang durch das dicke Holz. »Sind Sie fertig mit Baden, Sir?«

Oh Gott, der Kabinenjunge! »Er darf mich nicht so sehen!«

»Noch einen Moment, Billy!«, rief Morgan grinsend und stieg mit Patricia aus der Wanne.

Schnell rubbelte er sie mit einem Handtuch von oben bis unten trocken und packte sie ins Bett. Nachdem er die Decke bis über ihre Nase gezogen hatte, wickelte er sich das feuchte Tuch um die Hüften. Dann öffnete er dem Jungen die Tür.

Billy kam mit zwei leeren Eimern herein, um das Wasser aus dem Zuber zu schöpfen, als er wie angewurzelt im Raum stehen blieb. Er warf einen erschrockenen Blick auf ihren Haarschopf, der zwischen den Kissen hervorlugte, danach bedachte er die Ausbuchtung an Morgans Handtuch mit hochgezogenen Brauen.

Oh je, der arme Junge!, dachte Patricia. *Dieser Anblick muss ihn verwirren.* Plötzlich fuhr ein Stich durch ihren Kopf und sie kniff die Augen zusammen. Sie sah den Doktor und Billy, wie sie sich küssten … *Unmöglich, das muss ich mir zusammenreimen.*

Sie lugte über die Decke und beobachtete Billy, wie er hektisch das Wasser wegbrachte und zum Schluss den Zuber aus der Kajüte rollte. Wie stark er war. So viel Kraft hätte sie diesem schmächtigen Burschen nicht zugetraut.

Als in der Kabine Ruhe eingekehrt war, genossen Morgan und Patricia ein leckeres Frühstück, das sie, nur in Decken gehüllt, im Bett einnahmen. Dabei konnte er nicht den Blick von der rosigen Brustspitze nehmen, die frech zwischen den Laken hervorlugte. Bedächtig tauchte er einen Finger in den Honigtopf, um den klebrigen Saft auf ihrem Busen zu verteilen.

Patricia schlug grinsend auf seine Hand. »Hey, mach das auf der Stelle wieder weg. Ich bin frisch gebadet!«

»Nichts lieber als das.« Morgan zog ihr die Decke von den Schultern, bis ihr Oberkörper entblößt vor ihm lag, und beugte sich zu ihren Brüsten. Sofort begann er, den süßen Honig vom Nippel zu lecken. Wie wunderbar zart sich ihre Haut dort anfühlte … Morgan leckte und saugte so lange, bis die rosa Spitze ganz hart geworden war.

Seufzend griff sie in seine noch feuchten Haare und drückte seinen Kopf auf die andere Seite. »Du darfst die hier nicht vernachlässigen«, wisperte sie, woraufhin er mit einer Hand zwischen ihre Schenkel fuhr. Wie nass sie dort bereits war!

»Sauber!« Verwegen grinsend drückte er Patricia zurück auf die Laken, um seinen Körper auf ihren zu schieben. »Und jetzt möchte ich von *deinem* Honig kosten.«

»Von meinem Ho… Morgan!« Sie keuchte auf, während er ihre Schenkel auseinanderdrückte und seine Lippen auf ihren geschwollenen Kitzler presste. Dort verfuhr er genau wie mit ihren Brustspitzen. Er lutschte und saugte, leckte und rieb, bis ein gewaltiger Orgasmus wie ein Taifun über sie hinwegfegte.

Danach schob er sich wieder auf sie, wobei er die Ellbogen neben ihrem Kopf abstützte, damit er sie nicht erdrückte. »Du bist so wunderschön.«

Fasziniert betrachtete er ihr tief gerötetes Gesicht und die leicht geöffneten Lippen. Noch immer atmete sie schnell. Plötzlich füllten sich ihre Augen mit Tränen.

»Was hast du? Habe ich etwas falsch gemacht?« Es zerriss ihm beinahe das Herz, sie so traurig zu sehen.

Sie schüttelte den Kopf und blinzelte die Tränen weg. »Es ist nur … Ich bin glücklich, auf deinem Schiff gelandet zu sein. Ich wüsste nicht, was ich machen würde, wenn du nicht bei mir wärst.«

»Ach, Kleines …« Morgan küsste ihr jede einzelne Träne von der Haut. »Ich werde dich niemals verlassen.«

»Versprich es mir, du unwiderstehlicher Mann.« Jetzt konnte sie wieder lachen. Bei Poseidon! Sie war wirklich die wunderschönste Frau auf Erden. Seine Gefährtin. Und sie waren für alle Zeiten miteinander verbunden. Er konnte sie gar nicht verlassen.

»Piratenehrenwort!«, hauchte er und verschloss ihre Lippen mit einem feurigen Kuss. Sein Penis fand dabei wie von selbst ihren feuchten Eingang, in den er sich mit einem sanften Ruck versenkte.

Endlich wieder mit ihr verbunden … Morgan stöhnte auf. Patricia war so unwahrscheinlich heiß in ihrem Inneren, dass er nur eines dagegen unternehmen konnte: Er musste dieses Feuer löschen, und Captain Ryall war genau der richtige Mann für diesen Job, oh ja!

***

Als es an der Tür klopfte und Ianto rief: »Captain, auf ein Wort!«, kroch Morgan träge aus dem Bett. Er war kurz davor gewesen, einzuschlafen. Aber den Luxus konnte er sich nicht leisten. Er hatte ein Schiff zu befehligen.

Sanft streichelte er Patricia über die Wange. »Die Pflicht ruft. Ruh du dich aus, deine Nacht war kurz.«

»Hm«, brummte sie mit geschlossenen Lidern und kuschelte sich in die Decken ein.

Hastig zog er sich an und trat vor die Tür. »Was gibt es, Ianto?«

»Ich habe eine gute und eine schlechte Nachricht. Welche willst du zuerst hören?«

Morgan seufzte. »Fang mit den erfreulichen Neuigkeiten an.«

»Samuel hat Hippokampen gewittert.«

»Na endlich!« Sofort lief er mit Ianto an Deck und befahl zwei Männern, die Kisten mit dem Zucker und das Zaumzeug zu holen. Er hatte das Spezialgeschirr für zwei Hippokampen schon vor Jahren anfertigen lassen. »Wie viele sind es?« Er begab sich mit seinem Ersten Offizier an den Bug und schirmte die Augen mit der Hand ab. Die See lag wie ein Spiegel um sie herum, es wehte kein Wind. Unter diesen Bedingungen würden sie nie in Indien ankommen.

»Vier.« Ianto hielt ihm das Fernglas hin.

Morgan brauchte es nicht, er erkannte die Tiere in etwa einer Seemeile Entfernung mit bloßem Auge. Ihre riesigen Pferdeköpfe ragten aus dem Wasser und ihre Schuppen schimmerten in sämtlichen Regenbogenfarben. Wie kleine

Wale schossen sie in die Luft, stellten die Rückenflosse auf und tauchten wieder unter. Welch ein Schauspiel! Erst ein Mal hatte er diese Tiere erblickt, deren vordere Hälfte dem eines Pferdes glich und deren Hinterteil wie ein Fischschwanz aussah. Morgan hatte aber schon viel von ihnen gehört. Es hieß, Hippokampen hätten einen edlen und temperamentvollen Charakter. Anderen Wesen gegenüber wären sie freundlich und wohlgesonnen, ähnlich wie Delphine, und für Zucker würden sie ihre Dienste anbieten. Ansonsten ernährten sie sich nur von besonderen Meeresalgen, die für Menschen giftig waren.

Sein Herz pulsierte heftig, während die Sonnenstrahlen auf seiner Nase prickelten. Was für ein Tag! Zuerst war Patricia zu ihm zurückgekommen, jetzt würden sie mit ein wenig Glück auch noch schneller nach Indien gelangen. Die Reise dauerte für gewöhnlich mehrere Monate. Mit Hilfe aus der Mythenwelt könnte sie wesentlich kürzer ausfallen. Dass er mit seinem Steuermann Samuel Pitch einen Fährtendämon an Bord hatte, war wirklich ein Gewinn. Sonst wären ihnen diese Tiere womöglich entgangen.

»Lasst das Beiboot zu Wasser!«, rief er, als die Männer mit den Zuckerkisten und dem Zaumzeug kamen. Morgan ließ alles ins Boot packen, dann holte er Billy zu sich. Der halbe Inkubus hatte ein Händchen für Tiere.

***

Zehn Minuten später saßen Morgan und Billy in dem kleinen Boot und ruderten ein Stück von der Mariah weg, die still im Wasser lag.

»Mach die Kisten auf«, befahl er dem Jungen, danach pfiff er durch die Zähne.

Die Tiere drehten die Köpfe und schauten in ihre Richtung.

»Wirf ein paar Zuckerstücke ins Wasser.« Er hatte überlegt, ob er nicht eine Kanone voller kegelförmiger Zuckerhüte abfeuern sollte, aber der Lärm könnte die Tiere verscheuchen.

»Kann sich Miss Salesbury wieder an alles erinnern?«, wollte Billy wissen, während er die Kisten öffnete.

Morgan schüttelte bloß den Kopf.

»Falls wir es schaffen, die Tiere vor den Bug zu spannen, was wird Ihre Lady sagen?«

»Menschen können sie nicht sehen, Billy.« Es hieß, nur Wesen wie er und die Männer an Bord konnten diese magischen Geschöpfe wahrnehmen.

»Stimmt, das hatte ich vergessen.« Mit der Machete zerkleinerte Billy die harten Zuckerkegel, dann warf er die Brocken ins Wasser.

Sofort schossen die Hippokampen in rasender Geschwindigkeit heran. Morgan staunte über die Wendigkeit der Tiere, und auch seine Crew hatte sich neugierig an der Reling versammelt, um zuzusehen.

Als die vier Tiere sie eingekreist hatten und nach den Zuckerstücken tauchten, sodass ihr Boot heftig ins Wanken geriet, bekam Morgan ordentlich Respekt. So ein Hippokamp war größer, als er gedacht hatte, bestimmt drei Mal so lang wie ihr Boot. Allein mit dem riesigen Fischschwanz könnte es ihre Nuss-schale zerschmettern. Aber die Seepferde interessierten sich nur für die Nasche-reien.

»Hierher, meine Süßen«, sagte Billy und streckte eine Hand aus, in der er einen großen Zuckerbrocken hielt.

Ein neugieriges Wesen schwamm langsam heran und schnüffelte, sodass sich dessen Nüstern blähten. Seine tiefblauen Augen schimmerten, dann öffnete es das Maul und Billy warf den Zucker hinein.

Mit einem lauten Krachen zerbiss der Hippokamp den Zucker. Aha, harte Zähne besaß dieses Wesen also auch.

Billy zeigte nicht die geringste Angst, sondern kraulte das Tier am Hals. Inter-essiert schnüffelte es an ihrem Boot und den Zuckerkisten.

Die anderen drei Hippokampen, die im größeren Abstand um sie herumge-schwommen waren, kamen hinzu.

»Wenn ihr das große Schiff zieht, bekommt ihr noch mehr Leckereien.« Be-ruhigend redete Billy auf sie ein, während Morgan das Zaumzeug bereithielt. Die Riemen waren extradick und aus einem speziellen Leder gefertigt, dem das Salzwasser nichts anhaben konnte. Angeblich stammte das Material von einem Wasserdrachen.

Als ob die Tiere den Jungen verstehen würden, nickten sie und wieherten. Dann machten sich Morgan und Billy daran, zwei der zutraulichsten Geschöpfe das Zaumzeug anzulegen. Dazu mussten sie sich hinstellen, und mehr als ein Mal wären sie dabei fast ins Wasser gefallen. Morgan staunte über die glatte, kal-te Haut der Seepferde. Sie fühlte sich fast wie die einer Schlange an.

»Moment«, sagte Billy und kletterte kurzerhand auf den Rücken des Tieres.

Der Hippokamp ließ es sich gefallen und schloss sogar die Augen, als Billy ihn hinter den Ohren kraulte.

»Das mögen sie besonders gerne«, erklärte er lächelnd.

Auch wenn er schon älter war, als er aussah, wirkte er im Moment doch eher wie ein glückliches Kind.

Nachdem sie das Geschirr angebracht hatten, warfen sie den Männern an Bord die Leinen zu, damit sie diese an speziellen Vorrichtungen am Bug festma-chen konnten.

Stolz schwellte in Morgans Brust. Er war froh, eine solch außergewöhnliche Crew zu haben. Es machte immer wieder Spaß, mit ihr zu segeln und Abenteu-er zu erleben. Hoffentlich fielen sie niemals Jägern in die Hände. Dann würde er kämpfen bis in den Tod, für sich, seine Mannschaft und nun auch für seine Ge-fährtin.

***

Zurück an Bord stand Morgan zufrieden am Bug und schaute den Tieren zu, wie sie die Mariah zogen. Das Schiff machte trotz Windstille ordentlich Fahrt, und er hoffte, die Tiere bei Laune halten zu können, damit sie möglichst lange ihre Dienste anboten.

Er hatte Billy abkommandiert, sich eigenhändig um die Fütterung zu kümmern. Der Junge schien zu verstehen, was die Hippokampen fühlten. Bei ihm waren sie in besten Händen.

Räuspernd trat Ianto zu ihm.

Verdammt, Morgan hatte vergessen, dass sein Erster Offizier auch noch schlechte Neuigkeiten hatte. »Ich hoffe, du ruinierst mir diesen wundervollen Tag nicht«, sagte er deshalb.

»Ich fürchte schon. Offenbar ist dir noch nichts aufgefallen, weil du die Morgenbesprechung verpasst hast.«

Er räusperte sich. »Ich war … beschäftigt.« Langsam sollte er sich wieder ordentlich um sein Schiff und seine Leute kümmern. Diese ganze Gefährtensache hatte ihn ziemlich aus der Bahn geworfen. Aber damit würde nun Schluss sein.

Nachdem Ianto nicht weiter redete, schaute sich Morgan um. Seine Männer waren eifrig bei der Arbeit, der bullige Pete flickte ein Segel, Samuel stand am Ruder, zwei fast durchsichtige Schutzgeister hingen in der Takelage und beschützten die Mariah vor dem Bösen oder übernatürlichen Schäden … »Wo ist Pitty?«

»Tja, der hat sich aus dem Staub gemacht.«

Sofort rannte Morgan zu den Kajüten und riss die Tür zu Mr Pitkerns winziger Kabine auf. Ein Blick reichte ihm: Außer der zerwühlten Koje und einer leeren Seekiste gab es hier nicht viel zu sehen. Der Mann war mit seinen persönlichen Sachen auf und davon. Nicht eines seiner Notizbücher war zurückgeblieben.

Morgan wirbelte zu Ianto herum. »Hat er jemandem etwas erzählt? Hat er einen Brief dagelassen?«

Sein Offizier schüttelte den Kopf. »Ich habe nur eine Erklärung: Pitty muss kalte Füße bekommen haben, warum auch immer. Ich vermute stark, wir haben unseren Saboteur.«

»Du meinst, Pitty hat für meinen Bruder spioniert und uns ständig Steine in den Weg gelegt?« Mr Pitkern, einer seiner besten Männer?

Ianto schnaubte. »Er war der einzige Mensch an Bord. Eigentlich hätte uns das aufhorchen lassen müssen.«

Morgan hielt nichts von diesen Vorurteilen. »Unmöglich, ich hätte gerochen, wenn er Angst gehabt hätte. Ich habe sehr feine Sinne, wie viele von uns. Irgendjemand hätte früher oder später etwas bemerkt.«

»Das bezweifle ich«, drang plötzlich Bingleys Stimme hinter ihnen aus dem dunklen Gang. Er sah übernächtigt aus, rote Ringe zierten seine Augen und sein blondes Haar stand in alle Richtungen. In der Hand hielt er ein dickes, in Leder gebundenes Buch. Es schien sehr alt zu sein.

»Kommt euch das bekannt vor?« Bingley zeigte ihnen die Abbildung eines Symbols: drei symmetrische angeordnete und miteinander verbundene Spiralen.

Morgan kratzte sich an einer Braue. »Pitkern hatte einen silbernen Anhänger mit diesem Zeichen.«

Der Doc nickte. »Das ist eine Triskele. Da mir sein Verschwinden seltsam vorkam, habe ich mich an seinen Anhänger erinnert und stundenlang meine Bücher durchgeblättert. Die Triskele hat Pitty abgeschirmt, seine Gefühle, Gedanken und Ängste vor uns verborgen. Dank dieses magischen Symbols hat er im Verborgenen gelebt. Seht, er hat es sogar in das Holz seiner Tür geritzt.« Bingley zeigte ihnen die Stelle. »Ist euch nie aufgefallen, dass er immer sehr ruhig war?«

»Es gibt solche Menschen«, murmelte Morgan, während er die winzige Schnitzerei inspizierte. Er wollte nicht glauben, dass Pitty ihr Verräter war. »Außerdem sind Schriftsteller und Wissenschaftler eher zurückgezogene Leute.«

Bingley schüttelte seufzend den Kopf. »Wir sollten auf der Hut sein, Captain. Ich habe kein gutes Gefühl bei der Sache.«

»Ich auch nicht«, sagte Ianto. »Pittys Verschwinden kam zu plötzlich. Hinter seinem Interesse an uns steckten wohl keine guten Absichten.«

Morgans Gedanken überschlugen sich. »Vielleicht ist er auch nur abergläubisch, weil wir jetzt eine Frau an Bord haben.«

Während sie die enge Kabine verließen, meinte Ianto: »Eine Frau neben zwanzig Wesen, die ihm wirklich gefährlich werden könnten, wäre sein geringstes Problem. Und Pitty weiß genau, wozu jeder einzelne von uns fähig ist.«

Da musste Morgan ihm recht geben.

Er erinnerte sich an den Tag vor ein paar Jahren, als er in der Werft von Brixham kleinere Reparaturen an der Mariah hatte durchführen lassen. Mr Pitkern hatte sich bei ihm vorgestellt, von seinen Qualitäten als Nautischer Offizier berichtet und darum gebeten, bei ihm anheuern zu dürfen.

Da ein Mensch auf keinen Fall ein Teil seiner Crew werden konnte, hatte Morgan ihn gefragt – bevor er ihm absagen wollte –, warum er ausgerechnet bei ihm anheuern wollte.

Mr Pitkern kam ohne Umschweife auf den Punkt: »Ich weiß, wer Sie und Ihre Crew wirklich sind.« Er zeigte ihm einen Spiegel. Als sich Morgan darin erblickte, flackerte das Bild eines schwarzen Wolfes auf.

Mr Pitkern sah ihn ernst an. »Das ist ein magisches Artefakt, das mir hilft, mystische Wesen aufzuspüren. Sie zu erforschen ist meine Leidenschaft. Ich hoffe, Sie verstehen das nicht falsch, ich will Ihnen nichts Böses und ich werde keinen Ihrer Männer mit Namen erwähnen, sondern ich möchte erreichen, dass eines Tages die Menschen ihre Ängste vor fremdartigen Spezies verlieren.«

Pitkern war nicht nur Offizier, sondern Wissenschaftler und Schriftsteller. Er erforschte das Leben andersartiger Geschöpfe und dokumentierte seine Erfahrungen.

»Es wäre mir eine Ehre, unter Ihnen dienen zu dürfen, Sir.«

Morgan hatte keine Lügen, keine Angst an ihm gewittert und gedacht, dieser Mann wäre eine Bereicherung für sie alle. Hatte er sich so in Pitty getäuscht?

Hatte der Anhänger seine wahren Absichten verdeckt?

Kapitel 10 – Piraten

Dank der Hippokampen brauchten sie nur zwei Wochen bis nach Kapstadt. Dort wollten sie den nächsten Zwischenstopp einlegen. Der Tag war schön, die Brise warm und das Meer atemberaubend blau. Über ihnen bauschten sich die Segel im Wind und die Stimmung an Deck war ruhig, aber betriebsam.

Der Matrose im Ausguck hielt unentwegt Ausschau nach möglichen Gefahren, doch bis jetzt war die Reise zu Morgans vollster Zufriedenheit verlaufen. Er hatte eine Frau an seiner Seite, die er über alles liebte, und sein Bruder hatte es diesmal nicht geschafft, sein Schiff zu sabotieren.

Kurz bevor sie in den belebten Hafen von Kapstadt einliefen, ließen sie die Seepferde frei, aber Billy bekam den Auftrag, sie mit Zuckerstücken in der Nähe zu halten.

Morgan atmete auf. Die Hälfte der Reise war geschafft, und wenn weiterhin alles nach Plan lief, würden er und der Rest der Mannschaft als wohlhabende Männer nach England zurückkehren.

***

Die drei Tage an Land vergingen für ihn und Patricia viel zu schnell. Während sich Ianto darum kümmerte, dass frisches Trinkwasser, Lebensmittel und Holz für den Schiffszimmermann aufgenommen wurde, hatten sie Kapstadt besichtigt. Morgan war schon einmal hier gewesen, weshalb er wusste, wohin er Patricia zum Essen ausführen konnte und wo es Schmuckläden und Tuchhändler gab. Er kaufte seiner hübschen Gefährtin alles, was sie sich wünschte – was nicht viel war. Ein paar neue Kleider, eine eigene Seetruhe und einen Stapel Bücher. Patricias Bescheidenheit gefiel ihm und dass sie nur Augen für ihn hatte, obwohl viele Männer ihr hinterhersahen. Wenn sie sich nun noch an alles erinnern würde, wäre sein Leben wahrlich perfekt. Vielleicht war es endlich an der Zeit, reinen Tisch zu machen und ihr sein wahres Naturell zu offenbaren.

***

Am letzten Abend ihres Aufenthaltes, während die Crew letzte Vorbereitungen zum Auslaufen traf, schlenderten sie an dem breiten Sandstrand entlang und beobachteten, wie die Sonne langsam im Meer versank. Der Abend war angenehm warm, doch das Wasser war ihnen zu frisch zum Baden.

Sie entfernten sich immer weiter von dem belebten Zentrum der Stadt, weshalb sie sich kurz vor Einbruch der Dunkelheit allein am Strand befanden. Patricia fragte sich, warum Morgan sie hierher geführt hatte. Würde er ihr endlich einen neuen Heiratsantrag machen? Bisher hatte er sie nicht noch einmal gefragt, ob sie seine Frau werden wollte. Und solange er nicht fragte, würde sie ihm auch nichts von ihren Halluzinationen erzählen. Vielleicht würde er sie für verrückt halten und nicht mehr zur Frau wollen. Seit Tagen träumte sie von Wölfen an Bord und dass Morgan ihr Blut getrunken hatte. Doch die Träume jagten ihr keine Angst ein und verstörten sie nicht so sehr wie das, was sie tagsüber erlebte. Zu viele seltsame Dinge passierten auf der Mariah. Zum Beispiel machte das Schiff oft volle Fahrt, auch wenn kaum Segel gesetzt waren und kein Lüftchen wehte. Natürlich hatte sie Morgan gefragt, wie das sein konnte, und er hatte ihr erklärt, dass sie von einer Meeresströmung mitgezogen wurden. Patricia hingegen hatte sich eingebildet, riesige Pferde in der Gischt am Bug zu erkennen, die vor den Dreimaster gespannt waren – was natürlich lächerlich war. Trotzdem kannte sie kein Schiff, das schneller fuhr als die Mariah.

Mr Pitkerns Verschwinden konnte oder wollte ihr auch niemand erklären, und Andrew und Billy schienen ihr aus dem Weg zu gehen. Wobei sie Andrew ohnehin nur zum Abendessen zu Gesicht bekam, und Morgans Kabinenjunge hatte wohl neue Aufgaben an Deck zu erledigen. Vermutlich wollte Morgan ihn aus seiner Kajüte fernhalten, damit er sie nicht störte, aber ihr fehlte manchmal jemand zum Reden.

Neben Morgan schien ihr allein Henry gerne Gesellschaft zu leisten. Sie half ihm viel in der Kombüse, da ihr Arbeit und Ablenkung die Wartezeit verkürzten, bis sie Morgan nachts wieder ganz für sich hatte.

Wenn sie sich an Deck aufhielt und er keine Zeit für sie hatte, trabte der dreibeinige Hund neben ihr her. Sie streichelte ihn oft, denn dann warf ihr Morgan – oder sogar dem Hund – düstere Blicke zu. Offenbar war er eifersüchtig, weil sie mit dem Tier schmuste, und das gefiel ihr irgendwie. Das zeigte ihr, dass er sie wirklich liebte.

Obwohl ihre Träume und Halluzinationen von Tag zu Tag schlimmer wurden, genoss sie die Reise und schob ihre merkwürdigen Beobachtungen auf das Schlingern des Schiffes. Das war wohl ihre Art der Seekrankheit. Sie hatte gehofft, in Kapstadt würden ihre Symptome verschwinden, stattdessen hatte sich eingebildet, geisterhafte Erscheinungen in der Takelage der Mariah zu erkennen. Daher war sie froh, dass Morgan sie ein Stück den Strand entlangführte, weg von allen anderen Menschen. Vielleicht bekam sie endlich den Kopf frei.

»Wunderschön«, murmelte sie, als der glutrote Feuerball in das schillernde Wasser tauchte.

»Mmm hmm«, brummte Morgan an ihr Ohr, doch er hatte nur Augen für sie.

In enger Umarmung standen sie nebeneinander, die Schuhe in den Händen und die Zehen im warmen Sand vergraben.

Patricia fühlte sich herrlich leicht. »So möchte ich jeden Abend mit meinem Mann verbringen.« Würde er den Wink verstehen?

»Hmm«, summte es wieder an ihrem Ohr.

Sie drehte den Kopf, sodass ihre Nasen beinahe aneinanderstießen. »Morgan, du schaust ja gar nicht hin. Die Sonne sieht fantastisch aus!«

»Nichts sieht besser aus als du.« In seinem Blick lag ein Verlangen, zu dem sie nicht Nein sagen konnte.

»Du weiß genau, wie du dich einschmeicheln kannst.« Sie grinste ihn an. »Und ich muss dir gestehen, dass ich es liebe.«

Plötzlich wurde er ernst. »Setzen wir uns. Ich möchte mit dir reden.« Er zog seinen leichten Mantel aus und legte ihn auf den Sand. »Nach Ihnen, Madame.« Mit einer eleganten Handbewegung deutete er auf den Boden.

Wie Morgan so vor ihr stand, nur in einem weißen Leinenhemd und den dunklen Kniehosen, gab er das perfekte Bild eines Verführers ab. Die warme Brise, die vom Meer hereinwehte, drückte ihm den Stoff gegen den Körper und wirbelte ihm ein paar Strähnen seines langen Haares verwegen in die Stirn. Zu ihrem Schutz hatte er sogar einen Degen angelegt und eine Pistole mitgenommen, weil sich in Kapstadt viel Gesindel herumtrieb.

Würde er sie jetzt fragen? Vor Aufregung bekam sie eine Gänsehaut.

Er setzte sich zu ihr und ergriff ihre Hand. »Jeden Tag möchte ich wissen, woran du dich erinnerst, aber du erzählst mir nichts mehr. Warum? Wir sollten von nun an ehrlich zueinander sein. Keine Lügen, keine Ausflüchte, auch wenn du mich danach vielleicht hasst.«

»Warum sollte ich dich hassen?« Ihre Kehle schnürte sich zu. Sie hatte ernsthaft geglaubt, er würde noch einmal um ihre Hand anhalten, stattdessen ritt er wieder auf dem üblichen Thema herum. »Der Unfall hat wohl meinen Verstand in Mitleidenschaft gezogen«, begann sie zögerlich. »Ich erzähle dir nichts, aus Angst, du würdest mich für verrückt halten. Ich kann mich ja nicht mal mehr an das Unwetter erinnern.«

Anstatt besorgt zu wirken, lächelte er. »Erzähl mir alles, was dir verrückt vorkommt.«

»Warum erzählst du mir nicht endlich, woran ich mich nicht mehr erinnere?«

Er schwieg einen Moment, dann fragte er: »Was weißt du über Wölfe?«

Sie erstarrte. »Wölfe? Wie kommst du gerade auf diese Tiere?«

Sein Lächeln schwand. »Meine Frage scheint dich zu schockieren.«

Rasch schüttelte sie den Kopf. »Ja und nein. Tatsächlich träume ich seit Tagen von Wölfen.«

Morgan holte tief Luft und zerdrückte fast ihre Hand. Schnell ließ er locker. Wieso war er bloß so nervös?

»Ich bin nicht der, für den du mich hältst. Das wollte ich dir schon ewig sagen.« Er senkte den Blick und atmete lange aus.

Sanft lächelte sie. »Das weiß ich doch.«

Erstaunt sah er auf. »Du weißt es?«

Sie grinste bis über beide Ohren. »Du bist kein Pirat.«

Kopfschüttelnd erwiderte er: »Das meinte ich nicht. Ich bin … kein … normaler Mann.« Anstatt sie anzusehen, starrte er auf die blutrote Sonne. Sie mussten sich bald auf den Rückweg machen. In einer halben Stunde würden sie nicht einmal mehr die Hand vor Augen sehen.

Sie überlegte fieberhaft, wovon er sprach, und malte Kreise in den Sand. »Wieso bist du kein normaler Mann?«

»Still!«, unterbrach er sie plötzlich und legte den Kopf schief. »Da kommt jemand!« Er sprang auf die Beine und half ihr nach oben. »Verlegen wir das Gespräch auf spät...« Da zog er den Degen aus seinem Gürtel und baute sich vor ihr auf.

»Was ist denn?«, flüsterte sie hinter ihm. Außer ihrem rasenden Herzen hörte sie nur das Meeresrauschen. Suchte er einen Grund, ihr Gespräch zu beenden?

»Männer.« Geräuschvoll sog er die Luft durch die Nase. »Eine ganze Meute. Sie verstecken sich hinter den Dünen. Und es sind nicht meine Männer.«

Sie konnte nichts erkennen. »Nicht deine Männer?«

»Ich tippe auf Piraten.«

Piraten?! War er sicher? Patricia schluckte. »Dann lass uns lieber schnell zurückgehen.«

»Zu spät.«

Eine Gestalt nach der anderen löste sich aus den Schatten der Dämmerung und marschierte über die Dünen auf sie zu. Davon sah eine furchteinflößender aus als die andere. Manche trugen Augenklappen, andere funkelnde Ohrringe, aber alle waren sie bewaffnet. Pistolen, Messer und Knüppel leuchteten im letzten Licht der Sonne blutrot auf.

Patricia zitterte. »Was wollen die von uns?« Sie waren eingekesselt, denn hinter ihnen lag das Meer.

»Keine Ahnung, aber das werden wir herausfinden.«

Plötzlich stürzten die Piraten unter lautem Geschrei auf sie zu. Patricia presste die Hände auf die Ohren und sackte hinter Morgan in den Sand. Sie waren nur zu zweit, die anderen so viele mehr.

Morgan verstand kein Wort von dem, was die Meute brüllte. Die Piraten schienen zum größten Teil spanisch zu sprechen. Gut organisierte Piratennester gab es von hier bis Madagaskar – er hätte auf der Hut sein sollen.

Als der erste Pirat ihn erreichte, hatten sich bereits seine Fänge und Klauen verlängert. Er holte mit dem Degen aus und versuchte, den Gegner zu töten, traf aber nur dessen Klinge.

Metall krachte auf Metall, schon stand der nächste bei ihm.

Morgan zog mit der anderen Hand die Pistole, um dem Kerl mitten in die Brust zu schießen. Der Mann kippte nach hinten in den Sand und rührte sich nicht mehr.

Keiner schoss auf ihn oder Patricia. Was auch immer die Piraten von ihnen wollten, sie brauchten sie lebend.

Morgan fauchte die anderen an. Daraufhin blieben sie in einigem Abstand zu ihnen stehen. Es waren bestimmt dreißig Männer. Auch wenn er sich in einen Wolf verwandelte, würde er nie gegen sie alle bestehen.

Er drehte sich im Kreis und fauchte sie weiterhin wütend an. Dabei sah er auch, dass sich Patricia die Hand vor den Mund geschlagen hatte. Ihre Augen waren riesig und nicht auf die Piraten gerichtet, sondern allein auf ihn.

»Oh Gott, Morgan ...«

Es tat ihm leid, dass sie es so erfahren musste. Seine Muskeln spannten, seine Knochen knackten. Der Wolf lauerte dicht unter der Oberfläche. Morgan hatte sich bisher nicht mehr in ein Tier verwandelt, doch er spürte instinktiv, dass er die Verwandlung kaum noch zurückhalten konnte. Als Wolf war er stärker, außerdem hatte er nur noch eine Kugel im Lauf. Und er musste seine Gefährtin beschützen.

Er konnte sich nicht vorstellen, was genau die Piraten von ihm wollten. Vielleicht sein Schiff, die Ladung, oder ... Großer Gott, was war, wenn sie Patricia wollten und deshalb nicht schossen, um sie nicht zu verletzen? Eine Frau aus reichem Hause brachte eine Menge Lösegeld!

Doch sie konnten unmöglich wissen, wer Patricia war. Leider hatte jeder Mann in Kapstadt in den letzten Tagen ihre Schönheit bewundern können. Sie würde zumindest eine wertvolle Sklavin abgeben.

Er verfluchte sich für seine Leichtsinnigkeit. Sie hätten sich niemals so weit von der Stadt entfernen dürfen!

Als einer der Piraten einen Schrei ausstieß, liefen sie erneut auf sie zu. Morgan kämpfte verbissen, setzte seine Klinge und die Klauen ein. Er schrie gegen den Lärm des Kampfes an, Patricia solle zurück zum Schiff laufen, doch da sah er, wie zwei Männer sie unter den Armen packten und davonzerrten.

Sie trat um sich, versuchte die Männer zu beißen, sie schrie und tobte – vergeblich.

In Morgan stieg eine nie gekannte Wut auf. Mit Degen und Klauen zog er eine blutige Schneise durch die Gruppe der zerlumpten Männer. Doch es waren einfach zu viele. Verbissen kämpfte er gegen die Übermacht, wobei er den Degen so schnell führte, dass er die Klinge kaum ausmachen konnte.

Ein Schuss zerriss das Kampfgetümmel – ein schmerzhafter Stich raste durch seinen Oberschenkel. Er sackte in den Sand und Patricia schrie.

Blut lief aus der Wunde und färbte den Stoff seiner Hose dunkel. Trotz Schmerzen stand er wieder auf. Er hatte nur ein Ziel: seine Gefährtin zu beschützen.

Patricia schnappte nach Luft. Erst als ihre Kehle schmerzte, bemerkte sie, dass sie schrie. Sie hatten auf Morgan geschossen!

Einer der Piraten, der wohl der Anführer war, schlug dem Schützen mit der Faust ins Gesicht und deutete auf seine Waffe. Offenbar wollten sie Morgan lebend.

Der heulte auf und sank auf alle viere. Seine Kleidung riss an mehreren Stellen ein, dunkle Haare sprossen hervor. Sein Kopf verlängerte sich, aus Nase, Mund und Kinn bildete sich eine Schnauze.

Er hatte sich in einen riesigen Wolf verwandelt!

Patricia zwinkerte und hoffte zu träumen, hoffte so sehr, dass der Piratenüberfall nur ein Albtraum wäre, aber der Wolf kam ihr bekannt vor, und sie hatte keine Angst vor ihm.

Sofort richteten sämtliche Piraten die Waffen auf ihn, aber der Anführer deutete auf das große Netz, das zwei Männer mitführten.

Morgans Knurren ging ihr durch und durch. Schritt für Schritt näherte er sich ihr, und die Männer wichen zurück. Blut sickerte durch sein Fell und färbte den Sand dunkel.

Als plötzlich eine Schattengestalt über den Strand angeschossen kam, traute Patricia ihren Augen kaum. Erst als der Schatten stehen blieb, erkannte sie Andrews blonden Schopf. Er schnappte sich den erstbesten Piraten und riss ihm die Kehle auf. Mit seinen Fängen!

All ihre Visionen und Träume waren wahr, sie hatte sich das nicht eingebildet. Morgan war ein Wolfsmann, Andrew ein Vampir! Die Haut der einen Gesichtshälfte, die der glutroten Sonne zugewandt war, bildete Blasen, aber das schien ihn nicht zu stören.

Während Morgan versuchte, in seiner Wolfsgestalt zu ihr durchzudringen und nach jedem schnappte, der sich ihm in den Weg stellte, schossen die Piraten auf Andrew und riefen: »Vampiro!«

Als eine Kugel direkt in Andrews Stirn einschlug, konnte sich Patricia wieder an alles erinnern. Oh Gott, Morgan war nicht nur Wolfswandler, er war ihr Gefährte! Sie hatten die Bindung vollzogen!

»Morgan!«, rief sie und versuchte sich weiterhin aus dem festen Griff der zwei Männer zu winden, die so einen üblen Geruch verströmten, dass sie sich allein davon fast übergeben musste. »Morgan, ich erinnere mich! Ich liebe dich!« Tränen liefen ihr über das Gesicht und ein starkes Gefühl der Verbundenheit überwältigte sie beinahe. Sie musste zu ihm und rammte mit aller Kraft die Füße in den Sand. »Morgan!«

Er heulte auf, als er Andrew am Ufer liegen sah. Er rührte sich nicht. War er tot? Konnte ein Kopfschuss einen Vampir töten? Patricia wusste es nicht.

Als Morgan an ihm schnüffelte, näherte sich ihm blitzschnell ein Pirat von hinten und zog ihm mit einem dicken Stock eins über den Kopf. Sofort brach er neben Andrew zusammen.

»Morgan!«, schrie sie und wollte zu ihm, doch zu viele Hände zogen und zerrten an ihr und schließlich stopfte ihr jemand ein schmutziges Tuch in den Mund.

Sie sah, wie Morgan den buschigen Kopf schüttelte und die Pfote nach ihr ausstreckte, während sie sich immer weiter von ihm entfernte. Er heulte noch einmal auf, bevor der Mann den Stock ein weiteres Mal auf seinen Kopf krachen ließ und er regungslos am Boden liegen blieb.

MORGAN! N E I N!, schrie sie in Gedanken und erkannte nur noch, wie in weiter Ferne Morgans Crew brüllend auf sie zugelaufen kam, bevor ihr ein Sack über den Kopf gestülpt wurde und vollkommene Schwärze sie einhüllte.

***

Patricia saß in der Dunkelheit und weinte bitterlich. Die Piraten hatten sie auf ihr Schiff geschleppt und in einem stockdunklen Lagerraum angekettet.

Immer wieder huschte etwas quiekend über ihre Füße, und sie stand Todesängste aus; wenn sie zuckte, klirrten die Ketten.

Was war mit Morgan geschehen? War er tot?

Jegliches Gefühl für Zeit verloren, kauerte sie in der Schwärze, mit nur einem einzigen Bild vor Augen: Morgan, wie er neben Andrew am Strand zusammengebrochen war. Der Pirat hatte brutal auf ihn eingeschlagen, das konnte er unmöglich überlebt haben. Und erst diese schreckliche Schusswunde an seinem Bein ... Und Andrew, war er wirklich tot? Patricia hatte sich nach dem Kopfschuss sofort an alles erinnern können. Andrew hatte ihre Gedanken manipuliert!

Falls Morgan nicht mehr lebte, würde sie das spüren? Er war ihr Gefährte, ihr Partner. Wie furchtbar musste es für ihn gewesen sein, dass sie sich an nichts mehr hatte erinnern können. Wieso hatte er sich ihr nicht noch einmal in seiner Wolfsgestalt gezeigt? Weil er genauso viel Angst gehabt hatte, er könne sie erneut verlieren, wie sie geglaubt hatte, er würde sie für verrückt halten?

Ob die Mannschaft noch rechtzeitig eingetroffen war, um die beiden retten zu können? Oder hatten die Piraten ihn mitgenommen und er befand sich ebenfalls an Bord? Es hatte zuerst so ausgesehen, dass sie ihn lebend wollten, bis Andrew hinzugestoßen war ...

Fragen über Fragen, aber sie lenkten Patricia ein wenig ab. Sie versuchte, sich an ein Gedicht von John Donne zu erinnern, aber ihr wollte keines einfallen. Ihre Furcht lähmte sie.

»Donne sagt, wenn sich zwei Menschen wirklich lieben, fühlt sich jeder Abschied wie der Tod an«, flüsterte sie in die Dunkelheit, doch ihre Stimme zu hören, verringerte ihre Angst nicht.

Wie fühlte sich dann erst der Tod eines geliebten Menschen an? Gab es eine Steigerung von Tod? Und war Morgan denn ein Mensch?

Als sie hörte, wie der Schlüssel im Schloss gedreht wurde und sich die massive Holztür quietschend öffnete, versuchte sie, tiefer in den Bauch des Schiffes zurückzuweichen, aber die Ketten hinderten sie daran. Die schweren Eisenglieder scheuerten an ihren Gelenken.

Sie kauerte sich in die Ecke, doch sofort zerrten Hände an ihr. Geblendet durch die helle Lampe, die ihr jemand vor die Augen hielt, konnte sie die Gesichter der Männer nicht erkennen, die ihr die schweren Ketten abnahmen. Außerdem verstand Patricia kein Wort von dem, was sie sprachen.

Lieber Gott, bitte hilf mir!, betete sie und hoffte, dass die Männer es schnell hinter sich bringen würden, was auch immer sie mit ihr vorhatten.

Sie nahm die Ausdünstungen ihrer Körper wahr und roch den faulen, nach Rum stinkenden Atem. Grölend und lachend zerrten sie Patricia eine Leiter nach oben, bis sie sich in einem großen Raum wiederfand, der sie an den Salon auf Morgans Fregatte erinnerte.

Die Männer bildeten einen Kreis um sie, wobei sie von einem zum anderen geschubst wurde.

»Venga!« Ein junger Kerl, der ihr grob an den Busen langte, grinste sie an, bevor er sie an seinen Nachbarn weitergab.

»Tienes ojos bonitos«, sagte dieser mit einem lüsternen Ausdruck in den Augen.

Oh mein Gott! Hatte sie sich damals bei ihrer Ankunft auf der *Mariah* nicht ausgemalt, was Morgans Männer mit ihr anstellen würden? Zum Glück hatte sich herausgestellt, dass seine Leute keine Piraten waren, aber diese hier … eindeutig!

Der Nächste, der sie im Arm hielt, hauchte »Bésame«, und presste seinen Mund auf ihren.

Patricia unterdrückte ihre aufsteigende Übelkeit und biss dem aufdringlichen Kerl in die Lippe.

Mit funkelnden Augen wischte er sich das Blut ab, bevor er ihr hart ins Gesicht schlug. Der gewaltige Schmerz traf sie wie ein Schock. Für einen kurzen Moment wurde ihr schwarz vor Augen, wobei Millionen winziger Sterne einen wilden Tanz in der Dunkelheit aufführten.

Wie hatte sie nur jemals denken können, Piraten hätten einen Sinn für Romantik? Das waren Barbaren! Sie hatten nichts mit den Männern auf Morgans Schiff gemein.

»Déjalo ya«, donnerte plötzlich eine Stimme durch den Raum, woraufhin das Gelächter der Männer verstummte.

Patricia wusste sofort, wer von den Piraten »El Capitán« war. Die Mannschaft teilte sich und ein großer Mann trat in ihre Mitte. Er trug einen blauen Rock mit goldenen Epauletten, der unverkennbar einmal einem britischen Marineoffizier gehört hatte. In dem wettergegerbten Gesicht mit dem wirren, dunklen Vollbart, glänzten grimmige Augen. An einem Gürtel, der um seine Schulter hing, trug er eine Vielzahl an Waffen: mehrere Messer, Pistolen und zwei Degen.

Gegen diesen Mann wirkten die anderen Piraten wie Schoßhündchen.

Er warf Patricia einen Blick zu, den sie nicht deuten konnte, bevor er sich an seine Mannschaft wandte und einen Mann etwas fragte. Es war derjenige, der versucht hatte, sie zu küssen. Seine Lippe war dunkelblau angeschwollen und blutete noch immer leicht, doch er schien das nicht zu bemerken. Er beantwortete die Frage des Kapitäns mit nur einem einzigen Wort, das sogar Patricia verstand: »Muerto!« Tot.

Der Piratenkapitän nickte zufrieden, aber Patricia zerriss es das Herz.

Tot. Morgan war tot.

Der Kapitän riss am Kragen ihres Kleides und deutete auf ihren Hals. »Vampiro!«

Sofort wichen die Piraten zurück und verstummten.

Morgan ist tot, waren ihre einzigen Gedanken. Er musste es sein, solche harten Schläge überlebte niemand.

Was »El Capitán« mit ihr anstellte, bekam sie nur am Rande mit. Er diskutierte mit den Männern und deutete immer wieder auf ihren Hals.

Morgans Mal. Dort hatte er sie gebissen, von ihrem Blut getrunken. Und sie hatte seines gekostet, um das Band zu besiegeln. Dachten die Piraten, ein Vampir hätte sie gebissen?

Morgan ... Ihre Kehle schnürte sich zu, der Schmerz in ihrem Herzen zerriss sie beinahe.

Der Kapitän stieß sie zwischen den Leuten hindurch in seine Kajüte und warf sie unsanft auf das Bett.

Das alles war ihr mit einem Mal egal. Sie war tot. Gestorben.

Ja, so musste es sein, denn sie fühlte nichts außer einem kalten, bohrenden Schmerz, der ihr Herz wie ein scharfes Messer Stück für Stück zerschnitt ...

Kapitel 11 – Zurück in Brixham

Morgan trabte auf seinem Pferd eine Allee entlang, die zum Herrenhaus der Salesburys führte. Es war ein warmer Spätsommertag, der Himmel strahlend blau, die Vögel zwitscherten fröhlich, doch in ihm herrschte dieselbe Düsternis wie seit unzähligen Wochen. Wie sollte er Patricias Eltern beibringen, dass ihre Tochter von Piraten entführt wurde? Vielleicht wussten sie aber auch schon Bescheid, denn dieses Gesindel wartete meist nicht lange mit einer Lösegeldforderung.

Falls sie nicht auf dem Sklavenmarkt gelandet war. Oh Gott, diese Vorstellung brachte ihn fast um!

Er musste endlich wissen, was aus ihr geworden war, ob sie überhaupt noch lebte, wie es ihr ging ... Er musste sie finden! Dafür würde er alles tun.

Jeden Tag seit ihrem Verschwinden war er durch die Hölle gegangen, jeden Tag tausend Tode gestorben. Er spürte, dass sie lebte. Henry hatte ihm versichert, er würde mitbekommen, wenn die Verbindung brach.

Was, wenn sie tatsächlich als Sklavin verkauft worden war oder Schlimmeres ...

Diese Gedanken schüttelte er sofort ab. Er fühlte sich unendlich machtlos. Seitdem sie nicht mehr bei ihm war, hatte sein Leben keinen Sinn mehr. Er überstand die Stunden nur, weil er immer noch hoffte, sie eines Tages wieder zu sehen. Und er würde sie zurücknehmen, oh ja, das würde er, egal, was die Piraten ihr angetan hatten. Er würde sie von ganzem Herzen lieben und das Leben wieder zu ihr zurückbringen. Ihr Leben und seines – denn in seinem Innersten war ein Teil gestorben, als sie ihm Patricia entrissen hatten.

Beinahe wünschte er, er wäre dort am Strand umgekommen. Jede Nacht suchten ihn die Bilder heim, und bei Vollmond waren die Visionen von seinem

Beinahe-Tod besonders schlimm. Ohne Bingley wäre er gestorben. Der Doc war gestorben, zumindest hatte er für einen Vampir verdammt nah an der Schwelle zur ewigen Verdammnis gestanden. Anders konnte sich Morgan nicht erklären, warum Patricia plötzlich wieder alles gewusst hatte. Oder stand die wahre Liebe über einem Vampirzauber? Immerhin hatte sie sich zuvor schon an ein paar Dinge erinnern können.

Er würde es wohl nie erfahren.

Billy war mit seiner Crew über den Strand gekommen und die Piraten hatten das Weite gesucht. Morgan hatte sich mittlerweile in einen Menschen zurückverwandelt und war auf einem Auge blind. Die Piraten hatten ihm den Schädel zertrümmert, und die Wunde an seinem Bein blutete stark. Er spürte, wie das Leben aus ihm herauslief, und kämpfte gegen den Tod an. Er würde nicht sterben, bevor er Patricia nicht gerettet hatte, egal wie groß die Schmerzen waren.

Blut lief in sein gesundes Auge, doch er erkannte, wie sich die Kugel aus Bingleys Stirn schob und sich die Wunde langsam schloss. Auch die durch die Sonne verbrannte Haut heilte, denn mittlerweile war die goldene Scheibe im Meer versunken.

Die Selbstheilungskräfte eines Vampirs waren phänomenal. Morgan beneidete den Doc manchmal dafür, aber der musste auf so vieles verzichten: Tageslicht, normales Essen …

»Andrew!« Billy warf sich neben Bingley und hielt ihm schluchzend sein Handgelenk hin. »Trink!«

»Warte«, sagte er, biss sich selbst ins Handgelenk und streckte den Arm aus, bis er an Morgans Mund zu liegen kam. »Trinken Sie von mir, Captain, oder Sie machen nicht mehr lange.«

Erst als das Blut Morgans Kehle hinabbrann, biss der Doc zaghaft in Billys Haut …

Ohne Bingley wäre er jetzt tot. Er stand für immer in seiner Schuld. Doch auch seiner Crew war er unendlich dankbar. Wäre sie nicht aufgetaucht, hätten die Piraten ihn wohl ebenfalls mitgenommen.

Ohne seine Mannschaft war er auf einem Paketschiff nach England gesegelt, während seine Leute nach Indien weiterreisten.

Zurück in Brixham hatte er sofort bemerkt, dass jemand in seiner Wohnung eingebrochen hatte. Auch wenn es keine Spuren gab, die Gerüche hatten eine eigene Sprache gesprochen. Und Morgan kannte den Duft beider Männer: Der eine gehörte zu Murray, der andere dem Jäger Gardener. Was zur Hölle hatten die beiden bei ihm gesucht? Was hatten die zwei überhaupt miteinander zu tun? Ihm schwante Schlimmes. Machte sein Bruder gemeinsame Sache mit dem Jäger?

Sofort hatte Morgan seinen Kontaktmann in Brixham aufgesucht, einen alten Hexer, der eine Apotheke besaß. Der hatte ihm erzählt, dass sein Bruder ihn für tot hielt. Offenbar war die Nachricht über den Überfall der Piraten bereits zu ihm durchgedrungen, ansonsten schien keiner in Brixham davon gehört zu haben. Wie seltsam. Außerdem sollten Gardener und Murray öfter zusammen gesehen worden sein. Morgans Verdacht bestätigte sich.

Froh, sich noch bei niemandem zurückgemeldet zu haben, hatte er sich bedeckt gehalten, hatte seine Instinkte und Sinne eingesetzt, um Spuren zu finden. Niemand sollte wissen, dass er noch lebte und nach Patricia suchte. Morgan vermutete stark, dass auch Pittys Verschwinden etwas mit alldem zu tun hatte. Und hinter allem schien Gardener, der Jäger zu stecken. Leider hielt er sich offenbar aktuell nicht in England auf, und Murray wollte er auch nicht befragen, bevor er nicht wusste, was mit Patricia geschehen war.

Obwohl sie und er füreinander bestimmt schienen, hatte das Schicksal offenbar andere Pläne. Sie sollten nicht zusammen sein. Sollte Patricia noch leben, musste er sie freigeben. An seiner Seite wäre sie nie vor den Jägern sicher.

Ein Stallbursche eilte in seine Richtung, als er in den Hof ritt, und nahm das Pferd entgegen. Das dreistöckige Herrenhaus der Salesburys glich beinahe einem Schloss, so prachtvoll waren seine Fassaden. Die Familie musste wirklich sehr reich sein. Über der großen Eingangstür prangte das blau-gelbe Wappen der Salesburys, das ein weißes Pferd und einen grünen Vogel zeigte.

Ein aufmerksamer Diener empfing ihn und meldete ihn sogleich an. Allerdings nannte Morgan hier seinen richtigen Namen. Sollte Patricia im Haus sein, musste sie wissen, dass es ihm gutging und er alles unternommen hatte, um sie zu finden. Er würde nie ihre verzweifelten Blicke vergessen, als erst die Kugel, dann der Knüppel ihn getroffen hatte ...

Kurze Zeit später stand er in einer geräumigen Eingangshalle der Hausherrin gegenüber. Er glaubte, einen Hauch von Patricias Parfum zu vernehmen, der aber schon älter war, und sein Herzschlag beschleunigte sich. Am liebsten wollte er nach oben laufen, um zu sehen, ob sie da war. Doch ihr Geruch lag überall im Haus, schließlich hatte sie ihr Leben lang hier gewohnt.

»Mr Ryall, was kann ich für Sie tun?« Die große Frau besaß unverkennbar Patricias Augen, ihr Haar hingegen war hellbraun. Falten lagen um ihre Mundwinkel, die Lippen hatte sie zusammengepresst.

»Es geht um Ihre Tochter«, brachte er mühsam hervor.

Ihre Augen nahmen einen harten Ausdruck an und ihre gesamte Haltung wirkte verkrampft.

Oh Gott, wie sollte er es ihr nur erklären? »Ich war der Kapitän auf dem Schiff, mit dem Ihre Tochter nach Amerika segeln wollte ... Wie soll ich es Ihnen nur sagen ... Sie wurde von Piraten entführt.« Er stieß gepresst die Luft aus.

»Das wissen wir bereits«, erwiderte Patricias Mutter steif. Ihr Kinn reckte sich in die Höhe, ihr scharfer Blick schnitt ihm regelrecht ins Fleisch. »Und ich bitte Sie, kein Wort an die Öffentlichkeit zu verlieren, niemand in Brixham weiß darüber Bescheid! Das Ansehen unserer Familie steht auf dem Spiel!«

Morgan erstarrte. »Haben sie eine Lösegeldforderung gestellt? Wo wird Patricia festgehalten?«

»Bitte gehen Sie jetzt, Captain!« Resolut zog sie ihn in Richtung Tür.

»Warum? Was ist passiert? Ich muss wissen, wie es ihr geht!« Mühsam unterdrückte er das Herausfahren seiner Klauen. »Ist sie hier?«

»Ich bedaure Ihnen mitteilen zu müssen, dass sie nicht mehr unter uns weilt. Und jetzt gehen Sie, und zu keinem ein Wort!«

Morgan stolperte die Stufen hinunter in den Hof, die Tür fiel laut hinter ihm ins Schloss. Plötzlich bekam er keine Luft mehr.

Patricia war tot? Nein. Nein! Henry hatte doch gesagt, er würde spüren, wenn sie …

»Patricia …« Sämtliche Kraft wich aus seinen Beinen. Er stützte sich gegen den nächsten Baum und erbrach sich in die Wiese. Die Welt um ihn herum färbte sich schwarz, sein Magen war ein einziger eisiger Klumpen. »Patricia …« Ein gigantischer Schmerz bohrte sich wie ein glühendes Eisen in seine Brust, wobei sich sein Magen abermals verkrampfte.

Seine Stirn fiel gegen die raue Rinde des Stammes, und es störte ihn nicht, dass sie ihm die Haut abschürfte. Mit geschlossenen Augen rutschte er immer tiefer daran herab und trieb seine Klauen in die Borke.

Er verspürte nur noch den Drang sich in einen Wolf zu verwandeln und so lange zu laufen, bis er vor Erschöpfung zusammenbrach. Er wollte diesen Schmerz nicht mehr fühlen.

»Mister! Mister!« Als er die Stimme einer Frau hörte, kam er langsam wieder zu sich. Er musste hier weg, durfte sich nicht vor anderen verwandeln. Eine halbe Meile entfernt erstreckte sich ein riesiges Waldstück. Bis dorthin musste er es irgendwie schaffen.

»Mister!«, rief die Frau wieder. »Kommen Sie hinter die Hecke!«

Morgan erhob sich mühsam und taumelte auf die Büsche zu, die den Eingang zu einem kleinen Garten bildeten.

Er schwankte um die Ecke, nicht wissend, warum er auf diese Stimme hörte, aber irgendetwas riet ihm dazu, sie nicht zu ignorieren. Vielleicht wartete dort der Todesengel auf ihn. Er war bereit, auf der Stelle mit ihm zu gehen.

Stattdessen traf er auf eine Frau mittleren Alters, die ihn am Ärmel packte und weiter in den Garten hineinzog.

»Ich weiß, wo die junge Lady ist, falls Sie sie sehen möchten.« Die Lippen der molligen Frau bewegten sich, doch die Worte schienen zeitversetzt aus ihrem Mund zu kommen.

»Ihr Grab sehen?« Nein, das würde er nicht verkraften.

Die Frau tätschelte ihm mütterlich, aber sehr kräftig die Wange. »Sie lebt jetzt bei ihrer Tante auf dem Land«, erwiderte sie freundlich, aber ein wenig besorgt. Immer wieder blickte sie sich nervös um, so als habe sie Angst, von irgendwem entdeckt zu werden. »Sie sehen schlecht aus, Mister.«

»Sie lebt?« Morgan konnte es nicht glauben, doch er kam nicht dazu, weiter darüber nachzudenken, weil die kleine Frau unaufhaltsam auf ihn einredete.

»An einem Abend vor zwei Wochen stand die junge Lady plötzlich vor der Tür«, erzählte sie. »Die Herrschaften meinten, Lady Patricia habe Schande über die Familie gebracht und sie noch in derselben Nacht verstoßen. Das arme Kind, wo sie doch gerade so viel mitgemacht hat! Und die Dienerschaft musste einen Eid ablegen, mit niemandem darüber zu reden.« Sie packte Morgans Arm. »Piraten, können Sie das glauben! Ihre eigene Familie hat das arme Ding einfach vor die Tür gesetzt.« Die Frau schien sichtlich entsetzt, doch in Morgan keimte neue Hoffnung auf. Patricia lebte!

Plötzlich fühlte er sich wie neu geboren. »Wo ist sie jetzt, geht es ihr gut?« Er packte die Bedienstete an den Schultern, als ob er die Worte aus ihr herausschütteln wollte.

»Ihr Bruder hat sie noch in derselben Nacht nach Dartmouth gefahren, zu ihrer Tante, Miss Hamilton. Lady Patricia hat nicht gewusst, wo sie sonst hin sollte, aber sie hat gesagt, falls Sie hier erscheinen, Captain, solle ich Ihnen unbedingt erzählen, wo sie ist.«

»Ihr Bruder?« Jetzt erinnerte er sich, dass sie ihn einmal erwähnt hatte, aber das schien Jahre her.

»Der junge Lord kümmert sich um sie, Gott möge ihn auf ewig beschützen«, erklärte die Angestellte.

Morgan hätte vor Freude in die Höhe springen mögen. Ihr Bruder! Er würde ihm später danken, doch zuerst galt es, Patricia wieder zu sehen.

Am liebsten hätte er die Frau durch die Luft gewirbelt! Wenn er nicht erfahren hätte, dass Patricia lebte … Er wollte nicht darüber nachdenken. »Ich danke Ihnen, Miss …«

»Rosalind, einfach Rosalind.«

Halb lachend und halb weinend drückte er ihr einen Kuss auf die rosige Wange. »Vielen Dank, Rosalind, das werde ich Ihnen nie vergessen. Wenn ich irgendwas für Sie tun kann …«

»Richten Sie Patricia liebe Grüße von mir aus. Und jetzt gehen Sie! Wir haben uns niemals gesehen.« Schon machte sie auf dem Absatz kehrt und verschwand durch einen Seiteneingang ins Haus.

Rosalind … hieß so nicht die Frau, die Patricia über Männer aufgeklärt hatte? Sollte er seine Gefährtin gesund und munter antreffen, würde er sie für den Rest des Tages in den Armen halten. Er wollte nur noch mit ihr zusammen sein und sie alles Schreckliche vergessen lassen.

***

Morgan trieb das arme Pferd unerbittlich voran. Er wollte vor Einbruch der Nacht in Dartmouth ankommen. Wenn er Patricia nicht bald zu Gesicht bekäme, würde er durchdrehen, doch zum ersten Mal seit Wochen fühlte er sich, als könnte er Bäume ausreißen.

Kurz vor Sonnenuntergang kam er bei dem Cottage an. Er hatte in Dartmouth mehrere Passanten fragen müssen, um den Weg zu finden. Einsam und verlassen lag es inmitten grüner Hügel, umgeben von einer unebenen Mauer aus Naturstein. Lichter brannten hinter den kleinen Fenstern, aber die Vorhänge erlaubten keinen Blick nach innen.

Eine geschlossene Kutsche stand vor einem Stall. Morgan erkannte das blaugelbe Wappen der Salesburys darauf. Zum ersten Mal schaute er es sich genauer an. Es zeigte ein weißes auf den Hinterbeinen stehendes Pferd mit Flügeln, ihm gegenüber war ein grüner Vogel in roten Flammen abgebildet. Morgan stutzte. Oben auf dem Wappen saß ein goldener Wolf.

Er führte sein Tier an dem Gefährt vorbei und band es im Unterstand neben zwei weiteren Pferden fest. Danach klopfte er wie ein Besessener an die Tür des kleinen Hauses, bis sie von einem schwarzhaarigen Mann aufgerissen wurde.

»Was kann ich für Sie tun?«, fragte er barsch und kniff die Lider zusammen.

»Ich möchte zu Patricia ... Lady Patricia«, antwortete er atemlos. Seine Lungen brannten wie Feuer und seine Kleidung klebte an seinem feuchten Körper.

»Wer sind Sie?«, wollte der Mann wissen. Er war so groß wie Morgan, nur schlanker und vermutlich wenige Jahre jünger, dennoch eine respektvolle Erscheinung. Er trug weiße Breeches, kniehohe Stiefel sowie einen dunkelgrünen Frack.

Morgan hatte seine beste Kleidung angezogen, dennoch reichte das Material von der Eleganz nicht ansatzweise an die seines Gegenübers heran.

Morgan wippte von einem Bein auf das andere, wobei er versuchte, einen Blick über die breiten Schultern des jungen Mannes zu erhaschen. »Morgan Ryall, Sir.«

»Captain Ryall?«

»So ist es.«

»Verschwinden Sie auf der Stelle von hier!« Die Faust des Mannes traf ihn mit voller Wucht am Kinn, sodass er rückwärts auf den Kiesweg stürzte.

Sofort kam er wieder auf die Beine und rieb sich über die pochende Stelle. »Was soll das?«, knurrte er, hielt aber die Bestie unter der Oberfläche, denn er roch seine Gefährtin, er roch Patricia, überall! Der Herzschlag dröhnte in seinen Ohren, seine Hände zitterten. Er musste sie sehen!

»Sie haben schon genug Schaden angerichtet, Captain!«

Eine alte Frau mit grauem Haar tauchte plötzlich hinter dem Mann auf. An einer Kette um ihren Hals hing ein Lorgnon. Sie hielt die Seehilfe am Griff und schaute durch die Gläser. »Benedict. Was ist hier los?«

Er drehte sich nicht zu ihr um. »Geh wieder ins Haus, Tante Jane.«

Morgan straffte die Schultern. Der Schlag hatte gesessen, doch noch einmal würde er sich nicht überrumpeln lassen. Er würde Patricia zu Gesicht bekommen, auch wenn er sich mit diesem Mann duellieren musste.

War das etwa Benedict Black, dem sie einst diesen Liebesbrief geschrieben hatte? War er Patricias Verlobter oder bereits ihr Mann? Sie hatten nie genauer über Benedict gesprochen. Morgan hatte das Thema verdrängt, als sie sich für ihn entschieden hatte. Aber Morgan war nicht hier gewesen, als sie zurückgekommen war …

»Bitte, Mr Black, lassen Sie mich zu ihr!«

Der junge Mann blickte ihn erneut aus schmalen Lidern an. »Black?«

»Mylord …« Der Kerl war sicher ein Adliger.

Er atmete tief durch, um ihm nicht an die Kehle zu springen. Patricias Duft war auch überall auf ihm! »Ich möchte sie nur einmal sehen. Ich muss wissen, ob es ihr gut geht, dann verschwinde ich.« Das war sein Ernst. Aber er würde in der Nähe bleiben, für immer über sie wachen, auch wenn sie einem anderen gehörte. So war es ohnehin besser. Bei Morgan lebte sie gefährlich, die Jäger würden nicht ruhen, bis sie auch die letzten Andersartigen getötet hatten.

»Sie verschwinden lieber gleich, bevor ich Sie umbringe!«

Er konnte den Hass des Mannes verstehen. Schließlich hatte sich Morgan an seine Verlobte herangemacht, mit ihr geschlafen und … Er beugte sich vor. Verdammt, das lila Band ihres Duftes schlängelte sich aus der geöffneten Haustür. Sie war dort drin, in diesem Moment!

Schwarze Flecken waberten vor seinen Augen, sein Kiefer kribbelte. Die Bestie wollte durchbrechen. Er musste zu seiner Gefährtin!

Er würde sich niemals von ihr fernhalten können, solange er in der Nähe blieb. Er würde niemals einen anderen an ihrer Seite dulden.

Er war verflucht.

»Benedict, um Himmels willen, was geht hier vor?« Morgan hörte ihre Stimme, noch bevor er sie sah, und aller Schmerz war mit einem Mal verflogen.

Seine Gefährtin drückte sich an Mr Black und ihrer Tante vorbei nach draußen. Dort erstarrte sie und blickte Morgan mit aufgerissenen Augen an, während sie die Finger in ihr Kleid krallte. Es war ein einfaches Kleidungsstück aus edlem Leinen mit Blumenstickerei, und es stand ihr hervorragend.

»Du bist hier …«, flüsterte sie, als ihre Beine nachgaben und er sie gerade noch auffangen konnte, bevor sie zu Boden fiel. »Du lebst!« Eng umschlungen kauerten sie auf den kühlen Stufen, wo Morgan sie festhielt und sie nie wieder loslassen wollte. Ihre Wärme, ihre Lebendigkeit und ihr Geruch stiegen ihm wie süßer Wein zu Kopf und berauschten ihn. Seine Gefährtin, sie lebte.

Er hatte sofort die kleine Wölbung ihres Bauches bemerkt. Die konnte nicht vom Essen herrühren, dazu war sie viel zu dünn. Erwartete sie ein Baby? Von ihm? Das traf ihn wie ein Schlag. Was, wenn sie eine Bestie gebar, wie er eine war?

Möglichst unauffällig schnüffelte er an ihr. Würde er das Kind wahrnehmen können? Sie roch wie immer, aber blass sah sie aus. Dunkle Ringe hingen unter ihren himmelblauen Augen, ihr Gesicht wirkte schmaler als sonst.

Patricia nahm seinen Kopf in die Hände. »Bist du es tatsächlich? Ich habe gesehen, wie sie dir …« Tränen kullerten über ihre bleichen Wangen, und er küsste sie weg. Benedict konnte ihn später dafür töten. Das war ihm jetzt egal. Alles, was zählte, hielt er in seinen Armen.

Zitternd atmete sie ein. »Wie hast du gewusst, dass ich hier bin?«

»Rosalind«, flüsterte er in ihr Ohr. »Ich soll dir schöne Grüße ausrichten.«

»Oh, diese gute Seele!« Sie schmiegte sich an seinen Hals und wollte nicht aufhören zu weinen.

»Geht es dir gut?«, fragte er, doch als sie ihm einen leidenschaftlichen Kuss auf die Lippen drückte, kannte er die Antwort.

Wie sehr er diese honigsüßen Lippen vermisst hatte! Sie lebte. Jetzt würde alles gut werden.

»Patricia!« Benedict riss sie von ihm fort.

»Lassen Sie Ihre Wut nicht an Ihrer Frau aus, Black!« Morgan war bereit für einen Kampf.

»Frau?« Patricia runzelte die Stirn.

»Black?«, fragte Benedict.

»Ihr seid nicht verheiratet?« Morgan hielt die Luft an.

Auf Patricias Gesicht breitete sich ein Lächeln aus. »Er ist mein Bruder!«

Vor Erleichterung wäre er beinahe in Ohnmacht gefallen. Er zog sie wieder in die Arme und küsste sie, mit allem was er war, mit jedem Atemzug und jedem Schlag seines Herzens. Er wollte nur sie, liebte nur sie, brauchte sie wie die Luft zum Atmen, wie Essen und Wasser. Wie sollte er es noch einmal durchstehen, von ihr getrennt zu sein?

Wäre Benedict bloß ihr Mann gewesen – so schrecklich das für ihn wäre, aber die Jäger saßen ihm im Nacken. Sobald sie erfuhren, dass er noch lebte ... Und was würden sie mit Patricia machen?

Er drückte sie ein Stück von sich und starrte auf die Wölbung ihres Unterleibs.

»Das erkläre ich dir später«, sagte sie leise, aber Benedict knurrte: »Es ist Ihres, Sie Wüstling!«

Morgan presste kurz die Lider aufeinander. Sie bekam tatsächlich ein Kind von ihm? Dann würde er bei ihr bleiben müssen, komme, was wolle. Er würde sie und das Kind beschützen. Irgendwo auf der Welt würde es einen Platz geben, an dem sie sicher waren. Doch seine Instinkte meldeten, dass hier etwas nicht stimmte. Auch sein Verstand sagte ihm, dass Patricia nicht schwanger sein konnte, zumindest würde man es jetzt noch nicht so offensichtlich bemerken. Und ihr Bäuchlein war deutlich zu erkennen.

Ein schrecklicher Gedanke formte sich in seinem Geist. Sie war doch nicht von zu Hause weggelaufen, weil sie bereits ein Kind erwartet hatte?

»Das reicht jetzt!« Benedict zerrte sie von ihm weg, aber Tante Jane stellte sich dazwischen. »Lasst uns reingehen, oder wollt ihr die ganze Nacht auf der Treppe sitzen?« Lächelnd wandte sie sich an Morgan. »Wir haben uns noch gar nicht vorgestellt. Ich bin Miss Hamilton, aber Sie dürfen Jane zu mir sagen.«

»Sehr erfreut, Miss Jane. Mein Name ist Morgan Ryall.«

Ihr Lächeln wurde breiter. »Ich weiß, schließlich habe ich schon viel von Ihnen gehört, Captain.«

Nachdem sie sich die Hände geschüttelt hatten, versperrte ihm Benedict den Weg. »Er kommt nicht rein!«

»Junger Mann, das ist immer noch mein Haus!«, tadelte Jane ihn.

Morgan hob beschwichtigend die Hände. »Ich möchte keinen Ärger machen. Ich werde mir in Dartmouth eine Unterkunft suchen.«

»Aber … Was ist mit Blacky?«, rief Patricia. »Hast du deinen Hund nicht dabei? Er wird doch sicher hungrig und durstig sein nach der langen Reise, und nicht jeder Gastwirt wird erfreut sein, so ein riesiges Tier im Stall zu haben. Blacky könnte die Pferde scheu machen.«

Oh, du schlaues Mädchen. Er könnte sie schon wieder küssen. »Ich habe ihn in der Nähe angebunden, schließlich macht er einigen Leuten Angst.«

Tief sah sie ihm in die Augen. »Ich habe keine Angst vor ihm.«

Ob sie wusste, wie viel ihm ihre Worte bedeuteten?

Patricia legte ihren Ich-will-unbedingt-haben-Blick auf und schaute Jane mitleidig an. »Darf Blacky hier bleiben, Tante? Ich werde mich auch um ihn kümmern.«

»Na gut, gegen einen Hund wird dein Bruder wohl nichts einzuwenden haben?«

»Von mir aus«, murmelte Benedict und verschwand leise schimpfend im Haus.

Kapitel 12 – Hexenzauber

Patricia kniete in der Küche am Boden und hatte die Arme um »Blackys« Hals gelegt. Ihre Finger im struppigen Fell vergraben, saß sie einfach nur da und kuschelte sich an das riesige Tier. Es war Morgan, und er war bei ihr. Egal, wie er aussah, Hauptsache, sie waren zusammen. Sie fühlte sich glücklich und gut aufgehoben dort am Boden mit ihm, auch wenn er gerade ein Wolf war. Wochenlang hatte sie ihn für tot gehalten, hatte sich jede Nacht in den Schlaf geweint. Daher würde ihr Bruder es nicht verbieten, wenn sie den Hund auf ihr Zimmer nahm.

Benedict hatte an der Haustür gewartet, bis Morgan sein Pferd aus dem Stall geholt und zwischen den grünen Hügeln verschwunden war. Fünf Minuten später kam der große Wolf elegant den Weg entlang gelaufen und hatte sich an Patricias Beine geschmiegt.

»Der Köter sieht wirklich furchteinflößend aus«, sagte Benedict. »Was ist das überhaupt für eine Rasse?« Er hielt sich im Hintergrund, nachdem Morgan ihn kurz angeknurrt hatte.

»Ich weiß nicht, welcher Rasse er angehört, ist sicher ein Mischling. Er tut niemandem etwas.«

Feuer knisterte in dem großen gusseisernen Ofen und es roch nach Kräutern, die Jane überall zum Trocknen neben all ihren Kupferkesseln aufgehängt hatte. Sie verkaufte in Dartmouth Gewürze, Liköre und Tee und lebte die meiste Zeit allein in dem Cottage. Ihr Sohn Harry war ein erwachsener Mann und arbeitete in London in der Bank of England, weit weg von hier. Tante Jane platzte vor Stolz, dass aus ihrem Sohn ein vermögender Geschäftsmann geworden war. Er unterstützte seine Mutter finanziell und sie hätte längst in die Stadt ziehen können, doch sie liebte ihr abgeschiedenes Häuschen. Patricia mochte es auch. Es war klein, aber gemütlich. Kein Möbelstück passte zum anderen, alles wirkte ein wenig durcheinander, obwohl das Haus sauber und aufgeräumt war. Das war eben Janes Stil, und Patricia liebte ihn. Sie dankte Jane jeden Tag, dass sie und ihr Bruder bei ihr wohnen durften. Patricia hatte einen kleinen Raum neben dem Schlafzimmer ihrer Tante bezogen, während Benedict im hinteren Teil des Hauses schlief, in Harrys altem Zimmer.

Jane stellte Morgan eine Schüssel mit Wasser vor die Pfoten, aber er schnüffelte nur daran. Überhaupt hatte er in der Küche schon so einige Stellen beschnuppert, bevor Patricia ihn einfach umarmt hatte.

»Er hat dieselben Augen wie dein Captain«, sagte ihre Tante und wischte sich die Hände an der Schürze ab, die sie immer trug, wenn sie sich in der Küche aufhielt.

»Findest du?« Patricia schaute in die grünen Iriden. Sie sahen Morgans Augen tatsächlich ähnlich. »Er war mir immer ein treuer Gefährte, Tante Jane. Er hat auf mich aufgepasst.«

Morgan winselte und steckte den Kopf zwischen die Pfoten.

Patricia kraulte ihn hinter den Ohren und wisperte: »Lass uns die Piraten vergessen.« Zu Jane sagte sie: »Ich hatte geglaubt, sie hätten ihn totgeschlagen«, und wischte sich eine neue Träne aus dem Augenwinkel.

»Ich lass euch mal kurz allein.« Benedict huschte an Morgan vorbei in Richtung Tür. »Ich werde mal sehen, ob der Kerl wirklich verschwunden ist, irgendwie werde ich das Gefühl nicht los, dass er in der Nähe ist.«

Sie verbiss sich einen Kommentar und flüsterte Morgan zu: »Er meint es nicht so. In Wahrheit ist er der beste Bruder auf der ganzen Welt.«

Tante Jane hinter ihr räusperte sich. »Und, ist Morgan in der Nähe?«

Patricia stand auf und drehte sich zu ihr um. Sie konnte und wollte ihre Tante nicht anlügen, daher sagte sie: »Er ist immer in meinem Herzen.«

Ein Lächeln erschien auf ihren schmalen Lippen. »Ich glaube, du hast mir einiges nicht erzählt, Fräulein.« Sie stellte sich vor Morgan, berührte sein Rückenfell und rief: »Lupus, ostende vera forma – zeige deine wahre Gestalt, Wolf!« Dann wich sie ein paar Schritte zurück.

Sofort heulte er auf und knurrte. Hechelnd kippte er auf die Seite und streckte sich. Seine Knochen knackten, sein Körper verlängerte sich, die Haare zogen sich zurück. Oh Gott, er verwandelte sich vor den Augen ihrer Tante in einen Menschen!

»Deine Schürze, Jane, schnell!« Sie streckte ihr den Arm hin, doch ihre Tante hielt das Kleidungsstück bereits in der Hand.

Rasch bedeckte Patricia Morgans Unterleib und kniete sich neben ihn. Seine Kiefer mahlten – die Verwandlung schien immer noch schmerzhaft zu sein.

Als die Umwandlung ganz vollzogen war, setzte er sich hin und band sich die Schürze um. Himmel, er sah lächerlich aus! Patricia hätte herzhaft gelacht, doch die Situation überforderte sie. Sie hatte keine Ahnung, was hier gespielt wurde.

»Was sind Sie, Miss Jane?« Morgan stand auf und drückte Patricia beschützend an sich. »Woher wussten Sie es?« Er schaute zwischen Jane und ihr hin und her.

Patricia hob die Hände. »Ich habe kein Wort gesagt.«

»Hat sie nicht.« Ihre Tante lächelte. »Ich habe es vermutet. Patricia ist noch nicht lange bei mir, doch die Zeit reichte, um sie auf die Probe zu stellen.«

»Probe?« Wovon sprach ihre Tante?

»Diese seltsamen Schmetterlinge, die du in meinem Garten bewundert hast, waren Feen, Liebes. Normale Menschen sehen sie gar nicht.«

»Feen …«, wiederholte sie leise und sagte zu Morgan: »Dann waren diese Schaumpferde, die dein Schiff gezogen haben, vielleicht auch keine Einbildung?«

Er riss die Augen auf. »Du hast die Hippokampen gesehen?«

»Was sind Hippokampen?«

»Riesige Seepferde.«

Nickend erwiderte sie: »Nur durchscheinend. Ich sehe diese Dinge aber erst seit …« Sie überlegte, doch ihre Tante kam ihr zuvor: »Seit du Morgans Blut getrunken hast und seine Gefährtin geworden bist.«

»Du weißt das?« Ihr stockte der Atem. Träumte sie auch nicht?

»Ich glaube, Sie müssen uns einiges erklären«, sagte Morgan.

»*Sie* dürfen mir einiges erklären, Sie Mistkerl!« Benedict stürzte mit gezogener Pistole in die Küche. »Hat er euch bedrängt?«, fragte er Patricia und seine Tante. »Warum hat er … nur eine Schürze an?« Er schaute so dämlich drein, dass Patricia fast kichern musste, doch die Waffe machte ihr Angst. Sofort kamen ihr wieder die schrecklichen Szenen am Strand in den Kopf.

»Nimm die Pistole herunter, Benedict!« Jane stellte sich vor den Lauf, während sich Morgan vor Patricia schob.

Die Stimme ihres Bruders überschlug sich fast »Ich habe sein Pferd gefunden, er hat es nur wenige Meter von hier angebunden. In der Satteltasche befand sich seine Kleidung!«

»Silentium!«, rief Jane, und Benedicts Lippen bewegten sich, ohne dass ein Laut hervorkam.

Patricia dachte fieberhaft nach, ob sie betrunken war, und wisperte Morgan zu: »Kneif mich mal.«

Er tat ihr den Gefallen und zwickte sie in den Po.

»Au«, sagte sie. »Nun gut, dann bin ich wohl verrückt geworden.«

Tante Jane nahm Benedict die Pistole aus der Hand und legte sie auf den Küchentisch. »Ich glaube, es wird langsam Zeit, dass wir aufhören, uns etwas vorzumachen. Bitte setzt euch.«

Morgan räusperte sich. »Kann ich mir zuvor etwas anziehen?«

»Natürlich.« Jane nickte, wobei sich ihre Wangen sanft röteten, und schickte Benedict los, um die Kleidung zu holen und das Pferd in den Stall zu bringen. Bevor er das nicht erledigte, würde sie ihm seine Stimme nicht zurückgeben.

»Was hast du mit ihm gemacht, Tante?«, fragte Patricia und schaute ihrem Bruder hinterher.

Sie lächelte milde, während sie allen Tee einschenkte und Morgan einen Teller mit Keksen hinschob. »Nur einen kleinen Zauber gesprochen. Ist gleich vorüber.«

Morgan nahm umständlich neben Patricia auf dem Stuhl Platz, und sie grinste, weil sie seinen nackten Hintern sehen konnte.

»Sie sind eine Hexe, nicht wahr?«, sagte er.

»Sehr richtig, Herr Wolfswandler.«

»Woher wissen Sie, was ich bin?«

»Mein Großvater hat mir als Kind Geschichten über Wölfe, Vampire und Dämonen erzählt. Ich habe sie immer für Märchen gehalten, bis ich in unserer Familienbibliothek das hier gefunden habe.« Sie stand auf und holte ein dickes, in Leder gebundenes Buch ganz unten aus einem Küchenschrank.

Patricia beugte sich vor. Ihre Tante sollte eine echte Hexe sein? Wirklich? Tante Jane? »Was ist das?«

»Ein Grimoire.«

»Gri-mo-ar?« Patricia hatte das Wort noch nie gehört.

Jane nickte. »Ein Zauberbuch.«

»Aha.« Gut, warum sollte ihre Tante auch keine Hexe sein, schließlich war ihr Gefährte ein Wolf. Außerdem kannte sie einen Vampir, einen Inkubus und hatte allerlei andere seltsame Erscheinungen gesehen.

Jane nippte an ihrem Tee und schaute über den Rand ihrer Lesehilfe, die sie sich mit der anderen Hand vor die Augen hielt. »Warten wir, bis dein Bruder hier ist, dann erkläre ich euch alles.«

Morgan senkte die Stimme und wandte sich Patricia zu. »Du konntest dich am Strand also wieder an alles erinnern?« Er begriff immer noch nicht, dass er bei ihr war. Und mit ihrer Tante nackt an einem Tisch zu sitzen – lediglich gekleidet in eine lächerliche Schürze –, trug nicht gerade dazu bei, dass ihm die Situation realer erschien.

»Ja, als Andrew …« Sie senkte den Kopf. »Nie werde ich vergessen, wie die Kugel genau in seine Stirn eingeschlagen ist.«

»Es geht ihm gut«, sagte er schnell.

Sofort huschte ein Lächeln über ihr Gesicht. »Gott sei Dank.«

»Billy hat ihm sein Du-weißt-schon-was gegeben und Bingley mir seines.« Er wusste nicht, wie offen er vor ihrer Tante sprechen durfte. Konnte er ihr trauen? »Danach bin ich mit einem Paketschiff nach England zurückgefahren, um deine Familie zu benachrichtigen und in der Hoffnung, die Piraten hätten eine Lösegeldforderung an sie gestellt, während meine Crew auf dem Weg nach Indien ist. Ich bin fast durchgedreht, weil der Captain öfter Halt gemacht hat, als geplant..«

Plötzlich schimmerten Tränen in Patricias blauen Augen. Wie sehr er dieses Blau vermisst hatte. »Die Piraten haben mir gesagt, du seist tot.«

Bevor er antworten konnte, deutete Jane auf die Kekse. »Haben Sie keinen Hunger, Morgan?«

»Ich …« Als sein Magen geräuschvoll knurrte, nahm er schnell einen Keks in die Hand. »Ich habe den ganzen Tag noch nichts gegessen, fällt mir gerade ein.«

Jane fasste über den Tisch und tätschelte mütterlich seine Hand. »Ich habe noch ein großes Stück Schinken und einen vorzüglichen Käse, wenn Sie möchten.«

Er konnte die Nahrungsmittel riechen, doch im Moment wollte er lieber mit Patricia reden, als zu essen. »Vielleicht später, Danke. Aber Ihre Kekse schmecken auch köstlich.« Nach Zimt und Vanille … Morgan nahm sich noch einen.

Patricia sah ihm beim Essen zu und blickte ihm tief in die dunkelgrünen Augen. Ihr fiel sofort auf, dass sich die Fältchen darum verdoppelt hatten. Er hatte genauso gelitten wie sie.

»Ich habe nicht geglaubt, dich je wieder in den Armen zu halten«, sagte sie leise.

Morgan griff unter dem Tisch nach ihrer Hand. Am liebsten wollte er sie umarmen, aber er musste zuerst seine Kleidung zurück haben. Nackt unter fremden Menschen fühlte er sich unwohl. Beinahe wünschte er sich sein Fell zurück. Wo blieb nur ihr Bruder? »Patricia, was ist mit dir geschehen? Was haben die Piraten mit dir gemacht?«

»Sie haben mich nicht angefasst, weil alle dachten, ich würde mich in einen Vampir verwandeln oder könnte das Böse über sie bringen.« Sie deutete auf die winzigen Narben an ihrem Hals. »Dein Biss war mein Schutz.«

Morgan atmete auf und sah aus, als wäre eine große Last von ihm gefallen.

»Der Kapitän wollte jedoch den Mythos ausnutzen, um mich allein für sich zu haben«, erzählte sie weiter. »Als er in seiner Kajüte über mich herfallen wollte, kam seine Frau und hat ihm eine Flasche über den Schädel gezogen.« Sie lächelte bei der Erinnerung an die wild aussehende Piratenlady. »Du hättest Bonita erleben sollen, sie war wie eine Furie und hatte Ähnlichkeit mit einer Zigeunerin mit ihren langen schwarzen Haaren und vielen perlenbesetzten Zöpfen. Sie hatte die ganze Crew in ihrer Gewalt, besonders ihren Mann. Ihr habe ich es zu verdanken, dass mir auf dem Schiff keiner zu nahe kam. Immer wieder hat sie vom Fluch erzählt. Wenn mich jemand anrührt oder tötet, wird der Fluch der Bestie über das ganze Schiff kommen … Ich glaube, sie hat mir auch nur geholfen, weil sie eifersüchtig war und nicht wollte, dass ihr Mann mich berührte.« Offen blickte sie ihn an. »Stell dir vor, man erzählt sich Geschichten über ein Schiff, auf dem nur üble Kreaturen leben. Der Captain soll ein grausamer Werwolf sein, der jeden zerfleischt, der sich ihm nicht unterordnet.«

Morgans Mundwinkel hoben sich. »Offenbar sind wir legendär.«

»Bonita war böse auf ihren Mann, weil er dich nicht dabei hatte, sondern stattdessen mich mitgebracht hat. Sie hat ihn als Deckschrubber beschimpft und dass er nicht Manns genug wäre, einen Wolf einzufangen und stattdessen eine hilflose Frau anschleppt. Sie hat ihren Mann kurzerhand aus der Kajüte geworfen, in der wir beiden Frauen wohnten, bis wir spanisches Festland erreichten. Sie sprach ein paar Worte Englisch, was mir sehr geholfen hat.«

»Dann hat also jemand die Piraten beauftragt, mich zu fangen? Wer? Und warum?«

Kopfschüttelnd antwortete sie: »Ich habe sie unzählige Male gefragt, aber bei diesem Thema hat sie immer so getan, als würde sie mich nicht verstehen.«

»Ich werde herausfinden, wer dahintersteckt. Und dann wird derjenige für alles büßen, was er dir angetan hat.« Jetzt, da er Patricia am Leben wusste, musste er zurück nach Brixham, um seinen Bruder aufzusuchen. Er würde die Wahrheit aus Murray herausbekommen, und wenn er dazu seine Kräfte einsetzen musste! Falls Murray gemeinsame Sache mit dem Jäger machte, musste Morgan das unterbinden. Seine Crew war in Gefahr! Nicht zu vergessen Patricia. Nie wieder wollte er sich so wehrlos fühlen wie am Strand, an dem er sie beinahe für immer verloren hatte.

»Offenbar war es den Piraten lieber, mit mir Geld zu verdienen, denn die meisten fürchteten sich vor Vampiren, Werwölfen und Dämonen. Und als sie dich und Andrew gesehen haben …« Sie schüttelte den Kopf, um die schrecklichen Bilder zu verdrängen. »Aber Bonita hat mich gut versorgt. So gut, dass mich ihr Mann auf dem Sklavenmarkt verkaufen wollte.«

Morgan sog die Luft ein.

»Doch Bonita konnte ihn überzeugen, dass ich viel Lösegeld einbringen werde. Ich hatte ihr erzählt, wie reich meine Eltern wären. Ich dachte wirklich, sie würden mir helfen, stattdessen hat Benedict mich ausgelöst.«

Gerade, als sie in Tränen ausbrechen wollte, kam ihr Bruder zurück. Oder war er schon längst hier gewesen? Er schaute sie entsetzt an. »Was erzählst du da über Vampire?«

Jane deutete auf einen freien Stuhl. »Benedict, bitte setz dich. Es gibt einiges zu klären. Fangen wir damit an, dass ich eine Hexe bin. Und das ist ein Zauberbuch.« Sie zeigte ihm das Grimoire.

»Hexe. Zauberbuch«, murmelte er und fügte sarkastisch hinzu: »Natürlich.« Mit einem strengen Seitenblick auf Morgan fragte er: »Und der Captain ist?«

»Ein halber Wolfswandler«, erklärte er.

»Halber, aha.« Benedict kratzte sich am Kopf und hockte sich neben seine Tante. »Ein Wolf. Im Ernst?«

Während sich Morgan im hintersten Winkel der Küche anzog, fletschte er die Zähne, um Benedict die Fänge zu zeigen.

»Im Ernst.« Tante Jane lächelte und rief Morgan zu: »Sind Sie sicher, dass Sie nur zur Hälfte ein Wandler sind? Ich fand Ihre Wolfsgestalt sehr beeindruckend.«

Morgan zuckte mit den Schultern. »Tatsächlich habe ich mich erst ganz verwandelt, nachdem ich Patricias Blut getrunken hatte.«

Benedict sprang auf. »Sie haben das Blut meiner Schwester getrunken?«
Jane drückte ihn auf den Stuhl zurück. »Setz dich hin und hör einfach zu.«
Morgan, der inzwischen seine Hosen und das Hemd trug, kam wieder zu ihnen.
Tante Jane schob Patricia das schwere Buch hin. »Das ist also das Grimoire
unserer Vorfahren. Da du auch Hexenblut in dir hast, gehört es nun uns beiden.«

»Meine Schwester ist eine Hexe?«, sagte Benedict, aber nach einem strengen
Blick seiner Tante murmelte er: »Hätte ich eigentlich wissen müssen, wer sonst
legt seinem Bruder einen Frosch unters Kopfkissen.«

Morgan schnaubte amüsiert.

»Was ist?«, flüsterte Patricia ihm zu.

»Wenn du wüsstest, wie oft ich dich am Anfang unserer Begegnung in Gedanken als Hexe bezeichnet habe.« Er grinste schief, und ihr Herz hüpfte wild.

Jane räusperte sich. »Ein Grimoire enthält das gesammelte magische Wissen
all unserer Vorfahren. Ich habe es bereits um viele Seiten ergänzt, und womöglich wirst du es eines Tages weiterführen.«

»Aber Tante, ich habe überhaupt keine Ahnung von Hexerei!« Sie hatte sich
nie anders gefühlt, bevor sie Morgan kennengelernt hatte. Sie war doch nur ein
ganz normaler Mensch!

»Diese Fähigkeit schlummert in dir, mein Kind. Vielleicht wirst du nie einen
Spruch anwenden können, weil zu wenig Magie in dir steckt, aber du wirst aus
dem Buch lernen können, wie man Talismane oder Zaubertränke herstellt, um
dich zu schützen.«

»Zu schützen?«

Tante Jane blickte zu Morgan. »Es gibt zu viele böse Menschen da draußen,
die uns nach dem Leben trachten.«

Er nickte zustimmend. »Ich werde Patricia immer mit meinem Leben beschützen. Sie und das Kind.«

»Zu dem Thema kommen wir auch gleich.« Nachdem sich Jane erneut geräuspert und einen düsteren Blick auf Patricia geworfen hatte, fuhr sie fort: »Ich
finde es interessant, was Sie über Ihre Verwandlung erzählt haben, Morgan.
Dann könnte es sein, dass Patricia nicht nur von einer Hexe abstammt, sondern
sogar Wandlerblut in sich trägt. Denn erst ihr Blut hat es möglich gemacht, dass
Sie sich richtig verwandeln konnten.«

»Wandlerblut?«, rief sie.

»Dein Ur-urgroßvater war ein Wolfswandler.«

Sie atmete tief ein. »Ich kann das alles kaum glauben.«

»Vielleicht haben wir uns deswegen sofort zueinander hingezogen gefühlt«,
warf Morgan ein. Seine Augen schienen zu glühen. Die Neuigkeiten ließen auch
ihn nicht kalt. »Patricia ergänzt mich.«

Tante Jane nickte. »Möglich. Offenbar ergänzt ihr euch beide. Gemeinsam
potenziert ihr eure Kräfte.« Dann wandte sie sich wieder an Patricia. »Hast du

nach eurer Bindung noch mehr gespürt?«

»Ja, ich konnte besser riechen, hören und sehen. Ich habe die Seepferde erkannt und andere seltsame Erscheinungen beobachtet. Ich habe gedacht, ich bin verrückt, und war froh, als ich nach ein paar Tagen wieder … normal wurde.«

»Dann ist es nicht von Dauer«, murmelte Jane.

»Und ich bin nichts?«, fragte Benedict in die Runde. »Vielleicht ein Dämon, oder so?«

Jane schüttelte schmunzelnd den Kopf. »Tut mir leid, offenbar vererben sich gewisse Eigenschaften nur an Frauen.«

»Gott sei Dank!« Aufatmend lehnte er sich im Stuhl zurück.

Als ihn alle anstarrten, sagte er: »Was ist? Ich bin froh, mit dem ganzen Hokuspokus nichts zu tun zu haben. Das ist doch alles Weiberkram.«

»So, ist es das, junger Mann?«, fragte Jane spitz, doch ihre Augen funkelten.

Morgan grinste überheblich. »Ich kenne einen Hexer in Brixham.«

»Sprechen Sie von Mr Applewhite?« Das Gesicht ihrer Tante hellte sich auf. Er nickte. »Kennen Sie ihn?«

»Ich habe schon oft bei ihm eingekauft. Ein sehr netter Mann.« Jane errötete leicht, dann fuhr sie fort: »Benedict, nur um sicher zu gehen … Was siehst du auf dem Wappen?« Sie tippte auf das Zauberbuch. Das Familienwappen war in das Leder gestanzt worden.

Stirnrunzelnd beugte er sich vor. »Ich sehe ein Pferd, einen Vogel und einen Hund, wie immer.«

»Und du, Patricia?«

Sie riss den Mund auf. »Du liebe Güte, ich habe vorher nie …« Aufgeregt holte sie Luft. »Ich sehe ein geflügeltes Pferd, einen Phönix und einen Wolf.«

»Was ist ein Phönix?« Angestrengt starrte Benedict auf das Wappen, aber niemand antwortete ihm.

Tante Jane drückte sich die Hand an ihre rotgefleckte Wange. »Wieder ein Beweis, dass du Magie in dir trägst, Patricia, oder von einem mystischen Wesen abstammst. In unserem Stammbaum gibt es einige Hexen.«

»Einige … Hexen?!« Benedict lachte künstlich. »Ich kann das einfach nicht glauben!«

»Möchtest du noch eine Kostprobe, Neffe?«, fragte sie zuckersüß.

Hastig schüttelte er den Kopf.

Neugierig befühlte Patricia das glatte Leder. »Das Buch lag in unserer Bibliothek?«

Jane lächelte. »Es war gut versteckt in einem Geheimfach in Großvaters Sekretär, aber ich habe es gefunden, weil es mich gerufen hat.«

»Gerufen?«

»Ich wurde magisch von ihm angezogen.«

»Was ist mit Mutter?«, wollte Benedict wissen. »Hat sie auch dieses Hexen… blut?«

Tante Janes Lächeln schwand. »Ja, hat sie. Aber sie hat es immer verleugnet und schließlich verdrängt. Vielleicht ist sie deshalb eine so verbitterte Frau geworden, weil sie ihre Natur nie akzeptiert hat.«

Morgan drückte Patricias Hand. »Wenn meine Gefährtin kaum etwas von ihren magischen Wurzeln spürt, wird unser Kind dann normal werden?« Seine Stimme klang voller Hoffnung – und ihr Magen zog sich zusammen. Wie lange konnte sie all denen, die sie liebte, noch etwas vorspielen? Sie musste ihnen endlich die Wahrheit sagen. Aber sie freute sich, dass Morgan sie vor allen als seine Gefährtin bezeichnete. Wie würde er reagieren, wenn er die Wahrheit erfuhr?

Tante Jane atmete tief durch. »Wenn wir schon beim Aufdecken von Geheimnissen sind ...« Kopfschüttelnd wandte sie sich an Patricia. »Du kannst aufhören, ein Kissen unter deine Kleider zu stopfen.«

Oh Gott, sie wusste es?

Totenstille breitete sich am Tisch aus, bis Morgan vorsichtig fragte: »Ein Kissen?«

»Es tut mir so leid.« Plötzlich brach all der Druck der letzten Zeit aus Patricia hervor. Sie schüttelte den Kopf und sagte mit tränenerstickter Stimme: »Ich wollte dir nie etwas vormachen, Morgan, aber ich wusste auch nicht, ob wir uns je wiedersehen. Als mich mein Bruder zurückbrachte, hatten meine Eltern immer noch vor, mich mit Lord Fitzwilliam zu verheiraten. Er hätte mich sogar zurückgenommen. Sie sagten, ich solle mich glücklich schätzen, dass mich überhaupt noch jemand möchte, schließlich könnte ich nicht mehr unberührt sein und sie wüssten nicht, wie lange sie meine Entführung noch vor allen geheimhalten könnten. Doch ich will Lord Fitzwilliam nicht. Mein Herz gehört nur dir.« Dicke Tränen kullerten über ihre Wangen. »Daher habe ich eine Schwangerschaft vorgetäuscht und gesagt, das Kind wäre von dir und dass du mich heiraten wolltest, bevor die Piraten ...« Sie schluckte hart. »Nachdem mich Benedict zu Tante Jane gebracht hatte, wollte ich ihr alles beichten, aber Benedict blieb auch hier und ich hatte Angst, er würde mich wieder zurückschicken. Daher habe ich diese Lüge aufrechterhalten.«

Schnaubend stand ihr Bruder auf und tigerte murmelnd durch die Küche, während Morgan sie wie erstarrt anblickte.

»Bitte sei mir nicht böse deswegen«, wisperte sie, und ihr Herz verkrampfte sich.

»Das bin ich nicht.« Er atmete tief ein. Ein Teil von ihm – wahrscheinlich der letzte Rest Menschlichkeit – hatte sich bereits über das Kind gefreut. Deshalb fühlte er sich traurig. Dann machte sich allerdings Erleichterung in ihm breit, denn wenn sie kein Kind bekam, war sie auch nicht von einem anderen schwanger.

Kein Kind bedeutete außerdem, sie würde keine Bestie auf die Welt bringen und wäre vor Gardener sicher – solange Morgan sich von ihr fernhielt. Offenbar brachte seine Präsenz ihre magische Seite dazu, hervorzubrechen. Er musste sie also verlassen, aber wie? Noch einmal wollte er nicht von ihr getrennt sein. Das Siegel ihrer Verbindung war zu stark. Patricia würde genauso leiden wie er, und das würde er niemals zulassen. Sie sollte glücklich sein. Sie beide sollten das!

Plötzlich wuchs abgrundtiefer Zorn in ihm. Er wollte nicht mehr weglaufen, wollte sich nicht mehr vor den Jägern verstecken, sondern zu dem stehen, was er war! Warum ließen diese Menschen sie nicht in Ruhe? Sie taten niemandem etwas zuleide. Die Wölfe lebten im Verborgenen und wollten gar keinen Kontakt zur Zivilisation.

Neue Pläne reiften in ihm. Und sie gefielen ihm nicht. Sie waren riskant und setzten nicht nur sein Leben aufs Spiel. Doch was blieb ihnen für eine Wahl? Sie mussten sich ihrer Zukunft stellen oder sie würden sie nie genießen dürfen.

Er war hin und her gerissen. Ob Miss Jane ihm helfen würde? Sie wusste von der Gefahr, die von den Jägern ausging. Er musste mit ihr sprechen, sobald sie unter sich waren, denn noch wollte er Patricia nicht von seiner Idee erzählen. Er wollte sie nicht beunruhigen, sie hatte bereits zu viel Schlimmes erlebt.

»Wollen Sie meine Nichte wirklich heiraten?«, fragte Tante Jane.

»Ja.« Seine Antwort kam ohne zu zögern. Im Moment war das wirklich das Einzige, was er wollte. Er hatte seine Verbindung mit ihr bereits vollzogen, aber um es auch in der Menschenwelt für Patricia perfekt zu machen, fehlte zu ihrem Glück noch eine richtige Hochzeit.

Bingley, den er für sein Vorhaben unbedingt brauchte, würde noch eine Weile weg sein. Deshalb wollte Morgan die gemeinsame Zeit mit ihr auskosten, bevor er sie verlassen musste, um das zu tun, was er längst hätte tun sollen.

Benedict lehnte sich mit verschränkten Armen im Stuhl zurück. »Wovon wollen Sie leben?«

»Meine Crew wird in Indien all meine Waren gegen Gewürze, Tee und Stoffe eintauschen. Diese wiederum werde ich hier teuer verkaufen können.«

Patricias Bruder lächelte milde. »Es wird Monate dauern, bis Ihre Mannschaft zurückgekehrt ist.«

»Nicht, wenn die Mariah immer noch von den Hippokampen gezogen wird. Dann könnten sie die Reise in zwei Monaten schaffen.«

»Hippokampen?«, wiederholte Benedict stirnrunzelnd. Er hatte das Gespräch zuvor nicht mitbekommen, daher klärte Patricia ihn auf.

Sie redeten noch eine Weile, bis Tante Jane sie alle ins Bett scheuchte. Morgan durfte in der Küche übernachten, Tante Jane richtete ihm ein Lager auf der Sitzbank.

Immerhin war er in Patricias Nähe, falls etwas sein sollte. Nie wieder würde er es zulassen, dass ihr jemand ein Leid antat.

***

Patricia konnte nicht schlafen. Unruhig wälzte sie sich von einer Seite des Bettes auf die andere. Morgan war in diesem Haus, doch sie durfte nicht bei ihm sein. Benedict saß in einem Stuhl vor ihrer Tür und hielt Wache. Wie lächerlich! Sie war kein kleines Mädchen mehr, schließlich hatte sie mit Morgan geschlafen. Außerdem war sie mit ihm magisch verbunden, das zählte für sie, als wäre sie mit ihm verheiratet!

Ein leises Klopfen an der Tür ließ sie auffahren. »Morgan?«, flüsterte sie und sprang aus dem Bett, doch es war ihre Tante, die den Kopf zur Tür hereinsteckte.

»Ich wünsche dir eine gute Nacht, Patricia«, flüsterte sie.

»Ja, gute Nacht, Tante«, erwiderte sie weniger euphorisch. Sie sehnte sich danach, in Morgans Armen zu liegen.

»Und ... Patricia?«

»Ja, Tante?«

»Ich habe Benedict besondere Kräuter in seinen Tee getan. Ich denke nicht, dass er vor morgen Früh aufwacht.«

»Danke!« Sie fiel ihr um den Hals und drückte sie an sich. Ihre Tante überraschte sie immer wieder. Wie hatte ihre Familie solch eine wunderbare Frau verstoßen können?

»Benehmt euch in meinem Haus trotzdem«, flüsterte Jane ihr zu.

Pat nickte eifrig. »Ich will nur bei ihm sein und mit ihm reden.«

Als die Tür wieder leise geschlossen wurde, zog sie sich einen Schlafrock über ihr seidenes Nachthemd. Mit klopfendem Herzen schlich sie sich an dem laut schnarchenden Benedict vorbei, der halb im Stuhl lag und die Arme vor der Brust verschränkt hatte. Sie lächelte. Morgen würde ihrem Bruder alles wehtun.

Schnell tapste sie durch den düsteren Flur bis zur Küchentür. Da sie nur angelehnt war, drückte Patricia sie vorsichtig auf. Morgan stand am Fenster und drehte sich sofort um. Der schwache Schein einer Kerze, die auf dem Tisch stand, beleuchtete seinen nackten Oberkörper, denn außer seinen Hosen trug er nichts am Leib. Obwohl er ihr dünner vorkam und die Konturen der Muskeln noch schärfer hervorstachen, sah er für Patricia wie die sündhafteste Versuchung der Welt aus. Wirr hing ihm das lange Haar ins Gesicht, als wäre er unzählige Male mit den Fingern durchgefahren, und ein verwegenes Lächeln stahl sich auf seine Lippen.

Ihr Herz schlug schneller. Wie sehr sie diesen Mann liebte!

Er lebte. Und er war zu ihr zurückgekehrt.

Endlose Sekunden starrten sie sich an, bis sie die Tür schloss und seinen Namen wisperte. »Morgan ...« Wegen ihrer trockenen Kehle und all der Aufregung konnte sie kaum sprechen, jeder ihrer Muskeln zitterte, als würde sie frieren. Doch ihr war heiß, so heiß.

Mit wenigen Schritten war er bei ihr, um sie fest in die Arme zu schließen, dann seufzte er in ihr Haar und hob sie ein Stück hoch. »Ich kann es immer noch nicht glauben, dich wiederzuhaben.«

»Ich auch nicht. Ich bin so glücklich.« Sie legte die Hände an seine Wangen und küsste ihn stürmisch. Keine Anstandsdame, kein besorgter Bruder und keine Tante mit Zauberkräften würden ihr verbieten, ihren Liebsten so innig zu küssen, wie sie wollte.

Morgan zog sie rückwärts mit sich und ließ sich auf sein provisorisches Bett nieder, wobei sich Patricia auf seinen Schoß hockte. Tränen liefen ihr über das Gesicht, aber es waren Tränen des Glücks. »Du bist wirklich hier und wir werden heiraten. Ich freue mich so darauf!«

»Und du wirst die prächtigste Hochzeit bekommen, die ich dir ausrichten kann«, raunte er.

Eine Hochzeit, zu der ihre Eltern nie kommen würden ... Plötzlich weinte sie wirklich und schmiegte sich an seinen Hals. Ihre Eltern hatten sie verstoßen, das konnte sie noch irgendwie ertragen, da sie nur selten Liebe von ihnen erfahren hatte. Aber ihren Bruder liebte sie über alles, er war immer für sie da gewesen, zu ihm hatte sie sich in Gewitternächten ins Bett kuscheln dürfen und er hatte ihr aus seinen Gedichtbüchern vorgelesen. Sie hoffte so sehr, dass er sich mit Morgan anfreunden würde.

Als sie laut aufschluchzte, legte er die Decke um ihre Schultern.

»Benedict hat alles verloren, Morgan. Er hat sein Stadthaus verkauft, seine Bediensteten ausbezahlt und mich für den Rest freigekauft. Er hat alles für mich geopfert! Er hat nichts mehr. Nichts! Wenn er nicht ihr einziger Sohn wäre, würden meine Eltern ihn sicher enterben, und es ist alles meine Schuld! Wäre ich nicht von Daheim weggelaufen ...«

»Scht, Liebes.« Beruhigend streichelte er über ihren Rücken. »Du darfst dir keine Vorwürfe machen. Ich werde deinem Bruder alles zurückbezahlen.« *Irgendwie.*

Doch das würde Jahre dauern. Ianto hatte jetzt das Kommando über die Mariah, und Morgan würde nicht mehr den Anteil erhalten, der ursprünglich für ihn vorgesehen war. Er würde kaum annähernd für das Lösegeld reichen. »Dein Bruder ist wohl sehr wütend auf mich.«

Sie schüttelte den Kopf. »Benedict ist eher wütend auf sich selbst. Er macht sich Vorwürfe, dass er nicht eingeschritten ist, als meine Eltern mich mit einem alten Mann verheiraten wollten. Er hätte wissen müssen, dass mich das unglücklich machen würde und ich eine Dummheit anstelle.«

»Er kennt dich gut.«

Lächelnd seufzte sie. »Ja, das tut er.«

»Wie hat er es geschafft, sein Haus so schnell zu verkaufen?«

»Er hatte Glück. Ein reicher Geschäftsmann suchte gerade nach einem neuen Wohnsitz und hat sofort zugeschlagen. Oh Morgan, was soll aus Benedict werden? Er kann nicht ewig bei Tante Jane bleiben.«

»Ich kann ihm mein Apartment in Brixham zur Verfügung stellen, bis ich ihm das Geld zurückgezahlt habe.« Hoffentlich konnte er sich jemals bei ihrem Bruder revanchieren.

Vater würde die Reederei und sein Vermögen sicher Murray überschrieben haben, jetzt, da ihn alle für tot hielten. Doch Morgan gab Patricia nicht die Schuld daran. Er war nur glücklich, sie unversehrt in seinen Armen zu wissen.

Wer brauchte da ein Vermögen? Er würde zwar weiterhin zur See fahren müssen, um sich seinen Lebensunterhalt zu finanzieren, doch daran wollte er jetzt nicht denken. Falls die Hippokampen das Schiff weiterhin zogen, hatten sie noch ein paar Wochen Zeit, bis Ianto aus Indien zurückkehrte, und bis dahin würde er das Leben mit Patricia in vollen Zügen genießen.

Mit dem Ärmel wischte sie sich die Tränen aus dem Gesicht und lächelte ihn an. »Wann und wie wollen wir denn heiraten?«

»Vielleicht könnte uns der Dorfpfarrer hier schon nächste Woche trauen.«

Sie senkte den Blick. »Ich kann es kaum erwarten, mit dir verheiratet zu sein, aber weißt du, was mir noch viel lieber wäre?«

Er schüttelte den Kopf. Patricia sah nicht begeistert aus, in Dartmouth getraut zu werden. Sie bevorzugte sicher eine pompöse Hochzeit in einem Schloss.

»Ich würde mir wünschen, dass Henry, Andrew, Billy, Ianto und die anderen auch dabei sind. Deine Crew ist mir ans Herz gewachsen und wie eine Familie für mich geworden.«

»Kleines«, sagte er grinsend, »das freut mich sehr. Ich hätte sie auch alle gerne dabei. Vor allem Henry, den wünsche ich mir als Trauzeugen.«

Als plötzlich ihr Magen laut knurrte, lächelte sie schief. »Ich habe furchtbaren Hunger, möchtest du auch etwas essen?«

»Gerne.«

Sie rutschte von seinem Schoß, und er schaute ihr zu, wie sie aus einem Schrank ein großes Stück Käse, Brot und einen Schinken holte und alles auf den Tisch stellte. Während sie ihnen Wein einschenkte, schnitt Morgan den Schinken auf. Auf einmal war sein Appetit zurückgekehrt, auf Essen, auf Leben, auf Patricia.

Während sie nebeneinander auf seinem Schlafplatz hockten und aßen, musste er sie ständig ansehen. Ihr dunkles Haar schimmerte im Kerzenschein und beleuchtete ihr bleiches schmales Gesicht.

»Wie hast du das nur alles überstanden?«, fragte er leise und legte einen Arm um sie.

Seufzend schmiegte sie sich an seine Schulter. »Ich weiß es nicht, ich habe mich wie tot gefühlt. Als wir in Spanien ankamen und sich die Piraten mit einem Mann trafen, dem sie dich übergeben sollten, hörte ich noch einmal wie sie sagten, du seist tot und sie sollen mich an deiner Stelle nehmen.«

Sein Herzschlag beschleunigte sich. »Konntest du den Mann erkennen?«

»Nein, sein Gesicht war vermummt. Aber er hat offenbar schon auf die Piraten gewartet. Ihm gaben sie dann auch den Brief mit der Lösegeldforderung mit, und bis Benedict mit dem Geld zurückkehrte, segelten wir die Küste auf und ab. Bonita hat versucht, mich mit Kartenspielen und anderen Beschäftigungen bei Laune zu halten, sonst wäre ich wohl über Bord gesprungen. Erst als ich mit Benedict einen Monat später zurück nach England fuhr, kehrte wieder ein bisschen Leben in mich. Die Zeit mit den Piraten erscheint mir wie ein böser Traum.« Zitternd atmete sie ein. »Und meine Eltern haben mich nicht einmal in den Arm genommen, sondern nur versucht, die Sache zu vertuschen. Als ich weggelaufen bin, haben sie jedem erzählt, ich wäre zu einer entfernten Verwandten gereist.« Sie hob den Kopf und schaute ihm tief in die Augen. »Und du? Wie ist es dir ergangen? Was hast du bei Vollmond getan?«

»Ich habe mich tief im Bauch des Schiffes angekettet und gehofft, dass niemand etwas mitbekommt. Ich hatte Glück im Unglück. Es gab Komplikationen, das Paketschiff musste repariert werden, weil Wasser in den Bug drang, und wir haben Umwege genommen, weil der Captain noch einen anderen Auftrag angenommen hat. Die Reise dauerte bestimmt doppelt so lange als gewöhnlich.« Mehr wollte er nicht erzählen, sondern wie sie, alles nur vergessen.

Zärtlich streichelte sie ihm über das Gesicht. »Wir hatten beide Glück, denn wir haben uns wieder.«

Morgan versank in ihrem verlangenden Blick. Er wollte dasselbe wie sie, er konnte ihre Lust riechen, spüren und es an dem violetten Duftband erkennen, das eine dunklere Note bekam.

»Wir sollen uns im Haus benehmen«, raunte er und küsste sie auf die Schläfe. Ihre Finger strichen über seine nackte Brust. »So, das hast du also gehört?«

»Ich höre auch, dass dein Bruder immer noch schnarcht.«

Ihr Atem raste. »Lass uns einen Spaziergang machen.«

∗∗∗

Hand in Hand lief sie mit Morgan über die Wiesen hinter dem Cottage einen Hügel hinauf. Die Sterne über ihnen und der riesige Halbmond leuchteten ihnen den Weg, das Gras kitzelte unter ihren nackten Füßen und die warme Sommernacht meinte es gut mit ihnen.

Morgan breitete eine Decke aus und zog Patricia sofort nach unten in seine Arme. Er wollte nur ein wenig mit ihr kuscheln und schmusen, aber ihre flinken Finger auf seinem nackten Oberkörper erhitzten sein Blut. Es schoss auf direktem Weg in seinen Unterleib, und da Patricia auf seinem Schoß saß, presste sich seine Erektion an ihre Pobacken.

Leise knurrend schloss er die Augen und streckte die Arme über dem Kopf aus, um zu genießen, wie sie an seinen Brustwarzen leckte. Er drückte ihr sein Becken entgegen, doch sie rutschte tiefer, damit sie ihm die Hose abstreifen konnte. Eingehend betrachtete sie sein hartes Geschlecht.

Seine Eichel pulsierte und verlangte nach Patricias Berührungen. Seine Finger krallten sich in die Wiese, und er bäumte die Hüften auf, als sie begann, ihn von oben bis unten zu küssen. Aye, war das herrlich. Sie züngelte um seinen Nabel und neckte mit den Lippen jeden Zentimeter Haut, bis sie einen zarten Kuss auf seine geschwollene Kuppe hauchte.

Jetzt hielt ihn nichts mehr. Rasch befreite er sie von ihrem Nachthemd und drückte sie neben sich auf die Decke. Dann ließ er den Blick über ihre perfekten Brüste, den flachen Bauch und die langen Beine wandern. Wie wunderschön seine Gefährtin war.

Seine Fänge juckten.

»Trink von mir, Morgan, bitte«, flehte sie und wetzte ihren Po an der Decke. Dabei presste sie die Schenkel zusammen. Speichel sammelte sich beim Duft ihrer Erregung.

»Ich will meine Fänge in dir vergraben«, knurrte er, da er sich halb verwandelt hatte. »Aber diesmal will ich nicht von deinem Hals kosten.« Er zog ihre Beine auseinander und kniete sich dazwischen, anschließend fasste er unter ihre Knie, um sie an ihren Bauch zu drücken.

»Morgan …« Ein kehliges Stöhnen drang aus ihrem Mund, während ihr Schoß willig vor ihm lag.

Morgan spreizte ihre Beine, bis sie sich für ihn öffnete, und leckte durch ihr feuchtes Tal.

Wie er ihren Geschmack vermisst hatte … Tief drang er mit der Zunge in sie ein und Patricia vergrub die Finger in seinem Haar. Ja, dort mochte sie es gerne.

Die wild pochende Ader in ihrer Leiste lockte ihn, aber er konnte sich nicht entscheiden, was er zuerst wollte, ihr Blut oder ihre Creme. Daher leckte er energischer, um sie zu reizen und ihre Lustsäfte richtig zum Fließen zu bringen. Als ihm plötzlich ein Schwall Feuchtigkeit entgegenströmte und sie losgelöst stöhnte, rieb er zusätzlich mit dem Daumen über ihren Kitzler, damit sie ihren Höhepunkt möglichst lange genießen konnte.

Als die Kontraktionen ihres Schoßes abflachten, ließ er ihre Beine los und biss in die Kuhle zwischen Oberschenkel und Leiste. Während ihr köstliches Blut in seinen Mund strömte, brauste ihr Orgasmus noch einmal auf. Morgan rieb seine Handfläche über ihre Mitte, damit er sie nicht mit den Krallen verletzte, um ihr noch einmal höchstmöglichen Genuss zu bereiten, und nahm tiefe Schlucke. Sie berauschten ihn, machten ihn ganz. Am liebsten wollte er sich sofort in einen Wolf verwandeln und durch die Wälder laufen – so voller Kraft fühlte er sich –, doch er war noch nicht fertig.

»Morgan«, wisperte sie, als er auf sie kroch, »ich liebe dich.« Sie legte die Hände um seinen Rücken und küsste ihn.

»Liebe dich, meine Gefährtin«, drang es rau aus seiner Kehle. Er sah sicherlich furchterregend aus, aber Patricia lächelte ihn selig an. Er musste sie endlich besitzen, wollte nur noch in ihr sein. Sein Schwanz zuckte und presste sich an ihre nasse Scham. Mit so viel Beherrschung er konnte, drang er in sie ein und badete in ihrer Hitze.

Patricia krallte sich in seinen Rücken und klammerte sich an ihn. Ihr Unterleib presste sich ihm entgegen, daher stieß er fester zu, trieb sich tiefer und tiefer in diese herrliche Enge. Sie schaffte es erneut, seine ganze Länge aufzunehmen und öffnete sich vollkommen für ihn.

Seine Frau, seine Gefährtin.

Er brüllte auf, als sein Samen aus ihm schoss und er sie damit füllte. Seine Urinstinkte zwangen ihn, alles tief in sie zu spritzen, damit sie ihm Kinder schenkte. Er wollte Kinder, wünschte sich viele kleine Mädchen mit schwarzen Haaren und Jungs mit grünen Augen. Er verdrängte alle Ängste und wollte nur noch ein langes, glückliches Leben mit seiner Seelenverwandten, sie schützen und lieben bis zu seinem letzten Atemzug. Ja, er würde fortan zu dem stehen, was er war, und den wahren Alpha herauskehren.

Sein Wolfsgeheul durchschnitt die Nacht, als er ein letztes Mal in sie pumpte. Er würde nie wieder davonlaufen ...

***

Nachdem er Patricia in ihr Zimmer gebracht und zugedeckt hatte, war sie sofort eingeschlafen. Morgan hingegen fühlte sich hellwach, daher beschloss er, im Hexenbuch nach einer Formel oder einem Zauber zu suchen, der Patricia schützen würde, solange er seine Mission erfüllte. Dabei zog er ständig tief die Luft ein. Er glaubte, das Duftband eines anderen Wolfswandlers zu riechen, aber es war so schwach, dass er sich das offenbar einbildete.

Als er eine der großen Seiten umblätterte, klopfte es leise an der Tür und Miss Jane trat ein. Sie trug ein Spitzenhäubchen und ein hochgeschlossenes Nachthemd, in ihrer Hand hielt sie eine Kerze. »Darf ich Ihnen Gesellschaft leisten?«

Er nickte und zog sich schnell ein Hemd über.

»Wie ich sehe, interessieren Sie sich für das Grimoire.«

»Ich mache mir Sorgen um Patricia und suche darin nach Hilfe. In meiner Nähe wird sie nie sicher sein, solange es jemand auf mich abgesehen hat.« Gardener war in seiner Wohnung gewesen. Es war nur eine Frage der Zeit, bis der Jäger ihn oder seine Crew aufspürte. Gardener und seine Männer würden nicht ruhen, bis sie alle von seiner Art abgeschlachtet hatten. Das musste er sich immer ins Bewusstsein rufen. »Werden Sie mir helfen, Patricia zu beschützen?«

»Ich werde alles tun, um meine Nichte vor Schaden zu bewahren«, antwortete sie und setzte sich zu ihm.

Kapitel 13 – Morgans Mission

Morgan hatte sich bis tief in die Nacht mit Miss Jane unterhalten, trotzdem öffnete er beim Morgengrauen schon wieder die Augen. Er war zu aufgeregt, um zu schlafen. Eigentlich hatte er sofort nach Brixham zu seinem Bruder aufbrechen wollen, der – wie er gehört hatte – das nächste halbe Jahr in der Reederei arbeitete und nicht zur See fuhr. Aber je länger er darüber nachdachte, desto mehr verwarf er diese Idee. Murray würde sicher gleich Gardener Bescheid geben, doch Morgan brauchte dringend Bingley für sein Vorhaben. Er vermisste den Quacksalber tatsächlich, er mochte es kaum glauben. Hoffentlich verlief bei seiner Crew alles nach Plan und sie kam wohlbehalten zurück.

Er drehte sich auf der Bank um und schaute aus dem Fenster. Morgennebel waberte gegen die Scheibe, und bald würde der erste Sonnenstrahl die graue Suppe durchschneiden. Hier war es schön und vor allem friedlich – von Patricias Bruder einmal abgesehen. Niemand wusste, dass Morgan hier war. Er sollte die Zeit mit seiner Gefährtin einfach noch genießen.

Als es plötzlich leise an der Fensterscheibe klopfte, richtete er sich sofort auf. »Johann?«

Draußen schwebte eines seiner Besatzungsmitglieder! Die durchscheinende Gestalt trug Kniebundhosen, ein zerschlissenes Hemd und besaß nur noch einen Arm. Ja, das musste Johann sein! Der junge Mann war im Jahre 1622 in der Schlacht in Mingolsheim gestorben, als ihm sein Gegner mit dem Schwert den Arm abgeschlagen hatte – wie er nie müde wurde zu betonen. Seit zwei Jahren war er ein Mitglied seiner Mannschaft.

Sofort öffnete er das Fenster. »Was machst du hier?« Er freute sich, ihn zu sehen, aber ein ziehendes Gefühl in der Magengegend verriet ihm, dass Johanns Erscheinen nichts Gutes verhieß.

»Captain, endlich habe ich Sie aufgespürt, ich habe die ganze Nacht nach Ihnen gesucht«, hörte er ihn wispern.

»Was ist passiert? Wieso bist du nicht auf dem Schiff nach Indien?«

»Wir sind zurück, die Mariah liegt im Hafen von Brixham. Wir waren nie in Indien.«

Morgan keuchte auf. Nie in Indien? Natürlich nicht, selbst die Hippokampen waren nicht so schnell, dass sie bereits kurz nach ihm in England eintreffen konnten. »Aber … die Waren! Was ist denn passiert?« Ohne Geld konnte er Patricia kein anständiges Leben bieten und Benedict das Lösegeld nicht zurückbezahlen. Musste ihn denn immer wieder ein neuer Schlag treffen?

»Wir warten auf der Mariah«, flüsterte Johann, während seine Gestalt immer durchscheinender wurde. Offenbar hatte seine Suche zu viel Energie verbraucht und er konnte seine Form nicht mehr aufrechterhalten.

***

Morgan hatte die Rechnung natürlich wie immer ohne Patricia gemacht, denn sie wollte unbedingt mit nach Brixham, um die Mannschaft zu begrüßen. Außerdem wollte sie nie wieder von ihm getrennt sein. Er spürte ihre Verlustangst und aufsteigende Panik. Dennoch war es gefährlich, sie mitzunehmen. Erst als Benedict zugestimmt hatte, sie zu begleiten, und Miss Jane einige Schutzzauber über die Kutsche und jeden von ihnen gesprochen hatte, hatte er eingewilligt. Dann konnte Morgan ihrem Bruder auch gleich das Apartment und alle Wertsachen geben, die er noch auf der Mariah hatte.

Nun saß er mit Patricia in dem kleinen Zweispänner der Salesburys, und Benedict lenkte ihn durch ein Waldstück. Die Sonne wollte heute nicht hervorkommen, aber die Luft war mild und wenigstens regnete es nicht.

»Ich glaube es wird Zeit, dass ich mich bei deinem Bruder bedanke«, sagte er und gab Patricia einen Kuss auf die Stirn.

»Hm«, brummte sie schlaftrunken. Vor wenigen Minuten war sie in seinen Armen eingeschlummert.

Vorsichtig machte er sich von ihr los, stopfte die Decke unter ihren Körper und betrachtete sie, wie sie in der Ecke lehnte und lächelnd gähnte.

»Bleibt anständig da vorne, ich möchte nicht bei meinem Nickerchen gestört werden.«

»Ich werde ihm nicht die Kehle aufreißen«, versprach er, bevor er die Tür öffnete und nach vorne auf den Kutschbock kletterte.

Benedict machte große Augen und ließ beinahe die Zügel fallen, als er plötzlich neben ihm saß.

»Ich habe mich noch gar nicht bei Ihnen bedankt«, sagte Morgan und unterdrückte ein Lächeln. Benedict hatte gehörigen Respekt vor ihm. »Was Sie für Patricia getan haben, war sehr selbstlos. Danke. Ich weiß nicht, wie ich das alles jemals ausgleichen kann.«

»Passen Sie in Zukunft einfach besser auf meine Schwester auf«, murmelte er, ohne ihn anzusehen, und schnalzte mit der Zunge, um die Tiere eine kleine Anhöhe hinaufzutreiben.

»Ich weiß, wie viel sie Ihnen bedeutet, mir geht es ebenso. Ich habe wirklich alles gegeben, um sie vor den Piraten zu retten.«

Benedict senkte den Kopf. »Das glaube ich Ihnen. Patricia hat mir erzählt, wie sehr Sie gekämpft haben. Nur die Passage mit dem Wolf hat sie ausgelassen.« Er grinste schief und warf ihm einen Blick zu. »Ich habe gesehen, wie innig Sie meine Schwester lieben.«

»Warum lehnt ihre Mutter sie ab? Hat sie das bei Ihnen auch getan?«

»Nein.« Benedict seufzte tief. »Aber ich habe mich das auch oft gefragt. Patricia hat Mutter bloß zu den Mahlzeiten zu Gesicht bekommen, ansonsten hatte sie ihre Amme und die Kindermädchen. Doch nach letzter Nacht …« Stirnrunzelnd schaute er zu ihm. »Vermutlich hat Mutter Angst, der ganze Hexenhokuspokus könnte auch auf Patricia abgefärbt haben und sie hat sich erst gar nicht in sie verliebt, um nicht verletzt zu werden.«

»Da könnte etwas dran sein.« Es tat gut, sich normal mit dem Mann zu unterhalten, auch wenn die Themen weniger heiter waren. Benedict war kein übler Kerl.

Sie verließen den Wald und fuhren holpernd an einem Bauernhof vorbei. Ein kleines Kind winkte ihnen zu und Morgan winkte zurück. Mit der Mariah zu reisen war ihm wesentlich lieber, denn auf der rumpelnden Kutsche bekam er Kopfweh.

Um keine peinliche Stille aufkommen zu lassen, sagte er: »Ich möchte Ihnen mein Apartment geben, bis ich Ihnen alles zurückzahlen kann. Es ist natürlich kein Vergleich zu Ihrem Stadthaus, aber es ist modern eingerichtet und liegt in einem ruhigen Viertel.«

»Wenn Sie meine Schwester heiraten, werden Sie es dringender brauchen.«

»Haben Sie keine Verpflichtungen in Brixham? Geschäfte? Ein Mädchen?«
Morgan hoffte, er klang nicht zu neugierig, doch er hatte zumindest erreicht, dass sich Bendedicts Anspannung löste.

»Es gibt so viele hübsche Ladys, da möchte ich mich noch nicht festlegen.« Grinsend kratzte er sich am Kinn. »Ich habe einen guten Freund, bei dem könnte ich wohnen und meine Geschäfte weiterführen, aber im Moment bin ich glücklich über die Auszeit. Ich weiß nicht wirklich, ob mir der Handel mit Rennpferden auf Dauer liegt. Das war bisher auch eher ein Hobby.«

»Wetten Sie auch?«, fragte Morgan.

»Hin und wieder …«

Sie unterhielten sich gewiss zwei Stunden miteinander und Morgan erfuhr noch viel Interessantes von Benedict – dass er gerne in London leben würde, leidenschaftlich ins Theater ging und sich für Astronomie interessierte –, bis sich Patricia über mangelnde Unterhaltung beschwerte und er grinsend zu ihr zurückkletterte.

***

Am Nachmittag erreichten sie Brixham. Es regnete leicht, und das letzte Stück zum Hafen mussten sie gehen.

Als Morgan seine Fregatte am Kai sah, beschleunigte er den Schritt, denn die Mariah lag verdächtig tief im Wasser. Die Laderäume mussten bis zum Platzen voll sein! Trotzdem fürchtete er sich vor dem, was ihn erwartete. Johann hatte ihn zu seltsam angeblickt.

Die Hippokampen waren allerdings nicht auszumachen, offenbar hatte seine Crew die Tiere freigelassen.

Ianto kam ihm bereits entgegen. »Morgan!« Er klopfte ihm kameradschaftlich auf den Rücken und grinste ihn an. »Schön, dich gesund und munter zu wissen.« Als er Patricia bemerkte, drückte er sie kurz an sich. »Mädchen, du lebst! Johann hat uns erzählt, dass er dich gesehen hat. Ich konnte es kaum glauben. Geht es dir gut?«

»Alles bestens, Mr Cadwell.« Sie zwinkerte sich eine Träne weg und deutete auf Benedict. »Darf ich Ihnen meinen Bruder vorstellen?«

Ianto verbeugte sich. »Sehr erfreu…«

»Ich freue mich ja auch«, unterbrach Morgan nervös die Begrüßungszeremonie, »aber sag, was ist passiert? Warum seid ihr schon zurück?«

»Das wirst du gleich erfahren.« Er kniff das Lid seines unbedeckten Auges zusammen und warf einen kurzen Blick auf die dicken Regenwolken über ihren Köpfen. »Kommt erst einmal in den Salon. Wir haben uns viel zu erzählen.«

***

Als sie alle um den großen Tisch hockten, begann es draußen heftig zu regnen, und Morgan war froh, im Trockenen zu sitzen. Zuerst musste er berichten, wie er nach England zurückgekehrt war und wie es Benedict geschafft hatte, Patricia freizukaufen, doch bald hatte er keine Geduld mehr. »Jetzt erzählt, was ist passiert? Warum wart ihr nicht in Indien?« Er schaute seiner Crew in die Gesichter, und alle grinsten ihn zufrieden an. Bingley, Ianto, Henry …

Bis sich alle Blicke auf den Doc richteten.

Der lächelte durchtrieben. »Tut mir leid, Captain, daran bin wohl ich schuld. Ich war so wütend auf diese verdammten Piraten, dass ich mir noch in Kapstadt einen nach dem anderen vorgenommen habe. Zuerst wollte ich wissen, wohin Patricia gebracht wurde, aber niemand wusste Bescheid. Allem Anschein nach fürchteten alle anderen Seeräuber die Männer, die uns überfallen hatten. Ich fand sie jedoch kein bisschen besser und ich brauchte jemandem, an dem ich mich abreagieren konnte. Also wollte ich ihre Gedanken derart manipulieren, dass sie sich selbst getötet hätten – langsam und möglichst schmerzhaft –, um dieser Seeplage endlich ein Ende zu setzen.« Bingley schnaubte. »Dann kam mir allerdings eine viel bessere Idee. Ich hab die Verstecke ihrer Schätze herausgekitzelt, und sie anschließend vergessen lassen, dass sie überhaupt welche besaßen.«

»Und dass sie Piraten waren.« Ianto grunzte vergnügt. »Unser Laderaum ist bis oben hin voller Truhen. Wir sind im Besitz von Gold und abertausenden Guineen, die dieses Hundspack britischen Schiffen und sicher auch ehrbaren Händlern abgenommen hat. Niemand von uns muss jemals wieder arbeiten. Deshalb sind wir erst gar nicht nach Indien gesegelt, sondern nach Madagaskar und wo sie sonst noch ihre Schätze gehortet haben.«

Morgan musste diese Neuigkeiten erst einmal sacken lassen. Wenn er das richtig verstanden hatte, lagerte in der Mariah überwiegend Geld, das eigentlich zur Bezahlung von Truppen und Kriegsflotten gedacht gewesen war, schließlich befanden sie sich mit Frankreich und anderen Ländern im Krieg.

»Das ist Diebesgut!« Frustriert schüttelte er den Kopf. »Das Geld gehört England. Wenn herauskommt, dass wir es behalten, sind wir kein bisschen besser als diese Piraten. Sie werden uns hängen!«

»Ich hab doch gesagt, dass er seinen Moralischen bekommt«, murmelte Henry schief grinsend und fuhr sich durchs Haar.

Bingley lehnte sich keuchend im Stuhl zurück. »Wir haben dafür extra mehrere Abstecher gemacht. Was glauben Sie, wie anstrengend es war, das ganze Gold aus diesem beschissenen Dschungel von Madagaskar zu holen?«

»Wie anstrengend es für *dich* war?« Ianto warf ihm einen finsteren Blick zu. »Du hast uns ja leider nicht helfen können.«

Bingley verdrehte die Augen. »Ich hab nun mal eine krankhafte Abneigung gegen Sonne.«

Fassungslos schaute Morgan den Streithähnen zu. Nun besaß er zwar ein Schiff voller Geld und war trotzdem mittellos.

Er warf einen Blick auf Patricia, die neben ihrem Bruder im hinteren Teil der

Kabine auf einem Stuhl saß, und sie lächelte ihn aufmunternd an. Sie kannte seine Gefühle, denn durch den Biss waren sie noch eng miteinander verbunden. Seine Gefährtin würde alles mit ihm durchstehen, das wusste er, doch wovon sollten sie verdammt noch mal leben?

»Aber über unsere zweite Überraschung wirst du dich bestimmt freuen«, sagte Ianto und erhob sich.

»Oder er wird ihn umbringen«, murmelte Bingley.

»Wen?« Was hatte seine Crew noch angestellt?

Natürlich hatten sie es nur gut gemeint, dennoch wusste er nicht, ob er eine weitere Enttäuschung ertragen konnte.

***

Fünf Minuten später traute er seinen Augen kaum. Ianto und Bingley zogen einen gefesselten Mr Pitkern in den Salon.

Sein ehemaliger Zweiter Offizier sah dünner aus, als Morgan ihn in Erinnerung hatte. Außerdem wirkte sein Bart verfilzt und die Kleidung schmutzig. Offenbar hatte seine Crew ihn eingesperrt. Pitty riss die Lider auf und Leben kehrte in sein Gesicht zurück, als er Patricia entdeckte. »Miss Salesbury, Gott sei Dank, ich bin so froh, dass Sie am Leben sind! Ich habe gehört, was …«

»Klappe halten«, knurrte Bingley und drückte Pitty auf einen Stuhl.

Ianto blieb hinter ihm stehen. »Samuel hat ihn auf unserer Heimreise aufgespürt, als wir noch einmal in Santa Lucia gehalten haben, um unsere Vorräte aufzufüllen.«

»Und das hatte er bei sich.« Henry stellte einen Seesack auf den Tisch und holte den magischen Anhänger heraus, der Pittys wahre Absichten vor ihnen verborgen hatte, außerdem den magischen Spiegel, den Morgan bereits gesehen hatte, sowie sämtliche Aufzeichnungen, die der Kerl über sie gemacht hatte.

Pitty schaute Morgan kopfschüttelnd an. »Ich wollte nicht, dass Ihnen oder der jungen Frau etwas passiert.« Tränen sammelten sich in seinen Augen. »Ich habe nicht gewusst, dass die Piraten sie mitnehmen, wirklich nicht!«

»Reden Sie, Mann!« Sein Magen ballte sich zusammen, und er verspürte nicht das geringste bisschen Mitleid mit dem Kerl. »Was hat das alles zu bedeuten?«

»I-ich …« Er starrte ihn erschrocken an. Jetzt, da er sein Amulett nicht mehr trug, roch Morgan seine Angst.

Bingley warf Pitty einen finsteren Blick zu. »Ich hab bereits alles aus ihm herausgekitzelt. Er hatte eine Abmachung mit Murray und Gardener.«

»Was?« Kraftlos lehnte sich Morgan im Stuhl zurück, bevor ihn die Wut mit solch einer Macht überrollte, dass sich seine Klauen und Fänge ausfuhren. »Dafür werden Sie büßen!« Dieser Mistkerl war schuld an allem, was seiner Gefährtin zugestoßen war! Morgan stand kurz davor, seinem ehemaligen Offizier mit den Krallen den Hals aufzuschlitzen, als er von Patricia eindeutige Signale empfing. Sie wollte nicht, dass er zum Mörder wurde.

Kurz schaute er zu ihr und sie schüttelte den Kopf.

Sie hatte recht, Pitkern war kein Pirat, sondern ein Bürger Englands. Morgan würde sich vor dem Richter verantworten müssen, falls er ihn tötete. Er musste seine Bestie beherrschen, um einen klaren Kopf zu behalten. Vielleicht brauchte er Pitty noch, außerdem wollte er auf der Mariah kein Blut vergießen. »Erzählen Sie mir alles, Bingley. Ich will jedes Detail.«

Während Pitty zitternd am Tisch saß, bewacht von seiner Mannschaft, berichtete ihm sein Arzt, was er aus dem Verräter herausbekommen hatte: »Pitty hat Murray über seine wissenschaftlichen Abhandlungen kennengelernt. Ihr Bruder suchte nach einem Weg, um Sie und uns alle loszuwerden. Deshalb hat er Pitty sehr viel Geld bezahlt, damit er auf der Mariah anheuert und uns sabotiert.«

Morgans Faust knallte auf den Tisch. »Sie waren tatsächlich unser Saboteur?«

Pitkern senkte den Blick. »I-ihr Bruder ist besessen. Er wollte unbedingt der Bessere von Ihnen beiden sein, um die Reederei Ihres Vaters zu bekommen. Außerdem hasst er das, was Sie sind.«

»Also doch«, murmelte Morgan. Murray hatte wirklich alles getan, um ihn auszustechen, weil Vater dem erfolgreicheren Sohn allein die Reederei überschreiben würde. Vater wollte Murray auf diese Weise zeigen, dass er Morgan nicht bevorzugte, aber was hatte ihr alter Herr stattdessen damit erreicht? Dass Murray ihn noch mehr bekriegte!

Er schnaubte, denn er war unsagbar wütend auf seinen Bruder, auf seinen Vater, der seit Mutters Tod nicht mehr bei klarem Verstand war, und auf sich selbst, weil er nicht bemerkt hatte, was Pitty für ein Spiel spielte.

Murray, dieser Bastard! Langsam hörte seine Bruderliebe auf. Er musste so bald wie möglich zu ihm, um ihn zur Rede zu stellen.

»Und was hat Gardener mit dem Ganzen zu schaffen?« Übelkeit stieg in Morgan auf und in seinem Nacken kribbelte es. Es fiel ihm schwer, seine menschliche Gestalt aufrechtzuerhalten. Er beugte sich weit über den Tisch, wobei sich seine Krallen in die Platte bohrten, und funkelte Pitkern an. »Sprechen Sie!«

»Vor unserer letzten Reise suchte er mich auf. Als Ihr Bruder gehört hatte, dass es einen Jäger gab, der solche Wesen wie Sie tötet, hat er sich sofort mit ihm zusammengetan. Gardener versprach mir noch mehr Reichtum und dass er mich und meine Forschungen berühmt machen würde. Ich konnte sein Angebot unmöglich abschlagen, denn er ...«

Morgan fauchte. »Eine Handelsreise zu sabotieren ist eine Sache, aber Ihretwegen sind Menschen gestorben!«

Grinsend begutachtete Bingley seine Fingernägel. »Um die Piraten tut es mir nicht leid.«

Morgan hörte kaum zu, was sein Doc von sich gab, denn der Zorn loderte heiß in ihm, so heiß, dass er sich halb verwandelt hatte. Er bemerkte nicht nur Pittys Angst, auch Benedict fühlte sich unwohl. »Meine Frau wurde entführt und Bingley wäre um ein Haar nicht mehr zu retten gewesen!« Knurrend senkte er den Kopf und atmete tief durch. »Sie haben alles ruiniert! Ich kann Sie nicht laufen lassen, Pitkern, das ist Ihnen sicher klar.«

Pitty riss die Augen auf. »Ich bin nur auf die Forderungen Ihres Bruders eingegangen, weil ich meine Forschungen mit dem Geld hätte finanzieren können. Sie bedeuten mir alles! Dafür habe ich Ihnen hier und da ein paar Steine in den Weg gelegt, doch es war nie meine Absicht, dass Sie, Mrs Salesbury oder sonst jemand zu Schaden kommen!« Seine Stimme wurde immer schriller. »Mein Gewissen lastete schwer, glauben Sie mir. Daher bin ich auf Santa Lucia abgesprungen. Ich wollte nicht in Kapstadt dabei sein, wenn …« Zitternd atmete er ein. »Glauben Sie mir, ich wollte das alles nicht.«

»Captain«, sagte Ianto düster, wobei er sein eines Auge zusammenkniff. »Er war über deine geplante Entführung voll im Bilde und hat dich nicht gewarnt. Er verdient es, zu sterben.«

Als Morgan grollend seine Fänge zeigte, sprang Pitty auf, doch Bingley und Ianto drückten ihn in den Sitz zurück.

»I-ich hatte es vor, wirklich, aber Gardener hat mir gedroht. Er ist sehr einflussreich und hat Beziehungen zu Leuten, denen man lieber nicht begegnen möchte.«

Henry knurrte, auch sein Wolf lauerte dicht unter der Oberfläche. »Deswegen hast du den Schwanz eingezogen!?«

»Gardener hat mich erpresst und gezwungen, die Route zu verraten, damit die Piraten zuschlagen konnten. Hätte ich mich geweigert, hätte er meinen Sohn getötet.« Neue Tränen füllten seine Augen. »Ich wollte nie, dass es so weit kommt!« Er warf einen flüchtigen Blick auf Patricia. »Das alles tut mir wirklich schrecklich leid, Miss Salesbury.«

Patricia sagte nichts, ihr Gesicht schien völlig blutleer. Sie schien ziemlich überrascht, dass Pitkern ihr Saboteur und Verräter war.

»Sie haben einen Sohn?« Morgan betrachtete die angespannten Mienen seiner Crew. »Wusste das jemand?«

Bingley schüttelte den Kopf. »Johann ist bereits unterwegs, um das zu prüfen.«

Morgan schaute aus dem Fenster. Zwar regnete es, doch es war helllichter Tag. Niemand würde Johann hören oder seine durchscheinende Gestalt sehen können. Perfekt.

»Woher hat Gardener eigentlich so viel Geld?« Um Piraten anzuheuern, musste der Jäger ihnen einiges geboten haben, denn die ließen sich solche Aufträge mehr als gut bezahlen. Außerdem arbeiteten seine Männer sicher auch nicht kostenlos.

Pitty schüttelte den Kopf. »Ich weiß es nicht, aber er muss wirklich sehr einflussreich sein oder spezielle Beziehungen haben.«

»Er ist uns nicht mehr von Nutzen, Morgan«, sagte Ianto. »Wir sollten ihn töten.«

Pitty sah ihn flehentlich an. »Aber … Captain … Sir!«

»Nenn mich nie wieder Captain«, knurrte Morgan und wandte sich an seine Männer. »Sperrt ihn wieder ein und lasst ihn rund um die Uhr bewachen. Ich werde mir überlegen, was wir mit ihm machen.«

***

Wie Johann später berichtete, hatte Pitty tatsächlich einen Sohn: Matthew. Er war sechzehn Jahre alt und bei einem Schuhmacher in London angestellt, bei dem er auch wohnte. Morgans Gedanken kreisten jedoch schon wieder um andere Dinge. Als die Nacht hereinbrach, marschierte er mit Bingley, Henry – in Wolfsgestalt – und Ianto zur Reederei seines Vaters, wo auch sein Bruder sein sollte.

Die Reederei von Jeffrey Ryall war eines der bedeutendsten Unternehmen in Brixham. Mit sechs Schiffen besaß er eine beachtliche Handelsflotte, deren Alleininhaber er war. Das großzügige Holzgebäude lag in der Nähe des Hafens, daher hatten sie keinen weiten Weg.

Patricia hatte darauf bestanden, ebenfalls mitzukommen, Morgan wollte sie bei dem Gespräch allerdings nicht dabei haben. Er wusste nicht, wie Murray reagieren würde oder ob sich sogar Gardener in der Nähe aufhielt. Außerdem war der Hafen kein sicherer Ort für eine Lady, erst recht nicht während der Nacht. Daher blieb sie mit Benedict auf der Mariah.

Morgan bat seine drei Männer, sich zuerst im Hintergrund zu halten, weil er allein mit Vater und seinem Bruder sprechen wollte. Er ließ sie um das Gebäude Stellung beziehen, falls Murray versuchte zu fliehen oder der Jäger in der Nähe war.

Morgan zog den Schlüssel aus der Hosentasche und sperrte die Tür auf, die zu den Wohnräumen über der Reederei führte. Rasch huschte er hinein und schlich im Dunkeln das alte, hölzerne Treppenhaus nach oben. Die Stufen knarrten leise bei jedem Schritt, doch es schien niemand in der Nähe zu sein, der ihn bemerken könnte. Gedämpft vernahm er Stimmen. Murray gehörte eine davon. Er klang aufgeregt.

Morgan schlich weiter, folgte den Farbbändern aus unterschiedlichsten Gerüchen. Das dunkelgrüne Band gehörte zu seinem Bruder, das blassblaue, fast graue, seinem Vater.

Morgans Herz zog sich zusammen. Offenbar war Vater krank, sein Geruch hatte sich verändert. Etwas Düsteres, leicht Scharfes hatte sich daruntergemischt.

Er hielt auf die Lichtquelle zu, die den Flur erhellte, und lugte durch einen Türspalt. Sein Vater saß im Schaukelstuhl vor dem lodernden Kamin und schlürfte an seinem Tee, während Murray auf einem Stuhl neben ihm saß und ihn finster anblickte. Die letzten grauen Haare seines Vaters waren verschwunden und die Flammen des Kamins spiegelten sich auf der Glatze.

Der Wohnraum hatte sich seit ihrer Kindheit kaum verändert, obwohl Vater genug Geld hätte, die alten Möbelstücke zu ersetzen. Als ob er die Erinnerungen an Mariah festhalten wollte … Die rotbraunen Polster der Stühle waren teilweise zerschlissen, der Teppich abgetreten, die Vorhänge vor dem kleinen Fenster vergilbt. Während die Reederei ein modernes und gut geführtes Unternehmen mit mehreren Mitarbeitern war, schien hier die Zeit stillzustehen. Alles war hier oben anders, genau wie Jeffrey Ryall innerhalb der privaten Mauern ein anderer Mann zu sein schien, oft abweisend oder in Gedanken versunken. Nach Mariahs Tod hatte er eine Amme eingestellt, die sich auch nach dem Abstillen noch viele Jahre um ihn – und Murray – gekümmert hatte, damit sie beide versorgt waren, wenn er arbeiten musste. Vater hatte ihnen zwar stets Liebe entgegengebracht und sich in der wenigen Freizeit mit ihnen beschäftigt, dennoch hatte es ab und zu gewirkt, als sei er nicht wirklich bei ihnen. Genau wie jetzt.

»Vater«, sagte sein Bruder und fuhr sich unwirsch durch sein dunkles Haar, »Morgan wird nicht aus Indien zurückkehren. Ich habe die Informationen aus sicherer Quelle. Er ist tot!«

Mit rasendem Herzen drückte er den Rücken gegen die Wand, seine Knie zitterten. Also doch! Ein winziger Teil seines Verstandes hatte bis zum Schluss gehofft, sich geirrt zu haben. Verdammt, sie waren Brüder! In ihnen floss dasselbe Blut, wenn auch nur zur Hälfte. Sie sahen sich sogar ähnlich, trotz verschiedener Mütter. Morgan war lediglich einen halben Kopf größer.

Der Verrat traf ihn bis ins Mark, obwohl Murray ihn seit jeher gepiesackt hatte – aber das hier ging weit über Böse-Jungenstreiche hinaus.

Vorsichtig öffnete er die Fäuste. Er hatte nicht bemerkt, dass sich seine Klauen in die Handflächen gebohrt hatten. Auch seine Fänge hatten sich verlängert. Das Tier in ihm wollte seinem Bruder die Kehle zerfleischen, doch der Menschenverstand siegte. Langsam kam er zu sich.

Als sich sein rasendes Herz ein wenig beruhigt hatte, erhaschte er einen weiteren Blick. Murray redete immer noch auf Vater ein, damit der ihm die Reederei endlich überschrieb. »Du bist krank, sehr krank. Dr. Whitebottom gibt dir bloß noch wenige Wochen zu leben.« Murrays Stimme wurde sanfter, und er legte die Hand auf Vaters Schulter. »Du möchtest die Reederei schließlich auch in guten Händen wissen, bevor du …« Räuspernd blickte er zu Boden und lehnte sich zurück. »Ich will nicht drängen, aber dir läuft die Zeit davon.«

Vater war also tatsächlich krank. Das zu wissen, bedrückte Morgan, doch Jeffrey Ryall war ein alter Mann, viele seiner Freunde waren bereits vor Jahren gestorben. Er hatte ein hohes Alter erreicht, daher war Morgan schon lange bewusst, dass es bald mit ihrem alten Herrn zu Ende gehen könnte. Aber es jetzt zu hören, tat trotzdem weh. Auch wenn sie sich in den letzten Jahren nicht oft gesehen hatten, liebte er seinen Vater. Offenbar hatte er große Schmerzen, denn ein Fläschchen Laudanum stand neben ihm auf dem Tisch.

Vaters Finger zitterten, als er die Tasse abstellte und die Hände anschließend im Schoß faltete. »Er ist nicht tot.« Seine Stimme klang ruhig und leicht lallend, als ob ihn jemand in Trance versetzt hätte. »Außer, er hat geheiratet.«

Murray stieß die Luft aus. »Das sagst du jetzt schon zum hundertsten Mal! Was sollen deine Worte bedeuten? Ich verstehe sie nicht!«

Vater erwiderte nichts. Morgan fragte sich ebenfalls, was er damit meinte. Sein Verstand schien nun vollends verwirrt zu sein. Offenbar ging es rasant mit ihm bergab.

Morgan hielt nichts mehr im düsteren Gang, er wollte endlich reinen Tisch machen. Also schob er die Tür auf und trat in den Raum. »Ich bin weder tot noch habe ich geheiratet.«

Sofort sprang Murray auf, blieb jedoch stehen und starrte ihn fassungslos an, während sich Vater schwerfällig erhob und lächelnd auf ihn zuschlurfte. »Ich wusste, dass du lebst. Hallo, mein Junge.«

Sie nahmen sich kurz in die Arme und Morgan roch das schwarze Geschwür in ihm sowie den gewohnten Tabakduft, dann half er ihm wieder in den Stuhl.

Murray starrte ihn weiterhin an, als wäre er ein Geist.

Morgans Miene verfinsterte sich. »Du hast wohl nicht damit gerechnet, mich noch einmal zu sehen, Bruder.«

Murray ballte die Hände zu Fäusten, blieb allerdings stumm.

»Warum hast du mich jahrelang sabotiert? Wir hätten die Reederei auch zusammen leiten können!«

»Ich arbeite mit keinen Tieren an meiner Seite«, zischte Murray. »Ein Tier spanne ich vor einen Karren, ich stehe nicht auf Augenhöhe mit ihm!«

Sein Magen verkrampfte sich. »Deshalb hast du Gardener auf mich angesetzt und davor schon Pitkern! Zuerst wolltest du nur nicht, dass Vater mir die Reederei überschreibt, aber jetzt wolltest du mich sogar umbringen lassen!«

Er hörte, wie sein Vater scharf Luft holte und flüsterte: »Was sagst du da?«

»Du bist eine Bestie und kein Mensch.« Murray kniff die Lider zusammen und deutete mit dem Finger auf ihn. »Jeder normale Mann wäre längst tot! Es hieß, sie hätten dir den Schädel eingeschlagen, und trotzdem stehst du vor mir!«

Die kalten Worte aus dem Mund seines älteren Bruders rissen ihm fast das Herz aus der Brust. Seine Wut kochte erneut hoch, seine Klauen und Fänge schoben sich hervor.

»Sieh dich an!«, rief Murray. »Du bist und bleibst eine Bestie!«

Morgan versuchte, die grenzenlose Wut hinunterzuschlucken, um nicht tatsächlich zum Tier zu werden. Das Blut klopfte dumpf in seinen Ohren, die Ader an seinem Hals pochte wild und der Wolf in seinem Inneren heulte auf. »Wieso ist dein Hass so groß? Ich kann doch nichts dafür, dass deine Mutter gestorben ist! Wir haben beide viel verloren, haben fast dasselbe Schicksal erlitten, aber anstatt uns gegenseitig zu unterstützen, fällst du mir in den Rücken und beauftragst Gardener! Euretwegen ist meine Gefährtin von Piraten entführt worden und durch die Hölle gegangen!«

Zum ersten Mal mischte sich Vater ins Gespräch. Er krallte die Finger in die Lehnen des Schaukelstuhls und beugte sich nach vorne. »Du hast eine Gefährtin?«

Bevor Morgan antworten konnte, fiel ihm sein Bruder ins Wort. »Vater hat dich immer bevorzugt, weil du wie *sie* warst!«

Ihr Vater schüttelte den Kopf. »Ich habe immer versucht, euch beide gleich zu behandeln.« Erschöpft lehnte er sich zurück und sagte traurig: »Ich wollte nur einen brüderlichen Wettkampf, um zu sehen, was ihr für Einfälle habt, um das Geschäft voranzutreiben. Ich wollte einfach wissen, wem wirklich daran gelegen ist, die Reederei weiterzuführen ... Stattdessen habe ich euch noch mehr entzweit.« Er atmete tief durch, erhob sich schwerfällig und stellte sich zwischen sie. Doch es war Murray, den er scharf anblickte. »Stimmt es? Du wolltest deinen Bruder umbringen lassen?«

»Er ist nicht mein Bruder«, knurrte er. »Bloß Abschaum.«

Morgan sah, wie Vater schluckte und sich Tränen in seinen Augen sammelten. »Dann hat dieser Wettkampf immerhin dein wahres Naturell offenbart, Murray. Somit steht für mich fest, auf wen ich die Reederei überschreibe. Morgan allein soll sie bekommen, kein Mörder. Du bist hier das Tier, Murray.« Zitternd atmete er ein. »Ich kann einfach nicht glauben, was du getan hast.«

»Ich hab das für uns getan!«, brüllte er. Ein Holzscheit im Kamin knackte, und die lodernden Flammen spiegelten sich in seinen Pupillen.

Er hob den Arm, als wollte er auf seinen alten Herrn einschlagen, doch Morgan packte ihn am Gelenk. »Wage es nicht, die Hand gegen Vater zu erheben!« In seiner grenzenlosen Wut achtete er nicht auf seine Kräfte, sodass sich eine Kralle in Murrays Haut bohrte. Blut färbte sein helles Hemd dunkelrot.

»Dafür wirst du büßen«, zischte er und riss sich von ihm los.

Morgan wusste, dass sein Bruder nicht die Wunde meinte, die er ihm zugefügt hatte. »Nein, du wirst büßen, Murray!«

»Was willst du tun? Mich in die Bow Street bringen? Soll ich den Polizisten und dem Richter die Wahrheit über dich erzählen?« Er lachte böse und stapfte aus dem Raum.

Morgan wollte hinterherstürmen, um ihn aufzuhalten, aber Vater bat ihn, zu bleiben. »Es gibt Wichtiges zu besprechen.«

Bingley, Ianto und Henry würden dafür sorgen, dass Murray nicht entkam, nur deshalb blieb er. Was auch besser war, denn er wusste nicht, was er in seinem Zustand mit ihm machen würde.

Vater deutete auf eine Wand voller Bücher. »Gib mir bitte den Roman unten rechts, Junge.« Anschließend zeigte er auf die Tür zum Nebenraum. »Und eine Feder von meinem Schreibtisch.«

Morgan brachte ihm alles und legte es auf den Tisch, des Weiteren entzündete er eine Lampe, damit Vater besser sehen konnte. Bei dem Buch handelte es sich um einen Roman, aus dem Vater ihnen öfter vorgelesen hatte, als sie Kinder waren: *Kapitän Singleton* von Daniel Defoe. Als Vater das Buch aufschlug, erkannte Morgan, dass sich ein Dokument darin versteckt hatte. Vater setzte seinen Namen darunter. Es war die Besitzurkunde der Reederei!

»Nun ist es besiegelt, alles gehört dir.« Kopfschüttelnd legte er die Feder zur Seite. »Was soll ich nur mit Murray machen? Für das, was er dir angetan hat, müsste er …« Seine Stimme brach, und Morgan legte ihm eine Hand auf die Schulter.

»Wir werden später über ihn reden.«

»Du hast recht, es gibt Wichtigeres. Ich bin sehr krank, Junge, daher muss ich dir noch etwas sagen, bevor ich sterbe.«

»Was?«, krächzte Morgan. Im traurigen Blick seines Vaters las er, dass es nichts Gutes sein konnte.

»Bitte heirate nicht. Niemals.«

»Warum?« Vor Spannung hielt er die Luft an.

»Dein Leben wird am Tag deiner Hochzeit ein Ende finden.«

Morgan ließ die Worte eine Weile sacken, bevor er sie tatsächlich begriff. »Wie kommst du darauf? Vater, ich muss das wissen, denn ich habe vor, sehr bald schon zu heiraten.«

Vater riss keuchend die Augen auf. »Du hast eine Frau gefunden?«

»Ist das so seltsam für dich?«

Sein alter Herr schüttelte den Kopf. »Ist sie eine von deiner Art?«

»Nein, sie ist eine Lady aus adligem Hause, doch ihre Vorfahren sind Wolfs-wandler und Hexen. Eine lange Geschichte.« Er hockte sich an den Tisch und berichtete Vater kurz, was sich während der Reise zugetragen hatte. »Bevor ich mehr erzählen kann, bist du dran. Wie kommst du darauf, dass ich sterben wer-de, wenn ich Patricia heirate?«

»Mariah hat das vorhergesagt.«

Seine Mutter? »Was genau? Wann?«

»Es war kurz bevor sie von uns ging. Henry war dabei, und wir mussten an ihrem Sterbebett schwören, dir niemals etwas davon zu sagen, auch nicht, wer sie wirklich war. Nicht, bevor du gedenkst zu heiraten. Du solltest ein sorgen-freies Leben haben, jede Sekunde genießen. Außerdem hätte das Wissen um dein Ende dich beeinflussen können, und das wollte sie auf keinen Fall. Da das ihr letzter Wunsch war, haben wir ihn respektiert.«

Daher hatte Henry nie etwas gesagt. »Wer war sie wirklich?«

»Eine Seherin.« Vater schaute in die Flammen, und ein Lächeln huschte über sein Gesicht. »Ich denke es ist an der Zeit, dass du alles über dich und deine Mutter erfährst. Schließlich will ich das Geheimnis nicht mit ins Grab nehmen.«

Vater sprach von seinem Tod, als hätte er bereits Frieden mit ihm geschlos-sen. Morgan befürchtete, dass er schon sehr bald von ihnen ging. »Meine Mutter war also nicht nur eine Wolfswandlerin, sondern konnte auch die Zukunft vor-hersagen?«

Vater nickte. »Das war auch der Grund, warum das Rudel sie verstoßen hat. Sie hatte öfter etwas vorhergesehen, das dem Anführer nicht behagte. Er glaub-te, sie würde alles Unglück herbeibeschwören, weshalb es ständig Unruhe im Rudel gab. Daher beschloss der Alpha, sie zu töten.«

»Aus diesem Grund kam sie schwer verletzt zu dir«, sagte Morgan leise.

»So war es, mein Sohn. Mariah konnte mit Henrys Hilfe fliehen. Er hat ihr geholfen, da sie einmal sein Leben gerettet hat.«

Seine Mutter – eine Seherin! Wenn er nur wüsste, ob all ihre Vorhersagen immer eingetroffen waren …

Sogar ihren eigenen Tod hatte sie vorhergesagt, ihrem Mann allerdings erst nach Morgans Geburt davon berichtet.

»Du bist auserwählt«, erklärte Vater, »viele, die anders sind, vor einer großen Gefahr zu retten. Doch dein Leben wird an diesem Tag enden, hat Mariah gesagt. Am Tag, an dem du deine Gefährtin heiraten wirst …«

***

Morgan hatte sich lange angehört, was Vater ihm über die Prophezeiung erzählt hatte, danach war er aufgewühlt und deprimiert auf sein Schiff zurückgekehrt. Seine Leute hatten Murray abgefangen und ebenfalls im Laderaum eingesperrt. Sein Bruder sollte auf keinen Fall Kontakt zu Gardener aufnehmen können. Fürs Erste sollte niemand wissen, dass Morgan in Brixham war, denn er wollte seine Crew und Patricia keiner Gefahr aussetzen.

Bingley hatte Murray bisher nicht mental manipuliert, das würde er bei einem Bekannten des Captains auch nie wieder ohne dessen Erlaubnis tun. Er hatte lediglich alle Details aus ihm herausgekitzelt.

Zum Glück schien Murray bisher nie jemandem die Wahrheit über ihn oder die Crew erzählt zu haben. Offenbar hatte sein Bruder normalen Menschen deshalb nie von Morgans Andersartigkeit berichtet, da er Angst hatte, das könnte negativ auf ihn, Vater und die Reederei zurückfallen.

Der Hass seines Bruders saß tief und würde wohl nie mehr verschwinden, hatte der Doc gemeint.

Murray rückte jedoch in Morgans Kopf weit nach hinten, denn wie sollte er Patricia beibringen, was er heute erfahren hatte?

Mit Benedicts Kutsche waren sie anschließend zu seiner Stadtwohnung gefahren, da er Patricia und ihren Bruder nirgendwo auf dem Schiff unterbringen konnte. Zu dritt in seiner Kabine würde es etwas eng werden, außerdem wachte Benedict immer noch mit Argusaugen über seine Schwester. Solange sie nicht verheiratet waren, duldete es der junge Lord nicht, dass sie gemeinsam in einem Raum schliefen. Offenbar hatte er nun die Vaterrolle übernommen.

Kapitel 14 – Zukunftsängste

Patricia hatte sich oft vorgestellt, wie Morgans Wohnung aussehen könnte. Ihr Herz klopfte aufgeregt, als ihre Kutsche durch einen Torbogen zwischen zwei Häusern hindurch in einen dunklen Hinterhof fuhr. Dort hielten sie, und ein Mann mittleren Alters kam ihnen mit einer Laterne entgegen.

»Wer da?«, rief er.

»Morgan Ryall, Mr Newcombe!«, antwortete ihr Gefährte.

»Captain!« Der Mann nickte ihm zu. »Gibt es etwas Neues bezüglich der Einbrecher?«

»Leider nicht.«

Mr Newcombe grüßte auch Patricia und Benedict, dann nahm er sich der Pferde an.

»Die Tiere sind bei ihm in guten Händen«, erklärte Morgan ihrem Bruder. »Mr Newcombe kümmert sich hier um alles und schaut während meiner Abwesenheit nach meiner Wohnung.«

Es schienen nur besser situierte Bürger in dem vierstöckigen Haus zu leben, denn es stank nicht nach Unrat und wirkte gepflegt. Hinter einigen Fenstern brannte Licht, und Patricia hörte Stimmen, Gelächter und das Kichern einer Frau.

Morgan nahm eine Laterne von der Kutsche und Patricias Reisetasche, danach betraten sie das Gebäude durch eine Hintertür und gingen durch ein schmales Treppenhaus in den zweiten Stock. Am Ende des Flures sperrte er eine massive Holztür auf, und sie traten in einen großzügigen Wohnraum.

Leinentücher bedeckten einige Möbelstücke, und Morgan zog sie schnell ab, entzündete einen Kerzenleuchter und machte Feuer im Kamin. Es war kurz vor Mitternacht und Patricia freute sich, endlich aus den engen Stiefeln zu kommen und die Beine auszustrecken.

An einer Wand stand ein Sekretär aus Nussholz, mitten im Raum eine großzügige Polstergarnitur, ein dunkler Tisch und zwei Sessel. Beige Tapeten und Bilder mit verschiedenen Schiffstypen zierten die Wände. In einer Ecke spannte sich ein Fischernetz schräg über die Decke, in dem Seesterne und Muscheln befestigt waren, und der Boden war mit einem dicken Teppich ausgelegt.

Patricia schlüpfte sofort aus den Schuhen und genoss den weichen Flor unter ihren Füßen. Morgans Wohnung war natürlich kein Vergleich zu dem riesigen Haus, in dem sie bisher mit ihren Eltern gelebt hatte, trotzdem fühlte sie sich gleich wohl. Das war sein Reich, er hatte alle Einrichtungsgegenstände mit seinem hart verdienten Geld gekauft.

»Eine schöne Wohnung haben Sie, Morgan«, sagte ihr Bruder und ließ sich in einem Sessel vor dem Kamin nieder, um sich ebenfalls die Stiefel auszuziehen.

»Danke.« Morgan legte seine Jacke ab und deutete auf eine der beiden Türen im Raum. »Das Schlafzimmer ist dein Reich, Patricia. Ich werde mit deinem Bruder hier nächtigen.«

***

Eine halbe Stunde später lag sie in Morgans großem Bett und starrte die helle, stuckverzierte Decke an. Die Kerze auf ihrem Nachttisch flackerte, da sie heruntergebrannt war und gleich ausgehen würde.

Ob Morgan zu ihr kommen würde, sobald Benedict schlief?

Ihre Lider wurden schwerer, aber ohne ihren Gefährten mochte sie nicht das Land der Träume besuchen. Sie vermisste es, in seinen Armen zu liegen.

Patricia schlug die Decken zur Seite und pustete die Kerze aus. Im Dunkeln schlich sie nur mit ihrem Nachthemd bekleidet zur Tür – da stieß sie gegen die große Kiste, die an der Wand stand. Sie unterdrückte einen Fluch und betastete das dicke Vorhängeschloss. In der Truhe befanden sich Knebel und dicke Ketten, wusste sie. Morgan hatte ihr einmal erzählt, dass er sich fesselte, wenn er bei Vollmond in seiner Wohnung war. Damit er keine Gefahr für andere darstellte und auch niemand sein Heulen und Knurren hörte.

Ihr Herz verkrampfte sich, wenn sie sich das Bild vorstellte: ihr Liebster wehrlos in seinem eigenen Zuhause. Er sollte sich nie wieder anketten müssen. Wie schön wäre es, wenn sie ein Häuschen hätten, so wie Tante Jane, weit weg von anderen Menschen. Dann müsste er sich nie mehr verstecken.

Neugierig lugte sie in den Wohnraum. Die glühenden Holzscheite tauchten die nähere Umgebung in ein orangerotes Licht, weshalb sie Morgan auf dem Teppich vor dem Kamin liegen sah. Er hatte sich zuvor ein Kissen sowie ein dünnes Laken vom Bett geholt und ihr einen innigen Kuss gegeben, bevor er zu Benedict zurückgekehrt war. Unter seinem geöffnetem Hemd erkannte sie ein Stück Brust, an das sie sich liebend gern schmiegen wollte.

Patricia sah sich um. Ihr Bruder ruhte in eine Decke gewickelt auf dem Sofa, das etwas zu kurz für seine langen Beine war, und bewegte sich nicht. Ob er bereits eingenickt war? Wenn er einmal schlief, weckte ihn so schnell nichts mehr.

Lautlos tapste sie zu Morgan und steckte ihre nackten Füße unter sein Laken. Schade, er trug eine Hose. Sie hätte gerne mehr nackte Haut gespürt.

»Wieso schläfst du noch nicht?«, fragte er leise, während sie sich in seine Armbeuge kuschelte.

»Ich vermisse dich so sehr.«

Lächelnd drückte er ihr einen Kuss auf die Stirn. »Weißt du, manchmal kann ich es immer noch nicht glauben, dass meine Gefährtin eine echte Lady ist.«

Sie grinste. »Ich habe mich noch nic wie eine Lady gefühlt.«

Morgans Lächeln schwand, und er flüsterte in ihr Ohr: »Was sagt eigentlich dein Bruder, dass du unter Stand heiraten möchtest? Von dem Geld, das ich nicht besitze, einmal abgesehen.«

»Ich glaube, seit meine Eltern mich verbannt haben, ist er sogar froh, dass es in Zukunft jemanden gibt, der sich um mich kümmert.« Sie schob die Hand auf seine nackte Brust und schloss die Augen. »Die Welt unserer Eltern war nie die meine, ich habe mich in ihr nie wohlgefühlt. Ich gehöre zu dir, Morgan. Zu dir und Tante Jane. Bei euch war ich zum ersten Mal wirklich zu Hause, da ist es mir egal, was andere denken.« Hatte sie ihrem Liebsten deshalb zu Beginn ihrer Bekanntschaft verschwiegen, dass sie eine Lady war? Es hatte nicht nur an der Angst gelegen, er könnte tatsächlich ein Pirat sein, sondern weil sie womöglich instinktiv gespürt hatte, dass Hexenblut in ihr floss.

Die Erinnerung an James Gardener flackerte in ihrem Kopf auf und wie sie sich zuletzt auf dem Ball mit ihm unterhalten hatte. Wenn James sie jetzt sehen könnte! Sie lag in den Armen des Monsters und Piraten, zu dem er Morgan degradieren wollte. Sicherlich erzählte James anderen deshalb, Morgan wäre ein Seeräuber, weil sie ihn sonst für verrückt halten würden, wenn er die Werwolfversion zum Besten gab. Und damit auch die Royal Navy Jagd auf Morgan machte. Zutrauen würde sie einem Jäger alles. Als er bemerkt hatte, dass sie sich für seine Monstergeschichten interessierte, war er aus sich herausgekommen und hatte nicht mehr aufgehört, ihr die wildesten Erzählungen aufzutischen. Demnach hatte er bereits oft getötet und besaß keinerlei Skrupel. Morgan, Henry, Bingley und alle anderen der Crew waren für ihn keine lebens- und liebenswerten Geschöpfe.

Patricia erschauderte. Nein, sie wollte nicht an den Jäger denken. »Nun bist du nicht mehr unvermögend, Morgan. Dir gehört die Reederei!«

»Ich werde deinem Bruder alles zurückzahlen, aber dann muss ich die Reederei verkaufen. Also wäre ich wieder mittellos, zudem müsste ich viele gute Männer entlassen, die bisher für meinen Vater gearbeitet haben.« Er seufzte in ihr Haar, und sie dachte an sein Schiff voller Gold, das nicht weit entfernt im Hafen lag. Morgan war so ehrlich und würde alles zurückgeben, er hatte bereits einen Brief an Harry, Janes Sohn, aufgesetzt, der in der Bank of London arbeitete. Sicherlich würde das Geld bald auf Kutschen oder Fähren verladen werden und die Reise in die große Stadt antreten.

Plötzlich erklang Benedicts Stimme: »Ich bräuchte nur ein wenig Startkapital, um auf die Beine zu kommen, den Rest schenke ich euch zur Hochzeit.«

Patricia fuhr hoch. »Du bist noch wach?« Dann starrte sie Morgan an und wisperte: »Du hättest mich warnen können.«

Er grinste und flüsterte zurück: »Solange er sich nicht beschwert, will ich die Zweisamkeit mit dir genießen.«

»Ich hab ein Auge auf euch«, murmelte Benedict. »Die Hände bleiben über der Zudecke.«

Patricia verließ kurz das warme Nest, um ihrem Bruder einen Kuss auf die Wange zu drücken. In seiner grenzenlosen Liebe zu ihr würde er auf eine Rückzahlung verzichten. »Das Geschenk können wir unmöglich annehmen.«

»Da bin ich mit Patricia einer Meinung«, sagte auch Morgan.

Träge hob Benedict ein Lid. »Lasst uns ein andermal drüber reden, ich kann heute nicht mehr klar denken.«

»Offenbar«, sagte sie liebevoll, zerstrubbelte sein Haar und tapste zu Morgan zurück. In seinen Armen fühlte sie sich frei und sicher, möge kommen, was wolle.

Trotz des harten Bodens schlummerte sie schnell ein, doch ein lauter Schnarcher schreckte sie bald darauf auf. Der war nicht von Morgan gekommen, sondern von ihrem Bruder. Morgan starrte in die letzten Reste der Glut, offenbar verloren in seinen Gedanken.

154

»Was bedrückt dich?«, fragte Patricia leise. »Ist es wegen der Schulden?« Sie würde alles tun, was in ihrer Macht stand, um ihm zu helfen. Sie könnte in der Reederei arbeiten und vielleicht die Buchführung machen, mit Zahlen konnte sie umgehen. Oder sie lernte bei Tante Jane Kräutertees zu mischen und könnte diese auf dem Markt verkaufen. Irgendwie würden sie das Geld schon auftreiben, zumindest so viel, dass ihr Bruder nicht in Armut leben müsste. Allein der Gedanke! Nein, das durfte Benedict nicht für sie tun. Sie würde sich nie wieder wohl fühlen.

Nach einem tiefen Seufzer antwortete Morgan: »Es ist nicht nur wegen der Schulden. Vielmehr beschäftigt mich das, was mir mein Vater erzählt hat.«

Bisher hatte er nicht viel verlauten lassen, sich nur kurz mit Bingley und Henry besprochen und danach waren sie gleich zu seiner Wohnung gefahren. Sie wusste lediglich, dass er sich mit Murray gestritten und der alles gestanden hatte. »Was hat er gesagt?«

»Ich habe heute etwas über meine Mutter erfahren, das mich sehr aufwühlt. Ich wollte es dir erst erzählen, wenn wir unter uns sind.«

Plötzlich war sie hellwach, und sie dachte an das Foto der schönen Frau in seinem Logbuch.

Er warf einen Blick zu Benedict, dann zog er sie fest an seine Brust. »Mariah war eine Seherin, eine Art Schamanin in ihrem Rudel. Deshalb wurde sie verstoßen, weil der Anführer glaubte, sie würde Unglücksfälle nicht vorhersehen, sondern herbeibeschwören. Nachdem sie mich geboren hatte, kurz vor ihrem Tod, hatte sie eine weitere Vision …«

Patricia lauschte gebannt seinen Worten, während er ihr alles erzählte.

»Der Tag, an dem Morgan sicher vor den Jägern sein wird, ist der Tag, an dem sein Leben endet«, schloss er. »Das waren angeblich ihre letzten Worte und alles, was Vater mir gesagt hat.«

»Das ergibt doch keinen Sinn!« Wenn Morgan nicht mehr lebte, würde ihm auch niemand etwas zuleide tun können. »Ich werde dich nicht heiraten, niemals!« Wenn er an ihrer Hochzeit, am schönsten Tag ihres Lebens, umkam … Nein, dann wollte sie auch nicht mehr leben.

»Ich werde dich heiraten, denn ich habe keine Lust mehr, mich zu verstecken. Außerdem würde uns sonst niemand akzeptieren und die Leute würden dich zu einer Hure degradieren, wenn wir als unverheiratetes Paar zusammenleben.«

Er hatte ja recht, die Gesellschaft würde sie ausstoßen, womöglich würde Morgan alles verlieren.

»Aber …« Ihre Unterlippe zitterte, und sie schmiegte sich noch fester an seine Brust. »Was, wenn sich die Prophezeiung bewahrheitet? Dann wirst du …«
Ein Leben ohne Morgan – unvorstellbar! Eiskalte Klauen griffen nach ihrem Herz und zerquetschten es.

»Pst …« Sanft wischte er mit dem Daumen ihre Tränen von den Wangen. »Prophezeiungen können auf verschiedene Arten ausgelegt werden. Vielleicht meinte Mariah damit, dass lediglich ein neuer Lebensabschnitt beginnt und mein altes Leben endet?«

»Darauf will ich es nicht ankommen lassen, Morgan.« Lieber wohnte sie für immer auf seiner Fregatte und führte eine heimliche Beziehung, ja, sie würde sogar seine Hure sein, wenn er dafür bei ihr blieb!

Er ließ seine Hand an ihrem Rücken auf und ab wandern, was sie ein wenig beruhigte. »Ich möchte ein normales Leben mit dir, Kleines. Ich will nicht mehr auf der Flucht sein, möchte ein Heim und Kinder.«

Kinder mit Morgan, das wäre so schön … »Ich würde auf all das verzichten, wenn wir nur zusammen sind, egal wo und wie.« Mehr Tränen quollen über den Rand ihrer Lider, sie konnte sie nicht aufhalten.

»Süße …« Seine weichen Lippen knabberten an ihrem Mund. »Meine Mutter hat noch etwas gesagt, das mir Hoffnung gibt.«

»Was?«, wisperte sie.

»Ich glaube, es hat mit Bingley zu tun«, antwortete er und erzählte ihr auch den Rest von Mariahs Vision.

Kapitel 15 – Hochzeit

Patricia war niemals aufgeregter gewesen als am heutigen Tag. Sie klammerte sich an Morgans Hand und schaute in die Takelage der Mariah. Hunderte Lampions hingen über ihnen, und die bunten Lichter spiegelten sich in der nachtschwarzen See. Was für ein schönes Bild! Dazwischen saßen Geister oder andere Wesen auf den Spieren oder hielten sich an den Masten fest, um von dort oben die Zeremonie zu verfolgen. Außerdem konnten sie sofort sehen, falls sich ihnen ein anderes Schiff oder Boot näherte. Nichts und niemand sollte diesen perfekten Tag stören.

Patricia konnte sich keinen schöneren Ort vorstellen, Morgan zu heiraten, schließlich verband sie mit dem Schiff viele Erinnerungen an ihn. Doch das war nicht der Hauptgrund, warum ihr Liebster diesen Platz ausgesucht hatte, eine halbe Stunde Fahrt vom Festland entfernt. Die Prophezeiung machte ihm Sorgen. Würde er heute sterben?

James trachtete ihm nach dem Leben, deshalb hatten sie beschlossen, die Trauung auf die Mariah zu verlegen, weit weg von allen Gefahren. Außerdem waren sie hier unter sich.

Laut Mariahs Aussage sollte ein Freund ihn aus dem Totenreich zurückholen … Damit konnte nur Andrew gemeint sein. Aber der hatte Morgan bereits am Strand das Leben gerettet! Also war Mariahs Vorhersage vielleicht längst eingetroffen, und Morgans neues Leben war der neue Lebensabschnitt mit ihr. Mit der Hochzeit könnte seine Mutter genauso gut ihre Blutsverbindung gemeint haben, oder? Und James konnte unmöglich wissen, dass Morgan sich bester Gesundheit erfreute und zurück in England war, denn Murray und Mr Pitkern hatten keine Gelegenheit gehabt, ihm das zu sagen.

Hör auf, dich verrückt zu machen. Alles ist gut, dachte sie und blickte sich um. Blu-

men und Efeu rankten überall – dafür hatte Tante Jane mit einem Zauber gesorgt – und Glühwürmchen saßen mit wackelnden Hinterteilen auf der Reling
und leuchteten nur für sie.

An Bord gab es wenig Platz, was nicht weiter störte, denn ihre Gesellschaft
bestand lediglich aus der Crew, Benedict, Morgans Vater Jeffrey, Tante Jane und
ihrem Sohn Harry, der extra aus London zu ihnen gekommen war. Der blonde
Mann, der in etwa so alt war wie Benedict, also ungefähr achtundzwanzig Jahre,
saß neben seiner Mutter in der vordersten Stuhlreihe. Er trug einen feinen Anzug und zwinkerte Patricia fröhlich zu, als sie über ihre Schulter schaute.

Ihre Wangen erwärmten sich. Ihr Cousin Harry war äußerst attraktiv, besaß
eine große Statur, breite Schultern und ein unwiderstehliches Lächeln. Wahrscheinlich konnte er sich vor Verehrerinnen kaum retten.

Morgan knurrte neben ihr leise. Hatte er Harrys Blicke bemerkt?

»Er ist mein Cousin«, flüsterte Patricia ihm zu. »Du hast nichts zu befürchten.«

Verschmitzt grinste er zurück. »Das ist es nicht, reines Revierverhalten. Deine
Tante hat wohl ein kleines Detail verschwiegen.«

»Was meinst du?«

»Erzähle ich dir später, es geht gleich los!«

Andrew – der heute viel blasser wirkte als sonst – trat zu ihnen, und Henry
nahm neben Morgan seine Position als Trauzeuge ein. Beide Männer trugen
ihre feinsten Anzüge, und Andrew würde die Trauung vollziehen. Nach eigenen
Angaben war er in seinem menschlichen Leben Priester gewesen. Für Patricia
unvorstellbar! Doch sie freute sich, dass er das Amt übernahm. Er war ein
Freund für sie beide, und sie mussten keinen Außenstehenden in ihre Geheimnisse einweihen.

Es schmerzte sie nur, dass ihre Eltern nichts mehr von ihr wissen wollten.
Diese hatten sich vollkommen von ihr abgewandt. Wenigstens ihre Freundin
Marietta hätte sie gerne eingeladen, aber was würde sie zu den Dämonen, Ko-
bolden und Geistern sagen, die teilweise ihre wahre Gestalt zeigten?

Sie würde ihre Freundin später einmal nach Hause einladen und sich überlegen, was sie zu ihrer Verteidigung vorbringen sollte.

Patricia hatte darauf bestanden, dass Mr Pitkern auch zusehen durfte, Morgan hatte daraufhin von Andrew verlangt, seinen ehemaligen Offizier dahinge-
hend zu manipulieren, dass er ihnen keinen Schaden zufügte. Also saß Pitty
selig grinsend in der letzten Reihe.

Morgen würden sie nach London aufbrechen, dorthin würde ihre Hochzeits-
reise gehen. Harry begleitete sie und wollte ihnen alle bekannten Plätze der
Stadt zeigen sowie eine familiär geführte Unterkunft, in der sie sich bestimmt
wohl fühlen würden. Patricia liebte London, war aber leider bisher viel zu selten
dort gewesen, meist nur, um diese langweiligen Bälle zu besuchen, bei denen
man sie hatte verkuppeln wollen. Sie wollte mit ihrem Liebsten im Hyde Park
spazieren gehen und sich Museen und Opern anschauen. Ach, und so vieles

mehr! Patricia freute sich darauf.

Nach ihrer Reise würde sich Morgan um das Jägerproblem kümmern. Andrew sollte Mr Pitkern noch einmal manipulieren, damit er James Gardener zu ihm lockte. Morgan wollte ihm und seinen Männern eine Falle stellen, damit Andrew ihnen alle Erinnerungen an ihr Jägerdasein nehmen könnte und sie alle nie wieder etwas zu befürchten hätten.

»Liebe Anwesenden«, begann Andrew feierlich, woraufhin das Gemurmel verstummte. »Wir sind heute hier zusammengekommen, weil Captain Morgan Ryall und Lady Patricia einen Bund fürs Leben schließen.«

Oh Gott, sie war so aufgeregt, dass sie Andrews Worten kaum folgen konnte! Während sie Morgans Hand beinahe zerdrückte, krallte sie die Finger der anderen Hand in ihr wunderschönes Hochzeitskleid.

Tante Jane hatte es genäht, und Patricia fühlte sich darin wie eine Elfe. Der Stoff schimmerte blassgrün und war bestickt mit Rosenblüten. Jede Bewegung brachte ihn zum Funkeln, denn ihre Tante hatte das Kleid verzaubert. Jane vermochte so viele schöne Dinge mit ihrer Magie zu vollbringen – Patricia konnte es kaum erwarten, all die Zaubersprüche ebenfalls zu lernen. In den letzten zwei Wochen, in denen sie auch die Hochzeitsvorbereitungen getroffen hatten, hatte sich Patricia in jeder freien Minute mit dem Grimoire beschäftigt. Bis heute hatten sie alle bei Tante Jane gewohnt, da Patricia immer noch eine unverheiratete Frau war, daher konnte sie es kaum erwarten, endlich wieder Zeit allein mit Morgan zu verbringen. Die Hochzeitsnacht würde auf der Mariah stattfinden, nach der Reise würde sie mit ihm in seiner Wohnung leben.

Während Andrew sprach und sie alles wie durch einen Nebelschleier wahrnahm, hatte sie nur Augen für Morgan. Er trug seinen besten Frack, der seine imposante Statur unterstrich, hatte sein Haar im Nacken zusammengebunden und grinste sie verschmitzt an. Dabei glitzerten seine smaragdgrünen Augen. Er war das Paradebeispiel eines Verführers, und er roch himmlisch, nach frischer Sandelholzseife und ihm selbst. Ihr Gefährte war der schönste Mann auf Erden. Vor Glück liefen ihr ununterbrochen Tränen über die Wangen.

Als Andrew sagte: »Willst du, Patricia Salesbury, Morgan Ryall zu deinem angetrauten Ehemann nehmen, ihn lieben und …«, antwortete sie: »Ich will«, hoffentlich an der richtigen Stelle.

Morgan lachte, beugte sich zu ihr und flüsterte: »Ruhig, Kleines, ich laufe nicht weg.«

Andrew nickte feierlich. »Die Blutsverbindung wird euer Gelöbnis besiegeln.«

Morgan führte ihren Zeigefinger an seinen Mund und fügte ihm mit der Spitze eines Fangzahnes eine kleine Wunde zu. Sie spürte es kaum, es war nicht mehr als ein Pikser.

Er tat dasselbe bei sich, danach pressten sie die Fingerkuppen aufeinander. Die Stelle kribbelte, und als sich ihr Blut vermischte, erlebte sie erneut seine Gedanken. Er liebte sie ebenso sehr wie sie ihn, und er würde sie mit seinem Leben verteidigen, sollte ihr auch nur noch einmal Gefahr drohen. Er würde für sie sterben.

Nachdem er ihr einen feinen Goldring angesteckt hatte – und sie wollte jetzt nicht fragen, wie er sich den hatte leisten können –, zog er sie in seine Arme und küsste sie so verlangend, dass die Gäste jubelten und einige Crewmitglieder anzügliche Worte riefen.

Ihr war egal, wer ihnen beim Küssen zusah, denn für wenige Sekunden waren ihre Seelen miteinander verschmolzen und ihr Glück perfekt. Sogar Rosenblüten regneten wie aus heiterem Himmel auf sie herab! Morgan war ihr Mann, ihr Gefährte, mit dem sie so viel durchgestanden hatte. Sie wollte nie wieder von ihm getrennt sein.

Als sie sich lösten, verlor sie sich in seinem Blick. Hitze lag darin, eine rohe Wildheit und alle anderen Gefühle für sie. Am liebsten hätte sie ihn angesprungen, um sich noch an Ort und Stelle mit ihm zu vereinen. Sie wollte ihn tief in sich spüren, sein Blut trinken, von ihm genommen und gebissen werden.

Oh Gott, seine Gedanken vermischten sich mit ihren. Ihr Herz raste so heftig, dass sie kaum Luft bekam. Wie sollte sie die Feierlichkeiten überstehen, ohne durchzudrehen? Sie sehnte sich nach ungezügelter Leidenschaft, seinem Duft und der heißen Haut, die sich an ihre schmiegen würde …

Morgan, der in ebendiesem Moment genau fühlte, was in ihr vorging, raunte: »Vielleicht können wir uns später für ein paar Minuten abseilen, damit ich deinen gröbsten Hunger stillen kann.«

Ihre Wangen erhitzten sich bei seinen Worten und zwischen ihren Beinen prickelte es. Dieser Mann machte aus ihr eine ungezügelte Frau. Und sie liebte es!

»Lasst uns die Gläser auf das Brautpaar erheben!«, rief Henry und lenkte sie von weiteren sündhaften Gedanken ab. »Eine Rede, Captain!«

»Ja, eine Rede!«, kam es von irgendwo über ihnen.

»Ich bin kein Redner.« Lächelnd fuhr sich Morgan übers Haar. »Aber … Na gut.« Er schnappte sich ein Glas mit Champagner, das Billy ihnen auf einem Tablett servierte, und reichte auch Patricia eines. Anschließend blickte er in die Runde. »Liebe Familie, liebe Freunde, meine geschätzte Crew. Ich freue mich, dass ihr heute alle hier seid, um unseren schönsten Tag zu feiern. Meine Braut und ich möchten euch danken. Ihr habt so viel für uns getan. Ihr habt die Mariah geschmückt …« Er nickte Tante Jane zu, die in ihrem hellblauen Kleid aussah wie eine Lady und kein bisschen wie eine Hexe. »An dieser Stelle auch vielen Dank an Miss Jane, für Ihren Blumenzauber.«

Patricia hauchte ihr ein »Danke« entgegen und drehte sich einmal in ihrem Kostüm, sodass grüne Funken in alle Richtungen stoben und die Leute klatschten. Oh, wie sie dieses Kleid liebte! Schade, dass sie es nirgendwo sonst würde tragen können.

Morgan hob sein Glas in Jeffrey Ryalls Richtung. »Danke, Vater, dass du mir dein Lebenswerk anvertraust. Du hattest es nicht leicht auf deinem Weg, und doch hattest du immer genug Zeit für mich und hast mich alles gelehrt, was ein Kapitän wissen muss.«

Patricia spürte die drückende Last auf seinem Herzen. Jeffrey konnte kaum stehen, daher saß er in eine Decke gewickelt auf dem Stuhl. Das Geschwür, das in seinem Bauch wuchs, hatte ihn bereits stark geschwächt. Morgan hoffte so sehr, dass sein Vater seine geliebte Frau wiedertraf und auf ewig mit ihr vereint sein würde. Aber der bevorstehende Tod war nicht alles, was ihn bekümmerte. Wie sehr er sich gesehnt hatte, zwischen ihm und seinem Bruder hätte alles ein gütliches Ende gefunden. Doch Murray saß in diesem Moment angekettet im Frachtraum. Er hatte getobt und geschrien und ihnen die Pest an den Hals gewünscht. Es tat Patricia so leid, dass sich Morgans Bruder nicht mit ihm freute.

Morgan wandte sich seinen Leuten zu. »Danke an meine Crew, die mit mir alle Stürme gemeistert und dafür gesorgt hat, dass mein Mädchen …«, und damit meinte er die Mariah, »alles unbeschädigt überstanden hat.« Dann richtete er das Gespräch an Andrew und ein paar andere Crewmitglieder. »Danke, Doc, Sie haben mir mehr als einmal das Leben gerettet. Ich stehe auf ewig in Ihrer Schuld.« Er prostete ihm zu. »Danke an meinen alten Freund Henry, der uns stets alle an Bord versorgt und auch heute ein herzhaftes Menü gezaubert hat. Danke, Billy, du kümmerst dich meisterlich um meine Kabine und mein Wohl und hast auch meiner Gefährtin jeden Wunsch erfüllt.«

Billys Wangen färbten sich dunkler. Er dachte wohl an den Tag, an dem er ihr seine Hosen gegeben hatte. Das schien ewig zurückzuliegen.

Zuletzt war Ianto an der Reihe. »Und Danke Ianto, für deine Fähigkeiten als Erster Offizier und dass ich bei dir schlafen durfte, als Patricia mich aus meiner Kabine geworfen hat.«

Die Crew lachte, und Ianto zwinkerte ihm mit seinem einem Auge zu.

Danach wurde Morgan ernst und schaute Benedict an. »Wie ich mich bei meinem Schwager revanchieren soll, weiß ich immer noch nicht, denn ohne ihn hätte ich meine Gefährtin wohl nie wieder gesehen. Mein unendlicher Dank gilt dir.« Er prostete Benedict zu, während Patricia gerührt beobachtete, wie verbunden alle Morgan waren. Er war ein Alpha mit Herz und trotzdem respektierten ihn alle.

Schlussendlich drehte er ihr das Gesicht zu und lächelte sie an. »Der allergrößte Dank jedoch gilt meiner wunderschönen Braut und Gefährtin. Mit ihr kann ich mich herrlich streiten, sie bringt mich zum Lachen, hat keine Angst, wenn ich meine wahre Gestalt zeige, und sie verachtet mich nicht dafür. Heute beginnt ein neuer Lebensabschnitt für uns beide. Ich will nie mehr weglaufen, sondern zu dem stehen, was ich bin. Das hat Patricia mich gelehrt.« Tief sah er ihr in die Augen. »Dafür liebe ich dich und für so vieles mehr.«

Sie fiel ihm um den Hals, und er wirbelte sie herum. »Ich hab dich auch so unendlich lieb.« Sie wünschte, dieser Moment würde niemals enden.

Nachdem er sie abgesetzt hatte, prostete er den Umstehenden zu. »Ihr alle seid für uns da, um die Nacht perfekt zu machen. Und nun lasst uns feiern, tanzen und fröhlich sein, bis zum ersten Sonnenstrahl.«

»Auf den Captain und Lady Patricia!«, ertönte es von allen Seiten, und plötzlich spielte Musik.

Patricia schaute nach oben. Einige von Morgans Männern saßen mit Instrumenten in den Wanten und spielten auf Violinen, Flöten, Trommeln und Mandolinen ein flottes Seemannslied. Patricia hatte sie niemals zuvor spielen gehört.

»Ich wusste nicht, dass du Musiker an Bord hast!«, sagte sie überrascht, während Morgan ihr die Hand reichte.

»Darf ich bitten, Mylady?« Er zog sie dicht an sich und knurrte leise, während er sie in ihrem Kleid musterte. »Du weißt noch so vieles nicht.«

»Muss ich mich vor Ihnen fürchten, Sir?«, fragte sie schelmisch.

»Vielleicht ein wenig vor meiner düsteren, unbeherrschten Seite.«

»Die würde ich heute Nacht gerne erleben«, wisperte sie ihm ins Ohr, bevor er begann, mit ihr über das Deck zu wirbeln.

Stühle wurden beiseite geschoben, und Andrew zog Billy auf die Tanzfläche. Henry forderte Tante Jane auf, wobei er sich mit seinem Holzbein schwer tat, doch als das zweite Lied erklang, verwandelte er sich in einen Wolf und sprang übermütig durch die Menge, während Harry mit seiner Mutter tanzte. Da es an Partnerinnen mangelte, tanzte jeder mit jedem und alle hatten Spaß. Sie tanzten und lachten, bis Patricia die Luft ausging und sie sich mit Morgan an den Rand hockte, um etwas zu trinken.

»Ich hatte keine Ahnung, dass du so gut tanzen kannst.«

»Ich kann dir noch so einige verborgene Talente zeigen«, raunte er.

»Darauf freue ich mich«, flüsterte sie und küsste seinen Hals.

»Ich fühle, was du denkst, die Wirkung des Blutes hält noch an.«

Sie lachte. »Tu nicht so, als würdest du an etwas anderes denken, Herr Kapitän, denn ich weiß ebenfalls, was in deinem Kopf vorgeht.«

Sie schäkerte mit Morgan herum und freute sich über seine Unbeschwertheit. Die schreckliche Vision seiner Mutter war fast vergessen. Mariah musste sich geirrt haben, oder die Prophezeiung hatte sich längst erledigt. Patricia fühlte sich wohl und sicher wie nie.

Plötzlich trat Harry zu ihnen. Er hatte seinen Frack ausgezogen und trug nur noch Weste und Hemd. Patricia bemerkte erstaunt, dass er überaus gut gebaut war für jemanden, der den ganzen Tag in einer Bank arbeitete. In der Hand hielt er ein zusammengerolltes und versiegeltes Schriftstück.

»Auf ein Wort, Captain«, sagte er.

Morgan und Patricia folgten ihm zu einem Fleckchen, an dem es etwas ruhiger zuging. Gespannt wartete sie, was ihr Cousin von ihnen wollte.

Er überreichte Morgan das Papier, und der erbrach das Siegel und rollte es auf.

Patricia erhaschte einen Blick auf die ordentliche Handschrift, konnte jedoch ihren Augen nicht trauen. Die Bank of London versprach ihnen einen großzügigen Finderlohn für das Zurückbringen des gestohlenen Geldes.

»Das kann nicht sein«, sagte Morgan ehrfürchtig und blickte Harry erstaunt an. »Das ist so viel … Damit könnte ich meine Männer ausbezahlen und sämtliche Schulden begleichen.«

Patricia zwinkerte sich Tränen aus den Augen. Konnte der Tag noch besser werden? Es klang alles zu gut, war zu perfekt. »Ich habe Angst, aus diesem Traum aufzuwachen.«

Harry zwickte sie grinsend in den Arm. »Du bist wach, Cousinchen. Und ich freue mich riesig, der Überbringer dieser Botschaft zu sein.«

»Hast du etwas damit zu tun?«, wollte sie wissen. Ihr Herz raste wild vor Freude. Nun würde alles, ja wirklich alles gut werden.

Schmunzelnd zuckte er mit den Schultern. »Vielleicht.«

Da konnte sie nicht anders und fiel ihm lachend um den Hals. »Du bist ab jetzt mein Lieblingscousin.«

»Bin ja auch dein einziger«, antwortete er und drückte sie an sich, bis sie Morgan hinter ihrem Rücken knurren hörte.

$$***$$

Nachdem Morgan seiner Crew und Benedict die frohe Botschaft überbracht hatte, wurde noch ausgelassener gefeiert. Obwohl die Nacht merklich kühler geworden war, glühte Patricias Haut. Sie war es nicht gewohnt, so viel zu tanzen. Jedem Besatzungsmitglied hatte sie ein Lied schenken müssen und dazwischen hatte Morgan sie für sich haben wollen.

Morgan hatte keine Schulden mehr bei ihrem Bruder! Benedict würde sich ein neues Haus kaufen – in London, wie er sofort freudestrahlend verkündet hatte – und seinen Butler sowie die Köchin wieder einstellen. Die beiden und sein eigenes Bett fehlten ihm am meisten.

Ianto, Andrew, Henry und die anderen überlegten fieberhaft, was sie mit ihrem Anteil machen sollten. Die einen wollten trotz des Geldes weiterhin zur See fahren, weil sie sich auf dem Meer frei fühlten, andere, wie Johann, die nichts mit materiellen Dingen anfangen konnten, wollten ihren Teil den lebenden Nachfahren zukommen lassen.

Patricias Brust erwärmte sich, wenn sie in die glücklichen Gesichter schaute. Ihr war von all der Bewegung und den überwältigenden Gefühlen so heiß, dass sie kurz nach Mitternacht zu ihrem Liebsten sagte: »Ich gehe mich kurz frisch machen.«

»Soll ich mitkommen?« Er verzog die Lippen zu einem frechen Lächeln. Mittlerweile hatte er sein Hemd am Kragen geöffnet, sodass Patricia seinen Kehlkopf und ein winziges Stück der Brust erkannte. Die Ärmel hatte er hochgekrämpelt und entblößten kräftige, gebräunte Unterarme. Göttlich.

»Ich würde so gerne mit dir allein sein, aber was würden die Gäste denken?« Sie warf einen Blick zu Benedict, der sich angeregt mit Ianto über Rennpferde austauschte. Wenn ihr Bruder wüsste, was für sündhafte Gedanken in ihrem Kopf kreisten, seit sie Morgan kannte ...

Benedict hielt eine Weinflasche, aus der er ständig große Schlucke nahm. Dabei schaute er sich um. Offenbar überforderte ihn die Anwesenheit der zahlreichen übernatürlichen Wesen. Armer Benedict. Morgen würde ihm der Schädel brummen. Er sah schon sehr betrunken aus, und Ianto griff ihm sofort stützend an den Arm, als er schwankte.

»Bleib nicht zu lang«, raunte Morgan ihr zu und entließ sie erst nach einem Kuss. »Oder soll ich nicht lieber doch mitkommen?«

»Nein!« Sie lachte, weil sie genau wusste, wozu das führen würde.

»Brauchst du eine Laterne?«

»Nein, Danke, mein Kleid leuchtet mir den Weg.« Sie drehte sich für ihn einmal im Kreis, sodass die Funken davonstoben, danach begab sie sich zum Niedergang und machte sich auf in die Richtung seiner Kajüte. Sie wollte ihr erhitztes Gesicht kühlen und danach die Latrinen aufsuchen.

Als sie im dunklen Gang Andrews Stimme hörte, befiel sie Neugier. »Lust auf ein bisschen Spaß, Wölflein?«

Wölflein? Wen meinte er damit? Morgan und Henry befanden sich an Deck. Andrew schäkerte mit jemandem herum, aber es konnte auch nicht Billy sein, denn den hatte sie gerade noch an Deck gesehen.

Sie wollte nur einen kurzen Blick riskieren und lugte um die Ecke. Vor Andrews Tür hing ein blutroter Lampion, der ein kleines Stück vom Gang beleuchtete.

Harry drückte Andrew kraftvoll mit seinem Körper gegen die Wand und leckte ihm über die Lippen. »Pass auf, dass ich dich nicht fresse.« Als er grinste, erkannte sie kurze Fänge.

Ihr Atem stockte. Also das hatte Morgan vorhin gemeint, als er gesagt hatte, Tante Jane hätte ihnen ein Detail verschwiegen. Harry schien auch ein Wolfswandler zu sein!

Patricia hielt ihr Kleid fest und verbarg sich im Dunkeln. Sie musste aufpassen, dass der Stoff nicht raschelte. Zum Glück konnten die Zauberfunken nichts entzünden, wie Tante Jane ihr versichert hatte.

»Du starrst mich schon seit Stunden an.« Andrew zeigte ebenfalls seine Reißzähne. »Dein Blut riecht fantastisch, ich werde nicht lange widerstehen können.«

»Dann beiß mich, wenn du das Echo verträgst«, raunte Harry.

Patricia blinzelte. War das wirklich ihr Cousin?

»Kannst du dich ganz verwandeln?«, wollte Andrew wissen, während er Harry an den Pobacken packte und zudrückte.

Leise stöhnte ihr Cousin auf. »Nein. Du bekommst nur das, was du siehst.« Erneut zeigte er seine leicht verlängerten Eckzähne.

»Keine Krallen?«, fragte Andrew schmunzelnd.

»Nein.«

»Wie süß. Da hab ich nicht viel zu befürchten.«

Harry knurrte an seinem Hals. »Täusch dich nicht in mir. Ich bin ein wildes Tier.«

»Verdammt selbstbewusst, das Wölflein.«

»Hier brauche ich mich vor niemandem zu verstecken.« Harry lallte leicht. Der Alkohol musste seine Zunge gelockert haben. »Ich habe mich niemals zuvor so frei gefühlt.«

Warum hatte Tante Jane ihr nie erzählt, dass ihr Sohn sich ebenfalls ein wenig verwandeln konnte?

Lasziv rieb Andrew seinen Unterleib an ihm. »Weiß deine Mami, was du bist?«

»Niemand. Nur du. Und dabei soll es bleiben. Diese eine Nacht will ich ausgelassen sein, leben, unanständige Dinge tun, Vampir.« Er drückte Andrew einen harten Kuss auf die Lippen, dann packte er ihn grinsend am Kragen und bugsierte ihn in seine Kabine.

Oh mein Gott, ihr Cousin hatte es faustdick hinter den Ohren! Doch warum hatte er seiner Mutter nicht erzählt, was er war?

Patricia zuckte zusammen, als Billy plötzlich neben ihr stand. Oh nein, der arme Junge! Er hatte sicher alles mitbekommen. »Es tut mir leid«, sagte sie leise und streichelte ihm kurz über den Rücken.

Billy lächelte sie an. »Andrew spielt bloß mit ihm. Ich weiß, dass er nur mich liebt. Mir macht es nichts aus, wenn er sich ab und zu einen Happen woanders genehmigt, im Gegenteil. Es macht Spaß … zu dritt.« Mit diesen Worten huschte er an ihr vorbei und verschwand ebenfalls in der Kajüte.

Sodom und Gomorrha, und das auf meiner Hochzeit!, dachte Patricia schmunzelnd, begab sich in Morgans Kajüte und machte sich kurze Zeit später auf zu den Latrinen vorne am Galion, daher musste sie an Andrews Kabine vorbei. Daraus erklangen Stöhnlaute, die ihr die Röte ins Gesicht trieben, weil sie sich bildlich vorstellte, was dort drinnen mit ihrem Cousin passierte.

Schnell lief sie weiter und erhellte mit den Funken die Dunkelheit der Gänge, bis sie durch eine Tür trat und im Freien herauskam. Wie aus weiter Ferne hörte sie Musik und das Lachen der Crew und der Gäste.

Am Bugspriet befand sich ein Loch auf einer Art Kiste – die Latrine. Daneben stand ein Holzhäuschen mit einer schmalen Tür. Morgan hatte die Kabine in Auftrag gegeben, als Patricia auf das Schiff gekommen war. So konnte sie ungestört ihren menschlichen Bedürfnissen nachgehen, was auf diesem Schiff ohnehin nur wenige mussten. Daher war sie auch jetzt ganz allein am Galion. Kein Mondschein erhellte die stockdunkle Nacht, denn Morgan hatte ihren Hochzeitstag auf Neumond gelegt, damit kein Crewmitglied durchdrehte. Nur ein leuchtendes Herz zeigte ihr den Weg. Der Schiffszimmermann hatte die kleine herzförmige Öffnung in die Tür gesägt, damit Tageslicht in die Kabine fallen konnte. Darin hing ein kleiner Lampion, der das Innere sanft ausleuchtete. Ihr Gefährte hatte wirklich an alles gedacht.

Als Patricia wenig später die Kabine wieder verlassen wollte, hörte sie Männerstimmen. Oh je, wie peinlich, sie war nicht mehr allein. Sie würde warten, bis diejenigen ihr Geschäft erledigt hatten und erst danach die Kabine verlassen.

Aber die Stimmen kamen nicht näher, offenbar hatten sich hier zwei Personen nur einen Ort zum Reden gesucht. Um sicher zu sein, lugte sie durch die herzförmige Öffnung. Eiskalte Schauder krochen beim Anblick des einen Mannes über ihr Rückgrat. Das durfte nicht wahr sein, sie musste träumen!

Sie blinzelte, aber der Mann verschwand nicht. Er stand an der gegenüberliegenden Wand vor einem riesigen blauschimmernden Kreis. Kaltes blaues Feuer, für menschliche Augen normalerweise unsichtbar …

Patricia konnte durch den Feuerkreis hindurchblicken wie durch ein gigantisches Schlüsselloch, erkannte jedoch nur eine Mauer aus Ziegelsteinen. Obwohl sie es noch nie gesehen hatte, wusste sie sofort, was es war, denn sie hatte im Grimoire darüber gelesen: ein Dämonentor, ein magisches Portal, durch das Dämonen von einem Ort zum anderen Reisen konnten. Davor unterhielten sich zwei Personen, und von der einen hatte sie gehofft, sie nie wieder zu erblicken: James Gardener!

Der große Mann, den sie einst für ihren Freund gehalten hatte, steckte in schwarzen Kleidungsstücken und verschmolz perfekt mit der Nacht. Haare und Gesicht wollte er offenbar unter dem breitkrempigen Hut verbergen, den er in der Hand hielt. An einem Gürtel baumelten Schwerter, Messer und Schusswaffen. Damit erinnerte er sie an einen Seeräuber!

»Crystobal«, sagte er zu dem anderen Kerl. »Hol mich in einer halben Stunde hier ab. Dann müsste ich alles erledigt haben.«

»Ich würde gerne mit Euch kommen, Herr.«

Patricia blinzelte erneut, während ihr Puls hart in den Ohren klopfte. Dieser Crystobal war kein Mensch! Da sie noch Spuren von Morgans Blut in sich hatte, erkannte sie das wahre Ich von James' Partner, das unter der menschlichen Hülle flackerte: Er war ein Dämon, und was für ein grusliger! Die Haut schien gänzlich mit graugrünen Schuppen bedeckt, und anstatt eines menschlichen Schädels besaß er den einer Echse. Sogar eine gespaltene Zunge zeigte sich, wenn er sprach.

»Du kannst nicht mit«, erklärte Gardener. »Auf dem Schiff wimmelt es vor Dämonen. Einer davon hat einen sehr ausgeprägten Geruchssinn, er würde dich sofort bemerken, während ich mich als Mensch noch am unauffälligsten unter ihnen verstecken kann. Mittlerweile sollten alle zu viel getrunken haben, das wird ein Klacks. Sollte ich deine Hilfe oder die deiner Lakaien brauchen, rufe ich dich.« Er hielt ihm die Faust vor die Nase, und Patricia erkannte einen Ring mit einem dicken grünen Stein. »Das neue Artefakt des Meisters wird die gröbste Arbeit für mich erledigen. Dank dieser mächtigen Waffe ist es in Zukunft ein Kinderspiel, die meisten zu vernichten.«

Der Ring war eine Waffe? Patricia zuckte zusammen. Wenn sich James allein auf ein Schiff voller übernatürlicher Wesen traute, musste diese Waffe wirklich gefährlich sein.

Der Dämon verschwand nickend im Portal, das sich hinter ihm zusammenzog, bis es nicht mehr zu sehen war, dann setzte sich James den Hut auf.

Oh Gott, woher wusste er, wo er Morgan finden konnte, ja, dass er überhaupt hier war? Murray und Mr Pitkern konnten es ihm nicht gesagt haben. Irgendjemand anderes musste ihm von der Hochzeit erzählt haben!

Sie musste etwas tun, um Morgan und die anderen zu warnen, nur was?

Sie hatte bloß eine einzige Idee und hoffte, dass sie funktionierte. Mutig trat sie aus der Tür und versuchte, ein ehrliches Lächeln aufzusetzen, wobei sie sich so vorsichtig wie möglich bewegte, um das Kleid bloß nicht zum Glitzern zu bringen. »James! Was für eine Überraschung! Ich freue mich, Sie zu sehen.«

Mit offenen Armen ging sie auf ihn zu und schwankte leicht, während er sie alarmiert anblickte.

»Wie haben Sie sich auf das Schiff geschmuggelt?« Grinsend tippte sie sich ans Kinn, obwohl sie innerlich tausend Tode starb, kicherte und lallte: »Lassen Sie mich raten ... Über ein Beiboot?«

James schien sich zu entspannen, denn er zog den Hut ab, blickte sich verstohlen um und ergriff ihre Finger, um ihr einen Kuss auf den Handrücken zu hauchen. »Meine liebe Lady Patricia, Sie sehen bezaubernd aus. Ich befürchte nur, Sie haben zu viel getrunken.«

Bei seiner Berührung kroch ein frostiges Gefühl von den Fingerspitzen bis in ihr Herz. Etwas abgrundtief Böses haftete James an. Das spürte sie mit jeder Faser ihres Seins.

Trotzdem kicherte sie erneut. »Ich vertrage nicht viel Alkohol, aber heute möchte ich ausgelassen sein und feiern.« Oh Gott, sie musste ihn aufhalten! »Woher haben Sie von der Hochzeit erfahren?«

»Ich habe ein Hausmädchen Ihrer Eltern mit ein wenig Geld bestochen, mir alle Neuigkeiten unverzüglich mitzuteilen.«

Nicht nur mit Geld, wahrscheinlich auch mit seinem Charme, auf den sie selbst einmal hereingefallen war.

James warf einen weiteren Blick über die Schulter, doch sie waren noch allein. »Wissen Sie, wer Ihr Mann wirklich ist, meine Liebe?«

Schief grinsend bohrte sie einen Finger in seine Brust. »Wenn Sie darauf anspielen, dass ich einen Captain und keinen Adligen geheiratet habe ...« Sie seufzte theatralisch und setzte eine betrübte Miene auf. »Meine Eltern verachten mich dafür und sind nicht einmal zur Hochzeit erschienen, aber von Ihnen habe ich das nicht erwartet, James. Ich dachte, wir wären Freunde?«

»Meine liebe Patricia, ich glaube, wir sollten uns unterhalten, bevor es gleich ein unschönes Erwachen gibt.«

»Jetzt? Und wovon sprechen Sie? Ich sollte zurück zu meinem Ehemann. Er wird mich sicher schon vermissen.«

Sie brauchte diesen Ring! Blitzschnell fasste sie an James' Hand, um das Artefakt von seinem Finger zu reißen, doch das saß fest.

Verdammt!

Sie wirbelte herum und wollte vor ihm fliehen, aber er packte ihren Arm. »Hier geblieben«, knurrte er und hielt ihr eine Klinge an den Hals. »Sollten Sie schreien, schlitze ich Sie auf.«

Ihre Unterlippe zitterte. »James, bitte, Sie sind nicht Sie selbst. Sie sind kein Mörder.«

»Sie kennen mich nicht«, sagte er düster und zog sie durch die Tür in den Bauch des Schiffes. Seine langen Beine streiften ihr Kleid, und es funkelte bei jedem Schritt.

»Da ist Magie im Spiel«, flüsterte er. »Haben Sie das Kleid verzaubert?«

»Nein, ich … kann nicht zaubern.« Leider entsprach das der Wahrheit. Tante Jane hatte versucht, ihr einfache Verteidigungszauber beizubringen, doch kein Spruch hatte Wirkung gezeigt. Die Rezepte für Tinkturen und andere Mittel hingegen hatte sie mit Leichtigkeit nachgekocht, auch Talismane hatte sie gebastelt. Einen davon trug sie um ihren Hals, verborgen zwischen dem Tal ihrer Brüste. Auf dem Anhänger war ein Auge zu erkennen, das alles Böse von ihr fernhalten sollte.

James schien der Talisman nicht zu beeindrucken. Er befahl ihr, eine Leiter hinunterzugehen. Völlige Dunkelheit lag unter ihr, denn dort ging es zu den Laderäumen. Morgans Bruder war hier eingesperrt!

James wollte sie doch nicht zu ihm stecken?

Sofort erinnerte sie sich daran, wie die Piraten sie gefangen gehalten hatten und Ratten über ihre Füße gehuscht waren. Nein, sie wollte nicht in dieses schwarze Gefängnis! »Bitte, James, nehmen Sie Vernunft an!«

Er ignorierte sie, während sie kaum Luft bekam. *Morgan, hilf mir! Hörst du mich? Gardener ist hier!*, schickte sie ihre Gedanken nach oben.

Plötzlich erhellte ein grünes Licht die Finsternis. James' seltsamer Ring strahlte es aus.

Er schob den schweren Riegel zur Seite und öffnete die Tür zum Lager. Sofort drang Murrays übelgelaunte Stimme zu ihnen heraus. »Was wollt ihr schon wieder?«

James grinste. »Ryall! Ich hatte vermutet, dass Ihr Bruder Sie in Gewahrsam hat, jedoch nicht daran geglaubt, Sie lebend vorzufinden.«

»Gardener?«, erklang es aus der Schwärze, und Patricia horte das Rascheln von Ketten. »Sie hier? Machen Sie mich los!«

»Sie können mir Rückendeckung geben, wenn ich auf diesem Schiff aufräume.«

Während James Murray von den Ketten befreite, überlegte Patricia fieberhaft, wie sie ihn aufhalten konnte. Mit einem Tritt könnte sie ihn in den Laderaum befördern und hinter ihm die Tür verriegeln, aber sie befürchtete, ihr Vorhaben würde nicht klappen. James behielt sie ständig im Auge.

»Was haben Sie vor?«, fragte Murray, als er aus der Dunkelheit ins grüne Licht trat. Dabei rieb er sich über die Handgelenke und warf einen düsteren Blick auf Patricia. Seine Kleidung wirkte schmutzig und ramponiert, ein Vollbart bedeckte sein Gesicht und er verströmte einen penetranten Geruch. Die zwei Wochen Gefangenschaft hatten Spuren hinterlassen. Bestimmt war er sehr böse auf seinen Bruder.

James packte sie am Arm und bugsierte sie zur Lagertür. »Ich will unbedingt Morgan und diesen Vampir erledigen, mit den beiden hab ich noch eine Rechnung offen. Sie haben die ganze Aktion mit den Piraten versaut. Alle anderen sind ein hübscher Bonus.«

»Warum, James?«, fragte sie und stemmte sich gegen ihn. »Was haben die Männer Ihnen getan?«

»Nichts, aber mit ihnen bestreite ich meinen Lebensunterhalt. Das Kopfgeld ist höher als bei Normalsterblichen, sehr viel höher, sogar.«

»Kopfgeld?« Sie versuchte, Zeit zu schinden, allerdings interessierte es sie auch, wer James bezahlte. »Wer hat es ausgesetzt?«

James entblößte helle Zähne. »Glauben Sie mir, Patricia, Sie wollen nicht wissen, für wen ich arbeite.«

»Sie wollen Morgan töten?« Murray kniff die Lider zusammen. »Ich dachte, lebendig bringt er Ihnen viel mehr ein?«

James schnaubte und reichte ihm eines von seinen Schwertern. »Ich glaube nicht, dass ich ihn lebendig bekomme, nicht auf diesem Schiff, wo so viele seiner Männer sind. Die Dämonen sind kein Problem, die erledigt dieser Ring.« Er zeigte Murray den grünen Stein. »Aber der Captain und sein Vampirarzt sind nicht zu unterschätzen.«

»Sie sind nicht Ihr Feind«, sagte Patricia.

Beide Männer schauten sie an. James hob die Brauen. »Vielleicht gibt es doch eine Möglichkeit.«

»Was?« Ihre Stimme überschlug sich.

»Ist Lady Patricia ein Mensch?«, fragte er Murray.

Der zuckte die Achseln. »Ich weiß es nicht, ich habe nur gehört, dass sie Morgans Gefährtin sein soll.«

»Gefährtin? Dann ist ihr Band besonders eng.« James lachte. »Das ist mein Glückstag. Sie kommen mit, meine Liebe.«

Morgan, er ist hier, Gardener ist hier!, rief sie in Gedanken und hoffte, dass ihr Gefährte spüren konnte, dass sie alle in Gefahr waren.

Kapitel 16 – Tod und Vergebung

Morgans Unruhe nahm minütlich zu. Irgendetwas stimmte nicht, Patricia war bereits viel zu lange weg.

Er beschloss sie zu suchen und lief den Niedergang hinab, woraufhin er fast mit Billy zusammenstieß. Der Junge sah aus, als hätte er sich Hemd und Hose hastig übergezogen.

»Verzeihung, Captain, wollte Andrew und mir schnell was vom Schampus holen.«

»Hast du Patricia gesehen?«, fragte Morgan.

»Ja, vorhin.« Billys jungenhaftes Grinsen verschwand. »Ist etwas passiert?«

»Es ist nur so eine Ahnung.« Er fasste sich kurz an die Brust und atmete tief durch. Ein beklemmendes Gefühl hinderte ihn am Luftholen. »Sie ist beunruhigt oder aufgewühlt.«

»Also, ähm …« Billy kratzte sich am Kopf und starrte auf seine nackten Füße. »Vielleicht hat es sie ein wenig verstört, dass Andrew, Harry und ich …«

Morgan schüttelte den Kopf. »Nein, das ist es nicht.« Seine Nasenflügel blähten sich, und er suchte im Dunkeln ihre Fährte. Das zarte Duftband zog sich durch das ganze Schiff. »Sie hat Angst!« Er stürmte weiter zu Bingleys Kabine und riss die Tür auf. »Doc, ich brauche Sie. Patricia ist in Gefahr, womöglich sind wir das alle!«

Andrew lag neben Harry im Bett – nackt. Als er Morgan erblickte, sprang er sofort auf und zog eine Hose an. »Gardener?«

»Ich hoffe nicht«, rief er mit einem Blick auf Harry, der sich bisher nicht gerührt hatte. »Kann er mitkommen?«

»Ich fürchte, wir haben ihn zu heftig rangenommen.«

»Ich helfe auch suchen«, meldete sich Billy hinter ihnen.

Morgan nickte. »Sag zuerst Ianto, Henry und den anderen Bescheid.«

»Wölflein, du wirst die Party leider verpassen«, murmelte Andrew, warf eine Decke über Harry und eilte hinter Morgan zur Tür hinaus.

Sie kamen nicht weit, im Gang trat ihnen Gardener entgegen. Patricia hing in seinem Griff, ein Messer an der Kehle. Hinter ihm stand Murray mit gezogenem Schwert.

Verdammt!

Für den Bruchteil einer Sekunde wurde ihm schwarz vor Augen. Wie war der Jäger unentdeckt an Bord gekommen?

»Lassen Sie sofort meine Frau los!« Seine Fänge und Krallen schossen hervor, seine Sicht schärfte sich und ein Knurren stieg aus seiner Kehle auf, das selbst in seinen Ohren furchterregend klang. Am liebsten wollte er diesen Mistkerl an Ort und Stelle zerfleischen, doch ein Schnitt, und Patricia wäre … Nicht daran denken! Er stand kurz davor, sich in einen Wolf zu verwandeln. Seine Haut prickelte und spannte, das Fell drohte durchzubrechen.

»Morgan«, wisperte sie matt. Sie hielt sich tapfer und weinte nicht, aber ihr Gesicht wirkte blutleer. »Sein Ring, er ist …«

»Zurück mit Ihnen, Captain!« Gardener drückte die Klinge fester an ihren Hals. »Alle Mann an Deck. Dann können wir über alles reden.« Zu Patricia gewandt sagte er: »Und du bist still, Täubchen, oder ich muss dich ein wenig zurechtstutzen.« Wie um seine Worte zu unterstreichen, ließ er die Klinge über ihre Haut schaben.

Morgan knurrte erneut, jede Sehne seines Körpers angespannt. Er stand nah genug, damit er Gardener mit einem Sprung das Messer entreißen könnte. Doch was, wenn der Jäger schneller reagierte?

Morgan warf einen kurzen Blick auf Murray. Sein Bruder starrte an ihm vorbei. Der Feigling traute sich nicht, ihm in die Augen zu sehen! Morgan roch seine Aufregung, Murray hatte Angst vor ihm, während sich Gardener von seiner beginnenden Verwandlung unbeeindruckt zeigte.

»Captain …« Bingley zog von hinten an seinem Arm. »Gehen wir nach oben.« So leise, dass es nur Wesen mit sensibleren Sinnen hören konnten, setzte er hinzu: »Dort erledigen wir die beiden.«

Als sie an Deck ankamen, verstummten alle und drehten sich in ihre Richtung. Tante Jane drückte sich die Hand auf den Mund, Vater erhob sich aus seinem Stuhl und flüsterte: »Murray«. Henry, immer noch in seiner Wolfsgestalt, knurrte leise.

Gardener stand mit Patricia mitten unter der Hochzeitsgesellschaft, Murray befand sich in seiner Nähe und drehte sich mit erhobenem Schwert im Kreis. Die Situation war angespannt, jeder wartete darauf, dass Morgan einen Befehl gab.

Was sollte er tun? In seinem Kopf überschlugen sich die Gedanken, während er nur Augen für seine Gefährtin hatte, die in den Armen des Jägers hing.

Johann flog auf Morgan zu und wisperte in sein Ohr: »Niemand sonst an Bord, Sir.«

Er nickte seinem treuen Matrosen zu, als Zeichen, dass er ihn verstanden hatte. Gut, der Feind war in der Unterzahl. Morgan würde keine Sekunde zögern, diesen Mistkerl zu erledigen, aber sollte Patricia dabei verletzt oder getötet werden, würde er sich das nie verzeihen.

»Sie haben keine Chance gegen uns alle, Gardener!«, rief er. »Geben Sie auf!«

»Sollte es auch nur einer wagen, mich anzugreifen, werdet ihr alle sterben.« Der Jäger lächelte überheblich. »Kostprobe gefällig?« Während er die Klinge weiterhin an Patricias Hals drückte, hob er die andere Hand mit dem Ring in die Höhe. Grüner Nebel strömte daraus hervor. Was war das?

Er hörte Miss Jane hinter sich keuchen. »Schwarze Magie«, wisperte sie. »Ich kann sie spüren. Dieser Mann strahlt das pure Böse aus. Er wird nicht zögern, meine Nichte umzubringen, wenn Sie bloß mit der Wimper zucken, Morgan.«

Nun wollte er erst recht seine Gefährtin aus den Klauen dieses Wahnsinnigen befreien, doch er konnte sich nicht mehr bewegen. Seine Füße schienen mit den Holzplanken verklebt, während Miss Jane einen lateinischen Spruch murmelte. Sie verzauberte ihn!

Knurrend wandte er ihr den Kopf zu.

»Es ist noch nicht an der Zeit«, flüsterte sie. »Geduld, oder wir werden alle sterben.«

Geduld? Seine Gefährtin befand sich in Lebensgefahr, sie alle! Er konnte nur hilflos zusehen, wie sich der grüne Neben an Bord verteilte. Fast jeder Mann, der ihn einatmete, griff sich hustend an die Kehle, als würde er ersticken. Morgan fühlte nichts, er roch nicht einmal etwas. Hastig blickte er sich zu Henry, Ianto und Bingley um, denen der Dunst auch nicht zu schaden schien. Der Doc lief auf Billy zu, der röchelnd zusammengebrochen war.

»Hören Sie sofort damit auf!«, rief Bingley und warf sich neben Billy auf die Knie. »Was hast du?«

Der Junge konnte nicht sprechen, sondern verdrehte nur die Augen. Den meisten anderen Dämonen ging es ähnlich. Sie fielen über ihnen aus den Wanten und blieben zuckend an Deck liegen, die Augen pechschwarz, während der Nebel in ihre Nasen und Münder drang.

»Miss Jane!«, rief Morgan über seine Schulter. Er konnte sich immer noch nicht bewegen.

»Tut mir leid, ich kann kein Risiko eingehen. Das Leben meiner Nichte geht vor.«

»Meine Männer sterben!«, knurrte er.

»Sie sind noch nicht verloren«, wisperte Jane. »Wir brauchen den Ring. Er saugt ihnen die Lebensenergien aus und hält ihre Seelen gefangen.«

Plötzlich sprang Bingley schreiend auf und huschte blitzschnell auf Gardener zu. Kurz bevor er den Jäger erreichte, prallte er wie an einer unsichtbaren Mauer an ihm ab, wurde weit zurückgeschleudert und krachte gegen die Reling. Dort blieb er benommen liegen.

»Sehen Sie«, flüsterte Jane. »Der Jäger ist zu stark.«

Gardener lachte. »Diesmal habe ich vorgesorgt, Vampir.« Er zog einen silbernen Anhänger aus seinem Halsausschnitt. Verziert war die kleine Kugel mit seltsamen Symbolen und Schnörkeln. »In diesem geweihten Medaillon befindet sich die Locke eines Engels. Etwas so Unreines wie ein Blutsauger kann mir dadurch nichts anhaben.« Er nickte Pitty zu, der wie erstarrt auf einem Stuhl hockte. »Vielen Dank für Ihre Forschungen und die wertvollen Informationen, Pitkern. Damit werde ich der mächtigste Jäger der Welt werden!«

Billy und die anderen Dämonen wanden sich an Deck, ihre Münder zu einem stummen Schrei geöffnet. Murray stand weiterhin mit dem Schwert da und schaute gehetzt von einem zum anderen.

In Iantos Kopf ratterte es genau wie in seinem, das merkte Morgan seinem Ersten Offizier an, während Henry in Wolfsgestalt winselnd hin und her humpelte. Er war zu alt und schwach, er würde eine Attacke wie auf Bingley nicht überleben. Offenbar wusste er das. Doch Morgan wusste auch, dass Henry nur auf eine Gelegenheit wartete, den Jäger anzugreifen, und sollte es dabei sein Leben kosten, er würde es tun. Morgan erkannte das an der Haltung von Schwanz und Ohren, die verdächtig zuckten. Henry täuschte den demütigen Wolf nur vor.

»Sie sind tot, Gardener!«, rief Morgan. Würde ihn Miss Janes Zauber nicht festhalten, hätte er sich längst in einen Wolf verwandelt, um diesen Bastard zu zerfleischen. Vielleicht konnte er den unsichtbaren Schutzschild überwinden. Schließlich war er zur Hälfte ein Mensch. »Miss Jane, wenn Sie nicht sofort den Zauber lösen, dann garantiere ich für nichts mehr!« Er hatte schon einmal hilflos zusehen müssen, wie Piraten sie verschleppt hatten. Noch einmal würde er sie nicht verlieren.

Patricia starrte entsetzt auf das Szenario, Tränen liefen über ihre Wangen. »Hören Sie auf, James. Lassen Sie diese Männer in Ruhe, das sind alles ehrliche und rechtschaffene Leute.«

»Rechtschaffene Männer?« Erneut lachte er und hielt die Faust mit dem Ring in die Luft. Der grüne Nebel zog sich in das Artefakt zurück, und mit ihm offenbar die Seelen oder Lebensenergien der Crewmitglieder.

Hilflos streckte Bingley die Hand nach Billy aus, doch er war zu weit weg, um ihn zu erreichen. Eine blutrote Träne perlte aus seinem Auge. »Billy …«, flüsterte er matt.

Da stürmte Pitty auf den Jungen zu und warf sich über ihn. »Hören Sie auf, Gardener!«

Der grüne Dunstschleier wandte sich von Billy ab und attackierte nun Mr Pitkern. Er riss das Hemd auf Brusthöhe auf, und Morgan erkannte ein Symbol, das er sich offensichtlich mit Ruß auf die Haut gemalt hatte. Die Triskele!

Pitty wirkte völlig normal, schien nicht mehr unter Bingleys Manipulation zu stehen. Anscheinend hatte er das nie, er musste sich während der Gefangenschaft im Laderaum das Zeichen aufgemalt haben.

Sie hatten nicht daran gedacht, danach zu suchen, genauso wenig wie sie auf diesem Schiff Vorkehrungen gegen schwarze Magie getroffen hatten. Morgan hatte sich völlig sicher gefühlt. Niemand hatte damit gerechnet, dass Gardener gemeinsame Sache mit Dämonen machte, schließlich jagte er solche Wesen!

»Wenn Sie den Jungen wollen, müssen Sie an mir vorbei, Gardener!«, rief Pitty, der Billy mit seinem Leben verteidigte.

Der grüne Rauch verdichtete sich auf dem magischen Symbol und setzte es in Flammen. Pitty schrie auf, und Morgan roch verbranntes Fleisch. Doch sein ehemaliger Offizier kniete sich weiterhin vor Billy, bis nur noch ein verkohlter Fleck seine Haut zierte. Danach wand sich der Nebel wieder in den Jungen, um alles aus ihm zu holen, was Gardener brauchte.

Der grinste. »Ein Inkubus! Sehr schön.« Er lenkte den hellen Schleier, der aus Billys geöffnetem Mund strömte, auf Mr Pitkern. Der geisterhafte Nebel drang in seine Nase, dann schoss er blitzartig wieder heraus und verschwand im Ring.

Bewusstlos brach Pitty zusammen. Offenbar hatte ihm Billys Fähigkeit die Lebenskräfte ausgesaugt, aber Morgan hörte, wie sein Herz noch schlug. Ganz schwach. Genau wie das von Billy und den anderen Dämonen, sofern sie ein schlagendes Herz besessen hatten.

Morgan bemerkte, dass Patricia seinen Blick suchte. Als sie seine volle Aufmerksamkeit hatte, starrte sie auf Gardeners Ring, anschließend wieder in seine Augen.

Fast unmerklich schüttelte Morgan den Kopf. Er wollte auf keinen Fall, dass sie eine Dummheit begann.

Verdammt, er musste sich endlich wieder bewegen können!

Gardener schnaubte amüsiert. »Ihr alle könnt mir gar nichts!«

»Was passiert mit ihnen?«, rief Morgan. Er brauchte mehr Zeit! Wie konnte er seine Männer retten?

»Da die meisten Wesen auf diesem Schiff Mischlinge sind, besitzen sie etwas, das gewöhnliche Dämonen nicht haben: eine Seele. Und diese besonderen Seelen bringen Geld, viel Geld. Außerdem saugt dieser Ring auch ihre Fähigkeiten und Gaben ein, die mein Meister braucht, um seine eigene Macht zu stärken.« Gardener erzählte ihm alles bereitwillig mit Stolz geschwellter Brust.

»Wer ist Ihr Meister?«

»Ein mächtiger Dämonenkönig. Er wird von Ihren Eigenschaften begeistert sein, Morgan. Sich in einen Wolf zu verwandeln – das fehlt ihm noch in seiner Sammlung. Durch das neue Artefakt meines Meisters bin ich konkurrenzlos, niemand wird ihm mehr Seelen bringen als ich. Kommen Sie mit mir, dann lasse ich Ihre Gefährtin laufen und alle anderen am Leben.«

»Warum fangen Sie mich denn nicht mit Ihrem hübschen Klunker?«, knurrte er.

»Weil die Magie des Steines Sie töten würde, er ist nur für Dämonen ausgelegt. Doch ich brauche Sie lebend.« Kurz richtete er den Ring gegen Morgan, und ein schmerzhafter Hieb fuhr wie ein Messerstich in seine Brust.

Sofort ging er in die Knie, wobei er nach Luft schnappte.

»Morgan!«, rief Patricia und wehrte sich in Gardeners Griff.

»Still, Täubchen.« Der Jäger zog die Klinge über ihren Hals und hinterließ eine blutrote Spur.

»Ich komme mit Ihnen!«, brüllte Morgan. »Hören Sie auf!«

Patricia atmete heftig. Der Schnitt war nicht tief gegangen und hatte nur ihre Haut verletzt, aber sie verwundet zu sehen, ließ sein Herz bluten.

»Nein, Morgan!« Weinend krallte sie die Finger in Gardeners Arm.

Der grüne Nebel hatte sich vollständig in den Ring zurückgezogen, und der Jäger ließ den Arm sinken. »Ihre lächerliche Armee wurde ziemlich dezimiert, finden Sie nicht, Captain? Und eine alte Frau hindert Sie daran, mich anzugreifen.« Er nickte Miss Jane zu. »Vielen Dank, Lady.«

»Ich tue das nicht für Sie!«, rief sie mutig zurück, und Gardener lachte sie aus.

»Billy!« Mühsam versuchte Bingley, auf die Beine zu kommen, aber er schaffte es nicht und brach immer wieder zusammen. Das Engelsmedaillon und die Wucht des Aufpralls hatten ihn zu sehr geschwächt. Die Magie des Artefaktes hinderte ihn offensichtlich daran, sich schneller zu regenerieren.

»Enthaupten Sie den Vampir!«, rief Gardener Murray zu.

Der bewegte sich träge in Bingleys Richtung.

»Murray!«, rief Morgan und fletschte die Fänge. »Wenn du das tust, werde ich dafür sorgen, dass …«

Plötzlich stellte sich Vater Murray in den Weg. »Junge, du wirst kein Blut an deinen Händen tragen, solange ich noch lebe!«

»Erledige den Alten gleich mit«, zischte Gardener. »Er hat dir alles genommen, Murray.«

Da drehte sich sein Bruder zum Jäger um. »Nein! Sie haben mir alles genommen! Sie haben meine Situation ausgenutzt und meinen Hass geschürt!«

Der Jäger hob die Brauen. »Oh, da ist wohl jemand in der Dunkelheit seines Gefängnisses verrückt geworden?«

»Im Gegenteil, ich habe nie klarer gesehen!« Mit erhobenem Schwert rannte Murray auf Gardener zu.

Morgan blieb fast das Herz stehen, denn der Jäger hielt Patricia wie einen Schild vor sich.

Morgan heulte auf, weil er hilflos zuschauen musste. Die Waffen trafen klirrend aufeinander, während sich Patricia fallen ließ. Sie rutschte unter dem Griff des Jägers heraus, wobei ihr die Klinge die halbe Wange aufschnitt.

Morgans Transformation hielt nichts mehr auf. Als er ihr Blut roch, ihre Angst zu ihm in dunklen Bahnen hinüberströmte und er ihre grauenhafte Verletzung sah, verschoben sich seine Knochen in Windeseile, das Fell schoss hervor und seine Kleidung zerriss, während er sich in einen riesigen Wolf verwandelte.

Doch während sie an Gardener herunterrutschte und der versuchte, Murrays Schwerthiebe abzufangen, schaute sie nach oben und schnappte sich das Medaillon.

Kaum stand Morgan auf seinen Pfoten, spürte er, dass Miss Janes Zauber nicht mehr wirkte. Murray hatte den Jäger an die Reling zurückgedrängt. Offenbar war er kein besonders geübter Schwertkämpfer. Morgan hatte allerdings auch nicht gewusst, dass Murray so gut mit der Waffe umgehen konnte. Oder war es Zorn, der ihn antrieb?

Morgan war kaum noch zu klaren Gedanken fähig, nur noch Gardener lag in seinem Gesichtsfeld, alles andere nahm er nicht mehr wahr. Er stürmte auf ihn zu, und sein Bruder sprang zur Seite. Morgans Vorderpfoten landeten auf der Brust des Jägers, und gemeinsam mit ihm stürzte er über die Reling ins kalte Wasser.

»Morgan!«, schrie Patricia und wollte zum Geländer laufen, aber Tante Jane und Henry hielten sie zurück. Der Wolf hatte sich in ihr Kleid verbissen und zog sie zu Andrew, der schluchzend neben dem reglosen Billy auf dem Boden kniete.

Jane begutachtete ihr Gesicht. »Du bist schwer verletzt, Kind, du brauchst Vampirblut.«

»Ich brauche Morgan!«, rief sie, während ihr etwas Warmes über den Hals lief. »Wo ist er?«

Sie bekam kaum mit, wie Andrew ihr seinen blutenden Daumen an die Wange hielt und sich die Wunde langsam schloss. Sie hatte den grausamen Schmerz gespürt, doch ihre Gedanken und all ihre Sorgen galten allein ihrem Liebsten und überdeckten sämtliche Empfindungen. In ebendiesem Augenblick fühlte sie seinen Hass auf James und bekam keine Luft, weil Morgan nicht atmen konnte. »Er wird ertrinken!«

»Gib mir das, Kind.« Tante Jane öffnete ihre Faust, in der sie bis jetzt das Medaillon gehalten hatte. Als Jane die silberne Kugel aufmachte, schwebte eine goldene Locke heraus. Jane fing sie auf und verschloss sie erneut im Anhänger, dann steckte sie ihn in eine verborgene Tasche ihres Kleides.

Während sich Andrew wieder über Billy beugte und ihm vermutlich Blut einflößte, in der Hoffnung, er würde davon erwachen, lief sie zur Reling. Murray stand dort. Er hatte das Schwert fallen gelassen und starrte in die schwarze See. Tante Jane gesellte sich zu ihnen, wobei sie einen Zauberspruch aufsagte. Sämtliche Glühwürmchen, die auf dem Geländer saßen, erhoben sich in die Luft und schwirrten nach unten. Über dem Wasserspiegel verharrten sie. Nun konnten sie alle besser sehen. Die Wellen schlugen sanft gegen das Schiff, aber von Morgan und James fehlte jede Spur. Lediglich ein paar Blasen drangen an die Oberfläche.

»Morgan!«, rief sie schluchzend und wandte sich zu den wenigen Verbliebenen um, die ebenfalls am Geländer standen. »Tut doch was! Jemand muss ihn herausholen!« Sie bekam immer schlechter Luft und glaubte, Salzwasser zu schmecken.

»Mein Junge«, murmelte sein Vater neben ihr. Er hatte sich in seine Decke gewickelt und starrte ebenfalls nach unten.

Sie wollte über das Geländer klettern, aber Ianto hielt sie zurück. »Du wirst ertrinken, Mädchen. Dein Kleid zieht dich nach unten. Ich werde gehen.«

Patricia zitterte und ihre Zähne schlugen aufeinander. Dabei presste sie sich die Hand auf den Bauch, denn ihr Magen spielte verrückt, genau wie ihr Kopf.

Wenn er starb … Was sollte sie nur ohne ihn tun?

Als sich Ianto an der Reling hochzog, tauchte Morgan prustend auf. »Ich habe den Ring!« Er hielt die Hand hoch, an seinem Finger steckte das Artefakt.

»Morgan!« Freudentränen liefen über die alten salzigen Spuren auf ihrer Wange. Er lebte! Und von James war nichts zu sehen.

»Was ist mit dem Jäger?«, rief Ianto nach unten.

»Fischfutter«, antwortete Morgan.

Erleichtertes Gemurmel umgab sie, während eine Strickleiter hinuntergelassen wurde.

Tot, James war tot … und Morgan am Leben. Er hatte es sogar geschafft, den Ring an sich zu nehmen. Jetzt zitterte sie vor Freude, und grenzenlose Leichtigkeit durchströmte sie.

Hastig blickte Patricia über die Schulter zu Andrew, der still weinend Billy in den Armen wiegte. Mr Pitkern lag reglos daneben. Hoffentlich lebten die beiden noch. »Alles wird gut!«, rief sie ihnen zu. »Er hat den Ring!«

Jane trat mit geröteten Wangen zurück, als sich Morgans splitternackter Leib aus dem Wasser hob.

Patricia konnte sich an seinen breiten Schultern und den muskulösen Armen kaum sattsehen, während er rasch nach oben kletterte. Er lebte, ihr Gefährte lebte! Das lange Haar klebte ihm im Gesicht, aber das tat seiner Attraktivität keinen Abbruch. Wie sehr sie dieses markante Kinn und die herrlichen Lippen liebte.

Ach, diese blöde Prophezeiung! Für einen Moment hatte sie geglaubt, Morgan nie wieder zu sehen. Jetzt wollte sie ihn nur noch spüren, ihn küssen und für mindestens eine Woche das Bett nicht verlassen.

Er grinste, weil er genau wusste, woran sie dachte. »Geht es dir gut, Kleines?«

»Ging mir nie besser«, sagte sie unter Tränen. »Andrew hat mich zusammengeflickt.« Kurz berührte sie die blutverklebte Wange. Die Schmerzen waren verflogen, sie spürte lediglich glatte Haut.

Als sich Morgans Finger um das Geländer krallten und er sich daran nach oben zog, schrie Ianto neben ihm auf: »Vorsicht!«, und Patricia spürte einen Stich in ihrem Rücken. Doch sie war unverletzt.

»Morgan!« Oh Gott, ein Messer hatte sich zwischen seinen Rippen in den Rücken gebohrt!

Patricia erhaschte gerade noch einen Blick auf James, dessen Kopf aus dem Wasser ragte. Er grinste bestialisch, während Blut aus seinem Mund strömte. Dann schloss er die Augen und tauchte unter.

Nein, bitte lass mich aus diesem Albtraum erwachen, dachte sie und beobachtete wie gelähmt, wie Ianto und Murray Morgan unter den Armen griffen und ihm an Deck halfen. Dort brach er bäuchlings zusammen.

Taumelnd ging sie neben ihm in die Knie. »Morgan!«

Nein, nein, nein! Innerlich schrie sie aus Leibeskräften, doch nur ein Schluchzer kam über ihre Lippen. Der Schock saß zu tief. Ihr Herzschlag dröhnte in den Ohren, und ihr Körper fühlte sich genauso kalt an wie seine Schulter, in die sie ihre Finger grub. »Morgan!«

»Junge …« Sein Vater kniete sich ebenfalls neben ihn und deckte ihn bis zu den Hüften zu.

Der Griff der Klinge ragte aus seinem Rücken, und Patricia wollte das Messer am liebsten herausziehen, doch dann könnte er verbluten. Er brauchte …

»Andrew!«, schrie sie.

Schwerfällig hob Morgan den Kopf. »Jane … Der Ring … Retten Sie meine Männer.«

Ihre Tante zog ihm das Artefakt ab und trat zurück. Patricia hörte, wie sie einen lateinischen Singsang anstimmte, aber sie hatte nur Augen für ihren Gefährten. Immer noch spürte sie den quälenden Stich in der Mitte ihrer Brust.

»Das Messer …«, sagte sie erstickt. »Es hat sein Herz getroffen!«

»Alles wird gut, Süße«, flüsterte Morgan. »Ich habe …« Seine Stimme brach, er fand keine Kraft mehr zum Sprechen.

»Doc!«, riefen nun auch die anderen. »Bingley!!!«

Patricia ergriff seine kühle Hand und strich über sein nasses Haar. Nichts würde gut werden, wenn er nicht sofort Andrews Blut bekam! Aber der hielt immer noch Billy in den Armen, gefangen in seiner eigenen Trauer.

Morgans Vater tätschelte durch die Decke sein Bein. Er hatte Tränen in den Augen. »Halte durch, Junge.«

Murray hatte sich zurückgezogen und starrte auf die Szene, während Henry in Wolfsgestalt winselnd vor ihnen hin und her lief.

»Liebste …«, flüsterte Morgan kaum hörbar. Seine Lider zitterten, zugleich stieß er lang den Atem aus. Dann legte sich ein Schleier über seine wunderschönen grünen Augen und sie fielen ihm zu. Er rührte sich nicht mehr.

Das Stechen im Herzen verschwand und machte einem noch viel grausameren Gefühl Platz: Leere …

»Morgan?«, wisperte sie kraftlos. Sie spürte, dass sie ihn verloren hatte, die magische Blutsverbindung war abgerissen.

Nein! Sie schluckte schwer, Eiseskälte kroch in jeden Winkel ihres Körpers und eine Ohnmacht wollte sie überwältigen. *Nein …*

»Andrew!«, rief sie erneut. »Hilfe!«

Auch die anderen brüllten nach ihm und versuchten, ihn von Billy wegzuzerren, aber er schlug nach ihnen. Eisern klammerte er sich an den Jungen und weinte um ihn.

Tante Jane stand mit dem Ring über ihm und Billy. Die austretenden Seelen tauchten das Deck in grünen Nebel, sodass Patricia kaum noch etwas erkennen konnte. Vage beobachtete sie, wie die geisterhaften Erscheinungen zurück in die leblosen Körper schwebten. Die Männer bewegten sich und setzten sich auf, wobei sie über ihre Schläfen rieben.

Da riss Andrew Billy mit einem Freudenschrei an seine Brust und küsste ihn. Der Junge blieb schwankend stehen und klammerte sich an ihn.

Ianto und Samuel Pitch redeten auf Andrew ein und zerrten an ihm, wobei sie immer wieder in Morgans Richtung deuteten.

Andrews Lächeln schwand. Sofort ließ er Billy los und kam auf sie zugelaufen. »Captain!« Er hockte sich zu ihnen und riss das Messer heraus. Dann drückte er die Hand auf die Wunde. »Verdammt, mitten ins Herz!«

»Geben Sie ihm doch Ihr Blut!« Patricias Stimme klang schrill und viel zu hoch. Tränen behinderten ihre Sicht, alles verschwamm vor ihren Augen.

Er ließ die Schultern hängen. »Sein Herz schlägt nicht mehr, und Tote kann ich nicht zum Leben erwecken.«

»Was sagen Sie da? Nein, das glaube ich Ihnen nicht!«

Andrew runzelte die Stirn. »Patricia, wir können jetzt nur warten.«

»Warten?«, rief sie. »Worauf denn?« Dass sie einen hysterischen Anfall bekam? Vorsichtig nahm er die Hand von Morgans Rücken. Die Wunde hatte sich fast geschlossen.

Wie war das möglich?

»Kommen Sie, Captain«, sagte Andrew. »Atmen Sie!«

»A-aber Sie sagten doch, er sei tot!«

Andrew drehte Morgans großen Körper mühelos herum und presste das Ohr an seine Brust. »Verdammt!«

»Junge!« Sein Vater rüttelte an einem Bein. »Wach auf!«

Andrew schlug Morgan auf die Wange, aber nichts geschah. »Ich habe von einer Wiederbelebungsmethode gehört …«

»Worauf warten Sie dann?«, rief sie.

Da drückte er die Lippen auf Morgans Mund, wobei er ihm die Nase zuhielt. Andrew wollte ihn mit einem Kuss retten? Da erkannte sie, dass er Morgan Luft in die Lungen presste. Nachdem er das ein paar Mal gemacht hatte, beugte er sich über den Brustkorb und drückte ihn mehrmals ein.

»Was tun Sie da?« Patricia hatte so etwas noch nie gesehen.

»Ich versuche, sein Herz wieder zum Schlagen zu bewegen.«

»Aber es ist doch zerstört, die Klinge …«

»Es sollte sich hoffentlich regeneriert haben.«

Andrew musste völlig übergeschnappt sein, nur noch ein Wunder könnte Morgan retten. »Er hat nicht Ihre Kräfte.«

»Nein, aber mein Blut.«

»Ich verstehe nicht …«

Erneut pumpte er Luft in Morgans Lungen, dann sagte er, während er abermals auf die Brust drückte: »Er hat in den letzten Tagen mein Blut getrunken.«

Deshalb hatte Andrew noch blasser als sonst ausgesehen. »Davon weiß ich nichts!«

»Er hat Ihnen nichts erzählt, um Sie nicht zu beunruhigen. Tatsächlich habe ich ihm empfohlen, es schon Tage vorher zu sich zu nehmen. Reine Vorsichtsmaßnahme.«

»Wegen der Prophezeiung«, wisperte sie.

Plötzlich holte Morgan scharf Atem und öffnete hustend die Augen.

»Oh Gott!«, riefen Patricia und sein Vater, während Henry bellend um sie herum hüpfte.

Mittlerweile hatten sich alle um sie versammelt und sprachen wild durcheinander.

Morgan starrte sie verwirrt an, aber dann lächelte er und zog Patricia auf sich.

Reglos lag sie auf ihm. »Bitte sag, dass ich nicht Träume.«

»Du träumst nicht.« Seine leicht raue Stimme sandte ein Prickeln über ihren Körper, sodass sie Gänsehaut bekam. »Kann das ein Traum sein?« Er presste die Lippen auf ihren Mund, und sie schmeckte Salz und Morgan.

»Du warst tot«, wisperte sie schluchzend zwischen ihren Küssen. Bildete sie sich das auch nicht ein? »Ich habe dich nicht mehr gespürt.«

»Ich war tot.« Seufzend grub er die Finger in ihr Haar und schaute an ihrer Schulter vorbei auf seinen Vater. »Ich habe Mutter gesehen. Sie stand in einem grellen Licht und hat gesagt, ich solle umkehren. Meine Zeit sei noch nicht abgelaufen. Ich soll dir ausrichten, sie empfängt dich, wenn es so weit ist.«

Jeffrey Ryalls Augen füllten sich mit neuen Tränen. Er griff nach Morgans Hand und drückte sie kurz an seine Wange.

Die Prophezeiung hatte sich doch noch erfüllt. Alles war genau so eingetroffen, wie Mariah es gesagt hatte!

»Bist du jetzt ein Vampir?«, fragte Patricia.

Ernst blickte er sie an. »Was, wenn es so wäre?«

»Es würde nichts zwischen uns ändern. Außer, dass wir unseren Tagesrhythmus umstellen müssten.« Sie musste ihn ständig berühren. Dabei lächelte sie unentwegt, in ihrem Magen flatterten Schmetterlinge und ihr Kopf fühlte sich seltsam leicht an. »Ich liebe dich. So sehr.« Zitternd atmete sie ein. »Wenn du nicht zurückgekommen wärst …«

»Und ich liebe dich«, raunte er, bevor er sie erneut leidenschaftlich küsste.

Wärme überschwemmte ihr Inneres und vertrieb den letzten Rest dieser eisigen Todeskälte.

»Es lebe der Captain und Lady Patricia!«, rief seine Crew.

Andrew, der mittlerweile wieder Billy in den Armen hielt, räusperte sich. »Keine Sorge, der Captain und ich haben alles vorher besprochen. Damit er zum Vampir wird, müsste ich ihn erst völlig leersaugen und ihm danach mein Blut geben.«

Nachdem Morgan von ihren Lippen abgelassen hatte, nickte er ihm zu. »Sie haben mir schon wieder das Leben gerettet, Doc.«

Andrew winkte ab. »Ist meine Aufgabe, dafür bin ich ja da. Außerdem habe ich Ihretwegen Billy zurück.« Er zog den Jungen noch fester an sich.

»Diese komische Methode hat tatsächlich gewirkt.« Patricia konnte es kaum glauben.

Andrew zuckte mit den Schultern. »Der Großherzog Carl August hat dieses Vorgehen empfohlen, ich hatte darüber gelesen.«

»Ich sag doch, der Doc ist gut.« Morgan setzte sich schmunzelnd auf, ohne Patricia loszulassen. »Und Gardener?«

»Er ist ertrunken«, antwortete Ianto. »Sah zumindest danach aus.«

»Hab ihm auch ordentlich den Arsch aufgerissen«, knurrte er. »Dürfte der Dreckskerl nicht überlebt haben.« Er versuchte aufzustehen und schaffte es ohne Hilfe auf die Beine. Danach wickelte er sich die Decke um die Hüften und zog Patricia an sich. Am liebsten wollte sie ihn unentwegt überall streicheln, sein festes Fleisch berühren, jeden Zentimeter zwischen ihren Fingern spüren. Zitternd drückte sie den Kopf an seine Brust.

»Wie fühlen Sie sich, Captain?«, fragte Andrew.

»Wie neugeboren.« Morgan blickte sich um. »Wie geht's euch, Männer? Haben wir Verluste?«

Seine Leute sahen gesund und munter aus. »Crew ist vollzählig!«

Da bemerkte Patricia, dass ihr Bruder nicht unter ihnen war. »Wo ist Benedict?«, rief sie.

Ianto trat vor. »Er hatte einen über den Durst getrunken. Kurz bevor hier das Chaos losbrach, habe ich ihn in meine Kajüte gebracht, damit er seinen Rausch ausschlafen kann.«

Gott sei Dank … »Ist er denn noch dort?«

»Und wo ist Harry?«, fragte Tante Jane.

»Ich sehe nach«, wisperte Johann und huschte an ihnen vorbei. Seine geisterhafte Erscheinung tauchte vor Patricias Füßen in den Boden und kam wenige Sekunden später zurück.

»Ihr Bruder liegt friedlich schnarchend in der Hängematte in Iantos Kabine, Lady Patricia, und Harry zieht sich in Andrews Kajüte gerade an, Miss Jane.« Ihre Tante riss die Augen auf. »Er zieht sich an?« Verwirrt schüttelte sie den Kopf und blinzelte, dann atmete sie auf.

Patricia tat dasselbe. Ihrem Bruder und ihrem Cousin schien es gut zu gehen.

»Und Pitty?« Billy warf einen Blick auf Morgans ehemaligen Offizier, der immer noch dort lag, wo er zusammengebrochen war.

Tante Jane senkte betrübt den Kopf. »Er wird es wohl nicht schaffen.«

Sofort ging Morgan zu ihm, die anderen folgten ihm.

»Seine Lebensenergie ist fast vollständig erloschen«, erklärte Jane. »Sie ist mit Billys Seele in dessen Körper geströmt, Billy kann sie auch nicht mehr freigeben, da er die Energien nur zu sich lenken kann.«

Billy kniete sich neben ihn und wischte sich eine Träne von der Wange. »Sie haben mich beschützt, Pitty. Das werde ich Ihnen nie vergessen. Ich wünschte, ich könnte etwas für Sie tun.«

Morgan hockte sich dazu. »Das gilt auch für mich.«

»Es tut mir so leid, Captain, alles was passiert ist.« Mr Pitkern hustete matt. »Das ist wohl meine Strafe.«

Andrew gab etwas von seinem Blut auf die verbrannte Hautstelle, aber es verdampfte zischend. »Schwarze Magie … Er ist verloren.«

»Kümmern Sie sich um meinen Jungen?«, flüsterte Pitty.

Morgan drückte seine Hand. »Das verspreche ich.«

»Danke …« Er tat einen letzten Atemzug und schloss die Augen.

Für einen Moment herrschte völlige Stille an Deck, nur das leise Pfeifen des Windes und das Knarzen des Holzes waren zu hören.

Während zwei Matrosen Mr Pitkern wegtrugen, holte Tante Jane die silberne Kugel aus ihrer Rocktasche. In der anderen Hand hielt sie den Ring mit dem grünen Stein. »Diese schreckliche Waffe muss zerstört werden, damit sie nie wieder Unheil anrichten kann.« Sie legte den Ring auf ein festgezurrtes Fass und ließ die goldene Engelslocke aus dem Medaillon darauf fallen. Ein greller Blitz durchschnitt die Nacht und es zischte. Als Patricia wieder etwas sehen konnte, war bloß ein schwarzer Fleck auf dem Holz zu erkennen.

Morgan starrte auf die verkohlte Stelle. Das gefährliche Artefakt war vernichtet, seine Männer am Leben, Patricia ging es gut … Er nahm ihr Gesicht zwischen beide Hände, um mit dem Daumen über die Stelle zu streichen, die zuvor Gardeners Klinge aufgeschnitten hatte.

»Du wirst vielleicht eine zarte Narbe behalten.« Sie war nicht mehr als ein hauchfeiner Strich, dennoch würde sie Morgan immer an den heutigen Tag erinnern.

Patricia lächelte und legte ihre Hände an seine nackte Brust. »Waschechte Piratenbräute brauchen Narben.«

Konzentriert untersuchte er die Verletzung an ihrem Hals. Dort hatte sich bereits eine Kruste gebildet.

»Wenn mich deine Tante nicht verzaubert hätte …« Keuchend schloss er die Augen. »Es war waghalsig von dir, dich aus Gardeners Griff zu winden. Störrisches, kleines Ding.« Morgan wusste nicht, was schlimmer gewesen war: Seine Gefährtin einst in Gefangenschaft der Piraten zu wissen oder im Arm eines irren Jägers.

Als er die Augen öffnete, lagen ihre wunderschönen Lippen vor ihm. Sanft drückte er seinen Mund darauf. Obwohl Blut und Tränen an ihr klebten, schmeckte sie wie Honig.

»Es war eher ein Reflex«, nuschelte sie. »Schließlich habe ich einen Bruder, und mit dem habe ich früher einiges mitgemacht. Das härtet ab.«

Bei ihm würde auch bald etwas hart werden, wenn ihre Finger weiterhin an seiner Brust spielten. »Ich sollte in meine Kabine gehen, um mir etwas anzuziehen, und du wirst mich begleiten. Ich lasse dich heute keine Sekunde mehr aus den Augen.«

»Zu Befehl, Captain.«

Gerade als er sich erlauben wollte aufzuatmen, hörte er ein leises Knistern, und es roch wie vor einem Gewitter.

Er wirbelte herum. An der Wand zum Quarterdeck erschien ein großer Kreis aus blauem Feuer.

»Das Dämonentor!«, rief Patricia und klammerte sich an seinen Arm. »Dadurch ist James auf das Schiff gekommen!«

Ein grünhäutiger Mann mit Echsenkopf stieg aus dem Portal.

Patricia atmete zitternd ein. »Oh Gott, das ist James' Lakai, Crystobal!«

Ihm folgten drei Unterweltler, die ihm ähnlich sahen, jedoch einen halben Kopf kleiner waren. Sechs weitere blieben hinter dem Tor stehen.

»Das sind Seelenfänger!« Miss Jane keuchte ebenfalls auf. »Hütet euch vor ihren Zungen! Sie fahren in eure Körper und entreißen euch den Lebensatem.« Sofort begann sie, lateinische Sprüche zu murmeln, und die Glühwürmchen stiegen in die Luft.

»Captain!« Ianto warf ihm einen Degen zu, und Morgan fing ihn dankbar auf.

Die vier Dämonen blieben in der Nähe des Tors stehen, die anderen dahinter, in völliger Dunkelheit. Morgan roch Tod und Verwesung. Offenbar führte das Portal direkt in die Unterwelt.

»Wo ist unser Meister?«, rief Crystobal.

Morgan schob Patricia hinter sich und trat vor. »Falls du diesen blonden Schönling meinst … Der macht ein Nickerchen auf dem Meeresgrund.«

Crystobal zischte und seine gespaltene Zunge schoss mehrere Meter heraus, direkt auf ihn zu.

Morgan durchtrennte sie, kurz bevor sie ihn erreichte. Grünes Blut spritzte hervor.

Crystobal grinste bloß, während sich die verletzte Zunge zurück in seinen Mund rollte. Als sie kurz darauf wieder hervorschoss, diesmal auf seinen Vater zu, hatte sie sich bereits regeneriert.

Murray zögerte nicht, sondern durchtrennte das Organ der Echse mit dem Schwert.

Morgan nickte ihm zu. Er wusste nicht, was er von seinem Bruder halten sollte, der ihm plötzlich zur Seite stand. Er wünschte, sie hätten schon als Kinder zusammengehalten.

Miss Jane lief hin und her und ließ Horden von Glühwürmchen auf die Dämonen niederschießen, um sie zu verwirren, dann kam sie atemlos zurück zu Morgan. »Es gibt nur eine Art, wie man diese Wesen vernichten kann. Entweder man schlägt ihnen die Köpfe ab oder durchbohrt ihr Gehirn genau oberhalb ihres Nackens.«

Noch ehe sich Morgan versah, sprangen auch die restlichen Dämonen durch das Portal und es entbrannte ein Kampf zwischen ihnen und seiner Mannschaft. Offenbar spürten die Echsen, dass sie keine Chance gegen so viele Angreifer hatten, denn einige wollten zurücklaufen und durch das Portal in die Unterwelt fliehen, aber Bingley hatte sich fauchend davorgestellt. Mordlust funkelte in seinen Augen.

Morgan konnte ihn verstehen, in ihm loderte ebenfalls der Wunsch nach Vergeltung. Zwar war Gardener tot, doch seine Lakaien noch nicht. Die wussten über sie alle Bescheid, was sie für Wesen waren. Morgan musste verhindern, dass sie andere zu ihnen führten.

»Ich muss ihm helfen!« Er befahl Patricia und ihrer Tante, die weiterhin beschäftigt war, die Leuchtkäfer auf die Dämonen niederregnen zu lassen, sich zwischen den Fässern zu ducken. Henry, der immer noch ein Wolf war, sollte bei ihnen bleiben.

Morgan fletschte die Fänge und lief auf die beiden Dämonen zu, die Bingley mit ihren Zungen attackierten. Eine hatte sich um sein Handgelenk gewickelt, doch Bingley biss sie durch und spuckte grünes Blut aus. »Widerlich!«

Billy rannte neben ihm hin und her, ein Messer in der Hand, um die Zungen ebenfalls durchzutrennen.

Morgan rammte dem erstbesten Unterweltler die Spitze der Waffe ins Gehirn, genau oberhalb des Nackens, wie Miss Jane gesagt hatte.

Brüllend ging die Echse in Flammen auf und verpuffte.

»Wie war das, Captain?«, rief Andrew spöttisch, als er sich unter der Zunge des anderen Dämons wegduckte, »Gesetz Nummer zwei? Alle an Bord müssen Hosen tragen?« Grinsend warf er einen Blick auf Morgans um die Hüften gewickelte Decke.

»Vielleicht wird es an der Zeit, alte Regeln zu ändern«, rief er und schlug dem anderen Echsenmann den Kopf ab. Auch der verpuffte, und zurück blieb nur ein Häuflein Asche.

Bingley zwinkerte ihm zu. »Steht Ihnen aber gut, das Deckchen.«

Morgan wusste, dass er lächerlich aussah. Hoffentlich rutschte der Stoff nicht herunter.

Bingley hatte offenbar Spaß daran, seinen Frust über Billys Beinahetod an den Unterweltlern auszulassen, und lief zu Ianto und Samuel, die versuchten, die verbliebenen Dämonen mit Musketen zu vernichten. Doch deren Zungen waren immer ein wenig schneller. Ianto kam kaum hinterher, sie zu durchtrennen. Hoffentlich kamen nicht noch mehr von den Seelenfängern aus der Unterwelt.

»Wie viele von den Biestern hatte Gardener?«, rief Morgan seinem Bruder zu, der Vaters Seele mit seinem Leben verteidigte.

»Das müssten alle sein!«, rief Murray zurück, während er das Schwert schwang. »Er sprach von zehn.«

Zehn ... Morgan und seine Männer waren also immer noch in der Überzahl. Zwei seiner Leute griffen einen Dämon an, doch deren flinke Zungen hinderten sie, an die Unterweltler heranzukommen. Es dauerte eine Weile, bis ein weiterer in Flammen aufging, und am stärksten kämpfte dieser Crystobal. Wie ein Wirbelwind fegte er über das Deck, und dort, wo seine Zunge die Haut seiner Männer berührte, platzte sie auf.

Morgan lief zurück zu Patricia und ihrer Tante, die sich zwischen den Fässern duckten. Er sprang auf die festgezurrten Tonnen, um Crystobal davon abzuhalten, ihnen nahezukommen.

»Interessante Wesen, diese beiden Frauen«, zischte der Dämon. »Aber du, Wolfswandler, wärst für meinen Meister ein Leckerbissen. Deine Seele steckt voller Kraft.«

»Nicht nur die«, knurrte er und holte zum nächsten Hieb aus. Sollte der Kerl noch einen Schritt machen, würde er ihn pulverisieren.

Da bildeten die Leuchtkäfer eine Wand vor Morgan und den Frauen. Crystobal schlug nach ihnen, doch plötzlich ließ er ab und warf einen Blick über die Schulter.

In dem Moment kam Patricias Cousin Harry durch den Niedergang nach oben. »Was ist denn hier los?« Er fuhr sich durch sein verstrubbeltes Haar und gähnte herzhaft. Als er offenbar erkannte, dass hier kein Showfechten stattfand, schien er plötzlich hellwach zu sein.

»Du kommst gerade noch rechtzeitig zum Finale!«, rief Andrew, bewegte sich flugs hinter einen Dämon und rammte ihm die Faust so hart gegen den Schädel, dass er mit einer grellen Stichflamme verpuffte.

Nun war bloß noch Crystobal übrig. Der sprang im hohen Bogen aus der Mitte seiner Gegner und landete direkt vor Harry.

»Pass auf!«, rief Morgan, doch da schoss Crystobals Zunge bereits auf ihn zu.

Harry fauchte und zeigte seine Reißzähne. Blitzschnell griff er nach der Zunge, bevor sie in seinen Mund fahren konnte, und wickelte sie um Crystobals Hals. »Ernsthaft, Dämon?«, knurrte er. »Glaubst du, das beeindruckt mich?«

Während der Unterweltler würgte und nach Luft schnappte, versuchte er mit den Klauen nach Harry zu schlagen. Dessen Hemd zerriss, vier blutige Striemen zierten seine Brust.

Miss Jane murmelte einen weiteren Zauberspruch, die Glühwürmchen stoben auseinander und Crystobal flog nach hinten, genau auf Morgan zu, als hätte ihn eine unsichtbare Hand am Kragen gepackt.

Morgan brauchte nur den Degen auszustrecken und das glatte Metall versank im Schädel des Dämons. Die Stichflamme loderte so heiß vor ihm auf, dass seine Augenbrauen fast verbrannten und er husten musste, als er die heiße Luft einatmete.

»Wieso haben Sie nicht schon zuvor Gardener mit einem Zauberspruch das Messer aus der Hand gerissen, Miss Jane?«

»Das habe ich versucht, aber der Ring hat ihn beschützt.«

Er sprang von den Fässern, bereit, weitere Angreifer zu eliminieren, doch das Dämonentor schloss sich. Der Feuerring zog sich so weit zusammen, bis nichts mehr zu sehen war.

Totenstille breitete sich auf der Mariah aus, bis Morgan sagte: »Noch so eine Überraschung, und ich kotze.«

Er atmete auf, da es in seinen Reihen keine Verluste gegeben hatte, und lief zurück zu Patricia. Erleichtert schloss er sie in die Arme.

»Ist es überstanden?«, fragte sie.

»Ich hoffe es.« Er reichte Miss Jane die Hand, um ihr zwischen den Fässern herauszuhelfen. Sie hatte kaum einen Blick für ihn übrig, stattdessen lief sie auf Harry zu.

»Junge!« Sie fuhr ihm übers Gesicht, untersuchte seine verletzte Brust, die von der Dämonenzunge verätzten Finger, danach seine Zähne. »Was ist passiert? Hat der Vampir dich gebissen?«

Andrew hob die Brauen, schwieg jedoch.

»Nein, Mutter.« Betreten schaute Harry zu Boden. »Ich bin so, seit ich zum Mann wurde.«

»Was?« Die Überraschung stand ihr ins Gesicht geschrieben.

Die beiden gingen ein Stück an Deck entlang, um sich in Ruhe miteinander zu unterhalten. Dann fielen sie sich in die Arme.

Während Andrew die verletzten Matrosen versorgte, Murray beruhigend mit Vater redete und Billy die Aschehäuflein entsorgte, schaute Morgan seine Männer an. Er war stolz auf seine Crew, auf den Zusammenhalt, ihre Loyalität. »Ich wünschte, Gardener hätte sich einen anderen Tag ausgesucht, um uns anzugreifen.«

Patricia schmiegte sich an ihn. »Ja, es ist furchtbar, dass unsere Hochzeit von diesen schrecklichen Ereignissen überschattet wurde, aber wir alle haben damit gerechnet, dass heute etwas passiert.«

Er seufzte, bevor er schief lächelte. »Ich hätte lieber dein Blut getrunken als das von Bingley. Der Kerl wollte tatsächlich, dass ich aus seiner Ader schlürfe.«

Sie schielte zu ihm hinüber. »Er ist teilweise etwas seltsam, doch ich mag ihn.«

»*Mögen* ist erlaubt.«

Spielerisch boxte sie auf seine nackte Brust. »Du Alphatier.« Schließlich sah sie ihn ernst an. »Es war heute nicht alles furchtbar. Ich habe dich noch einmal geschenkt bekommen, Harry hat sich mit Tante Jane ausgesprochen und wie es scheint, hat Murray seine Taten bereut.«

Morgan warf einen Blick zu seinem Bruder. Der stand weiterhin neben Vater und starrte schon die ganze Zeit zu ihnen her.

»Nur Mr Pitkern …« Patricia schluckte hörbar.

»Er wird eine ehrenvolle Seebestattung bekommen.«

Patricia folgte seinem Blick. »Da kommt dein Bruder. Ich lass euch mal allein.« Er nickte. »Bleib in der Nähe.« Hoffentlich blieben sie fortan vor weiteren Angriffen verschont. Ein tief sitzendes Gefühl sagte ihm, dass nun alles vorbei war, aber er wusste nicht, ob er dem Frieden trauen durfte.

Als Murray vor ihm stand, räusperte er sich und schaute auf den Boden. »Ich habe nachgedacht.«

»Und worüber?«, fragte Morgan eine Spur zu barsch. Offenbar wollte ihn sein Bruder um Verzeihung bitten. Morgan wusste nicht, ob er schon so weit war.

»Mir war nie klar, was für ein ehrbarer Mann du bist. Ich habe immer nur die Bestie in dir gesehen, den schmutzigen Köter, der in der Gosse nach Abfällen wühlt, und dich trotzdem insgeheim um deine Stärke beneidet. Heute hast du rücksichtslos dein Leben riskiert, um das von uns allen zu beschützen, und selbst Mr Pitkern hast du vergeben. Zudem scheint dein Leben so viel komplizierter als meines zu sein, das habe ich heute Nacht erkannt.« Er sah auf die anderen Männer, die teilweise immer noch von Andrew versorgt wurden. Patricia und Miss Jane halfen ihm. »Ich habe es dir während der letzten Jahre noch mehr erschwert. Es tut mir leid.«

Morgan brummte seine Zustimmung. »Bisschen spät, deine Reue.«

»Ich weiß.« Tief holte er Luft. »Ich war nur so eifersüchtig auf dich, schon von klein auf. Als Gardener kam und sagte, er würde sich um mein Problem kümmern und mir Ruhm und Erfolg versprach, bin ich zu weit gegangen. Ich habe Vater enttäuscht und dich beinahe umgebracht.«

»Zu weit?«, wiederholte Morgan tonlos.

Tränen schimmerten in den Augen seines Bruders. Er warf einen kurzen Blick auf Patricia, bevor er Morgan fest ansah. »Ich weiß, dass du mir niemals verzeihen kannst, was ich dir und deiner Gefährtin angetan habe. Ich wünschte, ich könnte alles rückgängig machen und vergessen, was ich für ein mieser, feiger Versager bin.«

Plötzlich stand Bingley neben ihnen und hob eine blutbefleckte Hand. »Ich biete eine exzellente Gedankenmanipulation gegen einen Liter roten Lebenssaft.«

Er machte tatsächlich den Eindruck, als könnte er ein paar kräftige Schlucke vertragen.

»Ich würde mich sofort von Ihnen beißen lassen, wenn ich nur alles vergessen könnte.« Murray kniff die Lider zusammen und rieb sich über die Stirn. »Oh Gott, meinetwegen ist Mr Pitkern tot. Ich wollte, dass er für dich arbeitet und …« Seine Stimme brach.

Morgan nahm Bingley zur Seite. »Vielleicht ist es wirklich das Beste, meinen Bruder alles vergessen zu lassen. So besteht nie die Gefahr, dass er uns doch eines Tages noch einmal schaden könnte oder sich einen anderen Jäger sucht.«

»Genau meine Gedanken, Captain.« Bingley warf einen beinahe verträumten Blick auf Murray. »Und ich schlage vor, er fährt zukünftig mit uns mit, dann habe ich ihn unter Kontrolle. Ich müsste ihm bloß weismachen, dass er einer von uns ist, ein mystisches Wesen – vielleicht ein halber Satyr ohne besonderen Fähigkeiten. Denn wenn er denkt, er wäre wie wir, käme er erst gar nicht auf dumme Gedanken.«

»Sie würden wirklich auf ihn achtgeben?«

Der Doc grinste ihn an. »Reiner Eigennutz.« Danach leckte er sich über die Lippen und seufzte leise. »Er hat ja doch ein wenig Ähnlichkeit mit Ihnen.«

Kapitel 17 – Zwei Jahre später

Patricia drückte Mariah Jane an ihre Brust, während sie mit ihr durch das düstere Haus ging. Sie hatte die Kleine gerade gestillt, und danach lief sie gerne noch eine Weile umher, bis ihre ein Jahr alte Tochter schlief. Immer wieder fielen ihr die Lider schwer über die Kulleraugen, und Patricia hauchte ihr einen Kuss auf das Stupsnäschen. Wie sehr sie ihr Kind liebte … Niemals hätte sie es für möglich gehalten, dass sie ihr Herz zwei Menschen gleichzeitig schenken konnte. Sie wusste nicht, wen sie mehr liebte: Mariah Jane oder den Mann, der ihr dieses süße Wesen zum Geschenk gemacht hatte.

Patricia bemerkte Licht im Arbeitszimmer. Die Tür war angelehnt, daher hörte sie Morgan summen und spürte seine Anwesenheit körperlich. Sie wusste immer, wann er nach Hause kam.

Ihr Gefährte hatte gute Laune, obwohl er heute den Weg vom Hafen bis zu ihrem Haus im Schneesturm zurückzulegen musste. Dieses Jahr gab es besonders viel von der weißen Pracht.

Ansonsten hatten sie keinen Grund, nicht gut gelaunt zu sein. Sie besaßen alles, wovon andere träumten: ein kleines Haus am Rande von Brixham, umgeben von Feldern und Wald, eine gesunde Tochter und eine gut laufende Reederei. Dank der Hippokampen, die ihnen für ein paar Zuckerbrocken gerne zu Hilfe kamen, verfrachteten sie Waren so schnell wie keine andere Gesellschaft.

Cousin Harry hatte ihnen ein günstiges Darlehen verschafft, damit sie sich das Haus leisten konnten, aus Kostengründen verzichteten sie auf ein Kindermädchen und beschäftigten nur eine Köchin und ein Hausmädchen. Patricia war zufrieden mit ihrem Leben. Nur der Tod seines Vaters drei Wochen nach ihrer Hochzeit hatte ihr Glück für kurze Zeit beschattet, aber nun war Jeffrey bei seiner geliebten Frau.

Leise trat sie in das dunkel getäfelte Zimmer. Ein Feuer brannte im Kamin, und Morgan saß hinter einem wuchtigen Schreibtisch, an dem sich Patricia jeden Tag um die Abrechnungen und neuen Aufträge kümmerte. Ein Kandelaber mit drei Kerzen spendete Licht und erhellte seine maskulinen Konturen, die weichen Lippen und dunklen Bartstoppeln. Die Ärmel seines Hemds hatte er hochgekrempelt und die Haare im Nacken zusammengebunden. Ein paar gelöste Strähnen fielen ihm ins Gesicht, daher sah er mehr wie ein Pirat aus als ein Geschäftsmann.

»Einen Fehler gefunden, Sir?«, fragte sie schelmisch, während sie sich neben ihn stellte und ihn auf die Wange küsste.

Heute war er spät nach Hause gekommen. Meist richtete er es ein, eher bei ihr zu sein, aber er hatte noch einiges vorbereiten wollen. Morgen kehrte Ianto mit der Mariah aus Amerika zurück.

»Alles perfekt, wie immer«, sagte er, den Blick erst auf sie, dann auf ihre Tochter gerichtet, die mittlerweile eingeschlafen war.

Er streckte den Arm aus, um Patricia näher zu sich zu holen, während er weiterhin auf dem Stuhl saß. Danach drückte er die Lippen vorsichtig auf Mariah Janes dunkles Haar und atmete tief ein. »Sie riecht immer noch so gut nach Baby.«

Patricia lachte. »Sie *ist* ein Baby.«

»Nein, sie ist schon viel zu groß. Gestern ist sie zum ersten Mal gelaufen, morgen wird sie allen Männern den Kopf verdrehen und das ruhige Leben ist vorbei.«

Er hatte recht. Jeden Tag wurde sie schwerer, jeden Tag veränderte sie sich, lernte neue Dinge und die ersten Worte. Die Wochen flogen nur so dahin. Manchmal wünschte sich Patricia, sie könnte die Zeit anhalten.

Morgan klappte das Abrechnungsbuch zu. »So wie es aussieht, haben wir bereits nächsten Monat den Kredit abbezahlt.«

»Das sind sehr gute Neuigkeiten.«

»Und du bist eine kluge Frau. Wie schaffst du all die Arbeit neben der Versorgung unserer Tochter?«

»Mariah Jane kommt offensichtlich nicht nach ihrer Mutter, denn sie ist brav und schläft viel.«

»Hm«, brummte er schmunzelnd. »Sie ist ganz der Papa.«

Voller Liebe betrachtete er sein Kind, bevor er aufstand und die Arme nach der Kleinen ausstreckte. »Ich bring sie ins Bett.«

Patricia ließ sich Mariah Jane dankbar abnehmen. Heute hatte sie zu viele Stunden am Schreibtisch verbracht und leichte Rückenschmerzen. Aber sie liebte ihre Arbeit, denn es tat gut, Aufgaben zu haben und gebraucht zu werden. Das gab ihrem Leben einen Sinn.

Sie nahm den Kerzenleuchter vom Tisch, und gemeinsam verließen sie den Raum, um die Treppen nach oben zu steigen. Es war kühl im restlichen Haus und der Wind pfiff um die Mauern. Nachts glaubte sie sich manchmal auf der Mariah. Wenn ihre Tochter alt genug für eine längere Reise war, würden sie nach Amerika segeln, das hatte Morgan ihr versprochen. Sie freute sich darauf, dennoch war sie glücklich, egal wo sie waren. Hauptsache, er war bei ihr.

Patricia hakte sich bei ihrem Gefährten ein und musterte ihn verstohlen. Sie liebte es, wenn er ihr Kind mit diesem verträumten Blick ansah. Er tat alles, um Mariah Jane zu schützen, besonders vor sich selbst. Bei Vollmond kettete er sich im Keller an, obwohl sich Patricia sicher war, dass er ihnen auch im verwandelten Zustand niemals schaden würde. Er wollte jedoch kein Risiko eingehen. In Vollmondnächten spielte sein Verstand immer noch verrückt. Da wollte er nichts anderes, als seine Gefährtin an sich reißen, um sich mit ihr zu vereinen. Wer sich ihm in den Weg stellte, musste befürchten, den nächsten Tag nicht zu erleben.

Um ihre Tochter an sein anderes Ich zu gewöhnen, verwandelte er sich öfter in einen Wolf. Mariah Jane saß dann auf seinem Rücken, die Händchen ins Fell gekrallt, und quietschte vergnügt, während er mit ihr durch die Räume lief. Das tat er natürlich nur, wenn die Angestellten nicht mehr im Haus waren. Es war schwer, mystische Wesen aufzuspüren, die für sie arbeiteten und die Wahrheit über sie erfahren durften. Daher hatten sie gewöhnliche Menschen beschäftigt und gaben nach außen die normale Familie, um für andere Jäger unentdeckt zu bleiben. Sobald sie unter sich waren, war Morgan einfach Morgan und zeigte schon mal seine Fänge oder die raubtierhaften Pupillen, wenn ihn etwas ärgerte oder er große Lust auf Patricia hatte.

»Bist du so gut gelaunt, weil wir bald keine Schulden mehr haben?«, wollte sie wissen, während sie das Schlafzimmer betraten. Ein gemütliches Feuer prasselte im Kamin und Schneeflocken tänzelten gegen die Fensterscheiben. Patricia zog die dicken Vorhänge zu und folgte Morgan ins angrenzende Kinderzimmer. Dort brannte ebenfalls ein kleines Feuer im Kamin. Davor stand Patricias Schaukelstuhl, in dem sie eben Mariah Jane gestillt hatte.

Behutsam legte er die Kleine ins Kinderbett und deckte sie zu. »Es gibt noch einen Grund.«

Er verließ mit Patricia das Zimmer und lehnte die Tür an. Dann setzten sie sich auf die Kante des riesigen Polsterbettes. »Johann hat erzählt, dass Bingley eine Arztpraxis in Plymouth eröffnen möchte.«

»In Plymouth?« Das lag eine Tagesreise entfernt. »In diesem Hafen hat doch die Royal Navy ihre Schiffe? Gardener war dort oft, weil viele mystische Wesen den Seeweg nutzen.«

Morgan nickte. »Genau aus dem Grund wird sich Bingley wohl Plymouth ausgesucht haben. Andersartige Kundschaft ist nicht einfach zu finden, wie du weißt. Schließlich kann er nur nachts arbeiten. Vielleicht ist es nicht schlecht, wenn er sich dort niederlässt. Dann kann er uns warnen, wenn ein neuer Jäger auftaucht.« Bisher hatten sie diesbezüglich zum Glück nichts mehr gehört, nicht in ihrer Gegend. Aktuell konzentrierten sich die Jäger eher auf die Walachai und

Transsilvanien, da dort angeblich zahlreiche Vampire ihr Unwesen trieben.

»Hat Johann sonst noch etwas erzählt?« Tante Jane hatte dem Geist beigebracht, wie er sich über weite Strecken materialisieren konnte, um auf diese Weise Morgan sofort Neuigkeiten überbringen zu können. Dieser Ortswechsel verbrauchte viel Energie, weshalb sie nur alle paar Wochen von ihm hörten.

»Murray kommt nicht zurück.«

»Was?« Sie griff nach Morgans Hand. »Ist etwas passiert?« Sie konnte nicht behaupten, ihren Schwager richtig liebgewonnen zu haben, aber er hatte sich seit ihrer Hochzeit nichts zuschulden kommen lassen, hatte sich in die Crew integriert und half tüchtig mit.

Lächelnd schüttelte er den Kopf. »Er ist in Boston geblieben, weil er sich verliebt hat. Er wird die Witwe eines Offiziers heiraten.«

»Aber was ... Wenn er verrät ...«

»Beruhige dich, Liebes. Die Frau ist eine Hexe.«

Sie riss die Augen auf. »Hoffentlich lässt Bingleys Gedankenmanipulation nie nach.«

»Falls doch, wünsche ich ihm, dass ihn die Liebe zur Vernunft bringt, falls er nicht längst eingesehen hat, dass er all die Jahre mit seinem Hass falsch lag.«

Das waren wirklich besondere Neuigkeiten. »Meinst du, seine Frau kann besser zaubern als ich?« Sie hatte in den letzten Monaten alles gegeben, um das Zaubern zu lernen, aber es wollte ihr immer noch nicht so recht gelingen. Sie konnte einen Schmetterling dazu bringen, im Kreis zu fliegen, das war jedoch schon das Höchste an Magie.

Morgan vergrub die Nase in ihrem Haar. »Keine Ahnung, wie gut sie zaubert, Liebes.«

»Und was gibt es sonst?«

»Alle sind wohlauf, und ich freue mich auf sie.«

Patricia spürte seine Emotionen. Er vermisste sein Schiff und die Crew schrecklich, schließlich waren sie wie eine Familie für ihn. Doch er hatte eine Reederei zu leiten. Außerdem war sein Platz bei Patricia und Mariah Jane, und in einem Haus lebte es sich einfach gefahrloser als auf einer Fregatte. Morgan tat alles, um sie in Sicherheit zu wissen. Ihre Tante hatte sogar diverse Schutzzauber um das Haus legen müssen.

Er ließ sich zurück aufs Bett fallen, und Patricia schmiegte sich an seine Brust. Gedankenverloren starrte sie in die Flammen. Wie sehr sich ihr Leben verändert hatte. Von der Tochter eines Earls zur Frau eines Reeders – von dem ganzen Hokuspokus, wie Benedict es nannte, abgesehen. Ihre Tage waren nun nicht mehr erfüllt von Kissen besticken oder Veranstaltungen besuchen, bei denen es wichtig war, sich zu präsentieren. Wie sehr sie das gehasst hatte!

Umso mehr hatte sie sich über den Sinneswandel ihrer Eltern gefreut. Drei Tage nach Mariah Janes Geburt waren sie vorbeigekommen, um ihr Enkelkind zu sehen. Das Verhältnis zwischen ihnen war weiterhin unterkühlt, schließlich hatten sie es Patricia noch nicht ganz verziehen, dass sie weggelaufen und unter

Stand geheiratet hatte. Niemand im Ort wusste von der Entführung durch die Piraten – die Angestellten ihrer Eltern hatten viel Geld erhalten, um zu schweigen. Die offizielle Version lautete: Patricia hatte kalte Füße bekommen und eine Verwandte in Amerika besucht, dort lernte sie Morgan kennen. Schließlich hatte man ihre lange Abwesenheit begründen müssen.

Nachdem jedoch Gras über die Sache gewachsen war und sich die feine Gesellschaft anderen Themen zugewandt hatte, hatten sich ihre Eltern mit ihr und Benedict halbwegs versöhnt. Immerhin war er der Erbe des Salesbury-Vermögens. Allerdings lebte er nicht mehr in Brixham, sondern hatte sich wie angekündigt ein Haus in London gekauft. Dort führte er ein zufriedenes Leben. Auf den Bällen war er der begehrteste Junggeselle, und er genoss seine Freiheiten in vollen Zügen.

Patricia begann, Morgans Hemd aufzuknöpfen, und schlüpfte mit der Hand unter den Stoff. »Nun setzen sie sich alle zur Ruhe, hm?«

»Nicht alle, Ianto und ein paar andere möchten weiterhin zur See fahren, obwohl sie sich mit dem Finderlohn längst einen entspannten Lebensabend machen könnten. Doch die Mariah ist ihr Zuhause, und sie sind glücklich, dass sie gebraucht werden.«

»Ich glaube, Tante Jane und Henry sind auch glücklich.« Ihr ehemaliger Schiffskoch lebte schon seit einem Jahr im Cottage bei Jane, die meiste Zeit in Wolfsgestalt. Das Reisen wurde ihm zu anstrengend; das Alter machte auch vor einem Wandler nicht halt. Die menschlichen Gebrechen waren für ihn leichter zu ertragen, wenn er ein Tier war. Tante Jane kümmerte sich um ihn, und die beiden passten gegenseitig auf sich auf.

Leise knurrend schloss Morgan die Augen. Er genoss sichtlich ihre Streicheleinheiten. »Wenn Harry erfährt, dass sich Bingley und Billy in Plymouth niederlassen, wird er wohl öfter einen Grund erfinden, uns zu besuchen.«

Patricia hockte sich aufrecht hin. »Gut, dass du mich erinnerst. Er hat einen Brief geschickt.«

Morgan grinste. »Lass mich raten: Er hat erfahren, dass Bingley morgen ankommt?«

Ihr Cousin hatte sich noch ein paar Mal mit Andrew und Billy getroffen. Seine Einsamkeit und die Suche nach Liebe hatten ihn immer wieder in ihre Arme getrieben.

»Nein, sein Besuch hat andere Gründe.«

Erwartungsvoll hob er die Brauen.

»Er hat jemanden kennengelernt. Und wenn du nichts dagegen hast, würde er gerne seinen Freund mitbringen, um ihn uns vorzustellen.« Patricia freute sich sehr für ihren Cousin. Endlich war er nicht mehr allein. »Er heißt Brandon und ist Schneider. Mehr weiß ich auch noch nicht.« Ob Harry ihn kennengelernt hatte, weil er einen neuen Anzug für die Bank gebraucht hatte? Patricia war schon gespannt auf seine Geschichte und ob Brandon auch die wölfische Seite bekannt war und wie sich die beiden verhielten, um ihre verbotene Beziehung geheim zu halten. In ihrem Haus würden sie sich auf jeden Fall nicht verstellen müssen.

Morgan zog sie wieder auf sich. »Harry und sein Freund sind immer willkommen, solange kein Vollmond ist.«

Patricia wusste, ein anderer Wolfswandler in seiner Nähe würde ihn in dieser Nacht verrückt machen.

Er drückte die Hände an ihre Pobacken, um sie spüren zu lassen, was ihre Nähe bei ihm bewirkte. »Wir haben nur ein freies Zimmer, aber das wird die beiden wohl nicht stören.«

»Das denke ich auch.« Schelmisch grinste sie ihn an. »Und wir sollten es ausnutzen, dass wir noch keinen Besuch haben und Mariah Jane schläft.«

Ein langgezogenes Knurren vibrierte in seiner Kehle. Der tiefe Laut fuhr in ihren Körper bis zwischen ihre Beine, genau wie sein glühender Blick.

»Zieh dich aus«, raunte er und warf die Arme über den Kopf. Seine Krallen hatten sich ausgefahren, und wenn sie sich nicht beeilte, würde er sie einsetzen, um sie aus dem Stoff zu schälen. Zu viele Kleidungsstücke waren bereits Morgans Leidenschaft zum Opfer gefallen.

So schnell sie konnte, schlüpfte sie aus ihrem Schlafrock und dem Nachthemd. Als sie nackt vor ihm stand, stützte er sich auf die Ellbogen und hob den Kopf, um sie zu betrachten.

Die Schwangerschaft hatte ihren Körper noch weicher und weiblicher gemacht. Da sie Mariah Jane immer noch stillte, ragten ihm ihre Brüste besonders groß und schwer entgegen. Milchtropfen perlten aus ihren Nippeln, die sich vor Verlangen zusammengezogen hatten.

Morgan leckte sich über die Lippen. »Komm her.«

Seine geknurrten Befehle ließen die schwelende Glut in ihrem Unterleib zu einem Feuer heranwachsen.

Langsam bewegte sie sich auf ihn zu. Seine leicht geöffneten Beine ragten aus dem Bett, und sie blieb dazwischen stehen, um sich über ihn zu beugen. Dann machte sie dort weiter, wo sie zuvor aufgehört hatte, knöpfte sein Hemd ganz auf und strich den Stoff zur Seite.

Zärtlich verteilte sie Küsse auf seinem harten, flachen Bauch, wobei sie die Wölbung in seiner Hose streifte. Patricia liebte es, ihn zu reizen und mit seiner Erregung zu spielen.

Da packte er sie an den Oberarmen und drückte sie neben sich auf die Matratze, sodass sie auf dem Rücken lag. »Ich kann heute nicht langsam.«

»Nur heute?« Herausfordernd wackelte sie mit den Brauen.

Morgan schenkte ihr lediglich ein dunkles Lächeln und sprang aus dem Bett, um sich auszuziehen. Dabei sahen seine raubtierhaften Augen im Feuerschein aus, als würden sie glühen.

Sie sog jedes Detail in sich auf, die Muskeln an seinen Armen, die breiten Schultern, schmalen Hüften und das lange Haar, das ihm offen über die Schultern fiel, nachdem er das dünne Lederband herausgezogen hatte.

Nackt stand er vor ihr, und sein Geschlecht ragte ihr groß und hart entgegen. Die Fänge waren so weit ausgefahren, dass sie zwischen den Lippen hervorschauten. Sein ganzes Erscheinungsbild drückte Gefahr aus. Morgan war ein wunderschöner, gefährlicher Verführer, und er gehörte ihr allein.

Sie hockte sich hin und rutschte an die Bettkante, um seinen Unterleib zu küssen. Ungeduldig griff er an seinen harten Schaft und drückte ihn an ihre Lippen.

Ohne zu zögern nahm sie die pralle Kuppe auf, saugte daran und schabte vorsichtig mit den Zähnen darüber. Ein dicker Lusttropfen lief aus dem Schlitz und benetzte ihre Zunge. Patricia verteilte die Feuchtigkeit auf der Eichel und genoss den salzigen Geschmack sowie Morgans eigenes Aroma. Der pralle Schaft zuckte in ihrem Mund, während Morgan die Fäuste neben den Hüften ballte.

Mehr Milch tropfte aus ihren Brustwarzen, woraufhin er geräuschvoll Luft holte. Knurrend drückte er sie zurück, den Blick auf ihre prallen Brüste gerichtet. Wie eine Raubkatze kroch er über sie.

Sie spürte sein Begehren und das immense Verlangen fast körperlich, doch das Band war schwächer geworden. Das letzte intime Zusammensein lag bereits drei Tage zurück. Viel zu lange, wie nicht nur Patricia fand.

Er ließ die Zunge um ihre Brüste kreisen, um die süßen Rinnsale aufzulecken. Danach schloss er die Lippen um einen ihrer Nippel und saugte daran.

Keuchend krallte sie die Finger in sein Haar, während pulsierende Lustwellen durch ihren Körper peitschten. »Das ist nicht für dich.«

»Entschuldige, ich konnte nicht widerstehen«, raunte er und leckte sich über die Lippen. »Schmeckt genauso süß wie dein Blut. Ich will mehr.«

Da sie seinen Biss kaum erwarten konnte, streckte sie den Hals durch und drehte den Kopf zur Seite. »Dann nimm dir mehr.« Sie liebte es, wenn er von ihr trank. Dabei achtete er darauf, kleine Schlucke zu nehmen. Anschließend bot er ihr jedes Mal sein Blut an, um ihre intensive Verbindung aufrechtzuerhalten. Patricia konnte es sich nicht mehr anders vorstellen, als Morgan ständig zu fühlen.

Mit dem Knie drückte er ihre Beine auseinander und schob sich tief in sie.

Ihr Inneres pulsierte um seine Länge, und Patricia genoss es, völlig von ihm ausgefüllt zu sein und seinen muskulösen Körper auf sich zu fühlen.

»Du bist so nass und heiß!« Seine Pupillen waren nur noch dünne Schlitze. Besitzergreifend wickelte er sich eine ihrer langen Haarsträhnen um die Hand und begann, in einem sanften Rhythmus in sie zu stoßen.

Patricia wusste, dass er sich zurückhielt, um sich nicht sofort zu ergießen.

»Morgan!«, flehte sie und drückte ihm die Hüften entgegen. »Tu es endlich!«

Mit wilder werdenden Bissen und Küssen arbeitete er sich an ihrem Hals auf und ab. Sein heißer Atem streifte ihre Haut, bevor sich die Spitzen seiner Fänge langsam in sie bohrten.

Oh Gott!

Noch immer überraschte sie die Intensität dieses Aktes. Während er an ihrem Hals saugte, verkrampfte sich ihr Schoß um sein Geschlecht. Nun hielt ihn nichts mehr zurück. Leise knurrend schluckte er ihr Blut, während er hart in sie stieß.

Patricia klammerte sich mit Armen und Beinen an ihn, um nicht den Halt zu verlieren. Sie glaubte zu fliegen, fühlte sich schwindlig, frei und voller Lust. Ein Summen vibrierte durch ihren Körper, das sich zu einem Schrei steigerte.

Nein, sie war es, die schrie, als sie den Höhepunkt erreichte. Wie eine Flutwelle brach er über ihr zusammen und ertränkte sie in grenzenloser Wonne.

»Scht, Kleines, ganz ruhig.« Morgan blickte fiebrig zu ihr herab. Sie hatte nicht mitbekommen, dass er sich von ihrem Hals gelöst hatte. Er biss in sein Handgelenk und drückte es an ihre Lippen.

Gierig packte sie seinen Arm und saugte. Der metallische Geschmack explodierte auf ihrer Zunge, während sich ihr Unterleib erneut verkrampfte. Dabei stieß er noch ein paar Mal in sie, bis er sich in sie ergoss.

Dieser Moment war jedes Mal der innigste. Sie spürte Morgan in ihrem Körper, ihrem Herzen und ihrer Seele. Würde in ebendiesem Moment die Welt untergehen, sie würde es nicht mitbekommen.

Erst als sie wenige Sekunden später zu Verstand kam, erinnerte sie sich, dass sie geschrien hatte.

Rasch hob sie den Kopf und wollte nach Mariah Jane sehen, aber Morgan rührte sich nicht. Wie ein Fels lag er auf ihr, nur auf seine Unterarme gestützt, und grinste sie an. »Keine Sorge, sie schläft tief und fest.«

Erleichtert ließ sie sich zurücksinken. Ihre Wangen brannten. »Wir sollten uns zurücknehmen, wenn Harry uns besucht.«

»Schäme dich niemals für deine Leidenschaft, Kleines«, raunte er. »Ich will dich immer vor Lust schreien hören.«

Patricia umfasst seine Wangen und blickte ihm tief in die grünen Augen. Sie sahen wieder normal aus, auch seine Fänge hatten sich zurückgezogen.

Seine dunklen Strähnen kitzelten ihr Gesicht, und sie fuhr mit den Fingern höher, um sein Haar zu zerwühlen. »Ich schäme mich nicht, nicht vor meinem Gefährten.« Lasziv ließ sie die Hüften kreisen. »Das sollten Sie doch wissen, Sir.«

Seine abschwellende Erektion zuckte in ihr. Er keuchte auf und raunte in ihr Ohr: »Es macht mich heiß, wenn du mich *Sir* nennst.«

»Ich weiß.« Schelmisch lächelnd machte sie sich bereit für Runde zwei. Die Nacht war noch jung, und sie wollte jeden Augenblick nutzen …

Ende

Entfallene Szene: Harry, Andrew und Billy

Harry klopfte das Herz bis zum Hals. Er war nicht so bretthart, wie er vorgab, aber er wollte sich keine Blöße geben. Nun war er mit dem attraktiven Vampir allein. Niemals zuvor hatte er einen anderen Mann auf solch unanständige Weise berührt, doch er wollte endlich wissen, wie es sich anfühlte, wonach er sich seit Jahren verzweifelt sehnte.

Obwohl es in der Kajüte stockdunkel war, konnte Harry Umrisse ausmachen. Er sah nicht so gut wie richtige Wolfswandler, es reichte gerade aus, um alles zu erkennen. Als er den Holzstuhl entdeckte, fragte er: »Du bist tatsächlich Arzt?«

»Arzt, Liebhaber … Was du willst. Lust auf Doktorspiele?«

Sein Penis zuckte und drückte sich gegen die Hose. Harry konnte es kaum erwarten, Andrews Hand darauf zu spüren.

Er sammelte all seinen Mut, um den Vampir auszuziehen, als plötzlich die Tür aufging und Billy hereinmarschierte.

Harry machte einen Schritt zurück. Was sollte das? Warum platzte der Junge gerade jetzt herein?

Andrew zog Billy in seine Arme. »Lust auf einen Dreier, Wölflein? Ohne Billy macht es mir sonst nur halb so viel Spaß.«

Er nickte mechanisch. »Aber er ist noch ein halbes Kind.«

Andrew lachte. »Er ist garantiert älter als du, das kann ich dir versichern.«

Langsam hatten sich Harrys Augen an die Dunkelheit gewöhnt, sodass er Details erkannte. Billy sah tatsächlich nicht mehr aus wie ein Junge, sondern wie ein junger Mann! Die Gesichtszüge waren härter geworden, markanter und kantiger, seine Iriden leuchteten.

»Was bist du?«, fragte Harry ihn.

»Ein Inkubus«, antwortete er. »Na ja, ein halber.«

Ein Sexdämon? Harrys Erektion zuckte erneut. Oh Gott, so hatte er sich sein erstes Mal nicht gewünscht, dennoch hatte er keine Angst vor den beiden. Er war stark und konnte sich wehren. Er hatte sogar Lust, mit den beiden zu rangeln, sich in den Laken zu wälzen, ihre nackten Leiber ineinander verschlungen … Sein Atem raste und seine Erregung wuchs rasant an. Das hier übertraf all seine Vorstellungen bei Weitem.

»Ich glaube, das wird heute ein kurzer, aber intensiver Spaß«, sagte Andrew. »Da ist schon jemand richtig heiß.« Gemeinsam mit Billy begann er, ihn auszuziehen.

Harry ließ es geschehen und half ihm. Als er nackt vor den beiden stand, entledigten auch sie sich ihrer Kleidung.

Ihre Körper waren perfekt, makellos. Sie würden ewig jung aussehen, zumindest Andrew. Der hatte mehr Muskeln als Billy und eine gewaltige Erektion, während der junge Inkubus schlank war und einen eher dünnen, dafür langen Penis besaß.

Harry wusste nicht, welchen von den beiden er lieber in sich haben wollte.

Eigentlich wollte er seine Härte zwischen Andrews knackige Pobacken versenken.

Der Vampir drückte ihn zurück auf das Bett. »Keine Angst, Wölfchen, mich wirst du heute nicht in dir spüren, das würdest du nicht überleben.« Er lachte leise, dann küsste er seine Brust, den Bauch und ... Als Andrew seine Eichel zwischen die Lippen saugte, wäre Harry fast gekommen. Stöhnend sank er in die Kissen zurück und genoss die ungewohnten, aber schönen, Empfindungen. Andrews Zunge vollführte kunstvolle Tänze und machte ihn schwach vor Lust. Das ekstatische Kribbeln, das die Zungenschläge auslösten, schoss tief in seinen Unterleib.

Billy setzte sich neben Harry und begann, seine Brust zu streicheln.

Er lag nur reglos da, kaum fähig sich zu bewegen, denn die neuen Sinneseindrücke überwältigten ihn.

»Nun ist das Wölflein nicht mehr so vorlaut«, raunte Andrew und stieß die Zungenspitze in den Schlitz an Harrys Eichel.

Vor Erregung knurrte er. »Später, Vampir, später werde ich ...«

»Ich werde jetzt von dir trinken, Wölflein«, unterbrach ihn Andrew, stülpte die Lippen über sein Geschlecht und versenkte die Spitzen der Fänge darin.

Der zarte Schmerz raste durch seine Lenden und verwandelte sich sofort in Lust. Harry bäumte sich stöhnend auf und vergrub die Finger in den Haaren des Vampirs. Während der an ihm saugte, tanzten bunte Lichter im dunklen Raum. Am Rande bekam er mit, dass Billy seinen Bauch küsste und die Zunge auf seiner Haut kreisen ließ, während ein gigantischer Höhepunkt ihn erfasste. Tief spritzte er in Andrews Kehle, einmal, zweimal ... fünfmal. Der Vampir saugte weiter und schluckte, was er bekam.

Harry war schwindlig, seine Eichel pulsierte im Takt seines Herzens und seine Reißzähne waren so weit ausgefahren wie nie.

Als kein Tropfen mehr herauslief, zog Andrew die Fänge aus ihm und versiegelte die Wunden mit seinem Speichel. »War nicht schlecht, oder, Wölfchen?«

»Gigantisch«, hauchte er.

»Das Beste kommt noch, jetzt wollen Billy und ich unseren Spaß.« Schon wurden seine Beine angewinkelt und an den Bauch gedrückt.

Der Vampir besaß viel Kraft, und Harry wusste nicht, wie ihm geschah, denn plötzlich leckte Andrew über seinen Anus. Er war zu befriedigt und erschöpft, um sich zu wehren. Er wollte sich auch nicht sträuben, sondern heute Nacht alles mitnehmen, was man ihm schenkte. Er würde wohl nicht mehr so schnell in diese Genüsse kommen. Und wenn ihn der Vampir nun nehmen wollte, dann würde er das zulassen.

»Jetzt bist du dran, Billy.« Andrew grinste verwegen, zog den Inkubus heran und küsste ihn gierig. »Nimm dir, was du brauchst, aber lass etwas von ihm übrig.«

Die beiden tauschten ihre Positionen, und Billy kniete sich zwischen Harrys Beine. »Ich werde ihm wehtun, wenn ich nicht ...«

»Verstehe schon.« Andrew schüttelte schmunzelnd den Kopf, ging zum Arztstuhl hinüber und kam mit einem Tiegel zurück. Er gab sich die dicke Salbe aus dem Gefäß auf die Finger, um damit Billys Penis einzustreichen.

»Fester«, raunte der junge Mann und genoss es sichtlich, angefasst zu werden. Seine Augen glühten, sein Atem raste.

Harry beobachtete die Zärtlichkeiten, die beide austauschten. Während Andrew die Creme auf Billys Erektion verteilte, küssten sie sich.

»Und jetzt nimm ihn dir, Kleiner«, sagte der Vampir und zog seine Hand weg.

Als Billys Eichel seinen Eingang berührte und gegen den Muskel drängte, zuckte Harry.

»Nein, Wölflein«, säuselte Andrew, »du wirst die Beine schön gespreizt halten, damit Billy tief eindringen kann.«

Der Vampir hockte sich hinter Harrys Kopf, beugte sich über ihn und packte seine Kniekehlen. Er war den beiden völlig ausgeliefert, trotzdem schwoll sein Schaft wieder an.

Billy drückte sich fester an den glitschigen Eingang, bis er sich öffnete.

Harry war ihm dankbar, dass er sich behutsam in ihn schob. Es war sein erstes Mal, und das Gefühl mehr als ungewohnt. Er hatte es sich anders vorgestellt, dass es nicht so drücken würde, aber als Billy irgendeinen Punkt in ihm traf, schoss seine Lust wie ein Pfeil in die Höhe. Sein Penis wurde auf einen Schlag hart und zuckte; abermals baute sich in hoher Geschwindigkeit ein Orgasmus auf.

Andrew ließ seine Beine los und widmete sich seinem Hals. Als er die Fänge darin versenkte, verließ Harrys Kehle eine Mischung aus Knurren und Stöhnen. Gott, diese Empfindungen überwältigten ihn. Er bestand nur noch aus Sinneslust, purer Ekstase. Sein Körper pochte und glühte.

Der Vampirkuss schickte Feuer durch seine Blutbahnen, das jeden Zentimeter erhitzte. Die Glut raste in seinen Schoß bis in die Spitze seines Geschlechts.

Was machten die beiden mit ihm? Hatten sie ihn verzaubert? Sein Unterleib prickelte und pulsierte, und als Billy die Finger um seine Erektion schloss und sie hart massierte, verströmte er sich ein zweites Mal. Dabei hörte Billy nicht auf, in ihn zu stoßen, und es fühlte sich an, als würde mit jedem Stoß etwas von seiner Kraft auf den Inkubus übergehen.

»Du hattest genug, Andrew«, vernahm er Billys Stimme. »Der Captain röstet dich, wenn du Patricias Cousin leersaugst.«

Harry konnte nur reglos und schwer atmend liegen bleiben, als die beiden von ihm abließen. Immer noch drehte sich alles vor seinen Augen, und seine Lider schienen schwer wie Blei.

»Jetzt bellt der Süße nicht mehr.« Grinsend leckte Andrew über die zarten Einstiche der Fänge, um die Wunden am Hals zu versiegeln, und verwuschelte sein Haar. »Du schmeckst köstlich, Harry. Wie lieblicher Wein.«

Er fühlte sich unendlich müde und erschöpft, aber wohl. Sein erstes Mal mit gleich zwei Männern – was für ein Erlebnis! Das mit einem Mann, mit einem

Menschen zu teilen, den er liebte, wäre sein größer Wunsch. Doch es war schwer jemanden zu finden, der genauso empfand wie er. Wenn herauskam, dass er Männer liebte, würde ihn das die Anstellung bei der Bank kosten. Er würde seinen geliebten Beruf verlieren und so viel mehr. Sodomie war verpönt und verboten. Daher hatte er bisher niemandem von seiner Neigung erzählt, nicht einmal seine Mutter wusste darüber Bescheid, genauso wenig wie sie wusste, dass zu einem winzigen Teil Wolfswandlerblut in ihm floss.

Nach der Pubertät, als auch die feuchten Träume und der Wunsch nach gleichgeschlechtlicher Liebe zugenommen hatten, hatten sich zum ersten Mal seine Fänge ausgefahren. Anfangs hatte es ihn schockiert, aber als er keine weiteren Anzeichen gefunden hatte, dass er ein Wolf war, außer etwas stärker ausgeprägte Sinne besaß, hatte er es hingenommen und beschlossen, seiner Mutter auch davon nichts zu erzählen. Er wollte ihr nicht noch mehr Kummer bereiten. Sie war eine Ausgestoßene, von der eigenen Familie verachtet. Und der eigene Sohn ein Wolf und abartig noch dazu.

Nein, er würde ihr niemals die Wahrheit sagen.

»Schlaf jetzt«, hörte er Andrews beruhigende Stimme, bevor er in einen tiefen Schlummer glitt.

Nachwort

Liebe Leserinnen und Leser,

ich freue mich! Endlich durfte dieser Roman das Licht der Welt erblicken, denn jahrelang lag er unvollendet auf meiner Festplatte. Ich hatte ihn 2006 parallel zu »Der Freibeuter und die Piratenlady« geschrieben, aber dann kamen so viele andere Projekte dazwischen, dass ich ihn nie vollendet habe. Acht Jahre später haben sich Patricia und Morgan plötzlich wieder bei mir gemeldet und wollten, dass ich ihre Geschichte beende. Das habe ich getan. Ich hoffe, euch haben die beiden gut unterhalten und ein paar schöne Lesestunden beschert.

Eure Inka Loreen Minden

WARRIOR LOVER

INKA LOREEN MINDEN

Der Überraschungserfolg 2013: Die Romantasy-Serie der

WARRIOR LOVER

Unsere Welt, wie wir sie kennen, gibt es nicht mehr, alles ist verstrahlt. Jahrzehnte nach einem Atomkrieg leben die Menschen unter gigantischen Kuppeln und sind einem diktatorischen System ausgeliefert. Um das Volk bei Laune zu halten, gibt es »Brot und Spiele« wie im alten Rom.
Das Regime schickt Elitesoldaten an die Stadtgrenzen, um die Outsider draußen zu halten, denn der Wasservorrat der Kuppelstädte ist begrenzt.
Doch nach und nach kommen sowohl die Warrior als auch die Einwohner der Wahrheit auf die Spur: Alles, was man ihnen erzählt hat, ist eine Lüge …

Die Warrior-Lover-Trilogie umfasst die Teile:

Jax – Warrior Lover 1
Crome – Warrior Lover 2
Ice – Warrior Lover 3

Storm – Warrior Lover Bonusstory
Nitro – Warrior Lover Bonusroman

Über die Autorin:

Inka Loreen Minden, die auch unter dem Pseudonym Lucy Palmer, Mona Hanke (Erotik), Loreen Ravenscroft (Romantasy) und Monica Davis schreibt, ist eine bekannte deutsche Autorin (homo-) erotischer Literatur. Von ihr sind bereits 30 Bücher, 6 Hörbücher und zahlreiche E-Books erschienen.

Neben einer spannenden Rahmenhandlung legt sie viel Wert auf eine niveauvolle Sprache und lebendige Figuren. Explizite Erotik, gepaart mit Liebe, Leidenschaft und Romantik, ist in all ihren Storys zu finden, die an den unterschiedlichsten Schauplätzen spielen.

Sie schreibt ua für Bastei Lübbe, Rowohlt und Blanvalet.

Regelmäßig sind ihre Bücher unter den Online-Jahresbestsellern zu finden; im April 2013 erschien ihr erstes Jugendbuch bei Bastei Lübbe sowie die erste englische Übersetzung im Sieben Verlag (Hearts of Stone).

Mehr über die Autorin auf ihrer Homepage:

www.inka-loreen-minden.de

www.monica-davis.de

Weitere Titel von Inka Loreen Minden:

Secret Passions
von Inka Loreen Minden
ISBN: 978-3-934442-81-8

Ein Mörder geht um in London. Seine Opfer: Männer, die Männer begehren. Detektive Derek Brewer von Scotland Yard versucht dem Killer auf die Schliche zu kommen und merkt nicht, dass er sich längst in dessen Nähe befindet.
Zwei ungleiche Männer, verbotene Lust und spannende Kriminalfälle im London des 19. Jahrhunderts.

SECRET PASSIONS ist ein hervorragender historischer Krimi mit jeder Menge Erotik.
Sara Salamander

The Captain's Lover
von Inka Loreen Minden
ISBN: 978-3-934442-69-6

Auf der Karibikinsel Barbados kauft Captain Brayden Westbrook einem Sklavenhändler den jungen Offizier Richard ab. Brayden trägt den misshandelten Soldaten auf seine Fregatte, um mit ihm die Heimfahrt nach England anzutreten. Er ist fasziniert von dem jungen Mann, und auch Richard kann sich seiner Gefühle nicht erwehren. Doch in London angekommen, soll es für sie keine gemeinsame Zukunft geben ...

Sehr subtile, unter die Haut gehende Erotik.
SM-Magazin Schlagzeilen

Weitere Gay Historicals:

Beim ersten Sonnenstrahl
Temptations
Sinful Kisses
Trapped